¡BUENOS DÍAS, PRINCESA!

Blue Jeans

¡BUENOS DÍAS, PRINCESA!

 Planeta

© Francisco de Paula Fernández, 2012

© Editorial Planeta, S. A., 2014
  Avda. Diagonal, 662-664, 08034 Barcelona
  www.editorial.planeta.es
  www.planetadelibros.com

Ilustraciones de interior: © Anastasiya Zalevska / Shuterstock

Primera edición: mayo de 2012
Vigesimoséptima impresión: noviembre de 2016
Depósito legal: B. 14.721-2012
ISBN: 978-84-08-00409-7
Preimpresión: Víctor Igual, S. L.
Impresión: Artes Gráficas Huertas, S. A.
Printed in Spain - Impreso en España

El papel utilizado para la impresión de este libro es cien por cien libre de cloro y está
  calificado como **papel ecológico**

¡Buenos días, princesa!
¡He soñado toda la noche contigo!
Íbamos al cine y tú llevabas aquel vestido rosa
que me gusta tanto.
¡Sólo pienso en ti, princesa!
¡Pienso siempre en ti!

La vida es bella
ROBERTO BENIGNI

SÁBADO

CAPÍTULO I

—¡Entra!

—¡No entro!

—¿Que no? ¡Ya verás como sí!

—¡Es inútil! ¡No lo conseguiremos!

Pero Elísabet no se rinde. Un último esfuerzo. Aprieta los dientes, agarra el vaquero azul oscuro de Stradivarius y lo estira con fuerza hacia arriba. Con todas sus ganas. Poniendo sus cincuenta y cuatro kilos en la causa. Y... ¡premio! La tela asciende por las piernas de su amiga y se encaja a presión sobre sus muslos y caderas.

—¡Lo ves, lo ves! ¡Entraba! —grita eufórica mientras Valeria se pone de pie. Algo continúa sin ir bien.

—Sí, entraba. Pero ahora abrocha el botón y sube la cremallera, guapa.

—¿Qué? ¿No van?

La joven se levanta la camiseta y niega con la cabeza. Eli se alza del suelo y se aproxima a ella. Una frente a otra. Un nuevo reto. Morena y castaña con mechas rubias contra una cremallera y un botón.

—Encoge la tripa, nena.

—Pero ¿de qué sirve que la encoja? ¡Voy a estallar!

—¡No te pongas histérica! ¡Aquí no explotará nadie! ¡Mete el culo para dentro!

—¿Qué?

—¡El culo adentro! ¡Ya!

La chica obedece a su amiga. Encoge el estómago, el trasero para dentro... Hasta contiene la respiración todo lo que puede. Sin embargo, por más que entre las dos intentan que el botón del vaquero ceda, aquello se convierte en una misión imposible. No cierra.

Elísabet, desfallecida, ceja en su intento y se sienta en la cama resoplando. Mira a Valeria, que no parece muy contenta.

—Estoy gorda —indica ésta, apenada, mientras gesticula con las manos.

—No estás gorda. No seas tonta.

—O yo estoy gorda o tú has adelgazado mucho. Antes cabíamos en la misma ropa.

—¿Antes? ¡Hace mucho de eso!

—¡Da lo mismo! ¡El caso es que la treinta y seis no es mi talla!

—Ya me he dado cuenta, ya.

Valeria suspira y entra en el cuarto de baño dando zancadas. Se sienta sobre la tapa del váter y se quita el vaquero que le ha prestado Eli. Lo dobla, quejosa, y lo deja a un lado observándolo con tristeza. ¡El pantalón de Stradivarius es tan bonito! No ha sido una buena idea probarse la ropa de su amiga. Cuando le propuso que fuera a su casa y se cambiara allí antes de salir de marcha, para luego irse las dos juntas, debió negarse. ¡Ha echado caderas! ¡Y su culo no es el que tenía con quince años! Vale, sólo tiene dieciséis, pero el 13 de febrero, dentro de tres meses, cumplirá los diecisiete. ¡Ha engordado demasiado! La culpa es de los *brackets* que ha llevado durante el último año. ¡Estúpido aparato dental! Si los helados y esos pasteles tan blanditos no hubieran sido tan fáciles de comer... Ahora tiene los dientes mejor, perfectos, pero ya no está delgada. O no tan delgada como querría.

Eli se acerca hasta su amiga y la ayuda a levantarse. Le dedica una sonrisa y le da una palmada en el trasero. Las dos se miran al espejo.

—¿Tú no me ves gorda?

—Para nada.

—¿Seguro?

—Segurísima.

—No te creo.

—Créeme, estás muy buena.

—¡Bah! Soy demasiado normal.

—Tú no eres normal, nena. Eres mucho más guapa que la mayoría de las chicas que conozco.

—¿Qué me das?, ¿un seis?

—Un ocho como mínimo.

Valeria contempla su rostro; un perfil, de frente, el otro perfil. Quizá Eli tenga razón. Es bastante monilla. Lo que pasa es que a su lado... Elísabet es todo un bellezón: pelo largo negrísimo, ojos verdes hipnotizadores, labios espectaculares, delgadita pero no escuálida... ¡Y una noventa y cinco de pecho! ¡Y sin relleno! Ella apenas llega a la noventa.

Hacía un tiempo no era así. Las dos estaban, podría decirse, empatadas. En cambio, una dio un salto hacia delante espectacular y la otra, simplemente, no saltó. Eli es bastante más mujer que ella. Se la ve más madura, menos cría. Y los tíos piensan lo mismo. ¿Cuántos líos ha tenido a lo largo de los últimos meses? Seis más que ella. Es decir, resultado de enero a noviembre de 2011: Elísabet, seis; Valeria, cero. Pero, en eso, y sólo en eso, no le importa demasiado que su amiga la gane. Ella está enamorada de alguien. De un chico, exclusivamente de un solo chico. Y para él se está guardando. En secreto. Porque ni su compañera de espejo sabe lo que siente.

—Tendré que salir vestida como he venido.

—Bueno, tu falda vaquera es bonita.

—Pero me gustaba tu pantalón de Stradivarius —comenta resoplando—. ¿Tú qué te vas a poner?

—El vestido negro.

—¿El ceñido?

—Sí. El ceñido.

¡No! ¡No! ¡No! Ese vestido le queda increíblemente perfecto. Todos la mirarán a ella. Bueno, últimamente, siempre la miran a ella. Sólo espera que él pase. Que él no le haga caso. Que él se centre en su falda vaquera y su camiseta rosa chicle. Porque hoy... hoy es el día.

—¿No pasarás frío?

—Que más da eso. Dentro de la disco hará calor. Pero, por si acaso, me pondré la chaqueta gris. Y unas medias.

—¿Y los tacones negros?

—Sí, y los tacones negros.

¡Ya le vale! ¡Que va a una discoteca un sábado por la noche, no a una fiesta de fin de año!

—Estarás guapísima.

—Gracias. Lo sé.

Intercambio de sonrisas. Y Eli sale del cuarto de baño tras darle un beso a su amiga.

Valeria vuelve a suspirar. La verdad es que aunque Eli sea lo más parecido a la perfección y, cuando ella está a su lado, parezca que no se la vea, que no exista, la quiere. La quiere mucho. Son amigas desde hace mucho y juntas han pasado por todo tipo de acontecimientos. Buenos y malos. Horribles y fabulosos. Y, además, las dos pertenecen al selecto grupo del Club de los Incomprendidos.

Eso de tener celos de Elísabet es una tontería. Mueve la cabeza de un lado para otro y mira a su alrededor. Ve sobre una estantería un estuche de maquillaje. Lo alcanza y saca un lápiz de ojos de él. ¿Le quedará bien? Hoy tiene que estar perfecta. Es el día. ¡Es el día!

—¡Oye, Eli! ¿Puedo usar tu sombra de ojos? —grita sin dejar de contemplarse en el espejo.

—¡Claro, nena! —exclama la otra chica—. ¡Coge lo que quieras!

—¡Gracias!

Un poquito de maquillaje nunca viene mal. Tampoco demasiado. Le ha oído, a él, decir varias veces que no le gustan las chicas muy pintadas.

—¿Sabes, nena? Creo que hoy va a ser una gran noche. ¡Nuestra primera fiesta con universitarios! —comenta Eli cuando entra de nuevo en el cuarto de baño—. ¡Ey! ¡Eso te queda muy bien!

—¿Tú crees?

—Sí... espera —y, tras coger el lápiz, alarga un poco más la línea de los ojos de su amiga y le suelta el pelo; se lo peina con las manos y lo deja caer por sus hombros. A continuación, con una barra rosa, le pinta los labios delicadamente—. Ya está. Preciosa.

Valeria se humedece los labios y sonríe al espejo. Es verdad. No está nada mal. Pero nada, nada mal. Siente un escalofrío al imaginar lo que pensará él cuando la vea. ¿La verá más guapa que de costumbre? ¡Tiene que notarlo! ¡Se va a arreglar para sus ojos! ¡Y qué ojos! Azules, casi celestes. Los ojos más bonitos que ha visto en su vida. ¡Sí! ¡Esos ojos sólo deben fijarse en ella esta noche!

—Entonces, estoy bien, ¿no?

—¡Estás genial!

—¿Tú crees?

—¡Por supuesto! ¡Los universitarios caerán rendidos a tus pies! ¡Esta noche te ligas al tío que quieras!

¿Al que quiera? ¡Sólo quiere a uno! Y sí, debe ser esta noche. Ya han pasado los veinte días de plazo. Es lo que leyó en una revista una vez: «Si el chico del que estás perdidamente enamorada rompe con su novia, no te lances a por él inmediatamente. Si lo haces, sólo te tomará como un consuelo. Se liará contigo únicamente por el hecho de olvidar las penas. Serás un rollo pasajero. Pero ¡cuidado! Si esperas demasiado puede volver con su ex o, quizá, otra se te adelante. Veinte días después de la ruptura de tu amor con su ex pareja es el tiempo perfecto para intentarlo.»

—No sé...

—Estás muy bien. Será una noche inolvidable. Y tú triunfarás.

—Bueno...

La sonrisa de Eli anima a Valeria. Aunque algunas de su clase opinen que se ha vuelto una estúpida presumida y prepotente, ella no lo cree así. Simplemente tienen envidia de su físico y de que tenga tanto éxito con los tíos.

—¿Sabes, nena? Creo que hoy es el día —anuncia la chica de los ojos verdes mientras se desnuda. Su amiga la observa ensimismada. Tiene un cuerpo increíble. Sin duda, mucho mejor que el suyo.

—¿El día para qué? —pregunta confusa.

—Para lanzarme.

—¿Lanzarte?

—Sí. Creo que es el momento de dejar a un lado las tonterías y empezar algo serio con un tío que me quiera. Estoy cansada de niñatos.

¿De qué está hablando? Valeria no comprende nada de lo que dice su amiga. ¿Le gusta un chico? ¿Desde cuándo? ¿Y por qué no se lo ha confesado hasta ahora?

—¿Vas a declararte a alguien esta noche?

—Sí. Esta noche no voy a dejar escapar a Raúl.

CAPÍTULO 2

Suena un pitido. Alguien le ha escrito a la BlackBerry. Raúl corre hasta su cama, donde la dejó antes, y examina la pantalla. Es Ester. Le pregunta por los carnés. El teclado táctil ya no es un problema, como al principio, y contesta a toda velocidad.

Todo OK. Está arreglado. Nos vemos luego.

Sonriente, regresa al cuarto de baño y se contempla en el espejo. Se abrocha el último botón de la camisa azul que llevará esa noche y se echa un poco de Hugo Boss en el cuello. También en las muñecas. Aspira el aroma de la fragancia para comprobar que no se ha quedado corto. Un poco más le irá bien. Luego, con sumo cuidado, se arregla el pelo con un cepillo especial y el soplo de aire caliente del secador para que quede justo como él quiere. Se guiña un ojo a sí mismo y asiente conforme. ¡Listo!

Sale del baño canturreando un tema de Maldita Nerea y se acerca hasta la mesa en la que guarda el dinero. Sin embargo, una tos que proviene de la puerta de la habitación le desvela que no está solo.

—¿Qué hacéis aquí? —pregunta al tiempo que se vuelve.

Dos niñas rubísimas, idénticas, con pijamas idénticos aunque de diferente color, lo miran muy serias.

—Mamá nos ha dicho que te digamos que no vuelvas muy tarde —comenta la que va vestida de rosa.

—¿Y por qué no me lo dice ella misma?

—Creo que se ha cansado de decirte las cosas.

Raúl se encoge de hombros y se da la vuelta. Sus hermanas gemelas no son precisamente un alarde de expresividad. Ni Bárbara ni Daniela. También a ellas les afectó lo de su padre. Han crecido muy de prisa y su forma de pensar y de actuar es diferente de la del resto de niñas de su edad. Si no fuera porque miden menos de un metro cuarenta, nadie diría que apenas han sobrepasado los once años. El chico se vuelve nuevamente al sentir todavía la presencia de las dos pequeñas.

—¿Queréis algo más?

—Sí. El portátil —responde la del pijama rojo.

—¿Para qué?

—Para bajarnos el capítulo de esta semana de «El Barco».

—No comprendo qué le veis a esa serie.

—Es la mejor serie del mundo.

—Es porque sale Mario Casas, ¿verdad?

Las dos niñas enrojecen y murmuran algo entre ellas sin que Raúl pueda entender lo que mascullan. ¡Vaya dos!

El joven se aproxima al rincón del dormitorio donde está el ordenador y lo apaga, después de borrar el historial reciente. No le apetece que sus hermanas cotilleen en su vida cibernética privada. Lo desenchufa y se lo entrega a Bárbara.

—Gracias —dicen al unísono y, sin más, corren por el pasillo hacia su cuarto.

De nuevo solo. Respira aliviado. Cada vez le cuesta más trabajo tener intimidad a pesar de que su habitación está provista de cuarto de baño interior y de que sólo sale de allí cuando está en casa para comer y para cenar. Pero Bárbara y Daniela se han hecho mayores. Eso significa que entienden y se enteran de más cosas. Y que se quieren enterar de más. Son insaciables. Poco a poco, él se ha convertido en su principal objetivo. Cuando hace tres semanas cortó con su ex novia, ellas le sorprendieron entre irónicas sonrisillas con un «se veía venir».

¡Se veía venir! ¡Pero qué sabrían aquellas pequeñajas de primaria de relaciones!

Sus relaciones... Ése es otro tema complicado.

Ninguna ha funcionado. Todas han fracasado estrepitosamente. Y, además, el final siempre ha llegado por decisión suya. Y es que Raúl buscaba, en todos los casos, algo diferente a lo que las chicas con las que estaba deseaban. Con Beatriz, la última, a la que dejó hace unos días, todo acabó mal. Muy mal. Fatal. Pero es que no daba para más.

¿Tendrían razón las gemelas?

¿Se veía venir?

En cualquier caso, esto se va a terminar de una vez por todas. Sí. Estas semanas le han servido para reflexionar y darse cuenta de que va siendo hora de buscar algo más serio. Una relación de verdad. Dejarse de niñerías y comenzar los dieciocho años, que ya llegan, en enero, con una novia de verdad. Una de esas que estás deseando que te llame a cualquier hora del día y que te hace sentir el tío más afortunado del mundo cuando te besa. Alguien que te sorprenda con un «te quiero» y cuya mirada provoque que te falte la respiración. Una novia que merezca ser la protagonista de su película. Porque Raúl tiene un sueño, un gran sueño: ser director de cine. Pero, de momento, no ha encontrado a la musa que lo inspire.

Otra vez el pitido de la BB. Abre el WhatsApp. En esta ocasión es Bruno.

> Tío, acabo de ganar a Holanda en los penaltis. ¡Soy campeón del mundo!

Puff. Este chico no tiene remedio. ¿Aún no se está preparando para salir? Luego se queja de que no se come una rosca. Son totalmente diferentes en casi todo. Tienen distintos intereses. Distinta manera de ver la vida. Distinto físico. Sin embargo, Raúl y Bruno son buenos amigos y ambos... pertenecen al Club de los Incomprendidos.

—Raúl ya ha solucionado lo de los carnés.
Un icono amarillo sonriente aparece en la ventana de conversación de Messenger entre Ester y María. Las dos llevan hablando un rato, escribiéndose sin *webcams* mientras se arreglan para salir.
—Genial.
—Sí. Espero que no nos salgan muy caros.
—Esta mañana dijo que diez euros cada uno.
—Si es diez euros, bien. Pero más no puedo pagar, no tengo más dinero —escribe Ester en su portátil—. Espera un segundo, Meri, que me voy a poner ya el regalo de mis padres. Y me das tu opinión.
—OK.
María suspira y también se levanta de la silla. Se dirige al pequeño tocador que hay en su habitación y vuelve a suspirar. No sabe cómo se le dará la noche. Tiene miedo. ¿Podrá controlarse una vez más? Lleva mucho tiempo soportando aquella presión interior a la que está sometida un día tras otro. Pero debe ser fuerte. Sí, debe serlo.

Achina los ojos y mira hacia la pantalla del PC; en ella observa una petición por parte de su amiga para iniciar una videoconferencia. Se acerca lentamente y acepta. Ante ella aparece una preciosa chica morena con el flequillo en forma de cortinilla, cubriéndole la frente, que posa delante de la cámara de su ordenador. Sus ojos castaños, embelesados detrás de los cristales de sus lentes, se iluminan cuando la ve.

—¡Qué guapa! —exclama María mientras la contempla con una gran sonrisa.

—¿Te gusta el vestido?

—¡Es precioso! Te queda perfecto.

Ester da una vuelta sobre sí misma y sonríe. Su nuevo vestido blanco le encanta. Sus padres se lo regalaron hace dos días para celebrar su dieciséis cumpleaños. Aunque sabe el esfuerzo que ha supuesto para ellos, se siente feliz de verse con él.

—Muchas gracias, Meri.

—Es que estás muy guapa —insiste—. Ya me gustaría a mí parecerme un poquito a ti.

La chica se ajusta las gafas de pasta de color azul y se pone colorada. En eso nunca estará al nivel de su amiga. Ella es tan bonita... Además, su personalidad y carisma la convierten en una persona muy especial. Ester sería la novia perfecta para cualquier tío y la nuera que toda madre querría tener. Sin embargo, no ha salido con ningún chico desde que la conoce. Y de eso ha pasado ya un año y pico. Recuerda como si fuera ayer el momento en que la vio por primera vez. Era el día inaugural de cuarto de la ESO. Ella misma fue la que la introdujo en el Club de los Incomprendidos.

—¡Pero si tú eres un bombón! ¡Preciosa! —exclama la joven del vestido blanco al tiempo que arruga la nariz.

A María le encanta cuando hace ese gesto. ¡Es adorable!

—Bueno.

—Que sí, que sí. ¡Mira qué guapa te has puesto, pelirroja!

—Aunque la mona se vista de seda...

—Venga, Meri, no digas tonterías y anímate. ¡Fuera las gafas y ve a por esas lentillas verdes que te quedan tan bien!

—Es que luego me pican los ojos.

—Un día es un día.

Un día es un día. ¿Será hoy ese día? Tendría que emborracharse para atreverse. Si no sería imposible que diera ese paso adelante. Pero nunca ha probado el alcohol. Ni ha tenido tentaciones de probarlo. Considera que beber es una auténtica tontería. Perder el control por no contenerse es una estupidez. Pero... ¿quién sabe? Un día es un día.

—Bueno, te haré caso.

Se aleja de la cámara del ordenador y regresa al tocador. Allí, se quita las gafas y las deja a un lado. A continuación, abre una pequeña cajita de la que saca una de las lentillas. Con habilidad, se la coloca en el ojo izquierdo. Luego repite el proceso con la del ojo derecho. Se mira en el espejo y se sonríe.

La mona sigue siendo mona. Con gafas o con lentillas. Es lo que hay. Arruga la nariz para imitar el gesto que hace su amiga al reír. No es lo mismo. Ester y ella son como el día y la noche. Resignada, regresa hasta el ordenador. La otra chica se está peinando el flequillo delante de la *webcam*. Se pone de pie cuando la ve y exclama con gran euforia:

—¡Mírala, qué preciosa estás!

—No mientas o te crecerá la nariz.

—Yo nunca miento.

Aunque, en este caso, no dice la verdad. Si ellos supieran que no todo es como parece... Pero Ester también sabe guardar secretos.

—Bueno. ¿A qué hora hemos quedado?

—Dentro de cuarenta minutos en la puerta del metro de Sol.

—¿Volveremos muy tarde?

—Yo no. Mañana tengo partido —indica Ester mientras revisa en la pantalla del ordenador cómo le ha quedado el flequillo.

—Yo tampoco. Demasiado es que he conseguido que mi madre me deje salir. No le gusta que esté por ahí de noche. Le he dicho que celebramos tu cumpleaños.

—¡A ti sí que te crecerá la nariz!

Ella preferiría que le crecieran otras cosas. Apenas se ha desarrollado. Sigue pareciendo una cría. ¡Cuándo se enterará su cuerpo de que está en plena adolescencia!

—Es que si le digo que voy a una fiesta de universitarios... no cruzo ni la puerta.

—Te entiendo. Yo a mis padres les he dicho que voy a una fiesta, pero tampoco he especificado quiénes van a estar en ella. Aunque ya te digo que no puedo volver muy tarde, porque mañana jugamos contra las primeras y hay que descansar.

—¿A qué hora es el partido?

—A la una.

—Iré a verte.

—Gracias, qué maja eres.

—Espero que ganéis.

—Yo también.

Las dos se miran a través de la pantalla, en silencio. Ester está sonriente y muy ilusionada. Mañana volverá a verlo. ¡Él! Qué ganas... ¡Qué ganas! Sólo espera que esta vez su querido entrenador la ponga en el equipo titular.

CAPÍTULO 3

No puede ser. ¿Cómo va a gustarle Raúl? ¿Desde cuándo?

Valeria camina por la calle en silencio. Se limita a sonreír cuando Eli le comenta algo. Pero se le han quitado las ganas de todo. Su amiga va a declararse al chico del que ella misma está perdidamente enamorada desde hace tanto tiempo.

Se acabó. Ya no hay nada que hacer.

En el momento en que ella le diga que quiere ser su novia, el otro no podrá resistirse.

—Nena, ¿te pasa algo?

—¿Qué?

La chica observa a su amiga y, de nuevo, sonríe.

—Que si ocurre algo —insiste Elísabet—. Es como si cuando te hablara no te enteraras de nada de lo que te digo. No me haces ni caso.

—Eso no es cierto.

—¿Que no? ¡Acabo de decirte que se te ve el tanga y has sonreído y me has dicho que sí con la cabeza!

—¿Cómo? ¿Que se me ve el...? —pregunta Valeria, muerta de vergüenza, mientras echa un vistazo hacia atrás y se sube la falda vaquera—. Pero si llevo bra...

—¡Es mentira, nena! ¡No se te ve nada! —grita Eli interrumpiéndola y dándole un toquecito con el dedo en la nariz—. Es para que veas que estás en la parra. ¿Qué pasa? ¡Cuéntamelo!

¿Que se lo cuente? Sí, claro. ¿Cómo le explica que está enamorada del tío al que ella va a declararse esta noche?

—No me hagas mucho caso. Estoy un poco... no sé.

—¿No será por lo del vaquero?

—¿Qué vaquero?

—El mío. El pantalón de Stradivarius que no te ha entrado.

Buena excusa. No se le había ocurrido.

—Me has pillado —miente—. Estoy preocupada.

—¿Por tu peso?

—Por mi peso, mi culo, mis caderas... He engordado mucho durante estos meses por culpa del aparato.

—Mira que eres rara. Todo el que se pone aparato adelgaza, porque no puede comer bien.

—Y voy yo, y engordo. Si es que...

—Pero tampoco se te nota, nena. Yo te veo bien.

—No sé.

—Estás muy bien. De verdad. No le des más vueltas —la anima Eli tras detenerse frente a ella.

La envuelve entre sus brazos. Le da un beso en la mejilla y otro en la frente. Valeria resopla y le sonríe. Es una gran amiga, pero lo que va a hacer esta noche no sabe si se lo perdonará.

Las dos chicas continúan caminando por la Cava de San Miguel y llegan a la calle Mayor. Hay mucha gente, está abarrotada.

—¿Desde cuándo te gusta Raúl? —pregunta Valeria titubeante.

—No lo sé.

—¿No lo sabes?

—No —confirma Eli sonriente—. Imagino que siempre me ha gustado.

Y entonces ¿por qué tiene una lista de rollos interminable? Valeria no comprende nada de nada. A ella sí que le gusta de verdad. Lo ama. Lo quiere. Y por eso se ha reservado para él.

—Tal vez sólo sea un cuelgue pasajero.

—No. Creo que Raúl es el tío de mi vida. O puede serlo.

—¡Pero si ni siquiera sabes desde cuándo te gusta!

—¿Y qué importa eso?

—Bueno... no sé.

—Eso no tiene importancia, nena. Raúl siempre ha sido un gran amigo y un apoyo para mí. Lo quiero desde que lo conocí. Pero hasta hace unos días no me he dado cuenta de que realmente me gustaría tener algo más con él. No ser sólo su amiga. Son cosas que pasan, ¿no?

Sopla una ráfaga de viento que despeina un poco a las chicas. Las dos se apartan al mismo tiempo el pelo de la cara.

—Imagino que sí.

—Además, estaba medio liado con la tía esa. La estúpida de Beatriz Montarroso. ¡Menuda capulla...! Y hasta que han pasado unos días desde que rompieron, he preferido no hacer nada. ¡Pero hoy es la noche, nena! ¡Hoy es la noche!

Demasiadas coincidencias. ¿Habrá leído Elísabet la misma revista que ella?

—Espero que lo consigas —responde muy seria Valeria.

—Yo también. Me moriría si no quisiera nada conmigo.

Exagerada. Se conocen desde hace un montón de tiempo y ahora se da cuenta de que le gusta. ¿Y dice que se morirá si la rechaza? ¡Su amiga es una melodramática!

—No creo que Raúl te diga que no. Los dos sois amigos, muy guapos, os conocéis muy bien... Haréis buena pareja.

—¿Tú crees?

—Sí.

Su afirmación llega en un susurro triste. Agacha la cabeza y continúa andando hacia Sol. Eli sonríe a su lado. Su mirada alegre se pierde entre el barullo de gente que va y viene por todas partes. Sueña con una bonita historia de amor. No sabe muy bien cómo ha llegado a la conclusión de que su amigo es el chico perfecto para ella. El ideal para dejar atrás las aventuras pasajeras, los rollos con niños que sólo van a lo que van. Raúl es el tío que necesita para dar un paso adelante en su madurez. Ya no es una cría. Ni tampoco una chica que va de flor en flor. ¡Eso se acabó! Y quiere demostrárselo a todo el mundo.

—¡Allí están Meri y Ester! —grita Elísabet cuando llegan a la plaza del Sol.

Las dos se encuentran al lado del escaparate de libros de El Corte Inglés. Sonríen cuando ven a sus amigas y se acercan de prisa hacia ellas. Llueven besos y abrazos por parte de las cuatro y piropos a la portadora del vestido blanco de cumpleaños.

—¡Vosotras sí que estáis guapas! —exclama la morena del flequillo en forma de cortinilla para frenar tanto halago hacia ella—. ¿Vais de caza esta noche o qué?

—¡Vamos a por todas! —exclama Eli después de un sonoro grito.

María y Valeria se miran y se sonríen con timidez. Ellas parecen menos felices que sus dos amigas. Cada una por un motivo diferente y que el resto desconoce.

—¿Y los chicos?

—¡Siempre llegan tarde! —protesta Elísabet, ansiosa. Tiene muchas ganas de ver a uno de ellos.

—Y luego dicen de nosotras.

—Son un desastre. Estoy convencida de que Raúl se ha pasado dos horas delante del espejo peinándose.

—Y Bruno seguro que llega tarde porque no hay quien lo despegue de la Play —señala Ester sonriendo.

—Para variar.

—Pobrecillo, no os metáis con él.

—¡No lo defiendas, Meri! ¡Es la verdad! —exclama Eli, que no deja de buscar a alguien entre la multitud que se agolpa en Sol.

—No lo defiendo.

Sí lo hace. María siempre se lo perdona todo. Ha dado la cara por él en multitud de ocasiones. Cuando ha faltado a alguna reunión del Club de los Incomprendidos, cuando no se ha presentado a su hora, cuando ha metido la pata... siempre se ha puesto de su parte.

—Si no estuvieras pillada por él, seguro que no lo defendías tanto —insiste Elísabet—. ¿Cuándo vas a decirle algo?

—No estoy pillada por él —responde azorada.

—No pasa nada, Meri. Si te gusta, pues te gusta —añade Eli—. Somos tus amigas, te apoyamos.

El rostro aniñado de María enrojece a gran velocidad. Mira hacia otro lado y suspira.

—Venga, déjala en paz. Si no quiere decir nada, pues que no lo diga —interviene Valeria mientras la achucha.

—Nena, en el amor lo mejor es ser sincera y soltar las cosas cuanto antes. Si no, te arriesgas a que venga otra y te lo quite.

La mirada de Valeria fulmina a Elísabet, aunque ésta no lo percibe. ¿Le estará leyendo el pensamiento? ¿Se habrá dado cuenta de lo que siente?

—Yo creo que no confesarle tus sentimientos a alguien no significa que no seas sincera.

—¿Ah, no?

—No.

—¿Y qué significa?

—Pues... ¿y si no estás segura de que ese chico vaya a querer algo contigo y quedas en ridículo al confesárselo?

—Eso son tonterías. Si un tío no quiere algo contigo, pues ya habrá otro que sí quiera. Pero, si no se lo dices, ¿cómo vas a saberlo?

—Me quedaría sin saberlo.

—¿Por qué?

—Por miedo al rechazo.

—¿Miedo al rechazo? ¡Bah! Somos nosotras las que tenemos la sartén por el mango, nena. Si tú quieres una relación, un lío o cualquier cosa con un tío, tienes que decírselo.

María y Ester observan curiosas la conversación entre sus amigas. ¿Se han perdido algo?

—No es tan sencillo. Tú estás buena y puedes conseguir al tío que quieras.

—Yo no quiero a un tío cualquiera.

—No he dicho eso, Eli. Digo que es más sencillo para ti que para las demás.

—Creo que todas nosotras, si queremos a alguien, podemos conseguirlo. Si se lo decimos... Si no lo hacemos, como Meri, nunca lo sabremos. Porque vamos listas si esperamos a que ellos se decidan. ¡Los tiempos han cambiado, niñas!

Las palabras de Elísabet hacen pensar a las otras tres. Puede que esté en lo cierto, pero no es tan fácil. El amor no es nada fácil, y las relaciones a su edad son muy complicadas.

—¡Hola, chicas! ¿Lleváis mucho tiempo esperando?

Las cuatro miran hacia el lugar del que proviene la voz. Un chico alto, sonriente, perfectamente peinado y muy bien vestido, y uno bastante más bajo, con el pelo alborotado y una sudadera roja que le está algo grande, se dirigen hacia ellas.

Por fin han llegado Raúl y Bruno.

—¡Dos horas! —grita Eli, que es la primera que recibe a su amigo con dos besos y un abrazo. Su mirada se detiene durante un segundo en los ojos del chico de la camisa azul, que responde con una sonrisa.

—Exagerada...

Y la obsequia con un nuevo beso en la frente ante la atenta mirada de Valeria, que siente una punzada dentro del pecho. Es una situación incómoda. Desagradable. Y le duele. Sí, le duele que la bese en la frente. Y que la abrace. Y que sus ojos hayan coincidido en el mismo instante en medio de tanta gente. Como si sólo existieran ellos dos.

Le duele mucho.

¿Y si se marcha a casa? No, no puede hacerlo. Son sus amigos. Tendrá que aguantar todo lo que se le venga encima. No será nada fácil.

Pero la noche acaba de empezar. Y las próximas horas les depararán situaciones sorprendentes y totalmente inesperadas.

CAPÍTULO 4

Un rato antes de que los seis amigos se encontraran en Sol

Esa sudadera le queda fatal. Nunca le sentó muy bien el color rojo. Y encima le está grande. ¿Su madre no sabe qué talla usa? Ha crecido. Poco, muy poco, pero al menos Bruno ya no se avergüenza de ser el bajito de la clase. Además, aún tiene la esperanza de dar el estirón algún día.

Realmente, la sudadera es un horror. Mira de nuevo dentro del armario. Nada es de su agrado: muy usado, muy antiguo, muy feo, muy... ¡Pero eso qué es! ¿Es que no hay ni una sola prenda de invierno que no le haga parecer un *friki*? Definitivamente, necesita ropa nueva para salir por las noches. No es que lo haga mucho, pero para ocasiones como la de hoy no tiene qué ponerse. ¡Una fiesta universitaria y él sin nada decente con lo que vestirse! Ya es hora de tomar las riendas de lo que cuelga en sus perchas. Su madre ha tenido ese poder durante demasiado tiempo.

¿Qué demonios se pone?

Aunque, pensándolo bien... qué más da. Nadie se va a fijar en él.

La sudadera roja al menos es calentita. Se examina en el espejo del armario y, tras chasquear la lengua, la da por válida.

¡Qué horror!

Suena el pitido del WhatsApp. Saca la BlackBerry del bolsillo del vaquero y lee en voz baja.

> Tío, date prisa o éstas nos matan. Ya vamos con retraso.

Qué pesado es Raúl. Ya va, ya va. Si las chicas no se van a ir, esperarán hasta que lleguen ellos. Por su amigo, por supuesto. Si fuera por él, está seguro de que ninguna lo esperaría. Bueno, quizá sólo una, la buena de María, que siempre perdona todas sus meteduras de pata. Ellos dos son los patitos feos del grupo. Por lo menos ahora.

Porque antes no era así. Los cinco que fundaron el Club eran bichos raros. Pero, con los años, las cosas han cambiado. Valeria es la simpática; Eli, la guapa; Raúl, el líder, y Ester siempre ha sido Ester. Aunque ella se unió a los incomprendidos más tarde. Sin embargo, se integró como una más. No lo llamó nunca enano ni se mofó de su estatura. Sonreía y era adorable con todos bajo su perfecto y cuidado flequillo en forma de cortinilla.

—Hola, me llamo Ester. Encantada de conocerte.

Debajo de una caperuza roja, sus ojos verdes eran los más bonitos que había visto nunca. ¿Brillaban de una forma diferente? Eso le parecía. Y esa forma de arrugar la nariz al sonreír... ¡Guau!

—Hola, soy... Corradini. Bruno Corradini.

Como Bond, James Bond. ¡Qué estúpido fue al responder así! ¡Ni que estuviera en una película de 007!

—¿Corradini? Eso es...

—Sí, como el apellido de Chenoa. Pero no somos familia.

—Ah. No iba a decir eso —le aclaró Ester sin dejar de

sonreír—. No sabía que Chenoa se llamara así. Iba a preguntarte si tu padre era italiano.

Estúpido al cuadrado. Pensaría que era un presuntuoso por presumir de apellido. Mal, muy mal comienzo.

—Argentino. Mi padre nació en Buenos Aires. Como mi abuelo.

—¡Qué bien! Nunca había tenido un amigo extranjero.

Y ahí fue donde se enamoró. Qué más daba que lo considerara extranjero sin serlo. Había nacido en pleno centro de Madrid. Pero fue tal su inocencia al hablar, la limpieza en su voz... ¡Y era tan preciosa! Amigo. Ya lo consideraba su amigo. Aunque hacía medio minuto que lo conocía.

Fueron muchos días pensando en ella. Demasiados. La amó en silencio. Sufrió, lloró, enfermó por Ester. Hasta que no pudo más, y un día se decidió. Le declaró todo lo que sentía. Pero lo hizo a su manera.

Le escribió una carta en la que decía:

> *Hola, Ester:*
> *Creo que ha llegado el momento de confesarte todo lo que siento. Estoy enamoradísimo de ti. Pienso cada minuto del día en tus ojos, en tu boca, en tus labios, en tu sonrisa... En realidad, Ester, no hay ni un solo segundo de mi vida en el que deje de pensar en ti. Pero no quiero pasarlo peor de lo que ya lo estoy pasando. No soportaría que me miraras a la cara y me rechazaras. Así que sólo me decidiré a revelarte mi identidad si marcas mi nombre con una cruz.*
> *¿Con cuál de estos chicos te gustaría salir si te lo propusiera?...*

Y una lista con veinte nombres. Había de todo: feos, guapos, altos, bajitos, de cursos mayores, gorditos, deportistas... y él.

¿Estaba loco? Sí, locamente enamorado. Y muy desesperado.

... Si estuvieras dispuesta a mantener una relación conmigo, lo sabré. Si no, permaneceré oculto para siempre. Y me olvidaré de tu amor.

Deja esta carta con tu respuesta mañana después de clase en el árbol que hay en el patio del instituto. Piénsatelo bien.

Por favor, no te rías de mí. Esto no es ninguna broma.

Espero emocionado e impaciente tu respuesta.

Un beso muy grande, te quiere,

tu gran admirador, ya no tan secreto.

PD: No le digas a nadie lo que te acabo de escribir. Esto es muy importante para mí.

PD2: Te quiero muchísimo.

Las horas de instituto de aquel miércoles de diciembre fueron larguísimas, angustiosas e insoportables para Bruno. ¿Habría marcado Ester su nombre? ¡Qué nervios! Durante el día ella no comentó nada con ninguno del grupo. Buena señal. O no. ¿Qué pensaría de todo aquello?

Y, por fin, mil años después, las clases terminaron. El chico se quedó en el aula y contempló desde una ventana cómo su amiga se dirigía sola, con su carta, hacia el árbol del patio. Al menos, se lo había tomado en serio. Su rostro era el de siempre, aunque no dejaba de mirar a un lado y a otro. Colocó el sobre en las faldas del roble, después de doblarlo, para ocultarlo de los curiosos que pasaran por allí. Sólo podría verlo alguien que supiera que en aquel árbol había algo.

Ester echó un nuevo vistazo a su alrededor y, tras suspirar profundamente, se marchó.

La impaciencia se apoderó entonces de Bruno, pero no podía ir inmediatamente a por aquella carta que contenía la respuesta a la pregunta más importante que había hecho jamás. Seguro que ella se había escondido en alguna parte para descubrir a su admirador secreto.

¿Qué debía hacer?

Se armó de paciencia, se colgó la mochila a la espalda y se fue a casa. Después de comer, sin avisar a nadie, regresó al instituto. Inconveniente: estaba cerrado. A gritos, llamó al conserje, que acudió veloz, alarmado por la insistencia del muchacho. Éste le rogó que le abriera la puerta aduciendo que se había olvidado un libro que necesitaba urgentemente. «Es para el examen de mañana. Cuestión de vida o muerte.» El hombre, que lo conocía bien y a quien le caía simpático aquel muchacho bajito, le abrió la cancela del centro y Bruno corrió como un poseso hasta el roble del patio. ¡La carta seguía allí! La alcanzó a toda velocidad y, sin parar de correr, se marchó tras darle las gracias al conserje.

Su intención era abrirla en casa, tranquilamente. Cuando se hubiera calmado. Pero, a mitad de camino, no pudo soportarlo más y se sentó en un banco de un parque para examinar el contenido de aquel sobre mágico. Ante sí tenía nada más y nada menos que los deseos y sentimientos de su amada. No sólo descubriría si él le gustaba, sino también a todos los chicos a los que también podría abrirles su corazón.

¿Era buena idea saber qué nombres había marcado Ester? ¿Y si no lo había señalado a él? Se hundiría. Pero ¿y si sí?

Deshojó la margarita durante un par de minutos. Temblaba. Le costaba respirar a causa de la tensión. Finalmente, Bruno abrió el sobre.

Sacó el papel, que estaba doblado, y, tras sentir un escalofrío, comprobó la lista que él mismo había elaborado el día anterior.

Otra vez el pitido del WhatsApp. ¿Quién será esta vez? De nuevo Raúl.

Al final voy a por ti. Más te vale estar listo cuando llame a tu casa. Llego en dos minutos.

Pero ¿no habían quedado en la parada de metro de Sol? Raúl es cada día más pesado. Aunque lo quiere como a un hermano. Y eso que ya tiene cuatro. Pero ser el del medio nunca le ha traído muchos beneficios. Los dos pequeños son la alegría de la casa. Y los mayores siempre han recibido una atención especial por parte de sus padres. Él sólo es eso, el tercero de cinco.

Exactamente ciento veinte segundos después del mensaje de su amigo, suena el telefonillo del piso.

—¡Voy yo! ¡Es para mí! —grita antes de que alguno de sus hermanos pequeños se anticipe o su madre proteste enfadada. Si tiene que ver con él, se vuelve más irascible.

Aun así, el molesto pitido suena de nuevo. «Impaciente, ya voy», murmura para sí. Llega hasta el recibidor y pulsa el botón para hablar por el telefonillo:

—¿Raúl?

—Bruno, ¡venga, date prisa!

—Voy, pero no llames más, por favor.

—¡Baja!

—¡Vale! ¡Bajo!

Y sin que le dé tiempo a abrir la puerta de entrada de la casa y a avisar a sus padres de que se va, el timbre vuelve a sonar.

«Capullo», dice en voz baja. Resopla. Tiene ganas de matarlo, aunque, si lo hace, se quedará sin el único amigo de verdad que ha tenido en su vida.

Aunque la amistad en algunos casos no es eterna. Y una palabra, un malentendido o cualquier situación imprevista puede acabar con ella.

CAPÍTULO 5

—¿Nos vamos o qué?

—Encima de que llegas tarde, ahora metes prisa —refunfuña Eli con voz melosa; a continuación, se agarra con fuerza al brazo de Raúl.

—Tanto echarnos en cara a Bruno y a mí que lleváis aquí esperando mucho tiempo y ahora...

Pero Elísabet no lo deja hablar más. Tira de él y, casi a rastras, lo conduce hasta la boca de metro. Los dos bajan en primer lugar la escalera de la estación del metro de Sol. Entre risas. Sin prestar atención al resto. Valeria los contempla resignada. Ya ha comenzado la «caza».

—¿Y a ésta qué le pasa? —le pregunta María extrañada—. Está más alterada de lo habitual. ¿Habéis bebido algo ya?

—Qué va. Ni una gota de alcohol.

—Pues está eufórica. Cuando empiece, no sé cómo va a terminar.

Valeria se encoge de hombros y suspira. Se queda inmóvil un instante, pensativa, mientras los demás también bajan por la escalera de la estación. Va a ser una noche muy larga para ella. No sabe si aguantará. Tener que soportar cómo Eli le tira los tejos a Raúl no será nada agradable. Pero peor será cuando éste pique el anzuelo.

—Val, vamos —la llama Ester con una sonrisa desde los escalones—. ¡Y alegra esa cara, que nos espera una gran noche!

—Una gran noche... —murmura ella poco convencida.

Sonríe tímidamente y se dirige hacia ellos.

Hay muchísima gente en el vestíbulo del metro de Sol. Hora punta. La mayoría son chicas y chicos jóvenes arreglados de sábado noche. Pese al alboroto, se oye la melodía de una guitarra y la voz rasgada de un músico interpretando *Caricias en tu espalda*, de Despistaos. Lo hace francamente bien. Valeria busca con la mirada al intérprete de la canción, pero no consigue distinguirlo entre tanta gente. Por fin lo descubre cerca de una de las hileras de máquinas de tiques. Es un muchacho bastante más joven de lo que su voz presagiaba. O, por lo menos, eso es lo que indica su rostro imberbe y afilado. Tendrá cinco o seis años más que ella, como mucho. Tiene el pelo largo, por debajo de los hombros, castaño, y lleva puesto un sombrero gris con una cinta negra que lo atraviesa por el centro. Viste con un fino jersey beis, muy ajustado, y unos vaqueros azules rotos.

Es realmente guapo.

—¡Nena, que te duermes! —grita Elísabet desde el otro lado del torno. Agarrada del brazo de Raúl, camina hacia la línea tres.

Todos han pasado ya, excepto ella. Valeria resopla y se da prisa por acudir junto a sus amigos. Abre su bolso y busca dentro el bonometro. No da con él. Mierda. ¿Dónde está?

Escarba entre sus cosas, pero ni rastro. Los demás han seguido hacia delante y ya ni los ve. ¡Joder! ¡Qué prisa tienen! Empieza a ponerse nerviosa. Por lo visto se lo ha dejado en casa. ¡Tendrá que sacar un billete sencillo!

Se da la vuelta y acude rápidamente a las máquinas expendedoras. La única libre es la que está junto al chico que toca la guitarra. Va hacia ella a toda velocidad y, casi sin quererlo, mira al joven disimuladamente. De repente se encuentra con sus ojos verdes. Son increíblemente bonitos. Es sólo un segundo. Tal vez menos. Pero es tiempo suficiente para hacerla sonrojar. El músico sonríe y, de inmediato, vuelve a prestar atención a su guitarra y al tema que ahora interpreta.

Valeria agacha la cabeza muerta de vergüenza y trata de centrarse en lo que tiene que hacer. ¡Qué guapo es! Abre otra vez el bolso y alcanza el pequeño monedero en el que guarda el dinero. Lo examina, pero... ¡No tiene nada suelto! Sólo un billete de veinte euros. Buf.

—Perdonad, ¿tenéis cambio de veinte? —les pregunta a unas chicas de su edad, muy maquilladas, que están en la máquina de al lado.

Todas mueven la cabeza negativamente sin siquiera comprobarlo. Estúpidas creídas. Valeria suspira y mira a su alrededor. ¿Cómo? El chico de la guitarra ha dejado de tocar y se ha puesto de pie. Se acerca a ella y, extendiendo un brazo, le ofrece el dinero exacto para el billete sencillo.

—Toma. No tengo cambio. Pero con esto tendrás suficiente, ¿no?

—Gra... gracias, pero... no, no hace falta.

—Insisto.

—Bueno, yo...

Se ha quedado impresionada. Boquiabierta. Frente a frente, resulta todavía más guapo. Y su sonrisa resulta... adorable. Es alto, mide más de uno ochenta y cinco seguro; y, más que delgado, está fibroso. ¿Qué hace un tío como aquél tocando en el metro? Debería estar desfilando en una pasarela o llenando salas de conciertos. Sería un auténtico fenómeno fan.

—No te preocupes. Ahora canto un par de temas más y lo recupero —señala con dulzura—. Eso si no viene alguien de la SGAE y me hace pagar los derechos de autor de las canciones.

—¿Cómo?

No tiene ni idea de lo que le está hablando, pero qué más da. No es lo que dice, sino cómo lo dice. Y, sobre todo, cómo está el que se lo está diciendo.

—Déjalo. Humor subterráneo —indica él sin parar de sonreír—. Coge el dinero antes de que se me duerma el brazo.

—Ay. Perdona. Muchas gracias.

Valeria toma nerviosa el euro con cincuenta que le entrega el músico, se da la vuelta y saca el billete de la máquina. Está temblorosa. Le da pánico volverse y mirarlo de nuevo. Seguro que está sonriendo. Así es. El chico de la guitarra continúa sonriendo, mostrando sus perfectos dientes blancos. Embobada por sus perfectas facciones, se queda completamente en blanco. ¿No había curado ya su timidez?

—¿Vas sola de fiesta?

—¿Qué?

—Que si no tienes acompañante para esta noche.

—Ah. Sí, sí. Mis amigos van delante.

—¿Tus amigos? ¿Te han dejado sola?

—Algo así. Han cruzado al otro lado sin darse cuenta de que yo no podía pasar porque me he dejado el bonometro en casa. Soy un desastre.

—Pues date prisa o no cogerás el tren y los perderás definitivamente.

—Sí.

Los dos permanecen un instante en silencio. La que está perdida ahora mismo es ella. Valeria deja de mirarlo e intenta recuperar la compostura. ¿Las cosas como aquélla no pasan sólo en las películas? Está claro que no. Porque aquel chico, aunque es de película, está hablando con ella cara a cara. En la vida real. Su aburrida vida real. Pero... ¿por dónde se va a la línea tres? Da una vuelta sobre sí misma y descubre el cartel amarillo que la indica.

El joven del sombrero regresa a la silla desde la que tocaba. Piensa un segundo y, a continuación, comienza a acariciar las cuerdas de su guitarra. Valeria lo observa una última vez, dibuja un «Gracias» con los labios e intercambian una sonrisa final.

Mientras suena un tema de Nirvana, la chica introduce el billete en la ranura y atraviesa el torno.

¡Qué tío tan espectacular! Nunca lo había visto en esa parada. ¿Cómo se llamará?

—¿Dónde te habías metido? —la voz es de Ester, que llega corriendo hasta ella—. ¡Menos mal que me he dado cuenta de que no estabas antes de que subiéramos al metro!

—Me he dejado el bonometro en casa y no podía pasar.

—Vaya.

—Y luego no tenía suelto para el billete.

—¿Y por qué no nos lo has pedido a alguno de nosotros?

—¡Porque os habíais ido!

Ester se tapa la mano con la boca y luego ríe. Le hace gracia ver a Valeria alterada.

—Perdona.

—Ya os vale.

—Somos muy malos amigos.

—Los peores amigos del mundo.

—No te pases.

—Me habéis dejado tirada como a una colilla.

—No seas quejica, anda.

—Jum.

Las dos chicas suben la escalera que lleva hasta las vías de la línea tres. Sentados en un banco, esperan los otros cuatro. Eli está sobre las piernas de Raúl. Sin embargo, cuando el chico ve a Valeria se levanta y camina hacia ella.

—¿Estás bien? —le pregunta muy serio.

—Sí. Todo bien. No podía pasar porque me he olvidado el bonometro.

—Ah. Podrías haber pasado con alguno de los nuestros.

—Ibais demasiado rápido y me he quedado atrás.

Elísabet también se pone de pie y acude al lado de sus amigos. Le ha fastidiado mucho que Raúl la haya abandonado en el banco.

—Te has quedado atrás porque hoy estás empanada. Llevas toda la tarde distraída por culpa del maldito vaquero —afirma.

—¿Qué vaquero? —pregunta con curiosidad el joven de la camisa azul.

Valeria se sonroja. ¿Lo va a contar? ¿Delante de él? ¡No se atreverá!

—Uno de Stradivarius que le he dejado pero que no le entraba.

¡Se ha atrevido! ¡Esas cosas no se dicen! ¡Y menos delante de un chico! ¡Y todavía menos del chico del que está enamorada! ¡Con amigas así quién necesita enemigas!

Roja como un tomate, Valeria observa cómo Raúl sonríe y le mira el culo sin ningún tipo de discreción.

—Pero ¿tú qué miras? —pregunta indignada al tiempo que se pega a la pared. Le arden los pómulos.

—Yo te veo bien, Val. Como siempre. Eso es que Eli está demasiado delgada.

—¿Cómo? —Los ojos de la mencionada se abren como platos—. ¡No estoy demasiado delgada!

—¿Que no?

Ahora la mirada azul de Raúl se dirige hacia el trasero de Elísabet.

—Pero tú... ¡no tienes educación ni vergüenza! —grita ésta enfadada.

—Estás muy delgada, Eli. Demasiado. Aunque me gusta mucho tu culo. ¿No te lo había dicho nunca?

La chica se abalanza contra él y le golpea los hombros repetidamente con los puños cerrados. Valeria los mira sin despegarse de la pared, entristecida. Aquella fingida pelea es una prueba más de que será una noche difícil y de que entre aquellos dos no tardará mucho en pasar algo.

Segundos más tarde, suena el ruido de una locomotora. El metro llega, prácticamente repleto. Los seis se suben a uno de los vagones del final del tren. Eli es la última en entrar, no sin antes golpear una vez más a Raúl, que sonríe satisfecho.

Apenas hay hueco para respirar. Están enlatados como sardinas.

—Me muero de calor —anuncia Valeria, a la que aún no se le han bajado los colores.

—Son sólo cinco paradas —comenta María, que va a su lado.

—Ya lo sé. Espero no morir asfixiada antes.

—Aguantarás.

Y, efectivamente, sobrevivió a Callao. Y a Plaza de España. También a Ventura Rodríguez y a Argüelles, donde se bajó mucha gente. Y por fin llegaron a Moncloa: final del trayecto de la línea tres.

Cerca de allí, en una conocida discoteca de la ciudad, les espera una fiesta llena de universitarios.

Pocos minutos después...

—¿Veinte euros cada uno?

—Exacto.

—¿No quedamos en que serían diez?

—Diez por el DNI y el carné de estudiante universitario. Y otros diez por la entrada a la discoteca. ¿No os pensaríais que ibais a entrar gratis?

—Pero...

—¿Lo tomáis o lo dejáis?

—No es justo. La entrada a la discoteca entraba en el precio. Los que son de la Complutense no tienen que pagar nada. Y nuestros carnés son de estudiantes de la Complutense.

—Es lo que hay, vosotros veréis lo que hacéis. Si queréis las falsificaciones y entrar, veinte euros.

Raúl se frota la barbilla y resopla. Aquel tipo los ha engañado. Ése no era el trato que habían acordado.

—Espera. Voy a hablar con mis amigos.

El chico, resignado, se acerca hasta donde aguarda el resto. Sus amigos lo observan preocupados al verlo llegar con las manos vacías.

—¿Qué te ha dicho? —pregunta Eli arqueando las cejas—. ¿Y los carnés?

—Nos pide veinte euros por cabeza.

—¿No eran diez?

—Pues ahora dice que son veinte. Diez por el DNI y el carné de estudiante, y otros diez por la entrada a la discoteca.

—¡Qué gilipollas!

—¿Y qué hacemos? ¿Pagamos? —interviene Valeria mientras saca los veinte euros del monedero.

—Ya que estamos aquí...

Ester y María se miran la una a la otra.

—Yo sólo tengo diez euros —explica la chica del flequillo en forma de cortinilla—. Mis padres no me han dado más.

—Yo tampoco quiero pagar más dinero —dice María.

—Estoy con ellas —añade Bruno con un bostezo—. No me apetece pagar veinte euros por entrar en una discoteca.

Una ráfaga de aire alborota el cabello de los seis chicos, que se han quedado en silencio. Hasta que Elísabet vuelve a hablar. Lo hace de manera enérgica, contundente.

—Pues yo sí que quiero pasar. Me he hecho las fotos para los carnés falsos, he venido hasta aquí con la idea de entrar en esta fiesta que llevaba mucho tiempo esperando y por sólo diez euros más no me voy a echar atrás. Toma, mi dinero.

Y le entrega un billete de veinte a Raúl. Éste lo coge y mira a Valeria, que es la única que aún no se ha pronunciado.

—¿Qué dices tú? —le pregunta.

—No sé. Son veinte euros. Aunque...

Aunque, si no va con ellos, seguro que se lían dentro de la discoteca. En cambio, si sólo entran los tres, no van a dejarla sola o a darse el lote delante de ella, ¿no? Es una oportunidad de frenar lo que parece irremediable.

—¿Aunque qué?

—Nada, nada. Que sí, que si entráis vosotros yo también.

Las miradas de Ester, María y Bruno se centran en Valeria. Ninguno esperaba esa respuesta de su amiga.

—Bueno, pues somos tres y tres —comenta Raúl al tiempo que saca veinte euros de su bolsillo—. ¿Vosotros al final qué vais a hacer?

—Yo no puedo. Lo siento. Pero id vosotros —comenta Ester sonriente—. Me voy para casa, así descansaré más para el partido de mañana.

—Me voy contigo —replica María—. Tampoco estoy para muchas fiestas.

Raúl se fija entonces en Bruno. Éste se encoge de hombros y se une a las dos chicas que han decidido no entrar en la discoteca.

—No voy a dejarlas solas. Las acompaño —apunta—. Además, no me van mucho las universitarias.

—Tampoco creo que tú les vayas mucho a ellas.

A Bruno no le hace gracia el comentario jocoso de Raúl, así que se vuelve y mira hacia otro lado, molesto. Últimamente, a su amigo se le han subido demasiado los humos. ¿Ya no recuerda cuando sólo eran ellos los que le hablaban?

Se hace un nuevo silencio en el que todos se observan. Ninguno sabe muy bien qué decir. Valeria se siente mal por su falta de solidaridad con los que no entran, especialmente con Ester, que no tiene dinero. Pero, por otra parte, no puede dejar solos a Eli y a Raúl, a pesar de que tal vez lo pase peor dentro que fuera de la discoteca.

—Pues ya nos veremos, chicos. Y os contaremos qué tal ha estado esto —se despide Elísabet.

Lanza besos al aire y, con paso firme, se dirige hacia la puerta de la discoteca. Dos universitarios con los que se cruza la miran de arriba abajo y le sueltan un piropo poco elegante.

—Me voy con ella, antes de que sea pasto de los tiburones. ¿Vienes?

Valeria asiente con la cabeza y, tras decirles adiós con la mano a los que se van, se dirige junto con Raúl hacia la puerta de entrada.

Sus sensaciones son totalmente contradictorias. No le gusta lo que está haciendo. Se supone que deberían ir todos a una. O entrar los seis o no entrar ninguno. Sin embargo, el grupo se ha dividido en dos. Algo que hace algún tiempo habría sido impensable.

CAPÍTULO 6

Durante el recreo, recorre cabizbajo la parte de atrás del instituto, como cada mañana desde hace varias semanas. Normalmente, allí no hay nadie a esa hora. Sólo hay árboles viejos que, en los días que sopla el viento, dejan que éste meza sus ramas. Por eso le gusta ir a esa zona y sentarse solo en la escalera del pórtico trasero. Suele recostarse sobre sus rodillas y se esfuerza por no pensar en nada. Aunque es difícil aislarse de todo después de lo que sucedió hace unos meses. Aquel maldito mes de octubre.

—Oye, tú. ¡Ven aquí!

Raúl mira a un lado y a otro. ¿Lo están llamando a él?

Eso parece. Hoy han invadido su espacio. Y no precisamente gente que le agrade. Se trata de un grupo formado por cuatro chicos de su clase. Junto a ellos hay una niña con gafas que da la impresión de sentirse bastante asustada.

—¿No has oído a mi amigo David, rarito? Te ha dicho que vengas.

El chico que interviene ahora es Raimundo Sánchez, el delegado de la clase. No le cae demasiado bien. Pero es alto, fuerte, rubio y les encanta a todas. Sin embargo, en lo que se refiere a neuronas, anda un poco justo.

—¿Qué queréis?

—¡Anda! ¡Pero si habla! —grita el que se ha dirigido a

45

él en primer lugar—. Y nosotros que creíamos que te habías quedado mudo...

—Ven aquí. Queremos que nos ayudes con una cosa —insiste Raimundo.

Raúl no busca problemas con nadie, y menos con esos tipejos, pero sabe que si se acerca a ellos los tendrá. Sin embargo, ¿qué puede hacer? De todas formas no lo van a dejar tranquilo. Lentamente, camina hasta donde se encuentran los otros. Cuando llega, observa detenidamente a la niña. Es pelirroja, no muy guapa, y lleva el pelo cortado como un chico. Cree que se llama María y que va a un curso por debajo de él.

—¿Qué? —Procura aparentar calma, aunque los nervios lo comen por dentro. Aquello le da mala espina.

—A ver, chaval. ¿Has besado alguna vez a una chica?

La pregunta del delegado de su clase lo coge totalmente desprevenido. ¿Y eso a qué viene? No responde de inmediato. La realidad es que, a sus quince años, nunca ha besado a nadie. Tampoco ha tenido oportunidad de hacerlo, porque hasta el momento no ha salido con nadie.

—Verás. Es que hemos hecho una apuesta —comienza a explicarle un tercer chico, moreno y algo más bajo que los otros dos, que lleva un pendiente en la oreja izquierda. Se llama Manu y es uno de los guaperas del curso—. Nosotros tres ya nos hemos enrollado con varias tías. Lo normal. Pero aquí nuestro amigo Rafa todavía no se ha estrenado.

Y señala con sorna al cuarto miembro del grupo, un chaval gordo y feo, con el pelo rizado.

—¿Y a mí qué me importa? —responde sin comprender lo que pretenden.

—Eh, rarito. No te alteres. ¿O quieres cobrar?

Raúl no reacciona ante la amenaza de Raimundo, que se ha puesto muy serio.

—Bueno. La apuesta consiste... —continúa diciendo Manu— en que Rafa tendrá que hacer cien abdominales si tú te lías con una tía antes que él.

—Sois unos cabrones —escupe el gordo mientras mueve la cabeza de un lado para otro.

—Y como sabemos que a ti lo que te gustan son los tíos, nos imaginamos que nunca has besado a una chica.

—No cuentan familiares —apostilla David.

—Aunque tampoco creemos que hayas estado con ningún tío. Vas siempre solo. Seguro que no te quieren ni tus padres. Eres el marginal del instituto.

Las palabras de aquellos muchachos hieren a Raúl. Le gustan las chicas, no es homosexual. Y si lo fuera, sería asunto suyo. Lo que más le duele es que aquel estúpido lo haya llamado marginal y se haya referido a sus padres. ¿No sabe lo que pasó hace cinco meses? ¿O lo ha hecho a propósito?

La pelirroja del pelo corto sí que lo sabe. Se enteró de que aquel chico nuevo del curso siguiente al suyo perdió a su padre por culpa de un accidente de tráfico. Incluso estuvo varios meses sin ir a clase.

—Sois unos capullos. No os atreváis nunca más a mencionar a mi padre.

—¿Qué te pasa, niñato? No nos hables así.

Raimundo, que es el que parece que tiene más ganas de bronca, lo agarra del jersey y amaga con golpearlo con el puño cerrado.

—Para, Rai —le ruega el chaval del pendiente mientras aparta el brazo de su amigo.

—Sí, no le pegues o nos quedaremos sin ver al gordo hacer ejercicio —comenta David burlón.

El delegado de clase hace caso a lo que le dicen sus compañeros y suelta a Raúl. Se peina con las manos el cabello rubio y se apoya en una pared al tiempo que maldice la osadía de aquel marginado por enfrentarse a él.

—Venga, vamos al grano, que se termina el recreo —sugiere Manuel, que es quien toma ahora la voz cantante—. Queremos que beses a esta chica. Así Rafa perderá la apuesta y tendrá que pagarla haciendo abdominales.

—Eso no es justo —señala el aludido.

—¿Cómo que no? No pusiste condiciones, gordo. La apuesta consistía en que tú te enrollarías con una tía antes que el rarito. ¿No decías que eso estaba chupado?

María y Raúl se miran el uno al otro. En menudo lío los han metido. ¿Y ahora cómo salen de ésta?

—No voy a besarla —repone valiente el chico.

—¿Cómo que no? Por supuesto que sí.

Raimundo se abalanza sobre él y logra inmovilizarlo con la ayuda de Manu, que le sujeta las manos detrás de la espalda. Por otra parte, David agarra de los hombros a la joven de las gafas y la empuja hacia Raúl. Está muy asustada. Ella tampoco ha besado nunca a nadie.

—¡Bésala! —grita uno de ellos.

—¡No! ¡Dejadnos en paz!

—¡Bésala y os podréis ir!

—¡Sois unos gilipollas! ¡Olvidaos de nosotros!

Las quejas del muchacho son inútiles. María y él están cada vez más cerca. Sólo es un beso y después los soltarán. Pero es su primer beso, y no quiere recordarlo de esa manera. Además, aquella chica... pobre. Le da mucha pena. Está temblando.

¡Cobardes!

—Rarito, dale un beso en la boca ahora mismo a la pelirroja.

—¡No! ¡Soltadnos de una vez!

—Si en realidad os estamos haciendo un favor. Si no es

por nosotros, ninguno de los dos os comeríais una rosca en la vida.

El rostro de Raúl está apenas a unos milímetros del de María. Está tan cerca que siente su respiración agitada. Una lágrima asoma bajo las lentes de la chica, que no puede soportarlo más. Cierra los ojos y une sus labios a los del joven. Éste, sorprendido, también los cierra y responde al beso.

—¡Muy bien! ¡Así, así! ¡Comeos toda la boca!

—¡Qué máquina el *margi*! ¡Y parecía tonto!

Los tres animan a la pareja sin cesar, aullando a gritos y haciendo todo tipo de gestos obscenos. El momento álgido de sus vítores llega cuando, a petición del rubio, contemplan cómo la lengua de María se introduce en la boca de Raúl. El chico, obligado por quien le aprieta con fuerza las manos detrás de la espalda, la imita e introduce también la lengua en la suya.

—¡Sois unos fieras! ¡Esta noche ya quedáis vosotros solitos para culminar lo que habéis empezado! ¡Pero con condón!, ¿eh?

Poco después, la campana que anuncia que el recreo ha terminado pone el punto y final a la escena. Raimundo y Manu sueltan al joven y David hace lo propio con la chica. Ambos se quedan inmóviles. Jadeantes. Les cuesta mirarse a los ojos.

—¡Gordo! ¡Al final de la clase te toca pagar la apuesta! —grita el rubio delegado mientras los cuatro se alejan de allí sin parar de burlarse del chaval de pelo rizado.

María y Raúl los observan hasta que los pierden de vista.

—Lo siento —dice ella con la voz quebrada—. Yo...

—No te preocupes. Tú no tienes la culpa de nada.

El chico intenta sonreír, pero apenas lo consigue.

Aquél ha sido su primer beso. Nunca lo habría imaginado así.

Compungido, se deja caer y se sienta en el suelo. Cruza las piernas y apoya la espalda contra la pared. María suspira y hace lo mismo adoptando una postura similar.

—¿Quieres que vayamos a contarle al director lo que ha pasado? —pregunta mientras se limpia las gafas con la manga de la sudadera.

—No. Sólo empeoraría las cosas.

—¿Tú crees?

—Sí.

El ruido de los alumnos regresando a sus aulas les llega desde lo lejos. Es la hora de reiniciar las clases. No obstante, ninguno de los dos parece tener intención alguna de volver.

—Te llamas Raúl, ¿verdad?

—Sí.

—Yo soy María.

—Lo sé.

La afirmación del chico sorprende a la joven pelirroja, que lo mira algo desconcertada. Pensaba que en aquel instituto nadie sabía que existía.

—¿Sabes? Nunca había besado a nadie.

—Yo tampoco.

—¿No?

—No.

María sonríe. No es la única, entonces. Ella sólo tiene trece años. Y jamás se ha interesado por ningún tío. Pero aquél... le cae bien.

—Pues eres guapo.

—No creo.

Quizá exagera. Guapo, lo que se dice guapo, no es. Pero apunta maneras. Es alto, delgado, y tiene la cara muy finita.

—En el fondo no ha estado mal que hayas sido mi primer beso. Eres mucho mejor que cualquiera a quien yo pueda aspirar.

Aquel comentario le arranca una sonrisa a Raúl, que examina con curiosidad a aquella jovencita tan particular.

—No digas tonterías.

—He dicho la verdad —señala convencida—. En cambio, para ti...

—Para mí, ¿qué?

—¡Que menudo marrón! Que yo sea tu primer beso debe de ser algo así como una gran pesadilla.

—Déjalo ya.

—Vale. Pero es la ver...

Y, sin que la pelirroja lo espere, se encuentra con el rostro de aquel chico enfrente del suyo. Rápidamente, su boca busca la de ella y ambos se funden en un nuevo beso. Éste no ha sido forzado. Es limpio. Amable. Sencillo. Natural.

De fondo, se oye la voz de un profesor de Matemáticas explicando algo sobre las derivadas, pero María sólo percibe los latidos de su corazón. Va muy de prisa.

—Espero que a partir de ahora no digas más tonterías como las que me acabas de decir —comenta Raúl cuando se separan sus labios—. Nadie es más que nadie. Aunque no nos comprendan. No lo olvides.

Y, tras una bonita sonrisa, se pone de pie y, con las manos en los bolsillos, se aleja de aquel lugar. María no puede creerse lo que acaba de pasar. ¡La ha besado un chico! Está confusa. ¿Debería preguntarle si lo ha hecho de verdad o sólo por pena?

No tendría ocasión de hacerlo: Raúl no volvería al instituto en todo lo que quedaba de curso.

CAPÍTULO 7

—¡Es hora de tomar algo! Voy a pedir una copa, ¿qué queréis vosotras?

—Yo... un vodka con naranja.

—Y yo una Coca-Cola. Gracias.

Eli y Raúl miran a Valeria extrañados. Como quien no entiende un chiste.

—Vamos, nena. Estamos aquí, en una superfiesta llena de tíos universitarios, un sábado por la noche, y ¿te pides una Coca-Cola? ¡Por Dios! ¡Lánzate!

Quizá su amiga tiene razón. Además, necesitará un extra para soportar lo que se le viene encima. Desde que han entrado en la discoteca, Elísabet no ha parado de intentar llamar la atención de Raúl. Una mirada seductora, un baile sensual frente a él, un guiñito de ojo... Aunque, de momento, él se ha limitado a sonreír y no le ha seguido el juego. ¿Cuánto tiempo tardará en caer?

—Otro vodka con naranja para mí.

—¡Muy bien! ¡Marchando!

El chico se aleja hacia la zona de las bebidas. Tienen una hora de barra libre para beber lo que quieran. Luego, habrá que pagar por cada consumición. Si es que se mantienen en pie.

—¿Has visto eso?

Eli señala a un grupo de jóvenes que están apiñados montando jaleo en una esquina de la discoteca. Hacen un concurso para ver quién es capaz de tomarse una jarra entera de cerveza de golpe. Aunque alguno de ellos ya se ha deshecho de la camiseta, todos llevan una gorra de diferentes colores.

—¿Qué pone en sus gorras? No consigo verlo.

—¿No lo ves? ¡Nena, necesitas un oculista!

Valeria hace otro intento por vislumbrar la inscripción impresa en la tela de las gorras de aquellos chicos. Pero no logra distinguir nada.

—Ni idea. Está muy oscuro.

—¡Tú que ya vas ciega! ¡Y eso que todavía no has bebido nada! ¡Miope!

—¡No soy miope! ¡Tengo la vista perfectamente! —protesta Valeria acalorándose—. ¿Me dices ya qué es lo que pone?

—Su dirección de Twitter.

—¡Venga ya! ¿De verdad?

—De verdad.

—¡Qué locos!

Aunque es una idea genial para ligar. Tendría que habérsele ocurrido cuando era tan tímida que no podía cruzar una palabra con ningún chico. Claro que, por aquel entonces, ni siquiera tenía Twitter, y ahora casi no lo usa.

—¿Te has fijado en el rapado?

—Pues no.

—¡Está buenísimo! ¿De qué facultad será?

—Ni idea.

Ni quiere saberlo. Y no comprende la actitud de su amiga. ¿No le está tirando los tejos a Raúl? ¿A qué viene ahora lo de interesarse por aquel tío que no conoce de nada y que podría sacarle cinco o seis años perfectamente?

En ese instante, uno de los chicos de la gorra se da cuenta de que aquellas dos atractivas jovencitas los están mirando. Muy alterado, exclama algo ininteligible y avisa al resto.

—Nos miran.

—¿Cómo?

—Que nos están mirando.

—No me lo puedo creer —dice Valeria; a continuación, se tapa los ojos con la mano derecha—. ¡Deja de mirarlos tú!

—¡Joder! ¡Vienen hacia nosotras!

—No.

—¡Sí!

—Noooo.

—¡Síííí!

—¿Qué hacemos?

—Conocerlos. ¿Qué si no?

—Ni hablar. ¡Corre!

Valeria agarra a Eli de la mano y tira de ella con todas sus fuerzas. Atraviesan el enjambre de gente que abarrota la pista de baile y llegan al pasillo donde están los baños de chicas. Entran en el único que está libre y se encierran dentro.

—Pero ¿qué te pasa? ¿Estás tonta? —la regaña Elísabet, que no comprende nada.

—Te he salvado la vida. No te quejes.

—¿Qué? Nena, tú desvarías.

—Un montón de tíos borrachos venía como una manada de búfalos hacia nosotras a saber con qué intenciones. ¿Qué pretendías? ¿Darles tu Twitter?

—Pues no sé, pero igual me habría apuntado el de alguno de ellos. Sobre todo el del rapado, ese que estaba tan bueno.

—Tú sí que pareces haber bebido.

Pero entonces Elísabet cae en la cuenta de que se han olvidado de algo. De alguien, más bien.

—Hablando de bebidas, hemos dejado tirado a Raúl.

—No creo que se pierda.

—Seguro que está ligando por ahí.

—No creo. Estas chicas son mayores para él.

—¿Desde cuándo le importa eso?

—Venga, no seas paranoica. Seguro que está buscándonos con las tres copas en la mano. Pobrecillo.

Eli resopla y se sienta sobre la tapa del váter. Se coloca las manos en la barbilla y se inclina levemente sobre sí misma.

—Nena, no veo a Raúl muy receptivo conmigo —confiesa, sorprendiendo a Valeria, que la observa atentamente.

—¿Por qué dices eso? ¡Si no paráis de tontear!

—Ya. Pero no es suficiente.

—No te entiendo.

—No estoy segura de que quiera algo conmigo. Llevo insinuándome todo el tiempo y nada. Incluso... le he puesto la mano en el paquete en el metro —dice en voz baja, sonrojándose—. Pero poco, ¿eh? No te vayas a pensar que... sólo un poquito.

Aquello no tiene nombre. Bueno, sí, ¡acoso! No hay otra forma de llamarlo. Que una chica le ponga la mano ahí a un chico es... un acto de desesperación total.

—Prefiero no comentar la jugada.

—Mejor.

—Cómo se te ocurre... ahí... y... es que...

—¡No comentes nada! —grita Eli, levantándose. Se cruza de brazos y se apoya contra la pared del baño—. No le gusto.

—¿Cómo no vas a gustarle?

—Yo qué sé. No le gusto y punto.

—Bueno...

—Lo amo.

—¿Qué dices? ¿Que lo amas?

—Sí. Lo amo. Lo sé. Me voy dando cuenta cada minuto que paso con él. Lo amo, nena.

Esto es de locos. Una situación de lo más surrealista: ellas dos encerradas en el baño de una discoteca porque una plaga de tíos borrachos sin camiseta las perseguía, y hablando de Raúl, el chico del que Valeria lleva enamorada tantos y tantos meses en silencio. Pero la conversación no sale por ella, sino porque su amiga, la tía más buena que conoce, se ha encaprichado de él y dice que lo ama.

—«Amar» es una palabra muy fuerte.

—Y no la diría si no la sintiera.

—Ya.

Los preciosos ojos de Eli, perfectamente pintados, se empañan cuando mira a su amiga. No puede ser. Suspira y, sonriendo, la abraza.

—Gracias —dice la chica morena cuando se separan—. Lo necesitaba.

—De nada. Para eso estamos.

—No sé qué haría sin una amiga como tú.

—Te comprarías un perrito.

—Tonta.

Y, tras darle una palmada en la falda vaquera, hace un gesto para invitarla a salir de aquel cubículo.

—Vale. Pero, si ves a los de la gorra, ni los mires. ¿De acuerdo?

—Parecían majos.

—¿De acuerdo?

—Vaaaaaale. De acuerdo.

—Bien. Vamos, entonces.

Después de echar una ojeada para cerciorarse de que los chicos de las gorras no andan cerca, Eli y Valeria salen del cuarto de baño de chicas.

De aquellos tipos no volverán a saber nada en toda la noche. Sin embargo, cerca de ellas, junto a una de las barras de la discoteca, alguien no ha perdido el tiempo.

CAPÍTULO 8

Los tres amigos caminan hacia el metro de Moncloa. Su salida de marcha de aquel sábado por la noche ha sido más corta de lo esperado. Pero pagar veinte euros por entrar en una fiesta en la que ni siquiera conocían a nadie era excesivo. Sobre todo para Ester, que no llevaba más dinero.

—¿Queréis que entremos? —pregunta la morena con flequillo mientras señala el McDonalds de la esquina—. No he cenado y, ya que no nos hemos gastado los diez euros, podríamos aprovechar para comer algo. ¿Qué os parece?

Bruno y María se miran. Es temprano todavía. Una buena hamburguesa les servirá de consuelo por el viaje en balde que han hecho hasta allí. Además, es muy difícil decirle que no a aquella encantadora muchacha.

—Vale.

—Por mí también.

El trío entra en el establecimiento. Hay tanta gente que las cajas están saturadas. Les toca esperar en una de las colas que se ha formado para pedir. Quince minutos más tarde, les llega su turno. Cada uno elige un menú con hamburguesa, patatas y refresco. Una vez que están servidos, suben con las bandejas a la planta de arriba.

—Hace calor aquí —comenta Ester. Se quita la chaqueta y deja ver su precioso vestido blanco de cumpleaños.

Su amigo se sonroja cuando se fija en su escote y aparta la vista rápidamente hacia otro lado. Tropieza con las lentillas verdes de María, que se ha dado cuenta de todo, pero, en lugar de recriminarle, sonríe y toma asiento. La otra chica se acomoda a su lado y, enfrente, se coloca Bruno.

Durante un par de minutos, ninguno dice nada. Comen en silencio e intercambian alguna que otra sonrisa.

—Chicos. Muchas gracias por todo. De verdad —dice Ester, que sostiene una Big Mac con ambas manos—. Y siento que por mi culpa no hayáis podido quedaros en la discoteca.

María bebe un trago de su botella de agua y sonríe a su amiga.

—Prefiero estar aquí contigo que en esa estúpida fiesta.

—Lo mismo digo —añade Bruno, masticando una patata—. No hay punto de comparación.

—Es cierto. Ni punto de comparación.

De fondo suena *Qué hace una chica como tú en un sitio como éste*, de Loquillo, pero en una versión más actual.

Ester sonríe y le da un beso en la mejilla a María. Se siente muy afortunada de tener aquellos amigos. Ellos dos saben los problemas económicos por los que está pasando su familia. Y es que la crisis les ha afectado de lleno. Hace dos meses que su padre está sin trabajo. Aun así, la sonrisa es lo último que está dispuesta a perder.

—Me alegro de pasar esta noche con vosotros. Sois los mejores. —Y da un gran mordisco a su hamburguesa.

Bruno la observa de reojo. Le encanta. Nunca ha conocido a nadie como ella. A pesar de haberse propuesto olvidarla infinidad de veces, no lo ha conseguido. Y eso que aquel día, hace ya casi un año, se prometió a sí mismo que no derramaría ni una lágrima más por Ester.

Recuerda perfectamente los nervios que lo atenazaban sentado en aquel banco con el sobre de su declaración de amor en las manos y, dentro, la respuesta de la chica que le había robado el corazón. ¿Habría señalado su nombre con una cruz?

Respiró profundamente y, sin escudo para el posible rechazo, contempló muerto de miedo la lista que él mismo había confeccionado.

—¿Qué? ¡No puede ser!

Su exclamación en voz alta llamó la atención de una pareja de ancianos que pasaba por delante de él. Otro pobre loco que hablaba solo.

¡Aquella chica había marcado todos los nombres de la lista! ¡Los veinte! ¿Eso significaba que estaba dispuesta a salir con cualquiera que se lo pidiera?

Imposible. Bruno no salía de su asombro. Pero aquello no era todo, había más: un pequeño papel doblado que Ester había metido dentro del sobre. El chico lo desplegó temblando y leyó en silencio lo que decía.

Me siento muy halagada. Gracias. Y prefiero señalar a todos que a ninguno, porque seguro que todos son estupendos y quién sabe qué podría pasar en el futuro. Pero mi corazón ahora mismo tiene dueño y no está en esta lista. Muchas gracias y lo siento.

Su corazón tenía dueño...

Guardó el papelito, junto con su carta, otra vez en el sobre y, triste, caminó hacia su casa. Se encerró en su habitación y lloró como nunca antes lo había hecho. Sin embargo, cuando se le secaron los ojos, juró y perjuró que jamás volvería a pasarle algo así. Encendió la Play Station y, con la selección española de fútbol bajo su mando, se propuso ganar el Mundial de Sudáfrica.

—¿Os parece que a Eli le gusta Raúl?

María casi se atraganta con la hamburguesa al escuchar la pregunta de su amiga. Bruno también imaginaba algo así.

—¿Por qué dices eso?

—No sé, pero hoy he tenido esa impresión. Estaban todo el rato tonteando.

—Así es Elísabet —repone la pelirroja.

—Y a Raúl también le gustan demasiado las chicas. Ha tenido cuatro novias en lo que llevamos de año. ¿No?

Los tres hacen cuentas y repasan mentalmente. Sí, son cuatro: Cristina, Miriam, Diana y Beatriz. Con ninguna terminó bien.

—Pero ¿no resultaría extraño que alguno de nosotros saliera con otro del grupo? —pregunta Ester después de darle un sorbo a su Coca-Cola.

Bruno y María no responden. Para ellos no sería raro. Sería un sueño. Sin embargo, los dos saben que ese sueño está lejos de hacerse realidad.

—Una relación entre Raúl y Elísabet sería una bomba —comenta el chico buscando otro camino para la conversación—. Pero no me extrañaría nada.

—Se pasarían el día discutiendo.

—Seguro.

—Pero harían buena pareja —asegura Ester—. Y si se casaran nosotras seríamos las damas de honor y tú el padrino, Bruno.

Una tímida sonrisa asoma al rostro del chico. ¿Por qué tiene que ser tan... tan... increíble?

—Me niego a ponerme chaqueta y corbata.

—Pues estarías muy mono —comenta María al tiempo que le quita una patata.

—Monísimo.

—Va, Bruno. A todas nos gustaría verte vestido con chaqueta y corbata algún día. ¿A que sí, Meri?

—Por supuesto.

—El día de mi funeral.

—¡Qué bruto eres!

Y, tras propinarle una patada por debajo de la mesa, María le sonríe amablemente. Siempre ha sido su favorito. El incomprendido más incomprendido de todos. Pero ella jamás le dará de lado. Aunque esté enamoradísimo de Ester y nunca haya sido capaz de contárselo. Respeta su silencio. Porque ella también tiene algo guardado solo y exclusivamente para sí misma.

Sí, ella sabe su secreto. Y es que sólo Bruno sería capaz de enviar ese tipo de carta a la chica a la que quiere.

Además, su letra es inconfundible.

—¿Qué hago, Meri? ¡Estoy fatal!

—Uff. No lo sé.

—Le haré daño. Y no quiero. Es mi amigo, se ha portado genial conmigo desde que llegué y no soporto que sufra por mí.

—Te entiendo.

—¿Estás segura de que es su letra?

—Completamente segura.

Cuando María recibió la llamada de Ester para que fuera a su casa urgentemente, nunca imaginó que le enseñaría aquella particular declaración de amor. A través de sus lentes comprobó cómo su amigo por fin había dado el paso que ella sospechaba que algún día daría. Lo conocía bien. Pero lo había hecho a su manera.

—Joder. Me siento fatal. Pero es que a mí...

—A ti no te gusta.

—No.

Se notaba en sus ojos la culpabilidad por no sentir nada hacia aquel chaval bajito y entrañable.

—Tienes que ser sincera con él.

—Lo sé. Pero no es sencillo.

Las dos chicas reflexionan durante un instante en silencio. La pelirroja coge la carta y la vuelve a leer. Cuando termina, piensa un segundo. Algo se le ha ocurrido.

—Puede que tenga la solución. Le harás daño, pero menos.

—¿Sí? ¡Cuéntame!

Ester está expectante. No es la primera vez que alguien se le declara, pero sí la primera vez que es alguien a quien aprecia de verdad como a un amigo.

—Vas a señalar a todos los chicos de la lista.

—¿Qué? ¿Cómo voy a hacer eso? ¡Si no es verdad!

—Así no lo excluirás, pero tampoco le dirás que quieres algo con él.

—Si pongo una cruz en su nombre será peor. Aunque lo haga con todos. Le daré esperanzas.

—No he terminado —añade María mientras se dirige hacia el escritorio de la habitación de su amiga. Coge un folio y lo dobla. Luego, con unas tijeras, lo corta por la mitad y se lo muestra—. Aquí escribirás una nota.

—¿Una nota?

—Sí, explicándole que te sientes halagada, que nadie sabe qué pasará en un futuro, pero que ahora mismo tu corazón pertenece a alguien que no está en esta lista.

—¿A quién?

—Yo qué sé. Qué más da. Tú dile eso. Así no se sentirá tan mal.

—Le romperé el corazón, Meri.

—Eso es inevitable —comenta moviendo la cabeza de un lado para otro—. Pero es el mal menor. Y no lo excluyes del resto.

—Jo. Qué mal.

—No te preocupes, se le pasará.

Y se le pasó. O intentó que se le pasara. Tomó medidas para ello. Desde aquel día, Bruno trató de evitar a Ester, de no acercarse demasiado a ella. Intentó olvidarla. Pero ambos formaban parte del Club de los Incomprendidos y pasaban mucho tiempo juntos. Y, aunque se hizo el insensible, se encerró en su cuarto todo lo que pudo y se autoconvenció de que su amor era imposible. A veces seguía sufriendo por no poseer el corazón de aquella morena encantadora con flequillo en forma de cortinilla.

CAPÍTULO 9

—Dime que lo que estoy viendo no es verdad —susurra Elísabet, apretando los puños.

—No sé qué es lo que estás viendo.

—¡Aquello!

Su voz alterada es una mezcla de incredulidad, sorpresa, indignación y ganas de asesinar.

—Está muy oscuro...

—¡Otra vez con que está muy oscuro! ¡En la barra, nena! ¡Allí! —Coge a Valeria por los hombros y la hace volverse hacia el lugar donde está señalando—. ¡Raúl!

—¿Dónde está...?

—¡Ostras, nena! ¡Lo tuyo es muy fuerte! —grita Eli enloquecida—. ¡Con la zorra rubia esa!

—¿Una zorra rubia?... ¡Ah!

¡Ya lo ve! Está sentado en un taburete junto a una de las barras de la discoteca. Una chica de pelo largo y rizado, y de pronunciadísimo escote, está frente a él. Demasiado cerca. Pasea un dedo por su pecho arriba y abajo, recorriendo su camisa azul. Incluso da la impresión de que le ha desabrochado algún botón.

—¡Qué cara más dura! ¿Eso ha estado haciendo mientras lo esperábamos?

Ella quería el Twitter del rapado de la gorra, pero Valeria evita soltarle ese detalle para no enfadarla más. El caso es que aquella universitaria buenorra le está tirando los trastos a su amigo. Lo que faltaba. ¡Ya no sólo tiene a Elísabet como rival! Una tía que podría ser portada de *Playboy* también se ha interpuesto en su camino. ¡La noche se complica por momentos!

—¿Qué hacemos?

—¿Cómo que qué hacemos? ¡Ir a por él!

—¿No molestaremos?

—¡Claro que molestaremos! ¡De eso se trata!

Ahora la que agarra de la mano a la otra es Eli, que tira de su amiga y la arrastra nuevamente por toda la pista de baile. Van tropezando con unos y con otros, pero eso no es impedimento para ellas. La fe mueve montañas. Y la furia las arrasa.

—¡Imaginaba que una fiesta universitaria sería movidita, pero no tanto! ¡Y eso que no llevamos aquí ni media hora!

Pero la morena del vestido negro y ceñido no oye nada de lo que le dice Valeria. Sólo tiene un objetivo entre ceja y ceja: llegar hasta Raúl y la zorra rubia escotada para poner las cosas en su sitio.

Misión cumplida. Tras varios empujones, codazos y algún que otro insulto, las dos amigas consiguen su propósito. La mirada de Eli se enfrenta a la del joven. Sonrisa irónica entre dientes y brazos en jarra:

—¿Y mi vodka con naranja? —pregunta fingiendo estar calmada—. ¡Ah... hola! ¿Qué tal? Soy Elísabet, encantada.

La chica sujeta con fuerza el cuello de la rubia, apretando sus dedos con rabia, y le da dos besos. La universitaria se queja al sentir las uñas de aquella loca desconocida.

—¡Tía! ¡Me haces daño! —grita, apartándose de ella—. ¿De qué vas?

—¡Perdona! —exclama; en seguida, ocupa el lugar que tenía antes la rubia, delante de su amigo. Se anuda al brazo del chico y lo mira sonriente—. ¿Qué has hecho con mi copa?

—Aquí está —indica el joven con tranquilidad.

Se vuelve y alcanza dos vasos de tubo llenos de hielo y líquido naranja. Le entrega uno a Eli y otro a Valeria.

—¿Estas dos son amigas tuyas?

—Más que eso —se anticipa a contestar Elísabet—. Somos sus compañeras de instituto.

—¿De instituto? ¿Vas al instituto?

El muchacho se encoge de hombros y asiente con la cabeza.

La rubia contempla con odio a Raúl. Lo llama niñato y se aleja de ellos todo lo rápido que le permiten sus plataformas.

—Menudas amigas te buscas —protesta Eli mientras ocupa el taburete de al lado—. ¿No las había más... operadas?

—¿Operadas? Yo creo que eran naturales.

—¡Venga ya! ¿Las has tocado?

—Esto...

Los ojos de Elísabet se abren de golpe. Luego los cierra de la misma manera y, de un trago, se bebe media copa. Valeria la observa atónita. Da un sorbito a su vodka con naranja y sonríe a Raúl.

—¿Dónde os habíais metido? Llevaba un rato esperando.

—Hemos ido al baño. Es que cuesta muchísimo cruzar la pista para llegar a ellos.

—Te iba a mandar un mensaje a la BB, pero imaginé que no lo oirías con tanto ruido.

Y le sonríe. ¡Qué guapo es! Y cuánto lo quiere. Ella sí

que lo ama de verdad, y no su amiga que ahora... ¡se bebe de un trago la otra media copa! Aquello terminará mal.

El cambio que ha experimentado Raúl a lo largo del último año y pico ha sido espectacular. Cuando lo conoció no era feo. Un chico normal. Monillo. Pero estaba sin formar. Demasiado delgado, sin ninguna musculatura. Era como si a una tabla de planchar le hubieran puesto brazos y piernas. Sin embargo, cuando comenzaron cuarto de la ESO, después de todo un verano sin verse... ¡Guau! ¿Se trataba del mismo chico?

Fue al gimnasio durante aquellos meses. Se le ensanchó la espalda y se le desarrollaron los bíceps. Desaparecieron los granitos y se le embelleció el rostro. Ya no era aquel muchacho aniñado y frágil, sino un atractivo y apuesto adolescente de dieciséis años. Se transformó en un bellezón y las chicas comenzaron a interesarse por él. Así, al mes de empezar el curso, ya se había echado novia, aunque su mayor pasión seguía siendo el club que él mismo había creado junto a sus amigos los incomprendidos.

—¡Chicos! ¡Quiero bailar! —grita Eli saltando del taburete—. ¡Vamos!

¿Otra vez para la pista de baile?

A Valeria, que habría preferido pasar un rato tranquila charlando con Raúl mientras su amiga se emborrachaba, no le gusta la idea.

Sosteniendo en equilibrio su segundo vodka con naranja, Elísabet se dirige a la zona de baile, moviendo insinuantemente todo su cuerpo.

—No podemos dejarla sola —indica sonriente el chico—. ¿Un bailecito, nena?

—Qué remedio.

Los dos se dan prisa por alcanzarla. Suena a todo volumen *Live Tonight*, de Basto.

Eli se detiene en el centro de la pista y busca a sus amigos con la mirada. Cuando los ve llegar, sonríe y comienza a bailar alzando los brazos y contoneando las caderas. Raúl se coloca a su lado y la agarra por la cintura. Los dos se mueven con sensualidad al ritmo de la melodía mientras Valeria los contempla resignada. También baila, pero lo hace de forma mucho más discreta. Suspira. No puede apartar la mirada de ellos. Harán muy buena pareja. Ahora sí que Elísabet ha iniciado el ataque final. Coloca las manos alrededor del cuello del chico y le acerca la boca a la mejilla. Parece susurrarle algo al oído. Raúl se echa hacia atrás y ríe. Pero Eli no va a dejarlo escapar. Después de darle un trago a su copa, vuelve a aproximarse a él y logra que la rodilla de Raúl se introduzca entre sus piernas. Mirándolo a los ojos, provocativa, se balancea. Vuelve a colocar las manos en torno a su cuello y persigue los labios de él con los suyos. Hasta que por fin... sucede.

Un beso.

Ese beso que llevaba persiguiendo toda la noche y que deseaba como ninguna otra cosa en el mundo.

Un escalofrío sacude el cuerpo de Valeria. Es más que eso. Su mente se bloquea, el pecho se le contrae y de repente siente unas inmensas ganas de llorar. ¡Dios! Traga saliva y mira hacia otro lado, pero es inútil. La angustia se apodera de ella. Necesita salir de allí. ¡Joder, lo necesita de verdad!

La música sigue sonando, atronadora, en aquella maldita discoteca. Da un paso hacia atrás, y otro. Y otro. Se tambalea. Las luces de colores parpadean en la oscuridad. Tropieza y el vaso de tubo con el vodka con naranja cae al suelo. De rebote, le tira la copa a un tío que se queja y la insulta. Qué más da. Ese cretino no puede comprender cómo se siente ahora. Se quiere morir. ¿Cómo ha podido ser tan tonta? Pero si ya lo sabía. Si sabía que aquello iba a pasar. ¡Qué estúpida! Debería haberse ido con los otros. Tuvo su oportunidad. La oportunidad de no presenciar lo que adivinó desde el mismo momento en el que Eli le contó lo que sentía por Raúl. ¿Cómo iba a resistirse nadie a una chica como ella? Joder, si es que hacen una pareja genial.

Por fin, la ansiada salida de aquel laberinto humano. Respira profundamente. No quiere mirar hacia la pista de baile. Ellos... ¿Por qué todo es tan injusto? ¿Por qué su amiga se ha fijado en él? ¡Ese beso tenía que haber sido con ella! ¡Joder! Se pasa la mano por los ojos y se da cuenta de que están mojados. ¡Idiota, no llores!

—¿Hola? ¿Eres... tú?

¿Es a ella? Alguien habla a su espalda. Le suena la voz. No se vuelve hasta que siente una mano sobre el hombro. Entonces sí se da la vuelta.

No puede creerlo. ¡Él!

—Hola...

Y observa su bonita sonrisa. Esos dientes perfectos blanquísimos. Ya no lleva el sombrero de antes. Ni la guitarra. Pero sigue estando buenísimo.

El chico que tocaba en el metro se agacha y contempla sus ojos manchados.

—¿Estás bien?

—Sí.

—Se te ha corrido el rímel —indica sonriendo—. Espera.

Saca un pañuelo de papel de un bolsillo de su pantalón y, con delicadeza, recorre el hilo de pintura del rostro de Valeria. Luego, se lo entrega para que ella termine de limpiarse la cara.

—¿Qué haces aquí? —le pregunta confusa.

—Mi facultad es la que organiza la fiesta.

—¿Qué? ¿Estudias en la universidad?

—Claro. ¿Qué pensabas?

Pues algo así como que tocaba y cantaba en el metro para poder comer y que su casa estaba hecha de cartones y plásticos.

—Nada. No pensaba nada.

—Seguro que creías que era un mendigo y que vivía en las vías de la línea tres.

—No.

—¿No?

—Claro que no, hombre.

Y se le escapa una sonrisilla. ¿Por qué? No tiene motivos. Aunque la presencia de aquel chico, de alguna extraña manera, la anima.

—¿Y tú qué haces aquí?

Ésa es una buena pregunta. ¿Qué demonios está haciendo ella allí? No sabe la respuesta. Sólo sabe que el chico del que está enamorada y su mejor amiga se están liando ahora mismo a sólo unos metros de ella. Eso y que aquel joven de larga melena tiene la sonrisa más increíble que ha visto nunca.

CAPÍTULO 10

Salen del McDonalds y cruzan al otro lado de la calle. Ha sido una cena agradable. Muy entretenida. Es una lástima que sólo la hayan compartido ellos tres, pero hace tiempo que el grupo no está tan unido como antes. Meses atrás, todos se habrían solidarizado con Ester. Si ella no hubiera pasado, ninguno lo habría hecho. Porque ésa era la razón del club: la solidaridad de los unos con los otros.

—¿Cómo lo estarán pasando los chicos en la discoteca?

—Ni lo sé ni me importa.

—Venga, Bruno. No seas así.

—Es que es la verdad. No me importa lo que estén haciendo ni cómo lo estén pasando.

Hasta ese instante, nunca había sido tan rotundo. Pero, pese a que a Ester la apenen sus comentarios, María lo comprende. No le sorprende que Eli y Raúl vayan un poco a su bola. Son los que más han cambiado, en físico y en actitud. Pero Valeria... poco a poco también se está alejando del camino que hace algo más de dos años comenzaron a trazar todos juntos.

—Pues yo espero que lo estén pasando bien.

—Tú es que eres muy buena.

—Demasiado buena —recalca Meri con una sonrisa—. Pero por eso te queremos tanto.

Ester sonríe. Se siente bien con ellos. Aunque sabe que no es tan buena como piensan. También comete locuras y hace cosas que no son políticamente correctas. Pero de eso prefiere no hablar. Es su gran secreto.

—Chicos, yo también os quiero. Pero el monumento, para el año que viene.

—¿El año que viene? Bueno, quedan menos de dos meses para 2012 —bromea la pelirroja—. Creo que para entonces estará terminado. Pero no te cambies el peinado; si no, no parecerás tú.

—¿Bromeas? ¡Jamás abandonaré mi flequillo! ¡Estaría horrible!

Bruno sonríe. Seguro que sin flequillo también estaría preciosa. O con el pelo rizado. O teñida de rubio. Y hasta con la cabeza rapada. Es imposible que Ester esté fea, haga lo que haga con su peinado.

—¿Cogemos el metro o vamos andando?

No hace mucho frío en Madrid para estar en pleno otoño. Y, aunque desde Moncloa hasta donde vive cada uno de ellos hay un buen trecho, deciden volver a casa caminando.

Recorren la calle de la Princesa entre el ruido del tráfico de la capital. Es sábado por la noche y todo parece sobredimensionado: los coches, las luces, la cantidad de gente que va de un lado para el otro... El sol se ha ocultado hace rato, pero la ciudad está más despierta que nunca.

Unos chicos que pasan por su lado le sueltan algo a Ester. Un par de frases entre lo vulgar y el mal gusto acerca de lo que harían si ella los dejara. La chica pasa de ellos y ni se vuelve para responderles. Seguro que a solas no son nadie.

—Qué capullos —comenta María al tiempo que niega con la cabeza—. Los tíos no saben comportarse cuando ven a una chica guapa.

—No todos —la corrige Bruno.

—Es cierto, no todos.

Él nunca se comportaría así. Ni con ella ni con ninguna otra chica. Aunque es un desastre consigo mismo, y a veces con los que lo rodean, nunca soltaría vulgaridades como las que acaba de oír. No es el típico adolescente con las hormonas por las nubes que sólo habla de tías y de sexo. Ester lo sabe. Y le gusta. Pero sólo podría quererlo como amigo. Sólo como amigo. En ocasiones, eso le ha producido cierto malestar consigo misma. Bruno es una gran persona, pero no se siente atraída por él.

—Aunque, para ser justos, hay muchas chicas que tampoco saben comportarse cuando ven a un tío guapo —señala el joven mientras cruzan un semáforo.

—Y cada vez hay más de ésas —añade María.

—Sólo hay que ver lo que pasa con los cantantes o los futbolistas. ¡Os volvéis locas!

—Pero eso es admiración. Es totalmente diferente —replica Ester.

—¿Diferente? Es enamoramiento enfermizo. Locura posesiva. Interés obsesivo por alguien a quien ni conoces personalmente.

Entonces la pelirroja se detiene y observa a su amigo. Sonríe, malévola.

—Creo que lo de los futbolistas se te puede aplicar también a ti, guapito —comenta alzando la voz—. ¿O es que si tuvieras delante a Casillas no te volverías loco?

—Claro. Pero no gritaría como una fan histérica. Más bien me quedaría en silencio sin poder decir nada.

—Es lo mismo, entonces.

—¿Cómo va a ser lo mismo?

—Claro. No es que tú no te pongas histérico, es que lo expresas de otra manera.

—¡Pero no grito!

—Por miedo o vergüenza, pero no porque no sientas deseos de hacerlo.

—Lo que tú digas.

La conversación entre sus amigos le saca una nueva sonrisa a Ester. Son tan graciosos cuando se ponen así... No harían mala pareja. Parece que los sentimientos de María son claros, aunque jamás los ha reconocido. Se nota que Bruno es alguien muy especial para ella. Y él también la aprecia muchísimo. Aunque no cree que sienta lo mismo. O ésa es la impresión que tiene. Si algún día se hicieran novios, se alegraría inmensamente por los dos. Ambos se merecen ser felices con alguien que los quiera de verdad y los comprenda. Y, de paso, la librarían del remordimiento que le produce el haber rechazado a su amigo. A pesar de que él no sepa aún que ella descubrió que aquella carta en la que le exponía sus sentimientos era suya.

—Pues yo sí gritaría si tuviera a un jugador del Barça delante de mí —reconoce Ester alegremente.

—Puag. Yo también lo haría, pero por otros motivos.

—Por miedo, chavalín. Tres ligas seguidas. Y dos Champions con Pep. No podéis con nosotros.

—Bah. Cuestión de tiempo.

—Sí. Es cuestión de tiempo que volvamos a ganaros.

—En tus sueños.

En plena discusión futbolística, llegan a plaza de España. Allí sopla algo más de viento, lo que hace que María se estremezca. Sus dos amigos continúan charlando sobre quién ganará el próximo clásico. Ella escucha sin prestar demasiada atención a lo que dicen. El fútbol no es lo suyo. Y cuando éstos empiezan a picarse por los colores de sus equipos, desconecta. Silenciosa, prefiere observarlos.

En ese instante, suena el teléfono de Ester con el himno del Barcelona como sintonía. Bruno la mira y mueve la cabeza a un lado y a otro. La chica le saca la lengua y responde:

—¿Sí?

—Hola, guapa.

Es su voz. Se detiene un instante y deja que sus dos amigos continúen andando. Les hace una señal para que no se detengan y, cuando está a la distancia suficiente para que no la oigan, prosigue caminando.

—Hola, ¿cómo estás?

—Bien. He salido a dar una vuelta con unos amigos, pero ya me voy para casa.

—Ah. Yo también he salido. Vengo de cenar en el McDonalds.

—¿Has salido?

—Sí. Pero sólo un rato.

Le tiembla un poco la voz. Sabe que toca reprimenda.

—Mañana hay partido. No está bien que salgas la noche de antes.

—Ya lo sé, pero el partido es a la una.

—Deberías estar descansando.

—Lo sé. Perdona.

Un suspiro al otro lado de la línea. ¿Se ha enfadado?

—No tienes que pedirme perdón a mí. Ya eres mayorcita para saber lo que haces.

—Ya.

Silencio. No le gusta cuando le habla así. Ya no es una niña pequeña. Ni él su padre. ¡Y tampoco debería ejercer de entrenador ahora! ¿Tanto le cuesta ser cariñoso?

—¿Sabes? Tengo algo para ti —su tono de voz se ha suavizado.

—¿Sí? ¿El qué?

—Un regalo de cumpleaños.

Todo el malestar por la pequeña bronca se le ha pasado instantáneamente. ¿Le ha comprado algo? ¡No lo esperaba!

—¿Qué es?

—Una sorpresa.

—Venga, dímelo. No me dejes así.

—Mañana después del partido lo sabrás.

—¿Después del partido?

—Sí. Así que ya puedes jugar bien y que ganemos.

—¡Ganaremos!

—Más nos vale, o será casi imposible que consigamos el campeonato.

—Lo haré lo mejor posible.

Y para eso debería estar descansando ya. El de mañana es un partido importantísimo y tiene que rendir al máximo. En el fondo, él tiene razón. A pesar de que le dé rabia reconocerlo.

CAPÍTULO 11

—¡Ester! ¡Abre más las piernas cuando recepciones la pelota!

—¡Ya lo hago!

—Si lo hicieras, ¿por qué te lo iba a estar diciendo? ¿Crees que quiero fastidiarte?

Pues sí. Claro que quiere. Rodrigo es muy duro con todas, pero desde que entró en el equipo de voleibol las mayores broncas son siempre para ella.

—No.

—¡Venga! ¡Otra vez, chicas! —grita el entrenador mientras ordena las posiciones mediante gestos con las manos—. ¿Listas? ¡Saque!

Ponen la pelota en juego las que llevan peto. Es un saque flotante. El balón va hacia Ester, que tiene problemas en la recepción y lo envía directamente al campo contrario para que la jugadora que está en el centro de la red salte y remate con fuerza contra el suelo. Ni siquiera ha necesitado la ayuda de la colocadora. Punto para el equipo con peto.

—¡Joder! ¡Las piernas, Ester! ¡Ábrelas, por el amor de Dios! ¿No me oyes o qué te pasa?

—¡Lo he hecho como me has dicho!

—¡Y una mierda! Si lo hubieras hecho bien no te habría salido esa porquería de recepción. ¡Que tienes quince años, no cinco!

—¡Lo hago lo mejor que puedo! —grita ella al borde de las lágrimas. Suspira y se tapa la cara con las manos.

El entrenador la sustituye y le pide al resto que continúen con el partidillo.

—Ven conmigo, por favor.

La chica obedece y lo sigue a cierta distancia. Apenas puede contener la rabia que siente por dentro. No es la primera vez que pasa algo así. Parece que ese tío la ha tomado con ella. Ester sólo quiere divertirse jugando al voleibol, como en su anterior equipo. Pero aquí es imposible. Se castiga cualquier error, cualquier pequeño fallo. Y está harta. Incluso se ha planteado abandonar. Tal vez ésa sea la mejor solución.

Los dos llegan a una zona del pabellón apartada del resto del grupo.

—A ver... Colócate como si fueras a recibir un saque.

Ester no dice nada. ¡Como si no lo hubiera hecho nunca! Resopla y le hace caso. No quiere más problemas con él. Flexiona el cuerpo hacia delante, pone los pies en paralelo, estira los brazos y junta los dedos.

—Ya.

—Baja más el culo. Es muy importante para defender bien. ¡Y abre las piernas, por favor!

—¿Más? —pregunta con un suspiro. No comprende esa obsesión con sus piernas.

Rodrigo se acerca a ella por delante. Se agacha y le pone las manos sobre las rodillas. Están calientes. Con delicadeza, le desplaza las piernas hacia fuera para separarlas unos cuantos centímetros más. A continuación, se levanta y la observa satisfecho.

—Así. ¡Genial! —exclama contento—. Ésta es la posición perfecta para recepcionar un balón.

—Bueno...

Se ha puesto colorada. Siente mucho calor dentro del pecho y en las mejillas. ¿Qué ha sido aquello?

—Espero que a partir de ahora no falles ni una más.

—Lo intentaré.

El entrenador sonríe y regresa a la cancha, donde el resto del equipo sigue empleándose a fondo. Ella también lo hace. Pero no con la misma sensación que antes. Está sofocada. Y, aunque no se equivoca más en sus recepciones, hay algo que la inquieta bastante.

Media hora más tarde, termina el entrenamiento.

—Ester, cuando te duches, ¿puedes venir a la oficina un momento?

La chica asiente. ¿Qué querrá ahora? Espera que no le eche otra bronca. El resto del entrenamiento ha recepcionado la pelota como él le ha dicho y ha acertado en la mayoría de las ocasiones. ¿Entonces...?

Mientras se ducha, no puede evitar pensar en lo que ha sucedido hace un rato. ¿No se ha pasado Rodrigo un poco tocándole las rodillas? Nunca un entrenador le había hecho algo parecido. Sin embargo, no le ha disgustado sentir el contacto de sus manos sobre la piel. Se avergüenza y enrojece al recordarlo. ¡Maldita sea! Imagina que sólo ha sido algo casual. Inocente. La única forma de corregir la posición de sus piernas. Y, por el resultado, debe darle las gracias.

Se viste, recoge su bolsa y se despide de sus compañeras.

Toc, toc.

—Adelante.

Su voz suena serena. Sosegada. Nada que ver con la que escucha normalmente mientras entrena. Ester, despacio, abre la puerta de la oficina y entra con timidez en aquella habitación llena de trofeos, diplomas y objetos de decoración relacionados con el voleibol.

—Hola —Rodrigo la saluda de pie, con una bonita sonrisa.

—Hola, entrenador.

Su imagen es diferente a la que suele mostrar habitualmente. También se ha duchado. Se ha vestido con una camiseta negra de manga larga, una chaqueta gris y unos vaqueros azules. Calza zapatos oscuros de piel. Además, se ha puesto gomina en el pelo y lo lleva de punta. Jamás lo había visto así. Debe reconocerlo: está muy guapo.

Con un gesto de la mano, el chico le pide que se siente y, cuando Ester lo hace, es él quien ocupa su lugar en el sillón de enfrente.

—¡Qué bien hueles! —exclama sin apartar de ella sus ojos verdes.

La chica se siente algo intimidada. Se sonroja y baja la mirada. No quiere decírselo, pero él también huele fenomenal.

—Gracias. Será por el gel que uso.

—¿Es el de vainilla de Yves Rocher?

Exacto. Vaya, ¿cómo lo sabe?

—Sí —responde estupefacta.

El entrenador ríe al percibir el asombro de la jovencita. Pero su acierto tiene truco.

—No me mires así. No soy adivino. Ni conozco todos los geles del mercado. Sólo es que mi hermana trabaja en una tienda y de vez en cuando le regalan pequeños botes de muestra. Le encantan los de vainilla.

Así que se trataba de eso. De todas maneras, aunque ya sepa el motivo por el que conocía el olor de su gel, la ha sorprendido. E impresionado.

—A mí también me gusta mucho.

—Pues ya te traeré algún botecito de muestra.

—Gracias.

—Ahora me acordaré de ti cada vez que mi hermana se duche —comenta divertido; a continuación, suelta una carcajada.

La chica vuelve a sonrojarse. Es la primera vez que habla con él de algo que no esté relacionado con el voleibol. Ese chico que está ahí delante no tiene nada que ver con el que vocifera en la cancha de juego. Parece una persona completamente distinta.

—Bueno, ¿de qué querías hablarme? —pregunta mientras intenta tranquilizarse. No comprende por qué le arde la cara.

—Pues de ti y de mí. De nuestra relación.

Si no llega a ser porque está sentada, Ester se habría caído de espaldas tras su guiño de ojo.

—¿Perdona?

—Pues de nuestros roces continuos desde que entraste en el equipo.

—Ah. Eso. —Respira aliviada—. Es que...

—Parece que tú tengas la culpa de todo, ¿no?

—Sí.

La sonrisa de Rodrigo la cautiva. ¿Por qué no la usará más en los partidos y entrenamientos? ¿No es mejor así? Seguro que de esa manera motivaría más a las chicas del equipo, porque... ¡caerían rendidas a sus pies!

—Sé que soy muy exigente contigo —admite tras una pausa—. Pero sólo exijo a quien creo que puedo exigirle.

—Yo juego para divertirme, no para que me exijan.

—Y así debe ser. Pero... en el deporte, cuanto más te exiges a ti mismo, más te diviertes tú y más se divierten los demás.

—No lo comprendo. Yo sólo quiero pasar un buen rato haciendo deporte.

Rodrigo hace una mueca con la boca, frunciendo los labios, y se levanta del sillón. Rodea la mesa y se sienta sobre ella, más cerca de Ester, que no le quita ojo.

—Ese pensamiento no me vale para un juego de equipo.

—¿Por qué?

—Porque hay compañeras tuyas que sí se esfuerzan y se exprimen al máximo. Ellas pueden ser mejores o peores que tú, y también se divierten jugando al voleibol, pero se exigen mucho a sí mismas. Y por respeto a ellas, a su esfuerzo, a su dedicación... todos deberíamos dar nuestro máximo nivel. Por eso soy tan exigente con todas vosotras y, especialmente, contigo.

Jamás ha escuchado esa reflexión en boca de ningún entrenador, y tampoco de ninguna compañera de equipo. Es, cuando menos, razonable. Aunque eso no quite que para ella el deporte sea una diversión, antes que nada.

—¿Y qué quieres, que me esfuerce más?

—Si no lo consigo, habré fracasado en mi trabajo como entrenador.

—No exageres. El equipo lo está haciendo muy bien. Yo no soy tan importante como para que digas eso.

—Pero podríamos hacerlo mejor. Y que tú mejores y te esfuerces al máximo es una de mis metas.

Esto es un desafío en toda regla. Una impresionante prueba de que para motivar a alguien sólo es necesario buscar las palabras adecuadas.

—Haré lo que pueda.

—Sé que puedes hacerlo mucho mejor.

—Al menos lo intentaré.

Y sonríe. Por primera vez desde que entró en la oficina, Ester sonríe. Ella, que siempre lo hace, que pase lo que pase siempre está feliz, no lo había conseguido hasta ese momento por culpa de ese chico que le estaba haciendo la vida imposible.

—Estoy convencido de que a partir de ahora todo irá mucho mejor y te exigirás más. El equipo, las chicas y yo ganaremos con ello. Y tú, por supuesto, también.

El que sonríe ahora es él, que clava su mirada en la joven jugadora. Pero esta vez Ester no aparta la suya. Se la sostiene con una de sus bonitas sonrisas. Es hora de marcharse a casa. Se pone de pie, se despide del entrenador y sale de la oficina convencida de que puede llevar a cabo lo que él le ha transmitido. Aunque las palabras de Rodrigo no sólo se han grabado con fuego en su mente, también han prendido un trocito de su corazón.

CAPÍTULO 12

Este reservado es bastante cómodo. No hay mucho jaleo, la música no suena excesivamente alta y tampoco se ven parejas pasándose de la raya.

—¿Qué quieres beber?

—Una Coca-Cola.

Y esta vez nadie la convencerá de que pida algo más fuerte. Se acabó el alcohol por esta noche.

—Perfecto. Te la traigo en seguida. Espera.

—Espero.

El muchacho se aproxima a la barra privada del reservado de la discoteca y dialoga con una guapa camarera mientras Valeria lo observa sentada en un sofá para dos.

Lo que son las casualidades. ¿Qué probabilidad existía de que el chico que tocaba la guitarra en el metro y ella se encontraran en una fiesta universitaria? Una entre mil millones de billones, como solía decir de pequeña. Y, sin embargo, allí está, esperando a que le lleve su refresco. Aunque, en realidad, tiene muy pocas ganas de continuar en aquella discoteca. Prácticamente ninguna. Él la ha convencido para que se quede un rato. «No hay que despreciar los caprichos del destino.» Pero lo único que le apetece a Valeria es irse a casa y tumbarse en su cama a dormir las penas.

Taconea y mueve la cabeza al ritmo de David Guetta y Chris Brown.

A esa hora, Raúl y Eli deben de estar... ¿en el baño? ¿En un sillón de la discoteca? ¿En algún motel de la ciudad? ¡Qué mal! Cuando lo piensa, le entra una angustia tan grande que sólo le apetece llorar. La imagen del beso entre sus dos amigos será muy difícil de olvidar.

—Aquí tienes —le dice el chico cuando le entrega un vaso lleno de Coca-Cola.

—Gracias.

Él ha preferido algo más intenso. Valeria no distingue si es ron o vodka, pero lo acompaña con refresco de naranja. El olor del alcohol le inunda la nariz en cuanto el joven se sienta a su lado.

—Entonces, habíamos quedado en que tú eres Valeria.

—Así es. Y tú César.

—Correcto.

—Y estudias Periodismo. Tercero.

—Efectivamente. ¿Y tú qué haces? —pregunta él intrigado—. No me lo habías dicho, ¿verdad?

—No.

Y ahora, ¿se lo inventa? ¿O le confiesa que aún no ha terminado el instituto? Podría pasar como con la rubia que antes quiso ligarse a Raúl.

—Tienes cara de estudiar...

—Mmm. A ver... sorpréndeme.

—Derecho.

—¿Derecho? ¿Estás seguro?

Menudo ojo que tienen los periodistas de hoy en día. Así están los medios de comunicación. Quizá Derecho fuera la última carrera que ella elegiría.

—Espera. —La observa como quien examina un cuadro de arte abstracto difícil de interpretar—. ¡Odontología!

Quizá la próxima sea Ingeniería de Caminos. Así que decide ser odontóloga por una noche.

—¡Sí! ¡Lo has adivinado!

—Bueno, a la segunda. No está mal.

—No sólo tocas bien la guitarra, sino que tienes un sexto sentido para las profesiones. Enhorabuena.

César sonríe. Y ella también lo hace. Es curioso, pero está más tranquila que cuando lo conoció en el metro. No le impone como antes. Y eso que el chico es increíblemente guapo.

—¿Y en qué curso de odontología estás?

—Primero.

Tampoco iba a ponerse más años de la cuenta. Con que crea que tiene dieciocho, ya está bien.

—Una novata.

—Sí.

—¿Te han gastado muchas novatadas?

—Eh... no. De momento ninguna.

—¿No? ¿Nadie te ha bautizado como universitaria?

—¿Bautizado? —La cosa se complica—. Pues no.

—Bueno, pues entonces me tocará a mí hacerlo. No puedo estar sentado con una novata sin que esté bautizada.

¡Dios! ¿En qué lío se ha metido? ¿Qué va a hacerle?

La chica no sabe dónde posar su mirada. No basta con que su amiga se esté liando con el chico que ama, sino que ahora la quieren bautizar. ¡Si ella se llama Valeria, ya está bautizada!

—No me metas miedo. ¿Qué es eso?

—¿Bautizar a una novata?

—Sí.

—¿No lo sabes?

—¡No!

—Pues consiste en meter la cabeza de una estudiante

de primer año en un cuenco lleno de calimocho o sangría durante cinco segundos.

—¿Qué? ¿Me lo dices en serio?

No puede ser verdad. Pero César no tiene cara de estarle gastando ninguna broma. ¡Madre mía! El solo hecho de pensar lo que podrían hacerle a sus mechitas rubias la pone nerviosísima.

—Pero es mejor que te bautice yo, que ya me conoces y estoy bastante sereno, a que lo haga uno de mis amigos, que llevan bebiendo cerveza desde la seis de la tarde. ¿No?

¡Los tíos de la gorra con su cuenta de Twitter inscrita! Pues sí, si lo hicieran ellos sería peor. Mucho peor. Igual moría ahogada en un barreño de calimocho. De todas maneras, aunque el encargado de hacerlo sea ese periodista guapísimo, no le hace ninguna gracia.

—¿Y no podríamos dejarlo para otro día?

—No.

—Pero es que...

—¿Qué clase de veterano sería yo si dejara sin bautizar a una novata en una de nuestras fiestas?

—Venga, César. No seas malo.

Le tiembla el cuerpo. El joven se levanta del sofá muy serio. Le da un trago a su copa y le guiña un ojo.

—Voy a decirle a Tania que lo prepare todo. Ella me ayudará —explica al tiempo que señala a la camarera con la que hablaba antes.

—Por favor, que luego tengo que ir a mi casa. ¿Qué le digo a mi madre?

—Pues la verdad. Que un veterano te ha bautizado. Ella lo comprenderá.

—Pero ¿cómo va a entender eso mi madre?

—Si ha sido universitaria seguro que también pasó por lo mismo.

Aquello es de locos. Su madre estudió magisterio. ¡Pero nunca le contó nada de que la bañaran en sangría! ¿Eso no es ilegal? ¿No está penado por algún Código Civil o algo por el estilo? Si fuera estudiante de Derecho lo sabría. ¡Mierda! Joder. No quiere que le mojen el pelo. ¡Es su pelo! ¡Son sus mechitas! ¡Pues no! ¡No lo va a permitir! ¡Por muy bueno que esté el tío que quiere hacerlo!

—Me voy.

Valeria se arrastra por el sofá y también se pone de pie.

—¿Cómo que te vas?

—No voy a dejar que me empapes de calimocho o de sangría así por las buenas.

—Pero es una costumbre universitaria...

—Me da lo mismo. Paso.

—Pero...

En ese instante, César sonríe y se interpone en su camino con los brazos abiertos.

—Déjame pasar.

—¿Y si no lo hago?

—Gritaré. O te soltaré una patada. Te advierto que he hecho cuatro años de karate.

Otra mentira. Pero qué importa ya si lo que dice es verdad o no lo es. ¡Quiere salir de aquella discoteca inmediatamente!

—Y yo te advierto que si intentas darme una patada tendrás problemas con tu falda.

—Me da lo mismo.

La chica intenta esquivarlo por su derecha, pero el joven se lo impide sin perder ni un instante la sonrisa. Valeria lo intenta ahora por la izquierda. Nada. Él sigue en medio. Resopla y lo mira a los ojos. A esos preciosos ojazos verdes. Pero ahora mismo los odia, tanto a ellos como a su dueño. ¿Es que no quedan tíos normales en todo el país?

—¿Te das por vencida?

—¡No!

Valeria coge carrera y se impulsa con fuerza contra el músico del metro. Es tanta la energía que utiliza en su embiste que tira a César al suelo. ¿Libre? Lo estaría si ella no hubiera caído justo encima de él. Uno sobre el otro, se miran cara a cara. Hay escasos centímetros de distancia entre ambos. Él sonríe, ella tiene ganas de llorar.

—¿Por qué me has mentido, Valeria?

—¿Cómo?

—No estudias Odontología. Ni Derecho. Ni siquiera vas a la universidad.

—¿Qué...? ¿Cómo...? ¿Cómo sabes tú eso?

El chico se echa a un lado y consigue ponerse de pie. Luego, ayuda a levantarse a Valeria, que no sale de su asombro.

—Tania me lo ha dicho mientras pedía las bebidas. Es la novia de quien os ha facilitado los carnés falsos.

—¡Joder! ¿La camarera es la novia del timador?

—¡Cuidado con lo que dices de uno de mis compañeros de piso!

—¿Qué? ¿También es tu compañero de piso?

—Claro. Yo toco en el metro, él hace algún que otro chanchullo para ganarse algún dinero... Pero es buen tío.

—Es un timador.

—Tú también has querido engañarme...

Touché. Ahí tiene razón. Y quizá no habría debido hacerlo.

Los dos regresan al sofá en el que estaban antes de que Valeria quisiera marcharse.

—Perdona. No sabía cuál sería tu reacción si te enterabas de que tengo dieciséis años.

—¿Mi reacción? Habría sido la misma que al decirme

que estudiabas Odontología. Sólo que te habrías ahorrado lo del bautizo.

—¿Cómo? ¡Era mentira! —exclama la chica tras abrir mucho los ojos y llevarse las manos a la cabeza.

—Claro que era mentira. Pero merecías un escarmiento.

—Joder. Te has pasado.

—No haber intentado engañarme.

Ese guapo muchacho de melenita castaña se la ha colado bien. Y él que parecía tan bueno e inocente... Pero ahora... le gusta más. Incluso durante un rato se ha olvidado de Raúl y Eli.

—¿En paz? —pregunta Valeria sonriente al tiempo que propone que se den la mano.

—En paz. Y sin más mentiras.

—Sin más mentiras.

Y ambos estrechan las manos. Los dos se quedan en silencio. Mirándose. Es demasiado guapo para existir de verdad.

En ese instante, una vibración sacude su bolso. La chica despierta del sueño en el que se encontraba y lo abre. Tiene un mensaje de Raúl en su BlackBerry rosa.

Val, ¿dónde estás? Tengo que hablar contigo ahora mismo. Estoy en la puerta de la discoteca. Ven.

Lo lee una vez más. ¿Y esto a qué viene? ¿No debería de estar dándose el lote con Eli? No comprende nada. Ya le vale. Sin embargo, Valeria no puede evitar acudir a su llamada. Se levanta, le pide disculpas a César y abandona el reservado.

Puede que lo que va a escuchar dentro de unos minutos le haga más daño, pero necesita saber qué es lo que quiere Raúl.

CAPÍTULO 13

El taxi circula a ochenta kilómetros por hora. Aunque, si por ella fuera, pisaría el acelerador hasta subir a doscientos. Y se saltaría todos los semáforos en rojo, que parece que se han puesto de acuerdo para fastidiarla.

¡Elísabet quiere llegar ya a su casa!

Suena la radio dentro del coche. Se trata de una emisora musical que no ha identificado todavía, pero que, por lo escuchado, sólo pone temas melosos. *En ausencia de ti*, de Laura Pausini, es la tercera canción romántica que oye desde que se subió.

—Perdone, ¿le importaría cambiar la emisora? —pregunta la chica tras asomarse por el hueco que se forma entre los asientos delanteros.

—¿Disculpe?

—La radio. ¿Puede poner otra cosa?

El taxista gruñe algo en voz baja y cumple el deseo de su joven pasajera. Juega con el botoncito del dial hasta que por fin se detiene. Más música: *El regalo más grande*, de Tiziano Ferro. La cosa va de italianos y de canciones bobaliconas. Eli resopla y se da por vencida. Mueve la cabeza a un lado y a otro y se apoya contra el cristal de la puerta derecha.

—¿Una mala noche?

No esperaba que aquel tipo volviese a dirigirle la palabra. No tiene ganas de conversar con nadie. Y menos con un tío al que no conoce de nada y que podría ser su padre.

—No —responde seca y escueta. Miente.

Saca la BlackBerry de su bolso. Finge que llama a alguien para que el taxista no vuelva a molestarla. Sabe que la está observando por el espejito. Es el truco que utiliza siempre que un tío que no le gusta intenta ligar con ella. En esta ocasión también da resultado. Aquel hombre no dice nada más hasta que llegan al final del trayecto. La joven paga a toda prisa y se baja del coche sin mostrar ningún cuidado al cerrar.

Todas las luces de su casa están apagadas, salvo la de la ventana de la habitación de sus padres. Seguro que no esperaban que regresase tan temprano. Les ocultó que iba a una fiesta de universitarios, pero les explicó que volvería tarde. Bastante tarde. Mira el reloj; apenas son las once y cuarto de la noche.

Saca las llaves del bolso y entra. Grita que ya está en casa y camina de prisa hacia su dormitorio. En la escalera, se topa con su madre, que está anudándose el cinto de la bata.

—¿Ya estás aquí?

—Sí.

—¿Te encuentras bien? Es pronto.

—Estoy algo cansada. Pero todo bien.

—¿Seguro?

—Que sí, mamá.

Simula una sonrisa y le da un beso en la mejilla. La mujer no la cree, pero imagina que tampoco va a contarle lo que le sucede. Eli les habla pocas veces de sus sentimientos. Se ha vuelto muy reservada desde hace un par de años. Apenas saben nada de sus relaciones con los chicos, de novios, o del trato que tiene con sus amigos. Sólo habla cuando quiere hablar. Así que lo mejor es dejar que se vaya a la cama; si necesita algo, ya lo dirá. Le devuelve el beso y le da las buenas noches.

La joven se dirige a su habitación y se encierra en ella. Se quita la chaqueta, la guarda en el armario y se sienta en la cama. Tacones fuera. Se masajea los doloridos pies y se queda mirando hacia ninguna parte, pensativa.

—Estúpido, estúpido, estúpido —corea en voz baja.

Da un manotazo en el colchón y se tumba boca abajo con la cabeza apoyada en la almohada. Tarda un segundo en darse la vuelta. Mira hacia arriba, pero en seguida cierra los ojos y aprieta con fuerza los párpados. Visualiza sus labios, sus palabras... Sus últimas palabras.

No es justo.

Con lo bien que iba todo...

—¿Sabes una cosa? —le susurra al oído—. Me apetece muchísimo besarte.

Raúl se echa hacia atrás y sonríe. Pero no va a dejarlo escapar esta vez. Elísabet bebe un sorbo de su vodka con naranja y vuelve a por el chico. Esta noche tiene que ser suyo. Lo mira a los ojos, esos imponentes ojos azules, y abre las piernas lo justo para que la rodilla de Raúl quepa entre las suyas. Él acepta la oferta y contempla cómo ella se balancea con sensualidad.

Es el momento.

La joven le rodea el cuello con los brazos y acerca su rostro al de él. Lentamente, se pone de puntillas sobre los zapatos de tacón. Su boca se acerca despacio a la de Raúl hasta que ambos se unen en un beso, con la música y las luces de colores como testigos.

Es increíble lo que siente. Cree que jamás ha experimentado algo así. ¿Es su primer beso de amor? Sí. Está muy claro que sí. Y, después de haberlo dado, está segura de que lo que siente por su amigo es algo muy especial. No se trataba de un cuelgue pasajero o un capricho. Le gusta de verdad.

No dura mucho. Unos cuantos segundos. Pero son mágicos. Cuando se separan, ambos sonríen. Pero Elísabet quiere más. Necesita más. Vuelve a por sus labios. Sin embargo, Raúl los aparta y le habla al oído.

—¿Podemos ir a un sitio más tranquilo?

—Claro.

El chico la coge de la mano y juntos salen de la pista de baile. Eli ve un pequeño sofá vacío en una esquina de la discoteca y se lo señala. Es el lugar perfecto para continuar lo que han empezado. En cambio, él declina su proposición y sigue caminando entre el gentío de universitarios.

—Mejor vamos fuera.

—¿Fuera?

—Sí. Aquí dentro casi no nos oímos.

¿Oír? ¿Qué quiere oír? ¡Si no van a hablar! Al menos ahora no. Necesita besarlo. Besarlo muchas veces. Ya hablarán luego de lo que significan esos besos. De su próxima relación. De cómo decirle a los demás que ahora forman una pareja.

Pero los planes de Raúl son otros. Recogen sus chaquetas en el guardarropa y se dirigen a la salida. El portero le pone un sello a cada uno y ambos abandonan el local.

Hace algo más de frío que cuando entraron, aunque se está bien en la calle.

—¿Allí? —pregunta Elísabet, que está algo confusa, refiriéndose a un banquito de madera situado a unos metros de ellos.

—Vale.

La noche cerrada de Madrid está vacía de luna y estrellas. Los dos se sientan en el banco, con una farola que los ilumina como único testigo. La chica no sabe qué decir, sólo quiere saborear los labios de Raúl una vez más. Sin embargo, él toma la palabra.

—¿Por qué me has besado?

—¿Cómo? ¿Que por qué te he besado? —Es lo último que esperaba escuchar de su boca—. ¿Me lo preguntas en serio?

—Sí.

Había entendido bien. ¿Le está pidiendo explicaciones?

—Me apetecía hacerlo. ¿A ti no?

—No ha estado mal.

—¿No te ha gustado? ¿Es que beso mal?

—No, no. Besas muy bien.

Aquélla no era la idea que Elísabet tenía sobre lo que vendría después de su primer beso de amor. Será tonto.

—¿Qué pasa, Raúl? ¿No querías que te besara?

—Pues... si te soy sincero, no busco un rollo de una noche.

—¿Por quién me tomas? ¿Crees que sólo soy una chica de una noche?

Su confusión se transforma en indignación. Aquello ha sido un golpe bajo. Y viniendo de él, le duele de verdad.

—No. No he dicho eso.

—Pues aclara qué es lo que has dicho, porque me estás haciendo sentir fatal.

—Es difícil de explicar, Eli.

—Esfuérzate.

El joven resopla, se pasa la mano por el pelo y busca las palabras adecuadas. No quiere hacerle daño. Aunque va a ser inevitable.

—Digamos que busco algo serio con alguien. Y no me apetece tener más rollos o empezar algo con... —Se detiene un instante. Esto va a doler—. Con chicas con las que sé que no voy a llegar a ninguna parte.

La expresión de Elísabet muestra claramente que sí, que aquello le ha dolido.

—Entiendo.

—¿Sí?

—Sí. Perfectamente —responde muy seria—. El señorito se ha cansado de jugar con niñatas estúpidas y ahora va a empezar a machacar a las amigas que de verdad lo quieren.

—No seas así. No he di...

—¿Qué pasa? ¿Te da miedo empezar algo conmigo? —lo interrumpe alzando la voz.

—¿Qué?

—Yo tampoco quiero un rollo de una noche. Para eso me habría liado con cualquier tío bueno, que había unos cuantos ahí dentro.

—Eli...

—Yo quería algo contigo porque me gustas. Me gustas de verdad, capullo. ¿O es que crees que arriesgaría nuestra amistad por dos besos en una discoteca?

La chica se pone de pie y camina por delante de Raúl, que la observa con amargura.

—Es que yo no... —tartamudea—. Eres una gran chica, una gran amiga...

—¡Venga ya! Corta el rollo...

—Es cierto. Lo que pasa es que...

—No quieres una relación de verdad conmigo. De pareja. Como novios. ¿No?

—No sabía que sentías eso por mí.

—Pues ya lo sabes.

—¿Por qué no me lo has dicho antes?

—Te lo he dicho hoy. Cuando ha llegado el momento —dice con una sonrisa triste—. Después de que hayan pasado unas cuantas semanas desde que dejaste a la gilipollas de Beatriz.

Silencio. La confesión de Elísabet ha sorprendido a Raúl. No se imaginaba que su amiga albergara esos sentimientos. Ahora está confuso, pero, al mismo tiempo, más decidido que antes.

—Lo siento. No creo que tú y yo funcionásemos como pareja.

—Bien. Bien. Bien.

Sonríe nerviosa. Agacha la cabeza y luego la levanta de nuevo para mirarlo con odio. Se mete las manos en los bolsillos de la chaqueta y resopla. Hay un taxi parado delante de un semáforo en rojo justo enfrente de ellos. Sin decir nada, Elísabet corre hasta el vehículo y se sube en él. Dentro suena *Para tu amor*, de Juanes. Estúpida canción. No podía ser más inoportuna.

CAPÍTULO 14

Le acaban de devolver la chaqueta en el guardarropa. Ha recibido otro mensaje vía WhatsApp. Raúl la espera fuera, sentado en un banco al lado de la discoteca. Le ha contestado que estará ahí en seguida.

¿Qué querrá decirle? Ha hablado en singular. ¿Y Elísabet? Todo es muy extraño.

—¡Valeria, espera!

Es la voz de César. La chica se vuelve y lo ve acercarse corriendo hacia ella. Se abre paso entre la gente hasta que por fin llega a su altura.

—¿Qué pasa?

—Te has ido tan rápido del reservado que ni siquiera me has dado tu Facebook. Me gustaría seguir en contacto contigo.

—No tengo Facebook —responde sonriente—. Tuenti. ¿Lo quieres?

—Hace tiempo que borré mi cuenta de Tuenti. ¿Y Twitter?

—No lo uso.

—Vaya. ¿Correo electrónico?

—Eso sí. Pero...

No sigue hablando. Se le enrojecen las mejillas a toda velocidad.

—¿No quieres dármelo? —pregunta César ante el silencio de la joven, que ni siquiera lo mira a la cara.

—No es eso. Es que... ¡Bueno, pero no te rías!

—Claro que no me reiré.

—¡No te rías! —repite.

—Ya te he dicho que no lo haré.

—Bien. Es... Valeriaguapetonaesunacampeona, todo junto, arroba, hotmail, punto, com.

Tras un instante de silencio, la carcajada es inevitable. Se ríe tanto que Valeria casi se muere de la vergüenza que está pasando en ese instante. Se tapa la cara con las manos y suelta un quejido.

—Per... perdona —tartamudea el chico, que aún ríe—. Perdóname, por favor.

—¡Dijiste que no te reirías!

—Es que... ese correo es... es... muy gracioso.

—¡Me lo hice con once años! ¿Qué quieres?

—Tenías dotes para la poesía, ¿eh?

Más risas. ¡Dios! En su vida lo ha pasado tan mal como ahora. El fuego que hay prendido en su cara arde cada vez con más intensidad.

—Muy bien. Sigue metiéndote conmigo.

—Perdona, Valeria —se disculpa ya más calmado—. No he podido contenerme. Perdona.

—No pasa nada. Pero que no se repita. Te perdono.

¿Cómo no va a perdonarlo? A él se lo perdonaría todo.

—Ahora que lo pienso... podría haberte pedido directamente tu número de teléfono.

—Es verdad.

—¿Me lo habrías dado?

Una sonrisa le ilumina el rostro. ¡Qué guapo es! Su belleza es diferente a la de Raúl, pero ambos podrían competir por el premio al tío más bueno que ha conocido en todos sus años de vida. ¿Y quiere su teléfono? No puede ser que le haya gustado. Seguro que hay miles de chicas detrás de él. Y mucho mayores que ella y más guapas. Y más todo. No le ha dicho su edad. Pero, si está en tercero de Periodismo, tendrá mínimo veinte o veintiuno. Demasiados para una cría de dieciséis.

—Sí. Claro que te lo habría dado. Así me habría ahorrado la humillación.

—Ha sido divertido.

—Sólo para ti.

—¿Te puedo pedir el número ahora o es demasiado tarde?

No sabe si está ligando con ella, pero, si lo está intentando, es bueno. Si no, también, porque ha conseguido atraerla muchísimo.

—Puedes.

—Valeria, ¿me das tu número de teléfono? —pregunta al tiempo que saca el móvil del bolsillo.

La chica sonríe y se lo da cifra a cifra. César lo apunta. Cuando lo tiene, le hace una llamada perdida para que también ella tenga el de él.

—Debo irme. Mi amigo quiere hablar conmigo.

—¿Volverás?

—No lo sé.

—Bueno, si no te vuelvo a ver esta noche... —Se inclina y le da dos besos—. Te llamaré un día de éstos. O quién sabe si nos encontraremos otra vez en alguna estación de metro.

—Sí. Quién sabe.

Y despidiéndose de él con la mano, sale de la discoteca después de que el portero le selle la mano.

Qué sensación tan extraña. Nunca le había pasado nada parecido con un desconocido. ¿Lo volverá a ver? No estaría nada mal. El joven estudiante de Periodismo ha mejorado una noche que se había convertido en una de las peores de su vida. No está segura de que el interés que ha mostrado hacia ella haya sido del todo real. Quizá nunca más coincidan. O tal vez sí. Pero, gracias a César, ahora camina más animada hacia el banco en el que está sentado Raúl.

Su amigo la ve y se levanta. Valeria se pregunta qué habrá pasado para que ahora esté solo. Es muy raro. ¿Y Elísabet? La última vez que los vio estaban dándose un apasionado beso en la pista de baile.

—¿Dónde te habías metido? Desapareciste de repente.

—Pues estaba dentro de la discoteca.

—Te perdí de vista.

—Normal. Estabas muy ocupado con Eli —responde tratando de ser irónica, de ocultar lo que realmente sintió al verlos besándose—. Por cierto, ¿dónde está?

Raúl hace una mueca con la boca y apoya la mano en el hombro de Valeria.

—¿Damos un paseo y te lo cuento?

—Bien.

A pesar de que sigue triste por lo que ha visto hace un rato y de que tiene pánico a lo que su amigo pueda contarle, siente curiosidad por saber qué ha sucedido entre ellos y dónde está Eli.

—No sé por dónde empezar —comienza a decir Raúl, que se mete las manos en los bolsillos.

Valeria avanza a su lado y lo observa. No puede evitar hacer comparaciones entre César y él. Físicamente son muy distintos, pero si los puntuara ambos pasarían del nueve.

—No sé. Yo me quedé en el momento en el que...

—Nos besamos. ¿No?

—Sí —contesta en voz baja. Esta vez no ha logrado esconder su frustración.

—Lo siento.

—¿Lo sientes? ¿Por qué lo sientes?

—Por dejarte sola. Eli y yo no deberíamos haber... —explica Raúl tras detenerse en medio de la calle—. Ella quería besarme y yo la dejé.

Valeria también se para, algo confusa. No tiene muy claro qué es lo que quiere contarle. Se ha liado con su amiga. Eso ya lo sabe. ¿Y luego? ¿Qué va a pasar con ellos dos? ¿Son novios?

En cambio, lo que Raúl comienza a relatarle es totalmente diferente a lo que ella había supuesto. Boquiabierta, escucha con atención todo lo que ocurrió después del beso: el segundo intento rechazado, la conversación en el banco, los sentimientos de Elísabet y... la respuesta final de Raúl.

—¿Le has dicho que no la veías como pareja?

La chica no sale de su asombro. Le han dado calabazas a su amiga. Durante un instante, se pone en su lugar. Lo tiene que haber pasado fatal.

—Sí. Es que... no sé. Sólo la veo como a una amiga. No siento lo mismo por ella. O eso es lo que creo. Y tampoco tenía ni idea de que ella sintiera algo por mí.

—Yo me he enterado esta tarde.

—¿Lo sabías? —pregunta él sorprendido.

—Más o menos. Pero, como comprenderás, no podía decirte nada.

—Ya. De todas formas, no creo que Eli y yo nos entendiéramos como novios.

—¿Estás seguro? Es una tía genial, os conocéis muy bien y no vas a encontrar a otra más guapa que ella.

Aunque sea su rival, sobre todo es su amiga. Es su obligación defenderla.

—No estoy seguro de nada. Quiero algo con alguien. Algo que no tenga nada que ver con todo lo que he tenido hasta ahora. Algo más serio.

—¿Más serio?

—Sí. Me apetece empezar una relación formal y enamorarme locamente de alguien que se enamore locamente de mí.

Nunca había oído a Raúl hablar así. Parece decidido a encontrar a una chica de la que enamorarse de verdad.

—¿Y no podría ser Eli ese alguien?

—No. No es ella quien está en mi cabeza.

—Pero ¿hay alguien en tu cabeza? —pregunta Valeria desconcertada.

—Creo que sí —confiesa Raúl con una sonrisa dulce.

Una punzada directa al corazón.

—¿La conozco?

—Me parece que sí.

Los latidos se multiplican por mil en el pecho de Valeria cuando Raúl se aproxima más a ella. No puede ser. Aquello que está imaginando no puede ser. Es imposible.

—¿Va a nuestra... clase?

—Ajá.

—¿Sí?

—Sí.

Le tiemblan los labios al hablar. Empieza a tener calor. Otra vez los pómulos enrojecidos. Seguro que se le nota muchísimo que está muy tensa.

¿Y si fuera verdad? ¿Y si...?

—¿No vas a decirme su nombre?

—Por supuesto: Valeria.

Al oír su nombre, se produce una explosión de sentimientos en su interior. No es capaz de reaccionar, de soltar las emociones que no le permiten ni sonreír.

—Yo...

—¿Tú...?

Raúl, en cambio, sí sonríe. De una forma divertida. Persigue su mirada esquiva, atrapándola en la suya.

—Yo... Bueno... A mí me gustas desde hace tiempo —confiesa Valeria.

—¿De verdad te gusto? ¿Cuánto?

Mucho. Muchísimo. Lo suficiente como para casarse con él mañana mismo. Sin embargo, no termina de creerse que aquello esté pasando. ¿No es un sueño? Se siente como en una nube. Su cerebro no lo asimila y su corazón hace unos minutos que va tan de prisa que le da miedo sufrir un infarto.

—Esto no es una broma, ¿verdad?

—¿Cómo va a ser una broma?

—No sería la primera que me gastan hoy —dice recordando su «no bautizo» en calimocho y sangría—. Si no es una broma... me encantaría intentarlo contigo.

—¿De verdad? ¿No es una broma?

—No. Lo mío no es ninguna broma.

Los dos se miran, ahora cómplices. Aunque Valeria sigue en la nube de lo increíble, por fin logra sonreír. Raúl la sujeta con una mano por la cintura y con la otra le aparta el pelo de la cara hasta recogérselo detrás de una oreja. Le da un beso en la mejilla y, a continuación, se acerca a su boca.

Sus labios, como dos imanes de distinto polo, se atraen irremediablemente en la noche más triste y más feliz de la vida de Valeria.

CAPÍTULO 15

Por la ventana de su cuarto hoy no se ven las estrellas. Es una noche de otoño oscura y templada. Mantiene la luz de la habitación todavía encendida. Su sombra reposa en silencio sobre la pared. Aún no le apetece dormir. Como ayer, antes de ayer y siempre, nota dentro esa sensación de ahogo. Lleva varias semanas experimentando lo mismo. Demasiado tiempo. Demasiado ruido en su corazón. Pero batalla en una guerra perdida. Y lo peor es que no va a luchar por ganarla. Si tuviera al menos una sola posibilidad...

Una sola.

Sabe que no la hay. Que es imposible. Que sus sentimientos no son los mismos y que deberá seguir sufriendo. Como ayer, como antes de ayer, como siempre. Nació para vivir en una condena. Sobre todo desde que apareció.

No hay consuelo, no hay esperanza. No hay fe. Ni verdades ni mentiras. Una realidad. La suya.

Se sienta frente al ordenador y la cuenta en su blog.

Tiene un secreto.

¿ALGUIEN QUE ME RESCATE?

Que venga a por mí y me recoja en sus brazos amables. Que me diga que hoy soy especial. Que no haga que me esconda de lo que llevo dentro. Que me apriete fuerte y me sonría con ternura y amor.

¿Hay alguien que me quiera por ahí?

Mi secreto pesa. Lo llevo atado al cuello con una soga que cada día aprieta un poco más. Siento esa cuerda invisible cuando cierro los ojos y cuando los abro. Cuando miro, cuando ando, cuando tiemblo y cuando estoy en mi cuarto en la soledad de una noche que no me deja dormir.

Quisiera ser feliz pero no puedo. No puedo. No puedo.

Y le prometo a todo el mundo que quiero: quiero ser feliz. De verdad. Pero ¿puede serlo alguien sabiendo que no puede tener lo que más desea?

Debo conformarme. Pasar a otra página del libro. Ignorar lo que dicta mi corazón. Decidir de una vez por todas que todo está perdido.

Admitir el final.

Sin embargo, no es tan sencillo renunciar. No es nada fácil olvidar que lo que sientes no se va a ir, que se va a quedar.

Y mañana al despertar volveré a sentir la misma impotencia y la misma angustia por seguir sintiendo lo que siento.

Pulsa el *Enter* y revisa la entrada que acaba de escribir: <http://tengo1secreto.blogspot.com.es>. Tal vez no debería reflejar en la red cómo se siente. Corre el riesgo de que lo lea alguna persona que la conozca, y allí están plasmados sus sentimientos. Si alguien se da cuenta de quién está detrás de esas palabras...

Pero, por otra parte, necesitaba soltarlo. Desahogarse. Ya que en la vida real no es posible, al menos cuenta con ese rinconcito virtual en el que se camufla bajo una máscara. Y, a pesar de los seguidores desconocidos que la leen, su secreto está bien guardado.

CAPÍTULO 16

Esto no puede ser real. Él camina a su lado, van cogidos de la mano y pasean por las calles de Madrid. Es lo que ella siempre ha soñado. Lo observa de reojo y se ruboriza. Sigue flotando en el cielo, creyendo que en cualquier momento despertará. Valeria le aprieta la mano con fuerza y descubre, una vez más, que todo eso que está pasando es verdad. Que el chico de quien se enamoró hace meses es el que la acompaña ahora mismo.

—Éste es el sitio del que te he hablado, Val —comenta Raúl al tiempo que señala el local que tienen delante de ellos.

Es un pub no demasiado grande. Tampoco hay mucha gente. Es pronto. Luego se llenará como todos los sábados por la noche. La pareja entra y se acomoda en una mesa de la esquina del fondo. Un pequeño beso en los labios antes de que el camarero los atienda. No les pregunta la edad, así que el joven pide un Sex on the beach. Para ella, un San Francisco sin alcohol.

—¿Sex on the beach? ¿Qué lleva?

—Vodka, zumo de naranja, licor de melocotón y granadina.

—Ah.

—Aquí lo hacen muy rico. Te daré un poco para que lo pruebes.

Valeria imagina que habrá llevado a aquel lugar a todas las chicas con las que ha salido. Y, de repente, siente unos terribles celos de ellas. Sin embargo, la que ahora mismo está sentada con él y la que acaba de probar su boca es ella. Eso la hace sentir mejor. Improvisa un nuevo beso, éste más largo que el último, y después lo mira fijamente a sus impresionantes ojos azules. Sonríe.

—¿Estás seguro de esto? —pregunta mientras le roza los dedos por debajo de la mesa.

—¿De qué?

—De qué va a ser. De lo nuestro.

—Claro que no.

—¿No?

—Es imposible estar seguro de nada ahora mismo, Val.

La sonrisa de Valeria desaparece. Aparta su mano de la de él y se pone seria.

—¿Entonces por qué nos besamos y caminamos de la mano?

—Porque me gustas.

—Pero...

—Y yo te gusto a ti, ¿no? —la interrumpe y alcanza otra vez su mano bajo la mesa.

La chica asiente con la cabeza. Su expresión calmada la tranquiliza. Se nota que tiene mucha más experiencia que ella. Quizá le esté pidiendo demasiado. No puede pretender que se enamore desde el minuto uno. Acaban de empezar. ¡Apenas llevan unos minutos saliendo juntos! ¿Salir? Pero ¿están saliendo ya? ¿Desde cuándo se considera que dos personas salen? ¿Desde el primer beso? ¿Desde la primera vez que quedan a solas? ¿Desde que...? Está un poco sobrepasada. Quiere gritar. ¡Todo aquello es una locura! ¡Ha besado a Raúl!

Tiene que serenarse. Cambio de tema. Eso es. Servirá para coger aire y darle a entender que no quiere agobiarlo.

—¿Has venido mucho a este sitio?

—Un par de veces.

—Está muy bien.

—Sí. A mí me gusta mucho.

¿Y ahora? Mira a su alrededor. Está nerviosa. ¿Qué le dice? No lo sabe. ¿Y si mete la pata? No recuerda la última vez que estuvo a solas con un chico de esa forma. En realidad, sí lo recuerda. Recuerda a la perfección las dos veces que vivió algo parecido. Dos ligues con quince años. Dos verdaderos desastres que terminaron el mismo día en el que comenzaron. Y es que, pese a que había logrado vencer su timidez casi por completo, la asignatura de salir con tíos todavía la tenía pendiente. Por eso nunca había tenido novio.

Pero ésta debía ser diferente a cualquier otra cita anterior. Raúl es su amigo desde hace mucho tiempo, se conocen muy bien, y, además, de él sí que está verdaderamente enamorada. No como de los otros, con los que salió por salir. Por experimentar. Por saber lo que se siente al dar un beso. Y es que ya puede asegurar que ninguno de los que había dado hasta ahora le llegaban a la altura de los zapatos a los besos de esa noche.

—¿Hay muchos deberes para el lunes? —pregunta tras un silencio lleno de miradas. Continúa muy tensa.

—¿Cómo?

—Deberes de clase.

—¿Qué deberes?

—Para el lunes. Creo que tenemos que hacer ejercicios de...

Y, de pronto, sus labios. Raúl la silencia con un beso. Valeria, primero sorprendida y luego cautivada, se deja llevar. Cierra los ojos y apoya las manos en los hombros de Raúl. Es una sensación inigualable. Difícil de describir con palabras. Lo mejor que le ha pasado. Hasta que el inoportuno camarero regresa con los cócteles. Los chicos se separan despacio y sonríen.

—Sex on the beach y San Francisco —dice en voz baja mientras coloca las bebidas sobre la mesa.

La pareja da las gracias y contempla cómo se aleja el chico que les ha servido.

—Val, relájate. Esta noche nada de deberes, ni de instituto, ni de nada que no seamos tú y yo. ¿Vale?

—Lo intentaré.

—Bien. Así me gusta —afirma al tiempo que alcanza su copa—. ¿Probamos esto a ver qué tal está?

—Sí.

El joven agita su bebida roja con una pajita y le da un largo sorbo. Valeria hace lo mismo con el San Francisco. Está dulce. Se mancha los labios con el azúcar que baña el cristal, pero Raúl en seguida se encarga de limpiárselos con otro beso; además, traspasa el alcohol de su copa de su boca a la de Valeria. El sabor del vodka penetra ardiente en su garganta y la hace retorcerse.

—¿Qué? ¿Te gusta?

—No está mal. Un poquito fuerte —apunta ella cuando traga por completo el líquido que él le ha dado—. Pero la próxima vez deja que sea yo la que elija cuándo beberlo.

La protesta de Valeria hace reír a Raúl, que la abraza. El achuchón la hace feliz, aunque siente mucho calor en el pecho por el trago de vodka que el chico le ha pasado desde la boca.

—Val, me encantas.

—Menos mal. Si no, no sé qué pinto aquí.

—Me gustas desde que te conocí, ¿lo sabías?

—No.

Claro que no lo sabía. Hasta el momento Raúl no lo había demostrado en absoluto. Eran amigos, lo pasaban bien en el grupo y se sentaban juntos en clase. Pero eso era lo mismo que pasaba con los otros. De hecho, el que hubiera salido con cuatro chicas a lo largo del último año y pico no reflejaba lo que acababa de confesar.

—Lo que pasa es que nunca te había visto como a una posible novia.

—Gracias, hombre.

—¡No te lo tomes a mal! —exclama sonriente, y la vuelve a abrazar tras besarla en la mejilla—. Simplemente es que no sabía que podía sentir por ti algo más que amistad.

—¿Y ahora sientes eso más?

—Más o menos. Digamos que estoy empezando a sentirlo.

Menos es nada. Está muy claro que ella es la parte enamorada de la pareja y él el que necesita tiempo para enamorarse. Debe asumirlo con paciencia.

—Espero no ser una chica transición.

—¿Una chica transición?

—Sí. —Y se lo explica.

Lo leyó una vez en una revista: «Cuando salgas con un tío, asegúrate de que no eres una chica transición. No hay nada peor que ser la novia de un chaval durante el período de tiempo que va desde el final de la relación con su ex al comienzo de la relación con su verdadero amor. Posiblemente, tendrá suficiente confianza contigo como para contarte lo que sucedió con su anterior pareja y te habrá querido antes como amiga. Te dirá que le gustas, pero que necesita tiempo para amarte.»

—Lo confieso —dice él muy serio—. Eres mi chica transición.

—¿Qué?

Raúl sigue sin pestañear hasta que estalla en una carcajada. Valeria arruga la nariz y se aparta de él bruscamente. ¡Estúpido! Ni lo mira. Le da un sorbo a su San Francisco y se cruza de brazos.

—No te enfades. Era una broma.

—Ya, ya.

—¿Cómo puedes creerte lo que dice una revista de cotilleos?

—Si lo dice será por algo.

—Porque tienen que llenar páginas.

—Si alguien escribe una cosa así es que le habrá pasado alguna vez o conoce a alguien a quien le ha pasado.

El joven mueve la cabeza negativamente.

—Entonces, cuando yo haga películas, todo lo que ruede será porque me ha pasado a mí o porque le ha ocurrido a alguien que conozco, ¿no?

—No lo sé —contesta Valeria tras pensarlo un par de segundos—. Tal vez.

—Pues espero que si hago alguna peli de extraterrestres no pienses que estoy loco o que alguna vez he sido abducido.

Aquel comentario le arranca una media sonrisa a Valeria. Le encantaría que Raúl cumpliera su sueño y consiguiera convertirse en director de cine.

—No cambies de tema —se queja al recordar que se había enfadado—. Me has llamado chica de transición.

—Perdóname.

—Mmm. No sé.

El chico se inclina hacia ella y acerca su rostro al de Valeria. Ésta intenta no mirarlo, pero es imposible. Cae nuevamente en su mirada embrujadora, queda atrapada en ese azul celeste hipnotizador. Un instante después, sus labios vuelven a estar unidos.

—¿Es mi BlackBerry? —pregunta la joven alertada por el ruido que surge de algún sitio cercano.

—¿Qué?

—Eso que suena...

—Yo no oigo nada.

—Espera.

Valeria se disculpa por la interrupción con un piquito suave. Coge su bolso y lo abre. Efectivamente, tiene un mensaje de WhatsApp. Lo lee y arquea las cejas preocupada.

—¿Quién es?

—Eli —responde con la voz quebrada—. Me ha dicho que no se encuentra bien y que quiere hablar conmigo.

CAPÍTULO 17

¿Por qué tiene que ir?

Ella no lo ha pedido. Ni lo cree necesario. Que sus padres se hayan separado no es culpa suya. Ellos son los que tendrían que visitar a un psicólogo.

No habla mucho, ni se relaciona con otros chicos, no porque tenga problemas mentales, sino simplemente porque es tímida y porque prefiere estar sola. ¿Tan difícil es de entender? Por lo visto, sí. Es complicado.

La profesora que se lo ha aconsejado a su madre es una estúpida. La odia.

—Creo que Valeria necesita ayuda —la oyó decir mientras permanecía escondida detrás de la puerta de su despacho durante la conversación que la docente mantuvo con su madre.

—¿Ayuda? ¿Qué tipo de ayuda?

—Apenas habla con nadie. No tiene amigos. Llevamos dos meses de clase y nunca la he visto con ningún chico.

—¿Y eso? ¿A qué puede deberse? Nunca ha sido muy expresiva ni simpática, pero en el colegio en el que estaba antes sí tenía amigos.

O eso es lo que creían ellos. Sus padres estaban más preocupados por otras cosas que por su hija pequeña. No se dieron cuenta de que, poco a poco, la chica se había ido aislando en su propio mundo.

—No lo sé. Puede deberse a varias cosas: el cambio del colegio al instituto, su separación o, simplemente, que no ha cuajado con los compañeros que tiene.

—Vaya.

—Es complicado adentrarse en la mente de una chica de doce años. Está en plena época de cambios.

—¿Y qué me aconsejas? ¿Que la lleve a un psicólogo?

—Podría ser una buena solución. En el centro tenemos uno muy bueno. Si quieres le pido cita y a ver qué tal.

Y, unos días más tarde, allí estaba ella, sentada en la sala de espera de la enfermería del instituto aguardando su turno. Enfadada con todos: con su madre, con su padre, con la profesora y con el psicólogo que había aceptado recibirla. Todavía no lo conocía, pero lo único que sabía ya era que no le caería bien. No se largaba de aquella habitación porque así al menos perdería clase.

—¿Es tu primera vez?

La voz proviene del otro lado de la sala. Pertenece a una chica morena con el pelo largo. Es muy delgada y tiene toda la cara llena de granos. Aunque van al mismo curso, no están en la misma clase. La ha visto alguna que otra vez por los pasillos, pero no sabe ni su nombre. No le apetece responderle y, de nuevo, vuelve a mirar hacia el frente.

—No te preocupes. Daniel es muy majo. No te hará decir nada que tú no quieras decir. Llevo un mes y medio hablando con él todos los miércoles.

¿Y a ella qué le importa? Lo que le faltaba. No tendrá que soportar sólo al loquero, sino también a sus pacientes. ¿Y ahora qué hace esa loca?

La chica de los granos se ha puesto de pie y se ha sentado en el sillón de al lado. Tiene una sonrisa curiosa y unos ojos bastante bonitos. Pero su rostro está tan picado... Durante un momento, Valeria siente lástima por aquella niña.

—No pienso decirle nada a ese tío.

¿Le ha contestado? No era su intención hacerlo. Ahora creerá que son amigas o algo por el estilo. No volverá a pasar.

—Eso decía yo al principio, pero ahora le cuento todo lo que hago. Mis padres me obligaron a venir. Todavía no sé muy bien por qué. Antes iba a otro, pero me han cambiado a éste desde que entré en el instituto. Y estoy muy contenta. Daniel es muy buen tío.

—Me da lo mismo.

¿Otra vez? Aquella tonta la ha vuelto a hacer hablar. ¿Será ayudante del psicólogo? Eso es. Es un señuelo para que se vaya soltando. Pero se acabó. Ésas han sido sus últimas palabras de la mañana.

—Te tengo que presentar a mi amiga Alicia. Te caería bien. Tampoco le gusta Daniel, aunque, como ya te digo, es una gran persona y un gran terapeuta.

Terapeuta, menuda palabreja. Esa jovencita tan extraña le sonríe. Parece que se está divirtiendo. Y, pese a que Valeria no vuelve a decir ni una palabra más, ella continúa hablando y hablando hasta que se abre la puerta de la habitación en la que pasa consulta el psicólogo. Un chico muy bajito y feo, con el que ha visto que los mayores se meten mucho y que responde al nombre de Bruno, sale de allí. Le da la mano a un hombre alto con una bata blanca y sale corriendo de la enfermería.

—Hola, Elísabet, ¿cómo estás?

Así que la chica de los granos se llama Elísabet. Es un nombre bonito, aunque no le pega demasiado.

—Muy bien, Daniel. Deseando hablar contigo.

—Genial. Ése es un magnífico espíritu —comenta el

hombre, sonriente. A continuación, mira hacia la otra joven, que presenta una actitud completamente diferente—. Eres Valeria, ¿verdad?

No obtiene respuesta alguna.

—Sí. Se llama Valeria. Va a primero B.

Los ojos de ésta se abren como platos al escuchar a su compañera de sala. ¡Sabe su nombre y su clase! ¿Cómo es posible?

—Fenomenal. Encantado, Valeria —contesta el psicólogo, que mira el reloj de su muñeca—. Hoy me tengo que ir un poco antes. Pero se me ocurre una cosa, ¿por qué no entráis las dos juntas?

—¡Perfecto! —grita Eli contentísima—. ¡Será divertido!

En cambio, el entusiasmo de la otra muchacha no es el mismo. Chasquea la lengua y maldice el día en el que a su profesora se le ocurrió la idea del psicólogo. Aunque, pensándolo bien, si entran las dos a la vez, ella no tendrá que hablar absolutamente nada. Tan sólo oirá las tonterías que suelte aquella niña tan rara y se olvidará de los dos cuando termine la pantomima.

—Está bien. Acabemos rápido con esto.

Y es que, cuanto antes empiece la pesadilla, antes acabará.

No sabía lo equivocada que estaba. Desde aquella mañana Elísabet y ella no sólo compartirían sesión los miércoles por la mañana, sino que se convertirían en grandes amigas.

Nena, ¿dónde te has metido? Raúl me ha rechazado. Me encuentro fatal. Necesito hablar contigo urgentemente. Llámame.

Es el tercer mensaje que Eli le envía a Valeria por el WhatsApp. No ha recibido ninguna respuesta. También la ha llamado, pero no coge el teléfono. ¿Dónde estará? La última vez que la vio fue en la pista de baile de la discoteca, antes del beso. Tal vez haya encontrado algún universitario buenorro y se lo esté pasando bien con él.

Sería muy raro. Ella no se lía con chicos así como así. Su amiga no está con nadie desde hace mucho tiempo. Ha tenido propuestas y proposiciones de varios tíos, pero siempre se ha negado. ¿Habrá cambiado de actitud precisamente esta noche?

El caso es que la echa de menos. Y ahora más que nunca necesita sus palabras de consuelo.

Vuelve a tumbarse en la cama, desencajada. Como si le acabasen de robar el alma. Las palabras de Raúl se repiten una y otra vez, incesantes, en su cabeza.

¿Y si a ella nadie la ve como posible pareja?

En los últimos meses quizá se haya desatado demasiado. Muchos rollos de una noche y ninguna responsabilidad ni compromiso. Pero tiene dieciséis años, es lo normal, ¿no? Seguro que ellos buscaban lo mismo.

Comprueba de nuevo su BlackBerry morada. No hay señales de Valeria. Tampoco su amigo le ha escrito nada. La desesperanza la inunda. Y las ganas de llorar aumentan. Se abraza con fuerza a la almohada y cierra los ojos.

Si se duerme pronto, tal vez mañana al despertar logre escapar del mal sueño que está viviendo ahora mismo.

CAPÍTULO 18

Pone la música bajito para no molestar a sus hermanos y a sus padres y se sienta delante del ordenador. Bruno mueve la cabeza lentamente al ritmo de Snow Patrol y su *Open your eyes*. Son más de las doce de la noche.

Enciende la cámara y la conecta al portátil. Se abre una carpeta luminosa que parpadea para anunciar que ya está lista la opción para importar imágenes y vídeos. Clic. En su pantalla aparece una decena de fotografías. Todas son de esa noche. Lleva el cursor hasta la primera y la amplía. Sus amigos posan juntos antes de llegar a la discoteca en la que finalmente sólo entraron tres de ellos. Raúl está en el centro y a su alrededor las cuatro chicas del grupo. Ester sonríe divertida, Valeria parece distraída, Elísabet se muestra eufórica y María mira seria al objetivo. Ella siempre sale así, muy seria. Como a él, no le gusta aparecer en las fotos. Captan la verdadera realidad, esa de la que no pueden ocultarse ni evadirse, plasman todos sus defectos visibles. Ellos son como son y las fotografías se lo demuestran. Es una pena que no enseñen lo que cada uno lleva dentro. El interior. Entonces muchas de esas personas destacarían por algo diferente a la apariencia y el físico.

Siguiente imagen. Ester aparece dándole un beso en la mejilla a la pelirroja, que vuelve a salir seria, aunque en esta ocasión se aprecia cierta alegría en su expresión. Es un bonito primer plano de las dos. Se nota la amistad que las une.

Pasa a la foto posterior. Suspira cuando ve a la chica del flequillo caminando sola, mirando hacia el suelo, sonriente, con las manos detrás de la espalda en una pose muy dulce. Es preciosa. Apunta con la flechita del ratón a su rostro y aumenta la resolución. Qué guapa es. Bruno la observa con detenimiento. Acerca la mano a la pantalla del portátil. Pasea los dedos por los ojos de Ester, su boca, su frente. Es totalmente comprensible que se enamorara de ella. Su belleza resalta tanto por fuera como por dentro.

Desde el episodio de la carta, ha intentado olvidarse de sus sentimientos. Y ha habido momentos en los que lo ha conseguido a medias. Especialmente durante los meses de verano, cuando se vieron menos.

Sin embargo, es complicado dejar de querer a una persona como Ester. No puede odiarla por nada, ni enfadarse con ella por algo que haya hecho o dicho. Siempre correcta, siempre amiga. Siempre haciendo lo que se supone que debe hacer.

¿De quién será su corazón?

Casi es mejor no saberlo. Desde hace varias semanas, intuye que hay alguien en su vida. No le ha preguntado al respecto ni piensa hacerlo.

Cuando hace un año le respondió en la carta que quería a otra persona, en seguida supo que no era verdad. Había sido su manera de salir del paso. De no dañar a nadie en particular de aquella lista. Decir que estaba enamorada de otro chico fue una solución diplomática para no defraudar a ninguno de ellos. Bruno lo sabía. Y la comprendía. De aquéllos no le gustaba ninguno y tampoco había nadie más que la atrajera. Pudo comprobarlo a lo largo de los meses siguientes, durante los que su amiga no salió con nadie ni dijo nada sobre ningún chico.

En cambio, ahora es diferente. Esas llamadas de teléfono a escondidas, esa sonrisilla tonta cuando recibe algún mensaje, esas miradas y suspiros... Todo la delata. Ester está enamorada.

Y a pesar de que no lo quiere reconocer e intenta evitar el dolor, a Bruno le fastidia que haya algún afortunado en alguna parte. Porque eso significa que, poco a poco, Ester puede ir alejándose. Mientras no salga con nadie, disfrutará de ella a menudo, de su compañía, de su sonrisa encantadora. Pero si comienza a pasar más tiempo con otra persona, a la que además quiera tanto como para ser su novia, corren el riesgo de perderla. De que vaya marchándose del grupo paulatinamente. Y ése sería un gran castigo. Sobre todo porque Bruno, en su subconsciente, todavía mantiene una mínima y remota esperanza de que algún día Ester y él tengan algo juntos.

¿Un regalo? ¿Qué será?

La verdad es que no esperaba nada de él. Su relación es muy extraña. Pero Ester sabe que lo que siente por su entrenador de voleibol es muy especial.

Tumbada en la cama, tapada con las mantas hasta el cuello, revisa el último mensaje que Rodrigo le ha enviado:

Siento si esta noche he sido duro contigo. Quiero lo mejor para el equipo, pero sobre todo para ti. Descansa, preciosa.

Lo ha releído una decena de veces. Y se ha emocionado otras tantas. Nunca había vivido con anterioridad lo que está experimentando con él. Un sentimiento tan intenso, tan profundo. Hasta ahora no sabía lo que era querer a alguien de verdad.

> No te preocupes. Tenías razón. El partido de mañana es muy importante y debo estar preparada. Ya estoy en la cama y hasta que me duerma pensaré en ti. Un beso.

Sonríe después de enviarle la respuesta. Es feliz. Él la hace feliz.

El único obstáculo que existe entre ambos es... la diferencia de edad. Que se haya enamorado de un chico diez años mayor que ella representa un problema. Especialmente para él, que le ha rogado que todo lo que suceda entre ellos sea un secreto. No está bien que el entrenador del equipo de voleibol salga con una de sus jugadoras menores de edad.

¿Por qué?

Pues porque la gente es así. A Ester le da igual el tema de la edad, pero el mundo juzga y prejuzga sin saber. Por el mero hecho de juzgar. Y no quiere que la directiva del club termine por despedir a Rodrigo o que los padres del resto de las jugadoras se le echen encima. Tampoco está muy segura de la reacción de sus padres si se enteraran de lo que está haciendo su hija. Posiblemente la sacarían del equipo y le pedirían que se olvidara de él.

¡Como si eso fuera tan fácil!

Durante estos dos últimos meses ha comprobado lo que es el amor de verdad. Lo que es desear con todas tus ganas que alguien te llame, te mire, te haga cómplice de un gesto. Cualquier cosa relacionada con él se transforma en un universo maravilloso. En una película de dibujos animados con final feliz. Vive por un beso suyo, por una caricia de sus manos. Y el resto, la mayoría de las veces, ocupa un segundo plano. Salvo su familia y sus amigos: sus cinco amigos del Club de los Incomprendidos.

A ellos no les ha dicho nada. Algunos la entenderían y otros le pedirían que cortara aquello rápidamente, porque opinarían que no va a ninguna parte. Le dirían que ese tío se está aprovechando de ella. Es lo que ha oído otras veces en casos parecidos al suyo.

¿Qué pasa, que porque sólo tiene dieciséis años no sabe lo que hace ni con quién lo hace?

Quien pensara así estaría muy equivocado.

Además, Rodrigo jamás ha intentado nada más allá de lo que Ester ha querido. Pero, después de dos meses de besos, abrazos y todo tipo de carantoñas, el chico ya le ha preguntado si está preparada para dar el siguiente paso. Y eso ni ella misma lo sabe.

Revisa su Tuenti antes de irse a dormir. Como la mayoría de las veces, no tiene ningún comentario. Apenas cuenta con una quincena de amigos, aunque realmente sólo cinco de ellos son de verdad. María ha pensado varias veces en borrar su cuenta, pero se arrepiente de su decisión siempre que coloca el cursor del ratón sobre esa opción.

Apaga el ordenador y resopla. Un día más que transcurre sin que...

En ese instante, llaman a la puerta de su habitación. Los golpes son suaves, casi inaudibles.

—Meri, ¿se puede? —pregunta una voz femenina al otro lado.

La chica se sienta en la cama y da su consentimiento.

En su habitación entra una joven pecosa y con el pelo castaño claro recogido en un moño.

Gadea camina hasta donde está su hermana y se coloca a su lado.

—¿Qué pasa? Creía que estabas durmiendo.

Cuando llegó a casa hace un rato, vio la puerta del dormitorio de Gadea cerrada y la luz apagada.

—No. Sólo estudiaba.

—¿Un sábado por la noche?

—Sí. Es lo que tiene ser universitaria. También estudiamos los sábados por la noche.

María está a punto de decirle que no todos hacen lo que ella. De hecho, hoy ha visto a unos cuantos universitarios que no estaban precisamente estudiando.

—Te esfuerzas demasiado.

—No te creas. La mayor parte del tiempo he estado... distraída. Pensando.

—¿En qué?

—En papá.

Sus palabras están cargadas de tristeza.

—¿Le pasa algo a papá? —pregunta la pelirroja preocupada.

—Bueno, hoy he hablado con él por teléfono. No está bien.

—¿No?

—No. Se encuentra muy solo y... no sé. Nunca lo había visto así de mal.

Hace tres años y unos cuantos meses que los padres de Gadea y María se separaron. Ella se quedó en Madrid con las dos niñas y él se marchó a Barcelona con su hermana Isabel que murió hace unas pocas semanas.

—¿Está todavía afectado por lo de la tía?

—Sí. Se le ha juntado todo. Lo de la tía Isabel y lo de esa mujer con la que salía y que lo dejó hace un mes.

—Es que menuda racha. Pero lo de esa tía se veía venir.

—Ya. Se lo advertimos. Aunque ahora eso ya no sirve de nada.

—Pobre.

—De verdad que nunca lo he visto así de mal —repite Gadea resoplando—. Temo que haga alguna tontería.

—¡Qué dices! ¡La que está diciendo tonterías eres tú!

—Es que dice que no tiene nada por lo que vivir, por lo que luchar, y que nosotras preferimos a mamá. Que no lo queremos tanto como a ella.

—Eso es mentira. ¡Pues claro que lo queremos mucho! —exclama al tiempo que se levanta de la cama—. Fue él el que se marchó cuando se separaron.

—Ya sabes cómo es.

Un cabezota de los grandes. Pero muy buena persona. Una de las mejores que ha conocido. Cuando se divorciaron, ni siquiera discutió la custodia de sus hijas. No quiso tener con su esposa problemas que afectaran a las pequeñas, así que prefirió alejarse y buscarse la vida en otro lugar. Su hermana soltera Isabel le ofreció su casa en Barcelona hasta que consiguiera establecerse por su cuenta. Tardó poco en encontrar un gran trabajo y un pisito pequeño en el que vivir, aunque viajaba a Madrid frecuentemente para visitar a sus hijas.

—¿Y por qué no regresa para estar más cerca de nosotras?

—Eso es imposible, Meri. No puede dejar su trabajo y su casa para empezar otra vez de cero aquí. La crisis se lo llevaría por delante. Pero... —La mirada verde de Gadea se clava en los ojos de su hermana—. Una de nosotras podría irse a vivir con él. Al menos unos meses, hasta que se recupere. Y he pensado que ésa podrías ser tú.

¿Qué? ¿Ha entendido bien? ¿Irse ella a Barcelona? ¿A vivir? ¿Cómo va a hacer eso?

—¿Y por qué yo y no tú?

—Porque he empezado la universidad y ya no es posible encontrar plaza allí. Perdería un año de carrera.

—Pero si me voy yo, perdería un año de instituto.

—No. Ya he mirado algunos centros y puedes matricularte todavía.

—¡No sé nada de catalán!

—Pues... aprendes. No es difícil. Así sabrías otra lengua.

—¡Apréndela tú!

La mayor de las hermanas suspira.

—No quiero dejar a Álex. Si me voy a Barcelona nuestra relación se rompería. Y ya sabes lo enamorada de él que estoy.

Ésa es una buena razón. Y muy comprensible. La pelirroja se sienta otra vez en la cama junto a Gadea. Se miran la una a la otra con sinceridad.

—Y yo tengo aquí a mis amigos. No quiero perderlos.

—No los perderás. Hoy en día hay millones de maneras para mantener una amistad, pero una relación a distancia... es mucho más difícil.

—Uff.

—Papá está mal, cariño. Muy mal. Si no lo hubiera visto así, no te metería en este compromiso tan grande —dice pasándole la mano por la espalda—. Pero no puedo obligarte a que te vayas con él, ya que también tú tienes tu vida aquí. Como yo.

—Es una decisión muy difícil.

—Lo sé, pequeña. Al menos piénsatelo unos días. ¿Vale?

María asiente con la cabeza y hace una mueca de resignación con la boca. Irse de Madrid a Barcelona... supondría dejar todo lo que tiene. No es mucho. Casi nada. Pero ese poquito es muy importante para ella. Sus amigos, el Club... y esa persona, su verdadera razón para seguir adelante. Y aunque ese alguien no comparta sus sentimientos, no se imagina la vida sin su presencia.

CAPÍTULO 19

Están a punto de dar las dos de la mañana. El toque de queda.

Beso de despedida. Será la última vez que deguste sus labios hoy. Raúl sonríe, se da la vuelta y se aleja lentamente por la calle. Valeria lo observa desde el portal de su edificio hasta que desaparece. Traga saliva y resopla. ¡Qué noche tan increíble!

Saca las llaves del bolso y abre la puerta. El portero de guardia la saluda y le da las buenas noches. Lo han sido. ¡No cabe duda de que ha sido una gran noche!

La chica encara la escalera y sube hasta el primer piso. No asciende ni un solo escalón sin pensar en él. Primero B. Abre la puerta con cuidado para no hacer mucho ruido y entra en casa. Su madre está despierta. Sentada en el sofá delante de la televisión, Mara ve una película en blanco y negro. Observa a la recién llegada después de comprobar la hora en el reloj y esboza una sonrisa.

—Un minuto antes de la dos. Así me gusta.

—Sabes que soy responsable, mamá —contesta Valeria sentándose a su lado. Le da un beso y mira hacia la televisión.

—Lo sé, lo sé... ¿Lo has pasado bien?

¿Que si lo ha pasado bien? Cualquier palabra que dijera se quedaría corta. Le encantaría contarle todos los detalles, pero nunca habla de ese tipo de cosas con ella. Bastante tiene su madre como para encima involucrarla en su vida amorosa.

—Sí. Muy bien. Pero deberías haberte ido a dormir, que mañana tienes que madrugar.

—No habría conseguido dormirme hasta ahora.

—Tengo casi diecisiete años, mamá. No soy una niña pequeña.

—Tú siempre serás mi niña pequeña.

La mujer sonríe y alcanza el mando a distancia de la televisión. La apaga y se levanta del sofá.

—¿No vas a ver el final de la película?

—Ya he visto *Casablanca* muchas veces. Sé cómo termina —comenta mientras se estira—. Y, como has dicho antes, mañana hay que levantarse muy temprano para ir a trabajar.

—¿Quieres que vaya yo también?

—No, no te preocupes. Con que me eches una mano por la tarde, cuando libran todos los chicos, me valdrá.

—Bien.

—Aprovecha para dormir y descansar los domingos por la mañana, que dentro de poco empezarán los exámenes del primer trimestre y tendrás que estudiar mucho.

—¡No me agobies con eso ahora! —exclama Valeria. Como alguien le ha dicho hace un rato, hoy nada de estudios ni de instituto—. Además, estamos todavía en noviembre.

—El tiempo pasa muy rápido. Demasiado rápido.

La expresión de Mara se torna melancólica. Parece que fue ayer cuando nació su hija y ella disfrutaba de la vida con el hombre del que estaba completamente enamorada. Compartían el trabajo en la cafetería que ahora lleva ella sola, sus ilusiones y miles de sueños que poco a poco se fueron desgastando y desapareciendo.

—Lo que tendrías que hacer es salir un poco más.

—¿Y quién se encarga de Constanza?

—Para eso están los chicos. Y también yo —responde Valeria mientras gesticula ostentosamente—. Tendrías que llamar de vez en cuando a alguna amiga e iros por ahí de juerga.

—¡Sí! ¡Para juergas estoy yo! ¡Hija, que he pasado los cuarenta!

—¿Y qué? ¡Eres muy joven todavía!

—Ya no tanto. Y lo único que me apetece cuando llego a casa de la cafetería es descansar, no irme de fiesta.

Valeria resopla. Trabajar siete días a la semana durante tantas horas como lo hace su madre no es bueno. Y, aunque los camareros que tiene a su disposición son estupendos y su hija ayuda en lo que puede por las tardes después de las clases, Mara siempre está pendiente de todo y no abandona ni un instante la cafetería Constanza. Está allí desde que abre por la mañana hasta que cierra al final de la tarde. La mayoría de los días no ve ni el sol. Llega cuando aún no ha amanecido y se va cuando ya es de noche. Incluso come allí a mediodía.

—Pues tienes que trabajar menos.

—Tienes razón, hija —admite la mujer. A continuación, le da otro beso en la mejilla a Valeria—. Pero ya lo hablamos mañana, que ahora hay que ir a dormir.

—Ay. No tienes remedio.

—También soy mayor para cambiar en eso —repone Mara divertida—. Buenas noches, pequeña.

—Buenas noches, mamá. Que duermas bien.

Mara le acaricia el pelo cariñosamente como despedida y después sale del pequeño salón del piso. Recorre el estrecho pasillo que conduce hasta las habitaciones y se mete en la suya cerrando la puerta tras de sí.

La casa se queda en silencio.

Valeria también se levanta del sofá y apaga la única luz que permanece encendida. Camina por el pasillo y entra en el cuarto de baño. Deja el bolso a un lado y se coloca delante del espejo. Contempla su rostro maquillado. Sigue siendo la misma chica que la última vez que se miró allí. La misma muchacha normal y corriente. Pero en verdad todo ha cambiado. A partir de hoy nada será igual. Lo sabe. Y en ese instante empieza a notar el cansancio acumulado a lo largo del día. Han sido muchas emociones. Muchos sentimientos liberados de golpe. Muchos besos inesperados. Todo aquello con lo que ha soñado tantas y tantas veces se ha cumplido.

¡Se ha cumplido! ¡Ha empezado a salir con Raúl!

Mientras se desmaquilla, repasa en su imaginación lo sucedido esa noche. Si antes de salir le hubieran dicho que iba a volver a su casa acompañada por su amor platónico, no se lo habría creído. Lo platónico ha dejado de serlo. Se ha transformado en un amor de verdad. En una realidad. Su amigo es ya más que un amigo. Y le ha dicho que le gusta, que podrían tener una bonita relación juntos. ¡Ser novios!

¡Y es tan guapo!

Coge el bolso y, abrazada a él, sale del baño unos minutos más tarde. Muy sonriente.

En su habitación hace algo de frío. Cierra la puerta, enciende el flexo y se cambia de ropa a toda prisa. Cuando se pone el pijama, apaga la luz, se lanza sobre la cama y se tapa hasta arriba. Tumbada boca arriba, sostiene la BlackBerry rosa entre las manos.

¿Le escribe algo antes de irse a dormir? Seguramente Raúl

todavía no haya llegado a su casa. Sin embargo, en ese momento, es ella la que recibe un mensaje. Y no es de su amigo.

Aquí seguimos de fiesta. Como no te he vuelto a ver, imagino que te habrás ido ya a casa. Me ha encantado conocerte. Espero cruzarme contigo algún día. Guarda mi número, odontóloga. Un beso, César, el periodista.

¡Anda! ¿Y esto?

Valeria se sorprende cuando lee las palabras del universitario que cantaba en el metro. No se imaginaba que volvería a saber de él tan pronto. Y es que, con lo de Raúl, se le había olvidado hasta que esa noche ha conocido un chico muy interesante. Dos tíos tan guapos interesados en ella... Es muy raro. ¿Será cierto que el mundo termina en 2012, como dicen los mayas?

No le responde, pero se convence a sí misma de que mañana debe hacerlo en cuanto se despierte. Aunque hay otra persona que tiene prioridad en ese sentido. Lo primero que hará Valeria mañana por la mañana será escribir a Elísabet.

¿Qué le dirá? Todavía no lo ha decidido. Le diga lo que le diga, esto no le sentará bien. De eso está segura. Y es que, como leyó una vez en un libro, en el amor unos ganan y otros pierden, pero no existe el empate.

Entra en su casa y, directamente, se marcha a su habitación. Cierra la puerta, pero segundos más tarde alguien vuelve a abrirla.

—Ni dices que has llegado. Ni das las buenas noches.

—Pensaba que estabas dormida.

—Sabes perfectamente que hasta que llegas a casa no me voy a la cama, Raúl.

El chico observa a su madre. Berta tiene los ojos hinchados y da la impresión de que hace mil años que no se peina. Parece excesivamente cansada.

—Lo siento.

—No creo que lo sientas demasiado. Siempre haces lo mismo.

—Ya te he dicho que lo siento. ¿Qué más quieres?

—Nada, Raúl. Nada.

Sus palabras están llenas de resignación. Hace mucho tiempo que su hijo hace lo que quiere y cuando quiere. Al menos respecto a lo que tiene que ver con ella. Cuando está en casa no sale de su cuarto, y cuando está fuera no avisa de adónde va ni de a qué hora va a volver.

El joven comienza a desabrocharse la camisa ante la mirada atenta de su madre. Al comprobar que no se va, él también la observa expectante.

—¿Es que no vas a dejarme tranquilo ni para cambiarme de ropa?

—¿Cuánto hace que no hablamos, Raúl? —le pregunta la mujer de improviso y con los ojos brillantes.

—¿Hablar? —dice él confuso—. Estamos hablando ahora mismo.

—Esto no es hablar.

—¿Ah, no? ¿Y qué es?

Berta se aproxima a él y le pone las manos en los hombros. Es bastante más alto que ella. Algo más de lo que lo era su marido. Pero se parecen mucho. Tiene sus ojos y la expresión de su cara... Es como si lo estuviera viendo ahora mismo, con la edad de Raúl, cuando se conocieron.

—¿Por qué ya no me cuentas nada? —pregunta Berta con la voz quebrada.

—Mi vida es muy aburrida, mamá. No te interesaría.

—Claro que me interesa, eres mi hijo.

El chico la mira a los ojos. Siente que sus manos le aprietan con fuerza los hombros. No es la primera vez que vive esa escena. Tampoco la segunda. Desde que su padre falleció, es algo que se ha repetido continuamente.

—Mamá, estoy cansado.

La mujer no desiste en su mirada; por fin, cede unos cuantos segundos más tarde. Afloja los dedos y los aparta de los hombros de su hijo. Suspira y camina hasta la puerta del dormitorio.

—Tápate bien, no vayas a resfriarte.

—Lo haré. Gracias, mamá. Buenas noches.

Berta sonríe con tristeza y sale de la habitación cerrando tras de sí. Son más de las dos y media de la mañana. Hace mucho que las gemelas duermen y ella se siente agotada. Una jornada más en la lucha con la que convive.

Raúl termina de desvestirse y luego se atavía con un pantalón corto y una camiseta para dormir. Ha sido una noche intensa. Ha hecho una apuesta. Una apuesta bastante arriesgada. Valeria le gusta. Siempre le ha gustado. Desde el día en que la conoció. Sin embargo, nunca la había imaginado como pareja.

Pero ella es la única chica que conoce con la que podría empezar una relación de verdad. No está enamorado. Lo sabe. E imagina que ella tampoco lo está. En cambio, existe lo suficiente entre ellos como para que el amor llegue tarde o temprano. Es lo que piensa desde hace unos días.

Con lo que no contaba era con la declaración de Elísabet y la revelación de sus sentimientos hacia él. Ella es su amiga y la conoce bien. Pero no intuía que sintiera algo así.

Eso lo complica todo, y pronto va a darse cuenta de ello.

DOMINGO

CAPÍTULO 20

Lleva quince minutos despierta. Aunque en realidad apenas ha dormido esa noche. Y eso que el cansancio hizo que cerrara los ojos muy pronto. Pero Valeria no deja de darle vueltas a todo.

¿Qué es realmente lo que tiene con Raúl?

Se besaron, se dijeron que se gustaban, hablaron y se rieron juntos, la acompañó a casa... ¿Y? ¿Qué más? Ya está. No es poco. Al contrario, es bastante tirando a muchísimo. Más de lo que había hecho en toda su vida con un chico.

¿Pensará él lo mismo? ¿Habrá sido tan especial para Raúl como para ella?

No debería comerse tanto la cabeza. Ya se lo dijo él mismo: todavía no tenía las cosas claras. Buff. Ahora, en frío, después de unas cuantas horas, esa afirmación le crea muchas dudas.

¿Y si hoy, cuando Raúl se despierte, ha dejado de gustarle?

Necesita verlo de nuevo. Sentirlo otra vez. Asegurarse de que lo de anoche no fue sólo un rato divertido.

Mira el reloj de la BB. Las ocho y treinta y tres minutos de la mañana. Es demasiado temprano para escribirle. Tampoco ha escrito a Elísabet. Seguramente aún esté durmiendo. Es de las que aprovecha los domingos para levantarse como mínimo a las once. Cuando ayer por la noche recibió sus mensajes, no se atrevió a responderlos. No quería mentir, pero tampoco contarle la verdad. Su amiga también siente algo por Raúl y, si después de que él la rechazara Valeria le hubiera explicado todo lo que había pasado una vez que se marchó en el taxi, no habría vuelto a dirigirle la palabra.

Lo normal habría sido que Eli hubiera resultado la elegida. Su amiga es perfecta para cualquier chico. Y haría una pareja preciosa con Raúl. En cambio, se ha decantado por ella, algo que sigue pareciéndole muy extraño pese a los motivos que le ha dado.

El timbre del telefonillo hace que Valeria dé un brinco en la cama. Se incorpora y se pregunta quién puede ser a esa hora. ¿Su madre? Hace un rato que oyó cómo salía. Pero ya debe de estar trabajando en Constanza. Y tiene llaves.

Se habrán equivocado. Sin embargo, vuelven a llamar. Dos, tres veces.

Ante tanta insistencia, la joven se levanta, se calza las zapatillas y se dirige hacia la entrada de la casa. Llaman otra vez. Qué pesados.

—¿Sí? ¿Quién es?

—¡Buenos días, princesa!

—¿Raúl? —pregunta sorprendida.

—Sí, soy yo. ¿Me abres?

Pulsa el botón y rápidamente se aproxima a la puerta. Abre y observa cómo el chico sube las escaleras hasta el primero B. Viste una sudadera gris con una capucha que le cubre la cabeza. Está muy sonriente y lleva en una mano una bolsa con un cartucho lleno de churros.

—¡Hola, guapísima! —repite el joven. Se inclina y le regala un cariñoso beso en los labios—. ¿Cómo has dormido?

Un escalofrío sacude todo el cuerpo de Valeria, que termina de despertarse aunque el sueño continúa. ¡Está en su casa! Como si fuera su novio. Menos mal que la que no está es su madre. Mara conoce a Raúl desde hace tiempo y, aunque le cae bien y le parece un chaval guapísimo, Valeria no quiere que su madre se entere de lo que pasa entre ellos. ¡La bombardearía con preguntas de todo tipo!

—Buenos días —contesta nerviosa. En realidad, está temblando—. He dormido más o menos bien —miente.

—Me alegro.

—Pero... ¿qué haces aquí?

—He venido a desayunar contigo. ¿Quieres uno?

El chico introduce la mano en la bolsa de plástico, saca un churro y le da un mordisco. Luego, se lo ofrece a Valeria. Ésta lo declina en un primer momento, pero ante la insistencia del joven termina dándole un bocado. Está caliente y se quema.

—¡Tendrías que haberme dicho que quemaba! —grita sofocada mientras mueve las manos a toda velocidad como si fueran dos abanicos.

—Habría perdido la gracia —indica Raúl de camino hacia la cocina.

—¿Y tú por qué no te has quemado?

—Nunca me quemo. Soy inmune al calor. Podría hacerse una barbacoa en mi boca. No lo sabías, ¿no?

Valeria niega con la cabeza. Pues no. No estaba al corriente de ese detalle. Y eso que lo conoce muy bien. Aunque, por lo visto, no tanto como creía.

Entran en la cocina y, mientras Valeria abre el grifo del agua fría y bebe del chorro, Raúl coge un cazo del interior de un armario.

—¿Qué vas a hacer?

—El desayuno.

El chico abre otra puerta y da en seguida con lo que buscaba. Chocolate instantáneo. La chica lo observa anonadada.

—¿Cómo sabías que...?

—Shhh. Un chef no revela nunca sus secretos.

—Es la primera vez que oigo eso.

—Pues no lo he inventado yo.

Entonces Raúl abre el frigorífico y saca la leche. La vierte en el cazo y comienza a calentarla en la vitrocerámica.

—Hace mil años que no tomo chocolate con churros para desayunar —comenta Valeria, que continúa atenta a todos los movimientos del joven.

—Pero sé que te encantan. Te desvives por el chocolate con churros. ¿Me equivoco?

—No —confirma con la frente fruncida—. ¿Cómo lo...?

Él le da un beso en la boca y sonríe.

—Te conozco mejor de lo que imaginas.

—¿Eso crees?

—¡Por supuesto!

—Mmm... Yo también te conozco bien, ¿eh?

—Puede ser. Pero no sabías que nunca me quemo con nada.

Es verdad. Y le da rabia. Se supone que la enamorada es ella. Y también la que debería conocer ese tipo de curiosidades. En cambio, es él el que sabía lo del chocolate con churros. No recuerda haberlo comentado nunca con sus amigos. Era lo que más le gustaba del mundo cuando era pequeña. ¿Cómo lo habrá descubierto?

Lo contempla en silencio. Le gusta verlo allí, en su cocina, a primera hora de la mañana, preparando el desayuno. ¿Seguro que no sigue dormida? En ese momento, Valeria mira hacia abajo y repara en que está en pijama. Lleva uno rosa lleno de caballitos de carrusel. Se sonroja y abandona la cocina.

—¡Voy a cambiarme mientras preparas el desayuno! —grita desde el pasillo, ya casi entrando en su habitación.

—¿Por qué? Me gustaban los caballitos.

¡Tonto! Se ha puesto tan nerviosa cuando ha llegado que ni siquiera se ha dado cuenta de que aún no se había vestido.

Rápidamente, se quita el pijama y se pone un pantalón vaquero y un jersey. Se sienta sobre la cama y se calza unas botas marrones. Sonríe cuando lo oye canturrear. Entra en el baño, se mira en el espejo y se peina. Sigue siendo ella. La chica normal de ayer. De antes de ayer. De siempre. La única diferencia es que hay un tío buenísimo preparándole su desayuno preferido un domingo por la mañana en su cocina. Y, un detalle más, ¡está loca por ese tío!

El olor del chocolate llega hasta donde está. ¡Qué aroma!

Es increíble que le esté sucediendo todo eso. ¡Si hace unas horas pensaba que Raúl terminaría saliendo con Elísabet! Y ahora está en su casa, con ella. ¡A solas!

—¿Te queda mucho? —pregunta el joven desde el otro lado del piso.

—¡No! ¡Ya voy!

—¡No me lo puedo creer!

—¿El qué?

—¡Tardas más que yo en vestirte! ¡Pensaba que eso era imposible!

Delante del espejo, Valeria saca la lengua. Le gustaría pintarse un poquito los ojos para, al menos, cubrirse las ojeras de la noche casi en vela. Pero no quiere hacerlo esperar más. Tampoco va a dejar de estar con ella por eso, ¿no?

—Qué bien huele —comenta la chica cuando entra otra vez en la cocina.

—Y espero que sepa aún mejor.

Raúl ha colocado en una bandeja dos tazas llenas hasta arriba de chocolate y un plato hondo con todos los churros que ha comprado. La coge y camina con ella hasta el salón.

—Puedes ponerla ahí mismo. —Valeria señala la mesita que hay entre el sofá y la televisión, en la parte delantera de la habitación.

El joven obedece y deposita la bandeja encima del mueble. No es una mesa muy grande, pero es la que su madre y ella utilizan para cenar. Hace tiempo usaban la otra, la que está en la parte de atrás del salón, que es más ancha, aunque menos cómoda, y está más alejada de la tele.

Los chicos se sientan. Raúl alcanza una de las tazas y se la da a Valeria. Luego, toma la suya y comprueba el espesor del chocolate. En su punto.

—Ha quedado perfecto. Me encanta que esté así de espeso.

—A mí también me gusta así.

—Lo sé.

—¿También sabías eso?

—Sí. Pero... no te voy a decir cómo me he enterado.

—Eso no vale.

Finge que se enfada, pero al final se produce un intercambio de sonrisas. A pesar de que los nervios de Valeria no desaparecen del todo, se encuentra bastante más tranquila. Imagina que ese hormigueo que siente cada vez que está con él cesará algún día. O quizá no y viva siempre sometida a ese cosquilleo. No le importaría, porque sería una señal de que estarían juntos para siempre.

Raúl moja un churro en el chocolate, lo muerde y besa a la chica. ¡Qué rico! Esto ha pasado de ser como un sueño a convertirse en un deseo. Si existiera el genio de la lámpara, no dudaría en pedir algo así al despertarse: el chico al que ama, un beso suyo y chocolate caliente.

—¿Jugamos a una cosa?

—¿Jugar? ¿A qué?

La mirada pícara de Raúl la hace desconfiar. ¿Qué se le habrá ocurrido?

—Espera.

—Mmm.

El joven deja la taza sobre la mesa y se levanta. Se dirige a la cocina y en menos de un minuto regresa con una servilleta de tela. A continuación, mira a su alrededor y coge un libro de una estantería: *El bolígrafo de gel verde*, de Eloy Moreno.

Valeria lo observa curiosa y alerta. Un juego... No se fía de él. A saber qué quiere hacer.

—Te explico —comienza a decir el chico cuando se sienta de nuevo en el sofá—. ¿Nunca has jugado al equilibrio del beso?

—¿El equilibrio del beso? No. Nunca.

—Perfecto. Te explico. —Y le entrega la servilleta—. Tienes que taparte los ojos.

—¿Qué? ¡No voy a taparme los ojos!

Raúl hace un gesto de fastidio y protesta en voz baja.

—Si no te los tapas no podemos jugar.

—¿Y por qué no te los tapas tú?

—Luego. Pero primero debes hacerlo tú, que no te sabes el juego.

La chica chasquea la lengua y termina accediendo. Ahora sí que no se fía de él, pero tampoco quiere que se enfade. ¿No será una novatada?

—¿Y ahora?

—¿Ves algo? —pregunta Raúl mientras hace aspavientos con las manos delante de ella para comprobar que la servilleta no se transparenta.

—No. Nada.

Parece que dice la verdad. Sonríe y le coloca el libro en las manos.

—Ahora levántate y ponte el libro en la cabeza.

—¿Qué? ¡Estás loco! —grita ella al tiempo que se quita la servilleta de los ojos—. ¿Qué juego es éste? ¡Lo que quieres es que haga el ridículo!

—¡No! ¡De verdad! ¡Confía en mí!

Y, sin que se lo espere, la besa. Un nuevo beso de cacao que le sabe a gloria. Resignada y sin oponer mucha resistencia, Valeria vuelve a vendarse los ojos.

—No me gusta este juego —murmura con voz de niña pequeña.

Se pone de pie y se coloca el libro sobre la cabeza.

—Muy bien. Ahora...: ¡comencemos! —exclama Raúl, que también se levanta—. Tienes que evitar por todos los medios que el libro se caiga al suelo. El que más tiempo aguante con él en la cabeza es el que gana. Y no lo puedes tocar con las manos, claro.

—No entiendo nada.

—Ahora lo comprenderás.

El chico alcanza uno de los churros del plato, lo moja y, despacio, lo pasa por la mejilla de Valeria. Es como si dibujase con un pincel sobre el rostro de la joven. Ella se estremece por el calor del chocolate y grita, pero mantiene el libro en la cabeza.

—¡No me gusta este juego! —repite alzando la voz.

—¿No?

—¡No!

—Te gustará.

Y, lentamente, acerca la boca a la cara de Valeria y la besa donde está el chocolate. El libro se tambalea un poco, pero continúa sobre la cabeza de la chica.

—Eres cruel.

—¿Sí?

Raúl vuelve a coger el churro. Lo moja un poco más y pinta una línea marrón sobre el cuello de Valeria. Cuando ésta percibe el chocolate, tiembla.

—¡Muy cruel!

—¿De verdad?

—De verdad... —susurra.

Tras el chocolate, llegan sus labios. Y su lengua, que se encarga de limpiarle la piel. La joven cierra los ojos debajo de la servilleta. Es muy cruel, pero le encanta que haga eso. A continuación, siente el calor en los lóbulos de las orejas y en seguida la boca de Raúl sobre ellos. Los lame despacio. Increíblemente despacio. Increíblemente sensual.

—Tienes buen pulso, ¿eh? El libro sigue en tu cabeza —comenta Raúl mientras hunde una vez más el churro en la taza.

Valeria no sabe qué decir. Prácticamente, no puede hablar. Todo lo que le está haciendo, a ciegas, la ha transportado a un lugar que está muy lejos de su salón: al mundo de los sentidos, donde es incapaz de reaccionar. El libro no se ha caído tan sólo por obra y arte del azar. Sin embargo, no tardará mucho en tocar el suelo. El siguiente punto que el chico ha elegido para extender el chocolate es su boca. Despacio, primero le pasa la lengua por los labios, recorriéndolos de izquierda a derecha y de derecha a izquierda. Después, con el dedo índice, la obliga a abrir ligeramente la boca y le acaricia su labio inferior con sus propios labios. Suavemente. De menos a más. El chocolate se mezcla con su saliva. El cuerpo de la joven se contrae y su corazón se acelera como nunca antes lo había hecho. El aire caliente de su respiración penetra en la boca de Raúl, que ocupa la suya. La besa intensamente, sujetándole el rostro con las manos.

Y entonces... *El bolígrafo de gel verde* cae al suelo.

A ninguno de los dos le importa. Raúl coge a Valeria de la mano y la invita a sentarse en el sofá. La chica se deja llevar bajo la oscuridad de la servilleta, que continúa vendándole los ojos. Pero jamás había visto nada con tanta claridad. Y es que aquellos besos sólo le confirman que quiere a aquel chico con los cinco sentidos.

CAPÍTULO 21

Le sudan las manos. Siempre le pasa cuando está nerviosa. Desde ayer por la noche se siente mal. Rechazada, humillada y abandonada. Eli no está acostumbrada a levantarse tan temprano los domingos, pero éste es un domingo especial.

Se balancea suavemente sobre un columpio del parque al que solía ir cuando era pequeña. Entonces todo era más sencillo. Y no sufría por amor. Es la primera vez que se enamora de alguien de verdad. El resultado no ha podido ser peor.

—Tía, déjalo ya. No pienses más en él.

—¿Cómo voy a olvidarme de Raúl? ¡Forma parte de mi vida!

—Pues cambia de vida.

Elísabet mira fijamente a la joven que hay en el columpio de su izquierda. Alicia es una chica de su edad, rubia, alta y muy guapa. Va peinada con dos coletas que se mueven, graciosas, cada vez que se impulsa. Hacía tiempo que no la veía.

—Me gusta mi vida.

—Entonces no te quejes —comenta su amiga desesperándose—. A ver... Tienes dos alternativas: o pasas de ese tío para siempre o vas a por él a saco hasta que consigas lo que quieres.

—Pero...

—Nada de peros. Amiga, en la vida no hay término medio. Blanco o negro. Hay que ir a por todas o no ir y pasar. Pero con lloriqueos no vas a conseguir nada.

—Ya.

—Si te gusta de verdad, lánzate a por él. Pero hazlo en serio. Y no salgas corriendo a la primera de cambio.

Puede que tenga razón. Quizá se haya rendido demasiado pronto. Aunque Raúl le dejó bastante claro que no la quería como novia, tampoco tuvo tiempo de pensarlo mucho. Tal vez lo reconsidere si ella insiste. El amor no surge ni desaparece en cinco minutos.

—Creo que debería volver a hablar con él y decirle de nuevo lo que siento.

—Es lo que tienes que hacer. Y utilizar todo lo que tienes para conseguir lo que quieres.

—Hablas de...

—Sí. Hablo de tus armas de mujer. Que para algo tienes esas curvas y esa noventa y cinco espectacular —indica Alicia con una sonrisa ladeada—. A los hombres primero se les conquista desde lo sexual, y luego ya llega el amor y todo lo demás.

—¿Y no se confundirá? Pensará que sólo busco... eso. Y, precisamente, eso es lo que no quiero que piense de mí.

La chica rubia resopla y se impulsa con fuerza. El columpio sube muy alto ante la atenta mirada de Elísabet, que no aparta la mirada de ella. Cuando baja, frena con los pies en el suelo y se para en seco.

—Imagina que tienes un examen de recuperación que has suspendido antes y que te han dado las preguntas con las respuestas. ¿Qué harías?

—Supongo que leerlas.

—Bien. Pues esto es lo mismo. Tienes un examen que

ya has suspendido una vez, emplea cuanto esté en tu mano para aprobarlo. No desaproveches las ventajas que puedas conseguir para lograrlo. ¿Lo comprendes?

—Sí, te entiendo.

—Perfecto.

En realidad, más o menos, aquello fue lo que hizo ayer por la noche. Utilizó sus armas. Tonteó, bailó, se acercó a él... pero no fue suficiente. Tal vez por el ambiente. Ligarte a alguien en una discoteca le hace pensar que lo único que pretendes es enrollarte con él. Es difícil plantearse algo más un sábado por la noche entre música dance y luces de colores que parpadean.

—Te haré caso, Alicia.

—Bien. Pero porque crees en lo que te he dicho. Sólo debes tomar las decisiones que más te beneficien.

—Creo que tu consejo es bueno. Iré a por él otra vez. Y utilizaré todas mis cualidades para que Raúl salga conmigo.

Las dos chicas sonríen y, durante unos segundos, se balancean en paralelo sobre los columpios. Elísabet respira hondo y se siente más animada. Hablar con ella le ha dado confianza.

—Oye, ¿y Valeria? —le pregunta Alicia tras detenerse de nuevo.

—¿Valeria? ¿Qué le pasa?

—Pues que te ha ignorado. No respondió a tus mensajes de anoche.

La chica mira hacia abajo entristecida. Es cierto. Su amiga todavía no ha dado señales de vida. No lo comprende. En un momento tan delicado, cuando más la necesita, ha pasado de ella.

—Estaría muy ocupada.

—¡Bah! Excusas.

—Se encontraría con algún tío guapo y se lo pasaría bien con él.

—Excusas.

—Bueno...

—Ya sabes que nunca me cayó bien. Creo que es una interesada.

—No digas eso. Ella siempre se ha portado bien conmigo.

Las palabras de Alicia no le gustan. Valeria es su mejor amiga y, desde que la conoció hace cuatro años, nunca le ha fallado. Salvo anoche...

—La tienes en un pedestal. Tú también has hecho mucho por ella.

—Es normal, somos amigas.

—Una amiga no abandona a la otra cuando lo está pasando mal.

—Venga, no seas así. Ya me contará cuando se despierte qué es lo que hizo y por qué no contestó al móvil.

—Tú sabrás. Pero yo... empezaría a buscar amigas que no desaparezcan el día más doloroso de tu vida.

La brisa ligera y fría de esta mañana de domingo se cuela en el interior de Eli. No está de acuerdo con lo que le está diciendo Alicia. Seguro que Valeria tiene una explicación convincente que la justifique. Pero, aunque le cuesta reconocerlo, hay algo en ella que la hace sentirse molesta con su amiga.

—Me tengo que ir a casa —dice mientras se baja del columpio.

—Vale.

—Espero volver a verte pronto.

—Siempre que quieras —contesta al tiempo que da un saltito que le permite clavar los pies en el suelo—. Somos amigas.

—Claro.

—Cuídate y, cuando necesites algo, ya sabes dónde encontrarme.

—Muchas gracias, Alicia.

Las dos sonríen por última vez. Y, después de despedirse con la mano, Elísabet se da la vuelta y camina en dirección a la salida del parque.

Ha sido una charla muy productiva. Tiene los ánimos renovados y ha recuperado la confianza al ciento por ciento. Dentro de un rato, escribirá a Raúl para quedar con él, aunque no le dirá sus verdaderas intenciones. No quiere espantarlo de antemano. Sin embargo, está segura de que en esta ocasión el encuentro con su amigo será diferente.

Como le ha dicho Alicia, debe utilizar cuanto esté en su mano para lograr su propósito. Y eso hará. ¡Vaya si lo hará!

CAPÍTULO 22

María mueve con desgana la cuchara para mezclar el Cola Cao con la leche. Está muy caliente, como a ella le gusta. Tiene la televisión encendida, pero no se fija en lo que están poniendo en esos instantes. Gadea desayuna a su lado, en silencio. Está preocupada por su hermana. Sabe que lo que le propuso ayer no es una decisión fácil de tomar. Tal vez, haya sido injusta con ella, y un poco egoísta. Es cierto que su padre necesita que una de las dos esté con él en Barcelona. Pero también es verdad que abandonar todo lo que tienen en Madrid para empezar de cero en una ciudad que no es la suya no resulta nada sencillo.

Ahora se siente mal al verla así.

—Estás muy callada, ¿te encuentras bien?

—Sí. Estoy bien.

El tono de la respuesta indica justo lo contrario. También su expresión lo demuestra.

La pelirroja se inclina sobre la mesa y le da un sorbo al Cola Cao. Sí, está suficientemente caliente.

—Meri, no tienes que hacerlo si no quieres. Papá se recuperará tarde o temprano.

—Eso no es lo que me dijiste anoche.

—Ya lo sé. Pero no debí ponerte en este compromiso.

—El compromiso es de las dos. Si no lo haces tú, tendré que hacerlo yo.

—Yo no puedo moverme de Madrid. Entiéndelo.

—Por la carrera y por Álex. Ya lo sé. Te comprendo.

—Me alegro de que me entiendas, Meri. Esto no está siendo fácil para mí tampoco.

Si ella tuviera pareja, tampoco se marcharía a otra ciudad. Aunque sólo fueran unos meses, correría el riesgo de que la relación se deteriorara por la distancia y se terminase. Sin embargo, tiene amigos, y también los echaría de menos si se fuera lejos de ellos.

—¿Le has dicho algo a mamá?

—No. No le he comentado nada.

—No creo que le guste demasiado que una de nosotras dos se vaya a Barcelona.

—Es normal. Pero seguro que termina comprendiéndolo —comenta la hermana mayor mientras se levanta de la silla.

María la observa detenidamente. Se ha convertido en una chica preciosa. Es increíble lo que ha cambiado a lo largo de los últimos años. Quizá a ella le suceda algún día algo parecido, abandone su aspecto infantil y aniñado y se convierta en una atractiva joven como Gadea.

—No estoy tan segura.

—Bueno, tendría que aceptarlo. Es nuestro padre. Y nosotras ya somos mayorcitas como para tomar decisiones importantes.

—Tú eres mayor. Yo sigo siendo una cría.

—¡Qué vas a ser una cría! —exclama la hermana mayor. Se acerca a ella por detrás, la rodea con los brazos y le da un beso en la cabeza.

—No tengo ni tetas.

Gadea suelta una carcajada cuando oye a María. Aunque su hermana hablaba completamente en serio, a la mayor le ha parecido un comentario divertido.

—Ya te crecerán.

—Ya veremos. A este paso me desarrollaré a los cuarenta. Si es que llego.

—Vamos, Meri, no seas pesimista.

—No soy pesimista. Pero mírame. Parezco una de las tres mellizas en pelirrojo.

Otra risa de Gadea, que mueve la cabeza. Puede que su hermana no sea la chica más guapa del mundo, pero ese sentido del humor tan irónico la hace especial.

—Yo te querré siempre. Independientemente de la talla de sujetador que uses.

—¡Menos mal! Al menos mi hermana no le da importancia a eso.

—Soy una chica. Si fuera un tío...

Y, tras darle otro beso, esta vez en la mejilla, recoge su vaso y se dirige a la cocina.

María se queda sola con el ruido de fondo de la televisión. En Boing están emitiendo «Bola de Dragón». La muchacha apoya el codo en la mesa y la cara en la mano y mira la pantalla. Ya ha visto ese capítulo. De todas maneras, tiene demasiadas cosas en la cabeza como para distraerse con una serie de dibujos animados.

Irse a Barcelona significaría tantas cosas... La más importante, separarse de su familia y sus amigos. Ellos todavía no lo saben, pero tampoco les contará nada hasta que haya decidido qué va a hacer.

Da otro sorbo al Cola Cao y comprueba el reloj. Bruno tiene que estar al llegar. Han quedado por WhatsApp para ir a ver a Ester. Dentro de un rato juega un partido muy importante para ella. También ha escrito al resto, pero ni Raúl ni Valeria ni Elísabet han contestado todavía. Seguramente estén de resaca de la fiesta de anoche en la discoteca. Además, eso de levantarse temprano los domingos no es lo suyo.

—Meri, me voy a casa de Álex —anuncia Gadea cuando regresa al salón.

—Vale. Pásalo bien.

—Gracias —responde—. Y no te vuelvas loca con lo de papá.

—Lo intentaré.

—Bueno. Hasta luego, Meri.

—Adiós.

Se despide de su hermana mayor con una sonrisa amarga y termina de beberse el Cola Cao. Otro vistazo al reloj. Como siempre, Bruno llega tarde. Pero ella no es como el resto y no se lo reprochará. Si se va, lo echará mucho de menos. La vida sin ese chico tan peculiar sería mucho más difícil para ella. Podría meterlo en una de sus maletas y llevárselo a Barcelona de incógnito. Sonríe al imaginar la cara que pondrían los del control del equipajes al descubrir a su amigo dentro de una Samsonite.

El pitido de su BlackBerry amarilla a devuelve al otro lado del espejo.

> Meri, estoy abajo. Siento el retraso, aunque sólo he llegado siete minutos tarde por culpa de una prórroga contra Francia. ¿Bajas ya, pelirroja?

No responde. Se coloca un gorro blanco de lana en la cabeza y, sin siquiera mirarse en el espejo, sale de casa riéndose para sí misma. Y es que continúa pensando que, pese a que ese loco bajito no tiene remedio, estaría genial llevarse a Barcelona a esa persona tan especial para ella dentro de una maleta.

Aún no puede creerse lo que acaba de pasar. Sentada, apoyada contra la pared, María se acaricia los labios con la yema de los dedos. ¡Un chico la ha besado por primera vez!

Nunca imaginó que fuera así. En realidad, a sus trece años, no se había parado mucho a pensar en cómo sería, a diferencia de las chicas de su clase, que no paran de hablar de ese tipo de cosas y de cómo se hace esto o aquello. Ella es distinta. Diferente al resto. Físicamente y también en cuanto a sus intereses. Y no le importa demasiado, aunque en ocasiones se siente muy sola.

Raúl. Ese chaval parece buen chico. Ha tenido que pasarlo muy mal durante esos meses de clase después de perder a su padre. Le gustaría ser su amiga. A ella tampoco le vendría mal alguien con quien hablar en los recreos. A veces no es fácil vivir aislada de todo el mundo.

Respira hondo y encoge las piernas.

Se está bien allí. Sólo se oye la voz de los profesores que explican en las diferentes clases. A ésta ya no entrará. Tampoco cree que nadie note su ausencia.

De pronto, su tranquilidad se ve interrumpida por unos pasos que se acercan a donde está ella. Piensa en esconderse, ya que no puede tratarse más que de un profesor. Le echarán una buena bronca por no estar en clase. Pero qué más da. No le importa. Sin embargo, quien aparece delante de ella es un chico muy bajito que va a su clase. Se llama Bruno Corradini. Nunca han hablado. Cada uno se sienta en una punta del aula: María en el último asiento de la fila más a la derecha, y aquel muchacho en el primer sitio de la fila de la izquierda. Los dos se miran durante unos segundos.

—El profesor de Matemáticas te está buscando —suelta el chico.

Su voz es muy aguda. Si no fuera a su clase, María pensaría que se trata de un niño de quinto o sexto de primaria. Su aspecto es, cuando menos, curioso. Lleva el pelo cortado de tal manera que aparenta tener la cabeza demasiado grande para su pequeño cuerpo. La ropa que lleva también le queda grande, especialmente la sudadera blanca, que le llega casi a las rodillas.

—¿A mí?

—Sí. Te ha visto antes por los pasillos y le ha extrañado que no estés en clase. Me ha mandado buscarte.

Vaya. Pues sí que hay alguien que se fija en lo que hace y lo que no. De todos los profesores, el de Matemáticas es el único que merece la pena. Tiene un sentido del humor muy particular que a María le gusta. Pero ya ha tomado la decisión de no ir a su clase esa mañana. Está tranquila allí, y no le apetece entrar en medio de las explicaciones y bajo la mirada de todos. Por hoy ya ha tenido bastante con aquellos estúpidos que la han hecho pasar un mal rato. A pesar de que gracias a esos cuatro idiotas ha recibido su primer beso. Y el segundo.

—Dile que no me has encontrado.

—Es que sí que te he encontrado —replica Bruno molesto.

—Bueno, pues tú dile que no.

—¿Me pides que mienta a un profesor?

No le apetece discutir, pero tampoco quiere entrar en clase. Arquea las cejas y mira desafiante al muchacho.

—Haz lo que te dé la gana, Corradini.

Bruno parece impactado por la respuesta de la pelirroja. No sabía que tenía tanto carácter. Siempre la ve sola y sin hablar con nadie. Como él, que tampoco tiene demasiados amigos allí.

Y, para sorpresa de María, el chico bajito de la sudadera demasiado grande se sienta a su lado.

—Pues sí tú no vas, yo tampoco.

—¿Qué dices? ¡Vete a clase o te pondrán falta!

—Paso. No quiero mentirle al profesor.

—¡Pero te van a echar la bronca!

El joven se encoge de hombros y sonríe, satisfecho de su valentía por saltarse una clase. Eso es lo más emocionante que ha hecho en todo el curso. Se mete la mano en el bolsillo de la sudadera y saca un chicle de menta.

—¿Quieres?

María lo observa. Es el tío más raro que ha visto en su vida. Pero le parece simpático.

—Vale.

El joven abre el chicle y lo parte, aunque una de las mitades queda mucho más grande que la otra.

—Toma.

Él se queda con el trozo más pequeño y le entrega a ella el mayor. Y, antes de que la chica pueda quejarse por recibir la mejor parte, se mete en la boca el trozo pequeño y comienza mascarlo. La expresión de la chica es de total incredulidad y sorpresa, pero la hace sonreír.

—Muchas gracias, Bruno.

Sí, está claro, es un chaval muy extraño. Pero le gusta.

Pasan juntos la siguiente hora, sentados uno al lado del otro en la parte de atrás del instituto. Conversan sobre diferentes temas. Descubren que tienen varios gustos en común y hasta se atreven a compartir algunos de sus miedos. El resto del mundo los ignora o los toma a broma. Son dos jóvenes que se salen de los tipos y prototipos habitualmente aceptados. Son dos auténticos incomprendidos. Pero ellos, los dos unidos, se entienden. Y supieron, desde aquel día en el que hablaron por primera vez, que se convertirían en amigos inseparables. Sin embargo, casi tres años después, en su amistad podría abrirse una brecha de 621 kilómetros. Los que separan Madrid de Barcelona.

CAPÍTULO 23

Lleva quince minutos observándolo. Ya se sabía su rostro de memoria, pero el repaso no le ha venido nada mal. Nunca habría imaginado que pudiera estar tanto tiempo seguido sin despegar los ojos de una persona dormida.

Tras el juego y los besos, Valeria y Raúl se quedaron echados en el sofá, abrazados. Apenas hablaron. Tampoco hacía falta. Ella nunca había vivido una situación parecida. Estaba disfrutando tanto que se relajó y se quedó dormida con la cabeza apoyada sobre el pecho de Raúl y los brazos de éste rodeándole la cintura.

Al despertarse, él seguía ahí. No se había evaporado. Raúl dormía con ella en el sofá de su salón. Y se sintió feliz. Emocionada. Dichosa de saborear ese instante de alegría absoluta. No llevaban cientos de años casados, apenas habían pasado unas cuantas horas desde su primer beso. Sin embargo, tenía la impresión de que habían transcurrido siglos.

—Hola, bello durmiente —lo saluda cuando el chico abre los ojos.

Está algo aturdido y le cuesta reconocer el lugar donde se encuentra. Entonces, ve la sonrisa de Valeria y sus labios que se acercan. Por fin lo comprende. Sonríe y se incorpora despacio.

—¿Cuánto he dormido?

—Un buen rato.

El chico mira el reloj. Se sorprende cuando comprueba la hora.

—¡Son casi las once y media! —exclama.

—Es que estabas cansado. Necesitabas dormir.

—Ya... ¿Y tú has dormido algo?

—Quince minutos menos que tú —contesta; en seguida, le acerca la BlackBerry—. Me ha despertado el pitido de tu BB.

Raúl le da un beso y coge el aparato. Tiene tres mensajes en el WhatsApp. Uno es de María, que les pregunta a todos en una conversación de grupo si van a ir al partido de Ester. Otro es de Bruno, que contesta que él sí que va. El tercero, privado, es de Elísabet. Abre este último y lo lee en silencio.

Espero que no estés enfadado conmigo. Siento haberme ido así anoche. Me gustaría hablar contigo y aclararlo todo. Escríbeme cuando puedas.

—¿Qué sucede? —le pregunta Valeria al notarlo preocupado.

—Eli quiere hablar conmigo para aclarar lo de anoche.

—Es normal —le responde. Suspira—. Yo aún no le he contestado a los mensajes de ayer. No me ha vuelto a escribir.

El joven se queda pensativo durante un instante. No tiene muy claro qué hacer. Tarde o temprano volverán a verse y deberán tratar la situación. Es mejor hacerlo a solas que con el resto del grupo pendiente.

—¿Vas a ir al partido de Ester?

—¿Y tú?

—Primero debo hablar con Eli. Podemos encontrarnos en el pabellón donde juega. Yo llegaré un poco más tarde.

—Bien.

A Valeria no le gusta demasiado la idea de que Raúl y su amiga se encuentren a solas. ¿No se le ocurrirá cambiarla por ella? Las dudas regresan. Espera que Elísabet no se lance de nuevo al cuello del chico, como hizo anoche. Que los dos queden no deja de ser un gran riesgo. Pero debe confiar en él. Y también es necesario que aclaren las cosas. Son muy amigos desde hace tiempo, y se necesitan el uno al otro.

¡Fuera celos!

—Y lo nuestro... ¿se lo decimos a los demás o nos lo guardamos para nosotros?

—Mmm.

Ésa es una buena pregunta. También ha pensado en ello durante la noche. No está muy segura de si es conveniente contarles al resto lo que pasa entre ambos. Por una parte, le gustaría explicárselo a los chicos y no tener que estar ocultándolo. Pero, por otra, la relación entre Raúl y ella acaba de empezar, ni siquiera está consolidada. Y la noticia provocaría cambios, opiniones, el enfado de Eli... Quizá lo que tienen que hacer es...

—Mejor esperamos —dicen los dos al mismo tiempo.

Sonrisas y un beso en los labios.

—Sí, es mejor esperar un poco —repite Valeria—. Ya se lo contaremos más adelante.

—No hay prisa.

—Ninguna prisa.

Los dos se miran en silencio hasta que Raúl se levanta del sofá. Se cubre la cabeza con la capucha de la sudadera y se inclina para besar una vez más a la chica.

—Ahora le escribiré a Meri para decirle que me guarde un sitio para el partido de Ester, aunque llegaré más tarde.

—Vale. Yo me iré dentro de un rato para allá.

—Allí nos vemos, entonces.

Un último beso. El joven abre la puerta y se marcha de la casa, que se queda en completo silencio. Valeria siente algo extraño. Miedo. Angustia. Añoranza. No sabe lo que es. Pero es un sentimiento muy intenso que se extiende dentro de ella. ¿Es posible que ya lo eche de menos?

Todo está yendo demasiado de prisa. Aunque su impresión es la de que son novios desde hace mucho tiempo. Quizá el que hayan sido tan buenos amigos antes está ayudando a que las cosas funcionen desde el primer minuto. Y ella ya estaba enamorada de él. Simplemente, se deja llevar.

Y Raúl ¿está forzando la situación o también se está dejando llevar?

Sale del edificio en el que vive Valeria y busca la Black-Berry en uno de sus bolsillos. La saca y teclea rápidamente.

Dentro de media hora estoy en tu casa. ¿Te parece bien?

La respuesta de Elísabet no se hace esperar. Contesta afirmativamente en menos de un minuto. Raúl ha elegido la casa de su amiga porque allí ella se sentirá más cómoda para hablar. No ha ido muchas veces, pero es un lugar que le gusta. Es bastante más grande que el resto de las casas de sus amigos. Y sus padres siempre son muy amables. Tanto como la madre de Valeria. Gracias a Mara, esta mañana se ha enterado de que el desayuno preferido de su hija es el chocolate con churros. Y es que, antes de ir a ver a la chica, se pasó por la cafetería Constanza para asegurarse de que estaría sola. Quería sorprenderla. Luego no fue difícil sonsacarle a Mara lo que esperaba escuchar: que siempre guardaba en la cocina, en uno de los armarios, un bote de chocolate a la taza por si acaso se le antojaba algún día a la chica.

Camina sonriente por la ciudad, con las manos en los bolsillos y la cabeza oculta bajo la capucha. No imaginaba un inicio tan bueno con Valeria. Y, aunque sólo han pasado unas cuantas horas desde que le declaró sus intenciones, está muy contento por cómo van saliendo las cosas. El momento romántico en el sofá no lo ha vivido con ninguna de las otras chicas con las que ha salido durante el último año.

Y, posiblemente, no lo habría vivido con Elísabet.

Él quiere una relación de verdad. Una pareja. Alguien en quien confiar, a quien sorprender, con quien reír... y nadie mejor que Valeria para eso. Es una suerte que ella también sienta algo por él. Se le nota. Se le nota en cómo lo mira, en cómo se comporta cuando están juntos. Es todo muy sincero. La conoce bien y sabe que no va a fallarle.

Sólo espera no fallarle él.

Ensimismado en sus pensamientos, Raúl casi no se da cuenta de que ya está en la calle en la que vive Eli. Cruza al otro lado y acelera el paso hasta llegar al número 37. Se detiene y llama al timbre. La puerta no tarda en abrirse. Es su amiga quien le abre.

—Hola, Raúl... Pasa.

—Gra... cias.

El joven obedece, aunque no puede evitar fijarse antes en el escote de Elísabet. Su amiga lleva puesto un top azul marino exageradamente ceñido. Cuando se vuelve, observa su cortísimo *short* vaquero. ¿Pero no están en noviembre?

—Mis padres no están, así que podemos hablar tranquilamente.

—Bien.

163

—¿Subimos a mi cuarto?

—Como quieras.

Raúl sigue a Eli de cerca. Sube la escalera detrás de ella sin poder evitar contemplar ese *short* minúsculo. Tiene que reconocer que la figura de la chica es espectacular. ¿Se habrá vestido así a propósito?

Sin embargo, el joven no tiene ni idea de lo que le espera allí arriba.

Entran en la habitación en silencio. El dormitorio huele muy bien y está ambientado con velas. De fondo suena una música relajante.

El chico se queda boquiabierto y contempla cómo Eli se sienta en la cama. La joven le pide que vaya a su lado dando unos golpecitos con las manos sobre el colchón.

—Bueno, creo que es hora de que tú y yo hablemos.

CAPÍTULO 24

Ya ha pasado más de una hora desde que se separaron y no sabe nada de Raúl. En varias ocasiones ha tenido la tentación de escribirle, pero no quiere agobiarlo. Estará hablando con Elísabet de muchas cosas y solucionando lo ocurrido anoche. Debe confiar en él. Tiene que hacerlo. Pero Valeria no puede quitarse de la cabeza la posibilidad de que su amiga lo esté intentando de nuevo y de que él se dé cuenta de que ayer eligió a la chica equivocada.

—Muchas gracias por venir, chicos. Sois los mejores.

Ester sonríe, feliz de ver a sus amigos en la grada. Es un partido muy importante. El más importante de la temporada. Juegan contra las primeras y debe darlo todo. Además, está contenta, y al mismo tiempo ansiosa, porque después le espera un regalo de Rodrigo. ¿Qué será?

—¡Cómo no íbamos a venir! —exclama Bruno.

—Sí. Todos te apoyamos. Seguro que lo haces genial —añade María sonriente—. ¡Duro con ellas!

La chica les da una vez más las gracias a sus tres amigos y regresa corriendo al vestuario junto con sus compañeras de equipo. Rodrigo la recibe en la puerta muy serio, pero cuando llega hasta él le guiña un ojo y entran juntos. Ahora le toca concentrarse en el partido.

—No nos has contado todavía cómo os fue anoche —comenta María—. ¿Ligaste con algún universitario?

Valeria duda un instante sobre qué responder. No va a decirles nada de lo que hay entre ella y Raúl. Pero tampoco quiere engañarlos.

—Bueno... —Y de repente recuerda a su amigo, el estudiante de Periodismo de la melenita. Él es una buena excusa para hablar de otra cosa. Así no tendrá que mentirles—. Conocí a un chico bastante majo. ¿Os acordáis del tío que cantaba en el metro de Sol, del que os hablé?

Bruno y María asienten con la cabeza.

—¿El que te dejó el dinero? —pregunta la pelirroja.

—Sí, ése —contesta Valeria sonriendo al recordar aquel momento tan curioso—. Pues resulta que luego me lo encontré en la fiesta.

—¿Sí? ¡Qué casualidad!

—Ya ves. Se llama César y estudia tercero de Periodismo.

—Joder, parece el argumento de una película.

—De una película de miedo —apunta Bruno nada convencido de la autenticidad de tal coincidencia—. Es muy raro que a un tío que conoces tocando en el metro lo veas un rato después en una discoteca a tres kilómetros de allí. ¿Seguro que no te siguió?

—No, no. De hecho su facultad era la que organizaba la fiesta. Y su compañero de piso, el que nos vendió los carnés y las entradas.

—¡Venga ya! ¿Y te creíste todo eso?

—¡Que sí, Bruno! ¡Que es verdad!

Los gritos de la chica llaman la atención de la gente que está a su alrededor, que se vuelve hacia ellos. Valeria se sonroja y agacha la cabeza avergonzada.

—Lo siento, pero no me creo nada. Te dijo todo eso para ligar contigo.

—Pero ¿cómo va a hacer eso para ligar conmigo? —pregunta en voz baja.

—Muy fácil: te lo encontraste en el metro, nos siguió y luego se hizo pasar por universitario para llamar tu atención. Seguro que es un loco peligroso.

—El que está loco eres tú.

—¿No le darías tu teléfono?

La chica se frota la mejilla con la mano y, luego, los ojos.

—Me da que sí se lo dio —interviene María con una sonrisa.

—Pues sí, se lo di. Incluso me escribió un mensaje anoche cuando llegué a casa.

—Qué mono.

—Sí, pero no le he respondido todavía.

Ha estado tan ocupada pensando en Raúl y en Eli que se le ha pasado por completo responder a César. Lo hará durante el partido.

—Vale. Le diste tu teléfono móvil a un mendigo que te siguió por todo Madrid. Bien, Val, bien.

—¡No es un mendigo! ¡Es un estudiante de Periodismo que se saca un dinerillo tocando y cantando en el metro!

De nuevo, los gritos de Valeria provocan que los que están en los asientos cercanos se fijen en ella. Azorada, pide disculpas y se encoge sobre sus rodillas.

—Era guapo, ¿verdad?

—Sí, Bruno, era guapo.

—Por eso le diste tu móvil y te creíste todo lo que te dijo.

—Lo que me dijo era verdad —insiste ella con un suspiro—. Y le di mi móvil porque estuvimos hablando un buen rato y me cayó bien. No porque fuese guapo o feo. Meri, tú me crees, ¿no?

La pelirroja se ajusta las gafas y se recuesta en su asiento.

—Bueno, hay que reconocer que es todo muy raro. Demasiadas coincidencias.

—Sí, eso es verdad. Hasta yo me extrañé cuando lo vi.

—Pero míralo por el lado bueno: si ese chico te siguió desde el metro hasta la discoteca y luego forzó un encuentro contigo y te pidió el teléfono, será por algo.

—Porque está loco.

—Joder, Bruno, déjalo ya —protesta Valeria enfadada—. Te aseguro que César es un buen chaval. Y no está loco.

Pero ¿le dijo aquel chico la verdad? Ella le mintió primero... ¿Y si él también la engañó? Ahora ya no sabe qué pensar. Sus amigos tienen razón en señalar que su encuentro había sido una casualidad improbable. Sin embargo, el destino hace ese tipo de cosas. Une y desune a las personas a su gusto. ¿Por qué no iba a vivir ella una experiencia de ese tipo?

—¿Quedarás con él? —pregunta María cada vez más interesada en la historia de su amiga—. Así podrás averiguar si te mintió o no.

—¡Cómo va a quedar con él! —exclama el chico—. Si es un loco, a saber qué podría hacerle.

—Eres un exagerado, Bruno. No le haría nada.

—¿Y tú qué sabes?

—Pues si anoche no le hizo nada... —la pelirroja se detiene y mira a Valeria—. Porque no te hizo nada, ¿no? Quiero decir que...

Las dos chicas se sonrojan.

—¡Claro que no! ¡Ni él ni yo hicimos nada!

—Menos mal. Al menos no te liaste con el loco.

—Se llama César.

—Vale. César *el Loco*.

—A veces eres un poco pesadito, ¿eh? —Su enfado va en aumento—. Tú no lo conoces de nada para calificarlo de loco. Y, si está loco, no creo que lo esté mucho más que tú.

Los tres se quedan momentáneamente en silencio después de las palabras de Valeria. Bruno se da cuenta de que su amiga se ha puesto muy nerviosa y de que quizá se haya pasado un poco. Tiene razón en que él no conoce al chico de nada y lo está juzgando a ciegas. Es algo que siempre han hecho con él y la razón por la que tan mal lo ha pasado desde que era un niño.

—Es verdad, Val. Perdona. No debería haber dicho todas esas cosas —reconoce arrepentido—. Puede que todo fuese fruto de la casualidad.

El público del pabellón comienza a aplaudir a los equipos que salen a la pista en ese instante. Ester mira hacia donde están sus amigos y los saluda con la mano.

—No te preocupes, Bruno. Discúlpame tú también por hablarte así.

Los dos se sonríen tímidamente y se centran en su amiga, que está hablando con el entrenador.

—Sigo creyendo que deberías quedar con él y averiguar si te dijo la verdad.

—¿Para qué?

—Porque le gustas. Y él a ti también, ¿me equivoco?

—Es guapo y muy agradable, pero apenas lo conozco. Y... —Y el que le gusta de verdad es Raúl, que sigue sin dar señales de vida—. No, no me gusta. Y tampoco creo que yo le guste a él. Sólo le caí bien.

—Un tío no te pide el móvil si no le gustas, Valeria.

Las seis jugadoras de cada equipo se colocan en su respectivo lado de la cancha: las de Ester, que van con pantalón rojo y camiseta blanca, juegan a la izquierda. Además, a ellas corresponderá el primer saque del encuentro.

—Ya te digo, Meri, que debí de caerle bien. Un tío como él, guapo, universitario, que conocerá a miles de chicas en la facultad, no se interesaría por alguien como yo.

Y, aunque tuviera interés, ella ya tiene a alguien en quien pensar, por quien preocuparse, con quien soñar... Ya ha encontrado lo que buscaba. No necesita a nadie más, por muchos calificativos positivos que pueda reunir el chico que conoció ayer. ¿Qué más da si le dijo la verdad o le mintió? No hay nada entre ambos.

La jugadora del equipo de Ester bota la pelota una, dos, tres veces. La lanza hacia arriba y la golpea con fuerza en el aire. Comienza el partido.

Valeria comprueba su BlackBerry. La una y un minuto. Empieza a preocuparse de verdad.

¿Por qué no le escribe Raúl?

CAPÍTULO 25

El partido de Ester está muy interesante, pero ella no deja de pensar en Raúl. ¿Qué demonios estará haciendo? Valeria comienza a inquietarse. ¿A qué espera para decirle cómo le ha ido con Eli?

No puede creerse que todavía estén hablando. ¡Ha pasado demasiado tiempo! Desde que se ha sentado en la grada del pabellón no ha transcurrido ni un solo minuto sin que haya comprobado su BlackBerry rosa. Sin embargo, el resultado siempre es el mismo: sin noticias de él.

Hasta que por fin...

Una vibración, un pitido. Un mensaje. ¡Raúl! Lo abre de inmediato.

Tenemos que hablar. Llámame cuando puedas. Rápido.

¿Cómo? ¡Cómo! ¿No hay más? Raúl siempre ha sido muy conciso en sus mensajes —al principio porque se le daba fatal la pantalla táctil, y ahora porque simplemente no le da la gana escribir más—. Pero esto... ¿Qué quiere decir que tienen que hablar? ¿Rápido? Esto es de locos.

Qué mal presentimiento.

En mitad de un punto, se levanta de su asiento.

—Chicos, tengo que irme.

—¿Ya? ¿En medio del partido? —pregunta María extrañada. Bruno también la observa con inquietud.

—Sí, me ha surgido algo importante.

—¿Todo bien?

—Sí. No os preocupéis. —Trata de tranquilizarlos forzando una sonrisa—. Esta tarde nos vemos en Constanza, ¿no?

—Claro.

—Bien. Pues allí os espero.

Y sin decir más, camina a toda prisa por la fila de asientos y baja precipitadamente la escalera que la lleva hasta la puerta del pabellón. Sale del edificio con la BB en la mano y marca el número de Raúl sin perder ni un segundo. Tras el primer bip, el joven responde:

—¿Val?

—Sí, soy yo. ¿Qué es lo que pasa?

Su voz suena atropellada. Y es que los nervios están superándola. Tiembla por lo que pueda contarle. Pero quiere una explicación de todo lo que ha sucedido con Elísabet cuanto antes.

—Mmm. Ahora no puedo hablar.

—¿Cómo que no puedes hablar? —pregunta confusa—. ¿No has dicho que tenemos que hablar? ¡Raúl, me estás volviendo loca!

—Sí, sí, pero ahora mismo no puedo.

Valeria se pasa la mano por su cabello castaño con mechas rubias. No comprende nada y empieza a impacientarse ante tanto misterio.

—¿Dónde estás?

—En casa de Eli.

—¿Todavía?

—Todavía.

—¿Y ella?

—Pidiendo una pizza desde el teléfono fijo del despacho de su padre.

—¿Cómo? ¿Pidiendo una pizza?

—Sí, las llamadas de fijo a fijo le salen gratis —comenta Raúl—. Pero no tardará en subir. Estoy en su habitación.

En su habitación. ¡En su habitación! ¿Haciendo qué? Si es una broma, ¡no tiene ninguna gracia!

—¿Vas a comer con ella y con sus padres una pizza en su casa?

—No. Sus padres no están. Vuelven esta noche.

—¿Sus padres no están?

—No. Han ido a casa de un familiar y, por lo visto, estarán fuera todo el día.

—Vaya. Entonces tú...

—Lo siento, Val, tengo que colgar. La estoy oyendo subir —la interrumpe hablando muy de prisa—. Tenemos que hablar. Es muy largo de explicar como para escribírtelo en el WhatsApp. Esta tarde, antes de la reunión en la cafetería, me paso por tu casa. ¿Te parece?

—Vale. Pero no me...

—Ya está aquí. Te dejo. Un beso. Adiós.

Cuelga.

La chica, aturdida, se queda mirando su BlackBerry. Comienza a caminar por la calle sin saber muy bien hacia dónde va.

Una pizza. En casa de Eli. Solos. En su habitación.

¿Qué significa todo aquello? Es como un rompecabezas de diez mil piezas. Como un acertijo de esos que vienen en la sección de pasatiempos de los periódicos, de esos que su madre nunca consigue descifrar.

Menudo lío tiene en la cabeza. No sabe qué es lo que ha podido suceder en casa de Elísabet para que Raúl continúe allí y no quiera que su amiga sepa que estaba hablando con ella. Ahora le tocará esperar a la tarde para resolver todas sus dudas y averiguar qué es lo que está pasando en realidad entre el chico del que está enamorada y su mejor amiga. La respuesta, tal vez, no le guste demasiado.

CAPÍTULO 26

—¿No tienes frío vestida así?

Elísabet se mira de arriba abajo y sonríe. Ya ha captado la atención de Raúl, tal como pretendía. Tampoco era difícil con esos *shorts* y ese escote.

—No. ¿Tú tienes frío? —pregunta con cierta ironía—. Si quieres enciendo la calefacción.

—No hace falta.

No es precisamente frío lo que siente Raúl. Quizá incluso tenga algo de calor.

El chico se sienta a su lado en la cama, a cierta distancia. Pero Eli se acerca en seguida y hace que sus piernas se rocen.

—Bueno. Lo que quiero es que te sientas cómodo. Tenemos mucho de que hablar.

—Estoy cómodo, no te preocupes —miente. Está bastante tenso.

—Vale. Hablemos entonces.

—Bien, hablemos.

Silencio. La joven, nerviosa, balancea los pies. Recuerda las palabras de Alicia en el parque: debe ir a por todas. Si pretende conseguir lo que quiere, necesita utilizar cuanto esté a su alcance.

—En primer lugar —comienza a decir mientras coloca

una mano sobre la rodilla de Raúl—, te pido otra vez perdón; anoche no debí dejarte allí tirado. Me comporté como una cría.

—No pasa nada. Está olvidado.

—¿Sí? ¿De verdad?

—Claro. Somos amigos.

—Amigos —repite Elísabet al tiempo que aproxima disimuladamente su rostro al de él—. ¿Y sólo puedo ser tu amiga?

Mientras se lo pregunta, le aprieta suavemente la rodilla con la mano. El joven trata de zafarse de la chica inclinándose hacia la izquierda.

—Creía que de eso ya habíamos hablado ayer.

—Sí, lo hicimos. Pero... ¿estás seguro de que sólo quieres eso?

—Bueno... yo...

—El beso que nos dimos en la discoteca fue el mejor que me han dado en mi vida.

—Eso es porque te lías con cada uno...

El comentario no la ofende. Al contrario, le gusta su humor irónico. Sonríe con picardía y acerca más su pecho al de él. Su pronunciado escote es lo único que el chico puede ver en ese instante.

—¿No te gusto?

—Claro que me gustas. Estaría ciego si no me gustases.

—Entonces ¿por qué no lo intentamos?

—Ya te lo dije anoche, Eli —comenta tras tragar saliva—. No nos veo como pareja.

—Pero, si te gusto como chica, te caigo bien como persona y nos hemos tratado como amigos... ¿qué hace falta para que demos un pasito más?

—No es que se necesite nada. Simplemente, es que no te veo como mi novia.

Lejos de darse por vencida, Elísabet prosigue con su intento. Con la mano derecha le acaricia el muslo.

—¿Crees que no podría comportarme como una buena pareja? ¿Piensas que te sería infiel o algo así?

—No es eso.

—¿Entonces?

—Entonces...

El joven ya no sabe qué responder. ¿Cuál es la verdadera razón por la que no quiere a Elísabet como novia? ¿Valeria? De ella tampoco está enamorado. Es un instante de duda para Raúl, y su amiga aprovecha el momento para besarlo en la boca. Pero algo falla. Ni siquiera cierran los ojos. Los dos se miran mientras sus labios permanecen unidos. Son unos segundos muy extraños para ambos.

Es ella la que se separa de Raúl.

—¿Por qué no te has apartado? —pregunta confusa.

—No lo sé. Me has sorprendido. No lo esperaba.

La chica se levanta de la cama. Se cruza de brazos y camina en círculo por el cuarto. Está nerviosa. Se detiene junto a la estantería donde tiene los libros y los observa de pie, apoyada en la pared. Un beso... ¿No era lo que quería? Sí. Pero no de esa forma. Nunca había dado un beso tan frío como aquél. Se siente mal consigo misma, y también enfadada con él.

—¿Tan difícil es verme como alguien con quien estar?

—No, Eli. Me encanta estar contigo.

—Creo que lo que te pasa es que tienes miedo, Raúl.

—¿Miedo a qué?

—A enamorarte de mí.

—Te equivocas.

—No. No me equivoco. Ése es tu problema. Tienes miedo —expone muy seria y con los ojos vidriosos—. Ninguna de las tías con las que has estado durante este tiempo te conocía tanto como yo. Y ninguna sentía por ti lo que siento yo.

—Puede que haya alguna chica por ahí que sienta por mí aún más que tú. Y que, al mismo tiempo, yo sienta algo por ella.

Las palabras de Raúl sorprenden y hieren a Elísabet. ¿Es verdad eso que dice? ¿Hay otra?

—¿Estás con alguien y yo no me he enterado?

—¿No decías que me conocías muy bien?

—Idiota.

La mirada de la joven transmite todo el odio que ahora mismo le inspira Raúl. ¿Es un farol? De nuevo, acude a su mente lo que habló con Alicia. O todo o nada.

—Creo que es mejor que me vaya —comenta Raúl; a continuación se incorpora y camina hacia la puerta de la habitación.

—Eso. Huye de mí. ¿Desde cuándo eres tan cobarde?

—No soy cobarde. Ni huyo. Es sólo que no quiero seguir discutiendo contigo —repone sin tan siquiera mirarla.

—Ya... Si no eres un cobarde, deja de inventarte historias y di que sólo me ves como un polvo de una noche. ¿No es eso lo que piensas?

Raúl se da la vuelta y contempla a Elísabet. El pelo moreno, larguísimo, le cae salvaje por debajo de los hombros, casi hasta el abdomen. Respira jadeante con la boca entreabierta y sus ojos claros, aún encendidos de furia, son increíbles. Se ha convertido en una adolescente preciosa. Posiblemente, la más guapa que conoce. Es una chica diferente por completo a la de hace dos años.

¿Por qué no es capaz de sentir nada por ella?

—¿Es eso lo que quieres que diga?

—No es lo que quiero que digas. Pero realmente, Raúl, no me ves como otra cosa.

—Te veo como a una amiga. Una gran amiga.

—No me vale —señala ella desesperada—. No puedo seguir siendo tu amiga. No puedo verte todos los días y pensar que sólo somos amigos. Es o todo o nada.

Los labios le tiemblan al hablar. Tiene la sensación de que es otra persona y no ella misma la que ha dicho aquello.

—¿Estás hablando en serio?

—Completamente.

—No puedo creerme que me hagas esto, Eli.

—Yo tampoco puedo creerme que no seas capaz de apreciar mis sentimientos. Yo... te quiero.

Sí, lo quiere. Si no fuera así, no tendría el corazón a punto de salírsele del pecho. Le late tan de prisa que hasta puede oírlo.

Raúl la mira desconcertado. No sabe cómo actuar. ¿Se va?, ¿se queda?

—Dices que me quieres y me das un ultimátum —termina por susurrar cabizbajo—. No es justo.

—¿Y qué es justo, Raúl?

Una lágrima le resbala por la mejilla. Está llegando al límite de sus fuerzas. Todo o nada. La cabeza le da vueltas. Todo o nada. El olor de las velas que van consumiéndose poco a poco le inunda la nariz. Empieza a marearse. Todo o nada.

—No lo sé.

—¿No lo sabes? —pregunta sollozando—. Yo puedo decírtelo: no es justo que... que hace tres años nadie me mirara a la cara porque apenas se me veían los ojos de los granos que tenía... No... No es justo que todo el mundo pasara... de mí porque era la niña más ho... más horrible... que hubieran visto nunca. No... es justo que aho... ra que he cambiado todos... los tíos os fijéis en lo mismo... Lo que no es justo, Raúl, es que nadie... me valore por... por...

como soy, que nadie me... me... me... mire como a una pareja, que...

En ese momento, siente que le falta el aire. Tiene que sujetarse a la estantería de los libros para no caerse al suelo. Se le taponan los oídos y el corazón se le acelera muchísimo.

—¡Eli!, ¿qué te sucede? —grita el chico asustado mientras se acerca hasta ella rápidamente.

Elísabet no puede hablar. Se lleva las manos al pecho y jadea sin parar. La taquicardia va en aumento y las lágrimas no cesan.

—Me... ahogo.

—Es un ataque de ansiedad. Tienes que intentar tranquilizarte.

Raúl la ayuda a llegar hasta la cama y los dos se sientan. Le coge la mano y se la acaricia para calmarla.

—Respira poco a poco. Toma aire y expúlsalo despacio. ¿Vale?

—Va...le.

—Despacio. Así. Despacio.

La joven obedece las indicaciones de su amigo. Está asustada. Cuando era más pequeña, sufrió alguna vez aquel tipo de ataque. Pero hacía tiempo que no le pasaba.

Transcurren varios minutos durante los que le cuesta respirar. Sin embargo, poco a poco, va recuperándose bajo el cuidado y la atención de Raúl, que no se separa de ella ni un instante.

—Hay que ver las cosas que haces para llamar mi atención, ¿eh? —le dice el muchacho sonriente.

—Lo siento.

El bello rostro de Eli enrojece. Entonces se da cuenta de cómo va vestida y de todo lo que ha intentando hacer antes para conseguir... ¿qué?

No lo ha hecho bien. Nada bien.

Cuando se siente de nuevo con fuerzas, se levanta de la cama y va al cuarto de baño. Mientras se limpia la cara y se seca las lágrimas, se lamenta de lo que ha ocurrido. Esto ha sido una estupidez. Alcanza una bata roja que hay colgada en una percha y se la pone.

—Gracias, de verdad —dice al regresar al dormitorio—. Te has portado como un... buen amigo.

—Somos amigos, Eli.

—Sí.

Amigos. La tristeza sigue en su interior, pero la oculta con una sonrisa.

Ahora es él quien la invita a sentarse a su lado en la cama. Le hace caso. Sin que Eli se lo espere, Raúl la agarra de los hombros y la empuja hacia atrás. Juntos caen boca arriba sobre el colchón. Sus cabezas una al lado de la otra, y sus miradas perdidas en el techo de la habitación.

—¿Recuerdas aquel día en el que...?

Y durante varios minutos, tumbados sobre la cama de Elísabet, los dos hablan del pasado y de los días en que sólo se preocupaban por ser lo más felices que pudieran dentro de un grupo de amigos que se comprendían entre ellos aunque nadie más los entendiera.

CAPÍTULO 27

Elísabet abre la puerta. A Raúl le ha dado tiempo a guardarse la BlackBerry en el bolsillo de la sudadera. No quiere que se entere de que ha estado hablando con Valeria. Si su amiga supiera lo que ha pasado entre ellos, se sentiría fatal. Después del ataque de ansiedad que ha sufrido Eli, Raúl debe tener cuidado de que la joven no se altere de nuevo.

—He pedido una familiar para los dos. Mitad hawaiana, mitad carbonara.

—Genial.

—Son tus preferidas, ¿no?

—Sí. Esas dos y la cuatro quesos.

Ya lo sabía. Lo conoce muy bien. Cuando le dijo que eligiese la pizza que quisiera, no tuvo dudas. Una sonrisa ilumina el rostro de Elísabet, que se sienta en la cama. No deja de mirar a Raúl, que camina hasta ella y se acomoda a su lado.

—Gracias por quedarte a comer.

—Pagas tú, así que las gracias te las debería dar yo a ti.

—¿Pago yo? ¡Eso no lo sabía!

—¿No? Ah, pues o pagas tú o no pagamos, porque no llevo dinero encima.

—Qué cara más dura.

Pero no se enfada. Al contrario, le encantaría lanzarse

sobre él y besarle ahora mismo. Sin embargo, sabe que eso no es posible. Después de la tormenta siempre llega la calma. Y le toca portarse bien para que la tranquilidad dure el máximo tiempo posible.

—Es lo que tiene la crisis.

—Ya, ya, la crisis... Bueno, pago yo, pero la próxima vez invitas tú.

—Vale.

Aunque no está muy seguro de cuándo será la próxima vez que se repita algo como aquello. Lo que ha ocurrido antes lo condiciona. Pero está haciendo lo correcto. Eli, ante todo, es su amiga. Una gran amiga.

La chica coge la almohada y se la coloca en el regazo. La abraza. Observa a Raúl de reojo. Le gusta tenerlo así de cerca.

—Por cierto, ¿sabes algo de Valeria? —pregunta para darle conversación—. Ayer desapareció de repente. Y no ha contestado a mis mensajes.

—Creo que ha ido al partido de Ester.

—Es muy extraño que no me haya escrito. Anoche la llamé y tampoco me cogió el teléfono.

—No sé. No lo oiría. En aquella discoteca había mucho jaleo —trata de disculparla Raúl—. Luego, cuando la veas, ya lo hablaréis.

—No me apetece ir a Constanza esta tarde —indica con un suspiro—. En realidad, no sé por qué seguimos reuniéndonos.

—Por el grupo, Eli.

—Ya. Pero... ¿no te parece que ya somos mayorcitos para todo eso?

El chico no responde. Él también tiene ese pensamiento desde hace tiempo. Ya no es lo mismo que hace dos años, cuando decidieron crear el Club de los Incomprendidos. Todos han cambiado bastante. Unos más que otros. Tal vez deberían replantearse algunas cosas.

—Yo voy a ir —termina por contestar tras unos segundos en silencio—. Pero si a ti no te apetece, no vayas.

—Buff. Es que todas las tardes de domingo son iguales.

—Es que el domingo es el día clave para plantear la semana.

—Lo sé, Raúl —dice. Se deja caer un poco y apoya la cabeza sobre el hombro de su amigo—. Pero nos hacemos mayores. Y esto de formar parte de un club... Tiene sus cosas buenas: es entretenido y nos sirve para el instituto. Pero cada vez me parece algo más infantil.

—Puede que tengas razón. Pero piensa que, sin él, quizá nos distanciáramos los unos de los otros.

—No lo creo —afirma Elísabet con seguridad—. Somos amigos. Vamos a la misma clase, nos sentamos juntos... Simplemente dejaríamos de hacer esas reuniones obligatorias.

Raúl la comprende. Su situación y la del resto no es la misma que la de hace un par de años cuando surgió la idea. Entonces, el club se convirtió en un refugio para todos ellos. En cambio, ahora es totalmente diferente. Él mismo ha salido con varias chicas. Y Eli también ha tenido sus historias fuera del grupo. Aun así, han sido fieles al club y no han faltado a ninguna de las reuniones convocadas.

—Esta tarde podríamos hablarlo entre todos.

—Qué pereza.

La chica entrelaza su brazo con el de Raúl. Si por ella fuera, se quedaría toda la tarde así. A pesar de lo que ha pasado antes, no se imagina su vida sin él. ¿Para qué necesitan al resto?

—Ya verás como cuando te comas un buen trozo de pizza lo ves todo de otra manera.

—Complicado.

—¡Qué negativa estás!

Vuelve a mirarlo a los ojos y se prenda de su sonrisa. Tal vez Alicia no tenga razón y el todo o nada no sirva con él. De todas formas, le encantaría ser su novia. Aunque de momento le tocará esperar.

CAPÍTULO 28

No ha sido un servicio muy fuerte ni angulado. La jugadora que cubre la línea de fondo por el centro recibe el balón sin problema. Consigue dirigirlo hacia la colocadora, que, con un suave toque de dedos, envía la pelota a la «opuesta». Ésta se eleva sobre la red y remata con fuerza, sin que Ester pueda evitar que el balón toque suelo. Punto importantísimo. Su equipo pierde en el segundo set 24 a 23. En el primero también han caído derrotadas por 25 a 21.

—¡Vamos, concéntrate! ¡Podrías haber levantado ese balón perfectamente! —le grita Rodrigo desde el banquillo.

La chica asiente con la cabeza. Tiene razón. No está concentrada. Sabe que está fallando más de lo normal. Cada vez que mira hacia su entrenador le tiemblan las piernas. No quiere que se enfade con ella, pero la pone nerviosa. Sus indicaciones constantes hacen que no pueda jugar tranquila.

¿Tendrá que ver con lo que siente por él?

Mira hacia la grada y observa cómo la animan sus amigos. Eso le da fuerza extra para afrontar el siguiente punto. Es decisivo. Si pierden ese set, será muy difícil remontar.

Cierra los ojos y se mentaliza de que tiene que defender la pelota como si le fuera la vida en ello. Cuando vuelve a abrirlos, se centra en el balón que la jugadora del equipo contrario tiene en las manos. No va a perderlo de vista ni un segundo. Lo más probable es que saque hacia ella: debido a sus errores, las adversarias han centrado su juego de ataque en su zona. Y así ocurre.

El balón vuela hacia Ester, que lo espera decidida. Es un saque más colocado que fuerte. No parece muy difícil recepcionarlo. Se inclina ligeramente hacia delante, flexiona las rodillas y coloca las manos juntas. Baja un poco los brazos y rechaza la pelota. Sencillo. Sin embargo, no contaba con el efecto que la jugadora del otro equipo ha imprimido a su golpeo: el balón no sale hacia delante y arriba, como la joven había previsto, sino hacia su derecha, por lo que se va directamente fuera. Fin del segundo set. Los padres y amigos de las chicas del equipo que acaba de sumar el punto número 25 aplauden mientras el resto del pabellón se lamenta.

Las palmadas y palabras de apoyo de sus compañeras no reconfortan a Ester. Ha metido la pata.

—No me haces ni caso —le recrimina Rodrigo cuando llega hasta el banquillo—. No has abierto las piernas lo suficiente como para recepcionar ese balón con efecto.

—Lo siento.

—No es momento de sentir nada. Lo que hay que hacer es entrenar más y salir menos por la noche.

Aquello le hace mucho daño y la invaden unas ganas inmensas de llorar.

—Intentaré hacerlo mejor en el tercer set.

—No. Ya has fallado suficientes veces hoy —repone el entrenador. Se aleja de ella y se aproxima a otra de las jugadoras de su equipo—. Elena, entras tú por Ester.

Rodrigo le da instrucciones al equipo; entretanto, la recién sustituida se queda sola en el banquillo, cabizbaja.

El partido continúa, pero no hay reacción de las que van por detrás en el marcador y pierden con facilidad el tercer set por 25 a 15. Tres a cero. Se acabó el encuentro.

—Qué mal he jugado —les susurra Ester con tristeza a María y a Bruno. Ambos continúan en la grada; Valeria se ha marchado hace un rato, aunque no ha dicho adónde.

—No has jugado mal —trata de consolarla su amiga—. Lo que pasa es que las otras eran muy buenas.

—Y muy altas —añade el joven, sonriente. La mayoría de las chicas del equipo contrario le sacan una cabeza.

—Sí, eran muy buenas y muy altas, pero eso no quita que yo haya jugado fatal.

—No seas tan dura contigo misma. Lo has hecho lo mejor que has podido. Y sólo es un partido de voleibol.

—Gracias, Meri.

Es verdad. Sólo es un partido. Aunque las rivales sean las primeras y con esta victoria sobre ellas se distancien muchísimo en la clasificación. No obstante, cree que alguien se lo tomará como algo más que un simple encuentro de voleibol femenino juvenil. Rodrigo ni siquiera la ha mirado al final. Es como si la responsabilizara de la derrota.

—Bueno, ¿te vienes con nosotros? —pregunta Bruno al tiempo que se levanta de su asiento.

—Tengo que ducharme y cambiarme. Tardaré un rato todavía.

—Tranquila. Te esperamos.

—No, no hace falta, chicos. Seguramente el entrenador quiera hablar conmigo antes de que me marche. Idos vosotros.

—¿Seguro? —insiste la pelirroja.

—Seguro. No os preocupéis por mí, que ya se ha hecho muy tarde.

—Está bien.

—¿Nos vemos luego en la cafetería de Valeria?

—¡Claro! —responden los dos casi al unísono.

Ester le da dos besos a cada uno. Se despide de ellos y, rápidamente, se dirige al vestuario. No ve por allí al entrenador. Siempre suele aguardar en la puerta hasta que entra la última de las jugadoras. Sin embargo, en esta ocasión no lo ha hecho. Se habrá enfadado mucho por el resultado del partido. Mientras se desnuda y se mete en la ducha, repasa mentalmente los errores que ha cometido. Demasiados. Pero, sobre todo, lo que no se le va de la cabeza son las palabras que Rodrigo le ha soltado al terminar el segundo set. ¿Piensa de verdad que ha jugado mal por salir anoche o ha sido un comentario en caliente?

El chorro de agua cae sobre su cabeza a toda presión. No deja de pensar en él. Se lo toma muy en serio. Y eso está bien. Es su labor. Algún día seguro que entrena al primer equipo, pero para ello debe hacerlo bien con las juveniles. Y un segundo puesto en la liga no está nada mal, aunque para él resulte insuficiente.

Le da un poco de miedo volver a verlo. Ya conoce su carácter. Espera que durante el tiempo que ha transcurrido desde que acabó el partido hasta ahora se le haya pasado el enfado. ¡Con la ilusión que le hacía recibir el regalo que le había comprado para su cumpleaños! Tal vez toda esa emoción le haya pasado factura en su juego.

Sus compañeras van despidiéndose y saliendo del vestuario. Ester se queda un rato más dentro de la ducha. El calor del agua va relajándola poco a poco, pero está realmente cansada. Tiene los músculos tensos y se le caen los ojos. Por fin, cierra el grifo muy a su pesar. Envuelta en una toalla, se sienta en uno de los bancos de madera y comienza a secarse.

—Adiós, chicas. Nos vemos el martes —se despide de las dos últimas compañeras que salen de allí.

Está sola. Se levanta y se pone un *culotte* rosa y un sujetador del mismo color. Deja la toalla a un lado y busca dentro de su mochila la ropa con la que va a vestirse. En ese instante, se abre la puerta del vestuario. Es extraño, porque todas se han marchado ya. No se equivoca, puesto que quien aparece en el umbral no es ninguna de las chicas, sino su entrenador. Ester coge la toalla rápidamente y se cubre con ella. Nunca había estado delante de él con tan poca ropa.

—Mira que tardas en ducharte —comenta el joven, caminando hacia ella.

—Es que... se estaba muy bien debajo del agua caliente —dice temblorosa—. Necesitaba relajarme.

No sabe cuál es el motivo, pero se siente intimidada por Rodrigo. No debería ser así. Se conocen lo suficiente como para que no le diera vergüenza estar frente a él en ropa interior.

—Será el único sitio donde habrás estado a gusto hoy. Porque en la cancha... menudo partidito te has marcado.

Sus palabras denotan que aún no se le ha pasado el malestar. Ester agacha la cabeza.

—Perdona, sé que lo he hecho mal.

—¿Mal? No has dado ni una.

—Es verdad. No he dado ni una.

—No sé en qué estabas pensando. ¿De qué vale que me mate entrenando si luego una de mis jugadoras se dedica a encadenar un error tras otro?

—Es que...

—Es que nada, Ester. ¿Ves lo que pasa cuando no se hacen las cosas bien? —pregunta. A continuación se sienta en el banco que hay enfrente del que está la chica—. Te lo advertí ayer: no deberías salir la noche antes de un partido.

—Sólo me comí una hamburguesa con mis amigos. Volví muy temprano.

—A la hora que fuera. ¡Tenías que estar en tu casa descansando y concentrada para jugar hoy!

El tono de voz de Rodrigo va subiendo conforme avanza la conversación. Está muy molesto con ella y no tiene ningún reparo en demostrárselo.

—Es sólo... un partido.

Aquella frase termina de sacar de sus casillas al entrenador. Rodrigo se pone de pie y mueve la cabeza negativamente.

—Sólo un partido. Es sólo un partido —repite imitándola—. ¡Qué coño sólo un partido! ¡Era el partido más importante de la temporada! ¡Y la has fastidiado por tomártelo a cachondeo!

Los gritos del joven asustan a la chica, que se sienta en el banquito que tiene detrás y se protege colocándose la mochila delante, refugiándose tras ella. Lo había visto enfadado muchas veces, especialmente con ella, pero nunca con ese odio en los ojos, que parecen desprender fuego.

—Perdona, Rodrigo —murmura con las lágrimas brotándole de los ojos—. No volverá a pasar.

—No volverá a pasar porque no jugarás más hasta que te lo tomes en serio.

—¿Qué?

—Lo que oyes, Ester. No has aprendido nada en todo este tiempo. Pensaba que eras diferente, pero me has fallado, como jugadora y como persona.

Nunca se había sentido tan mal en su vida. La angustia que le aprisiona la garganta apenas la deja respirar. Es como si estuviera viviendo una pesadilla: el chico al que ama le está soltando todo aquello...

—Lo... si... ento —tartamudea.

Pero su entrenador no se apiada de ella. Se da la vuelta y se dirige a la puerta del vestuario. Aunque, entonces, recuerda algo.

—Se me olvidaba —le dice sacando un pequeño paquete del bolsillo—. Feliz cumpleaños.

Y lo lanza hacia donde está sentada Ester. La chica no puede atraparlo y el paquetito cae al suelo. Tras el impacto, se oye el ruido de cristales rotos.

Rodrigo abandona el vestuario ante la triste mirada de la chica, que ya no consigue retener las lágrimas. Se agacha y recoge lo que se ha hecho añicos. Llorando, de rodillas, abre el papel de regalo y descubre los restos de un botecito que huele a vainilla. Su aroma preferido.

CAPÍTULO 29

La voz de la megafonía del metro anuncia la siguiente estación de la línea dos:

«Próxima parada: Retiro.»

Valeria va sentada en el tercer vagón. Juguetea con la BlackBerry, aunque casi no le está prestando atención. Tiene demasiadas cosas en la cabeza. Durante el trayecto no ha dejado de pensar en la conversación con Raúl. Le preocupa que continúe en casa de Elísabet. Su amiga quería hablar con él, pero, en verdad, Valeria no sabe de qué. Puede que no se haya dado por vencida y trate de convencer al chico para que salga con ella. ¿Por eso sigue allí?

El tren se detiene. Se suben varias familias con niños pequeños y gente que viene de hacer deporte en el parque del Retiro. Valeria ve a una madre ecuatoriana que lleva a un bebé en un carrito y le cede amablemente su lugar. Con una sonrisa, la mujer le da las gracias.

Un pitido de aviso y las puertas se cierran otra vez. En el vagón de al lado comienzan a sonar entonces los acordes de una guitarra española. En seguida, una voz rasgada, masculina, entona el tema *Kamikaze*, de Marvel.

No puede ser. Valeria se vuelve e, inquieta, busca a quien canta. No tarda mucho en encontrarlo. Allí está. Ve a un chico alto con el pelo largo y castaño apoyado contra la puerta del metro. César viste con una chaqueta vaquera azul, encima de una camiseta blanca, y unos tejanos gastados del mismo color que la parte de arriba. Hoy no lleva sombrero. Todos le prestan atención, especialmente tres quiceañeras que van sentadas enfrente de él. El joven les sonríe con simpatía y le guiña el ojo a la más rubia de ellas. Ésta se sonroja y recibe las felicitaciones de sus amigas en forma de golpecitos en los brazos.

«Próxima parada: Banco de España.»

La voz que anuncia la siguiente estación no impide que César siga cantando. Valeria no deja de observarlo, a unos metros de distancia, aunque él no se ha dado cuenta de su presencia. O eso es lo que ella cree.

Una coincidencia, vale, se acepta. Pero ¿dos? Sin embargo, es imposible que la haya seguido hasta el pabellón donde jugaba Ester, haya esperado a que saliera y luego se haya subido al mismo tren. Y todo eso sin que ella se diera cuenta de nada. Es más sencillo pensar que han vuelto a encontrarse por casualidad.

El chico continúa cantando pese a que las puertas vuelven a abrirse tras detenerse el metro. Unos entran y otros se van. Mientras, Valeria duda si acercarse o no. Seguro que, como ella, va a Sol, el lugar donde se encontraron ayer.

De repente, la guitarra española deja de sonar. César alza la voz y se dirige a todos los pasajeros:

—Señoras, señores, niños, niñas... esto se lo vi hacer una vez a un genio y, aunque me lleve alguna piña y no tenga su mismo ingenio, trataré de rimar mis frases observando lo que tú haces.

Se inclina para hacer una reverencia y se cuelga la guitarra al hombro. De improviso, saca una gorra de la parte trasera del pantalón y se la pone con la visera hacia atrás. Hablando muy rápido, empieza a rapear:

—Siempre rimando, siempre rimando —dice mientras se coloca en el centro del vagón—. Aquí, en Banco de España, nadie te engaña, como las de mi derecha, que me sonríen y me dan cancha para irme con ellas de marcha. ¿Estás de acuerdo, chico de la chaqueta ancha? Siempre rimando, siempre rimando... Yo nunca desafino, doy en el tino, pero no te timo. Rimo. ¿Te gusta cómo lo hago, primo? Sí, tú, el del jersey fino, ¿es de lino? Tengo uno igual del chino.

Valeria y el resto del tren se quedan impactados con ese joven que va haciendo rimas de todo lo que ve conforme camina por el vagón.

—Siempre rimando, siempre rimando —prosigue—. Este metro es mi favorito. Rubia, no hagas eso que me derrito. Si quieres, al salir te invito. Y tú, compañero, ¿dónde vas con esos pelos? Ojo, que lo digo con respeto. Pero soy sincero, me gusta más, de la chica de tu izquierda, el trasero. Considero que me esmero, rapeo, con palabras surfeo, que te veo y no parpadeo, con tus ojos yo me quedo: es un piropo, nada de mosqueos.

La chica a la que se refiere se da la vuelta muerta de vergüenza. Pero a César no le importa y continúa andando por el vagón. Poco a poco, se va acercando al lugar donde está Valeria, a la que todavía no ha visto.

—Y sigo rimando, mientras continúo caminando, observando, pensando, reflexionando... al abuelo alcanzando, con su nieta dialogando, ¿has visto, pequeña, cómo canto? Tú, no me mires, continúa estudiando, si no, no aprobarás ni rezando. ¿Lo estás captando? ¿Y la guapa del asiento del centro? Sí, sí, la que se está escondiendo. ¿Por qué te estás riendo? Te entiendo. Te comprendo. Nunca has visto rapear con tanto fundamento. Con tanto talento. ¿Miento? No, no miento. ¿Me prestas tu sonrisa un momento? Es para regalar a tu amiga, otro monumento. Lo siento, me ausento, sigo el metro recorriendo. El rap promoviendo. Fuera la careta. Me gusta tu coleta. Amigo, la bragueta. Es broma, no está abierta. Cuidado con la maleta, que anda suelto mucho jeta. Acercándome a la meta, la estación de Sevilla está a la vuelta. ¿Tú te alegras? La señora del carrito lo celebra y tú...

En ese instante, la mirada de César se encuentra con el rostro de la chica a la que conoció la noche anterior. Ésta lo saluda con la mano y sonríe.

—Tú eres Valeria —termina por rimar después de dudar un segundo. Se vuelve, mira hacia atrás y hace una reverencia quitándose la gorra—. Muchas gracias a todos y perdón por las molestias.

Las quinceañeras de atrás aplauden, y también el chico que estudiaba. Y la mujer ecuatoriana del carrito.

—Ahora vuelvo —le susurra a Valeria tras guiñarle un ojo.

Las puertas se abren en la parada de Sevilla. Mientras, César recorre el vagón en sentido inverso al anterior. Varios pasajeros le echan alguna que otra moneda en la gorra. Además, recibe unos cuantos piropos de las más jóvenes. La quinceañera más rubia incluso le pregunta si tiene Tuenti. El chico le contesta que no con una sonrisa y regresa hasta donde lo espera Valeria.

—Por lo que veo, eres algo así como un ídolo *underground* —comenta, y le da dos besos.

—El público del metro es bastante generoso —responde. Se guarda en un bolsillo de la chaqueta vaquera el dinero que le han dado y a continuación se pone la gorra, aunque en esta ocasión con la visera hacia delante.

—¿No te has planteado nunca convertirte en un cantante famoso?

—No.

—Pues tendrías mucho éxito.

—¿Como rapero o cantando pop rock?

—Mmm. Lo del rap me ha dejado impresionada —admite dubitativa—. Pero también me impresionaste cantando con la guitarra.

—Gracias, odontóloga.

La voz de la megafonía anuncia que están a punto de llegar a la estación de Sol.

—Me bajo aquí.

—Lo imaginaba —comenta el joven, colocándose bien la guitarra—. Yo también.

—Lo imaginaba.

Los dos sonríen y salen del tren. Caminan juntos en silencio por el vestíbulo de la estación hacia la salida de la calle Mayor. Valeria tiene muchas preguntas que hacerle. No se le ha olvidado todo lo que sus amigos le han dicho sobre él. Pero el camino finaliza allí para ambos. Es hora de separarse.

—¿Te apetece tomarte algo conmigo? —le pregunta él por fin mientras suben la escalera hacia la calle.

¡Claro que le apetece! Pero ¿debe? Si anoche la siguió hasta dar con ella y le contó un montón de mentiras, podría ser peligroso. Aunque, por otra parte, le encantaría descifrar si sus encuentros son forzados o simples coincidencias.

—No sé, es tarde.

—¿Has quedado con alguien? ¿Con el chico con el que tenías que reunirte anoche?

Lo recuerda. Eso la sorprende.

—No, con mi madre. Debería ir a la cafetería que tenemos para comer con ella.

—¿Tenéis una cafetería?

—Sí. Por La Latina.

—¿Y si la llamas y le dices que irás un poco más tarde? Sólo será un rato. Y pago yo, por supuesto.

Su sonrisa termina de convencerla. Le gusta cuando la mira. Es que tiene unos ojos preciosos. De todas formas, sabe que está siendo imprudente. ¡Casi no lo conoce de nada! Pero... resopla y saca su BB. Marca el número de su madre y habla con ella. Apenas un minuto en el que le dice que, al final, se va para casa porque está cansada. Allí comerá cualquier cosa. Que no la espere.

—Ya está —dice guardando de nuevo la BlackBerry rosa—. No hay problema. ¿Dónde quieres que vayamos?

CAPÍTULO 30

—No tengo demasiadas ganas de ir esta tarde a Constanza.

Bruno mira extrañado a María. A ella le encanta reunirse con sus amigos, especialmente los domingos por la tarde, cuando hay que preparar la semana.

Los dos caminan por la calle hacia la estación de Ventas. Allí cogerán la línea dos en dirección a Cuatro Caminos para bajarse en Sol.

—¿Y eso?

—No sé. Estoy algo cansada.

—¿Has dormido mal esta noche?

—Bueno... regular.

—Pues no vayas —aconseja el joven sonriendo—. Ir a las reuniones del Club no debería ser una obligación.

—Lo sé. Pero no he faltado a ninguna durante estos dos años.

El chico se frota la barbilla. Él sí que ha fallado en varias, sobre todo después de lo que pasó con Ester. Prefería estar solo a fingir delante de sus amigos que se encontraba bien.

—No pasaría nada porque faltaras a una. Además, esto ya no es lo mismo desde hace un tiempo.

—Ya, pero, aun así, el club, vosotros, sois lo mejor que tengo y... —se le hace un nudo en la garganta al hablar—. No me gustaría perderos.

—No vas a perder a nadie por faltar un día.

María suspira. Por faltar un día no. En cambio, si se va a Barcelona unos meses, seguro que las cosas se tornan muy diferentes y se enfría la relación con todos ellos. Puede que la echaran de menos al principio, pero con el tiempo acabarían acostumbrándose a no contar con ella. Y eso le da miedo.

¿Y si le explica a Bruno lo de su padre? Había optado por no revelarle nada a nadie del grupo hasta que supiera seguro lo que iba a hacer. Sin embargo, no se ve con fuerzas para enfrentarse sola a ese asunto. Tal vez él pueda ayudarla en esa difícil decisión.

La chica, dubitativa, se detiene en la boca de metro. ¿Se lo dice?

—Se me haría muy raro quedarme en casa mientras vosotros estáis reunidos.

El joven también se para delante de una de las entradas de Ventas, antes de bajar la escalera de la estación. Se vuelve para mirarla; sabe que ocurre algo. La conoce bien. No es una persona alegre o que demuestre sus sentimientos así como así. Pero está muy claro que hay algo que la preocupa de verdad.

—Meri, ¿qué te pasa? —le pregunta con interés.

—Es que... no sé si... Es un lío.

—¿Qué es un lío?

—Mi cabeza.

Bruno se acerca a ella. Le pone una mano en la espalda y la guía hasta un banquito que hay cerca de ellos, sobre el que se sientan.

—A ver, cuéntame. ¿Qué pasa?

—Puede que... me... vaya a Barcelona. Con mi padre.

—¿De vacaciones?

—A vivir.

Aquello le provoca a Bruno un gran sobresalto. No podría haberse imaginado algo así. No reacciona. Atento, escucha a María. Ésta le detalla todo lo que habló con Gadea ayer cuando llegó a su casa. Cuando termina, la joven le pide opinión a su amigo.

—Uff. Qué difícil me lo pones.

—Difícil lo tengo yo, Bruno.

—Lo imagino... ¿Tan mal está tu padre?

—Eso dice mi hermana. Yo no he hablado con él.

—¿Y por qué no lo llamas y así sales de dudas? Quizá Gadea haya exagerado o lo pillara en un mal momento.

En eso tiene razón. Ella todavía no ha hablado con su padre. No sabe exactamente cuál es su estado anímico. Aunque no cree que su hermana exagerara en un tema tan delicado.

—Luego lo llamaré —dice cabizbaja. Se quita el gorro blanco que lleva puesto y se peina con las manos cuando la brisa le revuelve el cabello.

—¿Y si lo llamas ahora?

—¿Ahora?

—¿Para qué vas a esperar más? Así sabrás cómo se siente de verdad.

En realidad, tiene miedo de escucharlo. Si está tan mal como Gadea le contó, no le quedará más remedio que tomar una decisión cuanto antes. Tendrá que afrontar su vida de otra forma. Y, probablemente, se marcharía muy pronto a Barcelona, lejos de todo lo que quiere.

—Estará comiendo. No sé si debo molestarlo.

—Venga, Meri. Tienes que hacerlo cuanto antes.

—Parece que tienes ganas de que me vaya.

—¿Qué? ¡No seas tonta! —grita al tiempo que se pone de pie—. Sabes que eres muy especial para mí y, si te marcharas, me llevaría un gran palo. No quiero que te vayas a

Barcelona. Pero... tanto tú como yo sabemos que, cuanto antes se resuelvan las cosas, mejor.

Las palabras del joven la animan y a la vez la afectan aún más. Él también es muy especial para ella. No debería haberle dicho eso.

Se coloca de nuevo el gorro en la cabeza y se disculpa:

—Perdona. Me he pasado.

—No te preocupes. ¿Cuántas veces me he pasado yo y ni te has enfadado?

Muchas. Muchísimas. Siempre lo ha apoyado en todo. Y lo ha disculpado en todas las ocasiones en las que se ha equivocado. Pero es que es tan... tan... Bruno. Si se fuera de Madrid, lejos de él, sería difícil encontrar a alguien que lo remplazara. Difícil, no. Imposible. Y es que daría lo que hiciese falta por su amigo.

—Gracias.

También se levanta y lo abraza. Se le saltan las lágrimas, pero no va a llorar. Lo mira y sonríe.

—¿Vas a llamarlo?

—Sí.

La chica saca el teléfono del pequeño bolsito que lleva y marca el número de su padre. Siente un escalofrío cuando suena el primer bip. Sigue soplando un poco de viento junto a la plaza de las Ventas, aunque luce un sol tibio.

Bruno la observa mientras se aleja unos metros de él. Camina nerviosa, sin rumbo fijo, sin una trayectoria determinada, esperando a que contesten al otro lado de la línea. El muchacho se siente triste. La noticia de la posible marcha de María le ha afectado más de lo que ha dejado ver. Sin su amiga, todo sería mucho más complicado. Y, aunque existen muchos medios para permanecer en contacto, las cosas cambiarían. Entre ellos, en clase, en el grupo...

No quiere que se vaya, pero, si es por su padre, lo comprendería si lo hiciese.

Al quinto tono, responden:

—¿María?

—Hola, papá.

—Hola, pequeña. Qué sorpresa. ¿Cómo estás?

A la chica le da la impresión de que su padre acaba de despertarse. A pesar de la alegría que se ha llevado al escucharla, su voz ronca suena apagada y cansada.

—Bien. ¿Y tú?

—Vamos tirando. Pero bien.

—¿Estabas durmiendo?

—Bueno... me había echado a descansar un rato después de comer.

—Siento haberte despertado. ¿Quieres que te llame más tarde?

—No, no te preocupes. Sólo estaba dando una cabezada. Iba a levantarme pronto para ver el fútbol.

María se queda un instante en silencio. Mira hacia Bruno, que también la mira a ella. Su amigo sonríe y alza el pulgar.

—Papá, Gadea me contó anoche lo que hablasteis —suelta—. ¿De verdad te sientes tan solo?

El hombre resopla.

—Es que estoy solo, María. Sin tu tía, sin vosotras... ¿cómo voy a estar?

—A nosotras nos tienes. Y siempre nos tendrás.

—Ya lo sé, pequeña. Pero no es lo mismo estar viviendo con vosotras o en la misma ciudad que a cientos de kilómetros.

—Gadea me explicó que le dijiste que no tenías motivaciones en la vida.

Silencio. La chica traga saliva y siente que le escuecen los ojos. Hablar así con su padre es una de las cosas más duras que ha hecho en la vida.

—No estoy en mi mejor momento, María —termina respondiendo apenado—. Lo de tu tía me ha afectado mucho. Y que Montse me abandonara también.

—Esa mujer no era buena para ti, papá.

—Yo la quería, pequeña... La quiero todavía.

—¡Pues debes olvidarte de ella! —grita María mientras gesticula con las manos—. ¡Tienes que hacerlo! Y conocer a otras personas, salir... No sé. Haz un viaje. ¡Ven unos días a Madrid con nosotras!

—No puedo, pequeña. Tengo mucho trabajo aquí. Hasta Navidad no puedo moverme de Barcelona.

María no puede ver su sonrisa amarga, pero la intuye al otro lado de la línea. No está bien. Se lo imagina en una habitación desordenada, descuidado, a medio afeitar; con la cama sin hacer en todo el día y la ropa tirada por todas partes. A su padre no se le dan demasiado bien ese tipo de cosas. Las tareas de la casa siempre han sido para las mujeres con quienes ha vivido.

—Papá, ¿qué podemos hacer Gadea y yo por ti?

—Nada.

—Seguro que sí.

—No. Vosotras estáis lejos, pequeña. No podéis hacer nada.

—¿Y si...?

Está a punto de decirle lo que su hermana mayor y ella pensaron anoche. ¿Y si una de las dos se fuera a vivir con él durante un tiempo? Sin embargo, algo la detiene en el último instante. Si se lo pregunta, ya no habrá marcha atrás. La decisión estará tomada.

—¿María? ¿Sigues ahí?

—Sí, papá —afirma con un suspiro—. Tengo que dejarte. Me está esperando un amigo.

—¿Un amigo? ¿Tu novio?

—No, papá. No tengo novio.

Escucha la risa de su padre. Bueno, al menos ha conseguido sacarle una sonrisa. Pero se siente como una cobarde y una mala hija por no atreverse a decirle nada.

—¿Sabes? Estas cosas son las que más echo de menos desde que estoy en Barcelona. Estoy perdiéndome vuestra adolescencia. Que me contéis si salís con chicos, enfadarme porque volvéis tarde a casa, regañaros por ponerme excusas tontas...

—Bueno, a mamá tampoco le cuento mucho.

—Pues deberías hacerlo.

No sería capaz. Se guarda sus sentimientos para ella. Y así seguirá siendo, en Madrid o en otra ciudad.

—Papá, mi amigo espera. Anímate, ¿vale?

—Se hará lo que se pueda.

—Inténtalo. Y piensa que Gadea y yo te queremos mucho.

—Gracias, María. Yo también... os quiero mucho. Yo también...

El volumen de su voz disminuye hasta hacerse prácticamente inaudible.

—Adiós, papá.

—Adiós, pequeña.

Es la chica la que cuelga. Aprieta los labios con fuerza y se dirige lentamente hasta donde la espera Bruno.

—¿Qué te ha dicho? —Aunque ya intuye, por la expresión de su cara, que nada positivo.

—Que no está en su mejor momento. Y se siente solo.

—Pero ¿está tan mal?

—Está deprimido. Y nos echa mucho de menos. No quiero imaginarme el caos que debe de ser su casa desde hace un mes, cuando lo dejó con Montse.

—¿Le has contado lo de irte con él?

María mueve la cabeza y resopla.

—No. No me he atrevido. Pero creo que... Creo que mi padre me necesita —dice con los ojos humedecidos—. Bruno, me temo que tendré que irme unos meses a vivir a Barcelona.

CAPÍTULO 31

Los Cien Montaditos. César lleva a Valeria a tomar algo al bar que está abierto en plena calle Mayor. Se han sentado fuera, en una mesita, uno frente al otro. Ya han pedido. El joven ha elegido uno de carne mechada con queso ibérico y pimiento verde y la chica uno de atún con tomate natural. Los dos comparten una jarra de sangría. Al principio, ella se resistió a pedir algo de comer, pero, ante la insistencia del otro, se dio por vencida. Invita él y no puede negar que tiene hambre.

—Y eso del rap, ¿dónde lo has aprendido? —pregunta Valeria antes de darle un gran mordisco a su bocadillo.

—Se lo vi hacer una vez a un rapero en la línea cinco. Se llama Adán. Me pareció muy ingenioso y le pregunté si me daba permiso para copiarle la idea. Él me dijo que sí, aunque no creía que fuera capaz de imitarlo.

—Pues se te da muy bien.

—He practicado bastante. Lo de cantautor con la guitarra está muy visto. Los raps me dan más dinero, aunque también queman más energía.

César la mira sonriente y le advierte, tocándose los labios con los dedos, que se ha manchado la boca con el alioli. La chica coge una servilleta de papel y se limpia. Ya se ha puesto colorada. Para ella, estar a solas con un chico supone un esfuerzo muy grande. En cambio, con ese joven no le resulta tan difícil. Salvo cuando comete alguna de sus típicas «valeriadas».

—¿Cómo te organizas para sacarlo todo adelante?

—Tampoco son tantas cosas.

—¿Que no? —comenta con la intención de conducir la conversación hacia el terreno que quiere—: la carrera, el piso con tus amigos, lo que haces en el metro, las fiestas universitarias... ¿Duermes?

El muchacho le da un trago a su vaso de sangría y la observa divertido.

—Claro que duermo. ¿Tú ves que tenga ojeras?

Se levanta, se inclina hacia delante y acerca su rostro al de ella. Valeria, en cambio, se echa un poco hacia atrás, algo intimidada por el atrevimiento de César. Vuelve a enrojecer ante la mirada de aquellos ojazos tan increíbles.

—No, no tienes.

—Menos mal. No estaba seguro —admite con una sonrisa—. Habría quedado fatal.

Y se sienta otra vez en su silla. Alcanza su bocadillo y lo muerde.

La chica suspira. Qué tipo tan peculiar. No se parece a nadie que conozca. Tampoco es que tenga mucha experiencia con los chicos, pero, bajo esa apariencia de bueno, se esconde un seductor nato y quién sabe si un encantador de serpientes. Aunque le gusta estar con él, no debe confiarse.

—¿Vives por aquí? —continúa con su interrogatorio.

—Más o menos. A un cuarto de hora.

—Debe de ser divertido eso de compartir piso con tus amigos.

—Bueno, tiene cosas buenas y cosas menos buenas. Pero sale más barato que una residencia o un colegio mayor.

—Y a ese tío..., el que nos vendió los carnés falsos, ¿hace mucho que lo conoces?

César duda un instante. Deja el bocadillo a un lado y hace cálculos con los dedos.

—Un año y medio, más o menos. Nos conocimos en la fiesta de la primavera del año pasado.

—¿Ya salía con la camarera de la discoteca?

—¿Con Tania? No. Por aquel entonces no tenía novia.

—¿Y quién es el otro chico con quien compartes piso?

—Se llama... Joel —contesta con tranquilidad. Y bebe una vez más.

—Joel. ¿Estudia en la Complutense?

—Sí. También estudia en la Complu. Hace Publicidad.

Se las sabe todas. Y responde muy rápido, con sobriedad. Como si no estuviese inventándose nada. Claro que a un tío que es capaz de hacer rimas con todo lo que ve sin titubear, aquello debe de resultarle un juego de niños. Podría estar engañándola perfectamente. ¿Cómo puede descubrir si dice la verdad sin que se ofenda? No quiere confesarle que desconfía de él. Si está loco y anoche la siguió, a saber qué podría hacerle si surge la oportunidad.

Las preguntas van y vienen sin cesar mientras comen y la sangría desaparece. César parece tranquilo, y Valeria no consigue pillarlo en ninguna.

—¿Es muy difícil tu carrera?

—¿Periodismo? Para nada. Es una RPC.

—¿RPC?

—Recorta, pinta y colorea.

La chica suelta una carcajada. Nunca lo había oído.

—¿Tan sencilla es?

—Sí. Demasiado fácil. Yo le incluyo una letra más. La E —añade sonriendo—: recorta, pinta, colorea y entrevista.

Más risas. Aquel joven quizá sea un mentiroso compulsivo, pero no puede evitar sentir algo especial hacia él. Su ingenio la divierte, y también la impresiona la capacidad para pensar tan de prisa que posee.

—No creo que se me diera bien el Periodismo. Soy muy tímida.

—Se te nota.

—Lo sé —admite al tiempo que se sonroja otra vez—. Aunque he mejorado algo a lo largo de los últimos años.

—Ser tímido no es algo malo. No tienes por qué mejorar. Si eres tímida, pues lo eres y ya está. De vez en cuando es bonito encontrarse a alguien que no se crea el mejor del mundo y que no es un prepotente.

—Bueno...

—Y por eso me alegro de haberte encontrado a ti. Me gusta tu timidez, y que te pongas tan roja cuando te sientes desprotegida.

Las palabras de César provocan que Valeria enrojezca a gran velocidad; parece que va a estallar en cualquier momento. Le arde la cara y siente muchísimo calor por dentro.

—¡No me digas eso! ¡Quieres que salga ardiendo aquí en medio! —exclama justo antes de taparse el rostro con las manos.

—Bebe un poco de sangría, está fresquita. O, mejor, te la echo por encima de la cabeza y así te bautizo.

—Muy gracioso. —Se destapa la cara y le saca la lengua.

—Sólo era una sugerencia.

—No me propongas más cosas que tengan que ver con bautizarme. ¡Anoche ya tuve bastante!

Pero, aunque pasó pánico al pensar que hablaba en serio, fue divertido. Sonríe para sí al recordar el momento en el que cayó sobre él. En realidad, se quedó en la discoteca gracias a César. Por lo tanto, si no hubiera sido por aquel chico, nunca habría pasado lo que luego sucedió con Raúl.

—¿Me dejas preguntarte ahora a mí?

—¿Cómo?

—Durante un rato me has hecho un interrogatorio. Es mi turno, ¿no?

No ha terminado, pero mientras tanto se le irán ocurriendo más preguntas para averiguar si ese joven es quien dice ser en realidad.

—¿Qué quieres saber de mí? Soy poco interesante.

—No lo creo —la corrige después de servirle más sangría en el vaso—. Seguro que tu vida está llena de muchas cosas que contar.

—No demasiadas. Soy una chica de dieciséis años que estudia primero de Bachillerato, vive con su madre y no tiene nada de especial.

—¿Tu padre y tu madre están divorciados?

—Sí. Desde hace tiempo.

—¿Y eso no te afectó?

—Mmm. Un poco. Me encerré mucho en mí misma y era incapaz de relacionarme con nadie. Me gustaba estar sola. En parte, porque era muy tímida. No tenía amigos y tampoco me preocupaba hacerlos.

—¿Eso ha cambiado ahora?

—Sí. Bastante. No tengo muchos amigos, pero esos pocos son muy buenos.

—¿Son con los que ibas anoche?

—Sí.

—¿Y alguno de esos es... más que un amigo?

¿Y aquella pregunta? ¿La ha hecho porque está interesado o por simple curiosidad? No sabe si debe contarle la verdad. César le cae bien, pero continúa habiendo muchas incógnitas en torno a él.

—¿Me estás preguntando si tengo novio?

—Más o menos.

—¿Para qué quieres saberlo?

—Por la misma razón que tú querías saber si Joel estudia en la Complutense.

—No lo creo.

—¿No? ¿Y entonces cuál es el motivo por el que querías saber tanto sobre mí y lo que tiene que ver conmigo?

—Curiosidad.

—Entonces sí es la misma razón.

Valeria sabe que no le está diciendo la verdad. Y también que él sabe que ella ha hecho exactamente lo mismo. La curiosidad existe, pero hay algo más detrás de cada una de sus preguntas.

¿A qué juegan?

La chica sonríe y bebe de su vaso de sangría. Casi se lo termina. Entra muy bien. ¿Es la segunda copa que se toma? No, la tercera.

—¿Y tu familia? ¿De dónde es?

—¿Ya ha terminado mi turno de preguntas?

—Sí.

—Ha sido rápido.

—Es que tú eres más misterioso que yo —afirma mientras percibe cómo se le empiezan a amontonar las ideas—. Y por eso... tienes que contestar a más cosas.

—¿Misterioso?

—Venga, César. Cuéntame: ¿quién eres? ¿De dónde has salido?

—De la línea dos, como tú. Estación de Sol.

Una sonrisa más en su rostro. Qué guapo es. Pero está claro que esconde algo. No es lo que parece. La está narcotizando con su atractivo y su dulzura. No. No puede dejarse embaucar por ese joven seductor. Hay muchas preguntas que debe...

Suena un pitido.

—¿Es mi BlackBerry?

—Debe de serlo, porque yo no tengo.

Busca en su bolso hasta que da con ella. Sí, es la suya. Hay un mensaje sin leer. Rápidamente, lo abre.

En veinte minutos estoy en tu casa. Tengo mucho que contarte. Un beso.

—¡Raúl! —exclama, levantándose de la silla—. ¡Debo marcharme a mi casa!

—Te acompaño.

—No, no. Voy sola.

—No creo que debas ir...

—¡Que sí! ¡Voy yo sola! —insiste alzando la voz—. Ya te escribiré.

—No sé si creerte, porque ayer no contestaste al SMS que te envié.

—¡Jóder! ¡Es verdad! ¡Perdona!

El joven sonríe y también se pone de pie.

—No te preocupes. Pásalo bien con tu amigo Raúl, Valeria. —Y le da dos besos.

Ella lo observa fijamente. «Qué ojos tan bonitos.» Tras sentir los labios de César en su mejilla, se despide de él y se aleja a trompicones por la calle Mayor. Siente calor en los pómulos, aunque sabe que en esta ocasión el culpable es el alcohol. Si sólo han sido tres vasitos de nada. ¿O cuatro? Da lo mismo, el caso es que sigue sin saber si ese chico le ha contado la verdad. Pero ¿volverá a encontrárselo alguna vez más por casualidad?

CAPÍTULO 32

La pizza estaba muy rica. Y después del mal rato que ha pasado con el ataque de ansiedad de Elísabet, se alegra de haber disfrutado de una entretenida comida y de que las cosas se hayan calmado entre ellos. No imaginaba que su amiga pudiera llegar a ese extremo. Era difícil predecir que la invitación a su casa para hablar y aclarar lo de anoche se convertiría en un nuevo intento de seducirlo por todos los medios. Y debe reconocer que, físicamente, Eli no tiene comparación con ninguna otra chica que conozca. Sin embargo, continúa sin atraerle como pareja. ¿Por qué? No lo sabe. Ni tampoco lo comprende.

Camina por la calle con la capucha de la sudadera cubriéndole la cabeza. Hace un buen día, soleado, con algo de viento, pero muy agradable para dar una vuelta con la persona a la que quieres. Él todavía no ha encontrado a esa persona, pero podría estar cerca. Piensa en Valeria y en lo mucho que disfrutaron juntos ayer por la noche y esta mañana. Le gusta, le gusta mucho. Desde siempre. Pero hasta ahora no se había decidido a intentar algo serio con ella. Antes no buscaba nada formal con nadie, o al menos no tenía en cuenta nada más allá del físico y una cara bonita. Todas sus novias han sido muy guapas, aunque ninguna ha conseguido atraparlo ni llenarlo tanto como para considerar una relación larga. Cortó con todas y terminó mal con todas. Eso no puede pasar con Valeria, porque, además, es su amiga. Y no querría romper esa amistad por fallarle como pareja. Debe esforzarse por cuidarla al máximo. Por eso es necesario que le oculte algunas de las cosas que han pasado con Eli. Si le dice que se han besado, le sentará mal y correrá el riesgo de terminar algo que casi no ha empezado.

Elísabet tampoco dirá nada. Ha salido de ella misma.

—Creo que no debemos contarle a nadie esto que ha pasado —comenta la chica al tiempo que alcanza un trozo de pizza—. No quiero preocupar al resto del grupo con lo del ataque de ansiedad.

—Tranquila. Queda entre tú y yo.

—Es que si se enteran... pensarán que me he vuelto una paranoica.

—Un poco paranoica sí que...

—Tonto. No seas así, que lo he pasado mal.

Raúl sonríe y observa cómo Eli agacha la cabeza avergonzada. Se ha cambiado de ropa y se ha puesto algo bastante menos provocativo, aunque sigue estando espectacular con ese jersey rojo ajustado y unos vaqueros azules que le sientan muy bien. El joven muerde una porción de la hawaiana y mastica despacio. Le tiene mucho aprecio a Elísabet y no le gustaría que su amistad se resintiera por ese episodio. Siente no poder darle lo que ella busca en él, pero las cosas son y han salido de esa manera.

—Tampoco se lo vas a decir a Valeria, ¿no?

—No. Ella vio que ayer nos besamos. Y sabe que me gustas y que me rechazaste. Tenemos una conversación pendiente sobre el tema. Pero es mejor no contarle lo que ha pasado hoy entre nosotros. No quiero que me vea como una desesperada.

El joven asiente. Eso lo favorece, pues no tendrá que

dar explicaciones de por qué se ha dejado besar. Sí le contará el resto, pero se ahorrará detalles que puedan herirla. Sólo hay un problema: ¿qué pasará cuando Eli descubra que Valeria y él están juntos? Comienza a temerse que el secreto de lo que hay entre ellos permanecerá oculto mucho más tiempo del que imaginaban.

—Entiendo.

—Luego la llamaré otra vez. Espero que no le haya contado nada al resto de lo que sucedió entre nosotros en la discoteca. Ya que no ha salido bien, es mejor que sólo lo sepamos los tres.

—Val es una chica discreta. No habrá dicho nada sin que ninguno de nosotros dos estemos delante. Ya lo verás.

—Lo sé. Aunque no entiendo por qué todavía no me ha escrito ni me ha llamado. Es muy extraño.

—Ya te lo dije antes: se habrá levantado tarde y luego ha ido al partido de Ester. No le des más vueltas.

Y no le dio más vueltas. Ambos se dedicaron a disfrutar de la pizza y de una divertida conversación sobre tiempos pasados hasta que llegó el momento de que Raúl se marchara. Un abrazo de despedida y promesas de que lo que había sucedido en la habitación de Elísabet quedaría entre ellos. Ninguno cumplirá con lo pactado.

Suena la sintonía del móvil de Raúl, la que tiene para sus hermanas: *El ciclo sin fin*, banda sonora de *El rey León*. Pulsa el botón de descolgar y contesta.

—¿Daniela?

—Soy Bárbara.

—Ah. Hola, Bárbara.

—¿Dónde estás? No has venido a comer —dice muy seria. Parece incluso enfadada.

—He comido... fuera.

—¿Y por qué no has llamado para decírselo a mamá?

—Lo siento, se me ha pasado.

Se produce un silencio en la conversación. Raúl tiene la impresión de que su hermana ha bajado el móvil y camina con él en la mano. Tras repetir su nombre varias veces sin obtener respuesta, por fin, segundos más tarde, su voz aparece de nuevo.

—Tenías a mamá preocupada.

—¿Y por qué no me ha llamado para quedarse tranquila?

—Yo qué sé, Raúl. Ya sabes cómo es mamá. De todas formas, tú debías haber avisado de que no vendrías a comer.

—Bueno, dile que estoy bien y que volveré a casa a la hora de cenar.

Otro silencio. Más pasos. Y la niña que desaparece otra vez. El chico empieza a desesperarse.

—¿Bárbara? ¿Dónde estás?

—Hola.

—¿Dónde te metes? ¿Por qué me dejas con la palabra en la boca mientras hablas conmigo?

—Raúl, soy Daniela.

—Vais a volverme loco entre las dos —comenta resoplando—. ¿Qué quieres tú ahora? Ya le he dicho a Bárbara que...

—¿Qué has hecho desde que te has ido esta mañana? —lo interrumpe su hermana.

La pregunta lo coge desprevenido. Se ve sorprendido por la rotundidad de la voz de la pequeña.

—Eso es asunto mío. No tengo que darte explicaciones.

—Eres un borde.

—¿Que soy un borde? ¿Y tú qué?

—¿Yo? Yo estoy en casa con mamá. Y no le doy problemas. No como tú. Por tu culpa se pone peor de lo que está.

—Mamá hace mucho que no está bien. No me eches la culpa a mí.

—Si no fuera porque la haces sufrir mucho, ya se habría recuperado.

—No la hago sufrir, Daniela. Si estaba preocupada, debería haberme llamado.

—¿Para qué, Raúl? ¿Para que le hables mal? ¿Para que le digas que no sabe lo que hace o lo que dice?

El chico está poniéndose nervioso. Su hermana está dándole lecciones de cómo debe comportarse. ¡Y tiene seis años menos que él!

—No voy a discutir este tema con una niña de once años.

—Borde —repite—. Haz lo que quieras.

Sin despedirse, Daniela cuelga el teléfono.

Raúl continúa caminando, aunque muy alterado y sulfurado. Es lo bastante mayorcito como para saber lo que hace. No tiene por qué soportar que una cría que mide menos de un metro y medio le diga cómo tiene que comportarse. ¿Quién se ha creído que es para hablarle así?

Un minuto más tarde, la banda sonora de *El rey león* suena otra vez en su BlackBerry. Malhumorado, descuelga.

—¿Qué quieres ahora, Daniela? —pregunta alzando la voz.

—Soy Bárbara.

—¿Tú también vas a reprocharme algo?

—¿Qué significa «reprocharme»?

—Bah. Déjalo. ¿Qué quieres, Bárbara?

—¿Vas a casa de tu novia?

—¿Cómo? ¿Qué novia?

—Con la que estuviste anoche —contesta la niña muy

218

segura de lo que dice—. La camisa que llevabas olía muchísimo a perfume de chica.

Increíble. ¿Hasta ese punto lo espían sus hermanas?

—¿Por qué entras en mi habitación y coges mi ropa?

—No es culpa mía. Mamá me pidió que me pasara por tu cuarto y cogiera la ropa sucia para lavarla. Y el olor de la camisa azul que llevabas ayer es inconfundible. Las mujeres notamos esas cosas.

¿Mujeres? ¡Si tiene once años! Está comprobado: las gemelas son peor que el CSI.

—Bárbara, que sea la última vez que entras en mi habitación sin mi permiso.

—Mamá me lo dijo. Ella manda mucho más que tú en casa.

—En mi cuarto no.

—En tu cuarto sí.

Raúl se frota los ojos con la mano, desquiciado. Aquello no tiene ningún sentido. No piensa discutir más con ellas.

—Bárbara, tengo que dejarte. Dile a mamá que estoy bien y que no se preocupe más. Estaré en casa para cenar.

—¿Conocemos a tu nueva novia?

Sin responder, ahora es él quien pulsa la tecla de su BB para finalizar la comunicación. Su hermana, en cambio, no se da por vencida e insiste llamándolo otra vez. Pero el joven la ignora. No va a seguir hablando con ella.

Además, acaba de llegar a la puerta del edificio donde vive Valeria.

CAPÍTULO 33

—Gracias por venir a verme.

—Para eso están las amigas, ¿no?

Elísabet se sienta en su cama, justo donde estaba Raúl hace un par de horas. Contempla cómo la chica rubia que está con ella se coloca a su lado y le sonríe animosa. Alicia ya no lleva las coletas de esta mañana cuando la vio en el parque. Su larga melena suelta le cae por los hombros y termina bien avanzada su espalda.

—He seguido tu consejo —le dice compungida—. Invité a Raúl a mi casa, utilicé todas mis armas de seducción, intenté conquistarlo por todos los medios, pero... no he conseguido nada. Bueno, sí: un ataque de ansiedad.

—¿No quiere nada contigo?

—Continuar siendo mi amigo.

—Eso y nada es lo mismo.

—Tampoco es eso.

—¿Que no? Ya eras su amiga antes. No has avanzado nada. Pero si te conformas con eso... Ya sabes lo que pienso.

—No me queda otra, Alicia —dice mientras se abraza a la almohada—. Es mejor tenerlo como amigo que no tenerlo de ninguna forma.

—Bah. Te estás engañando a ti misma, Eli.

—¿Por qué dices eso?

—Porque, si estás enamorada de él, cada vez que lo veas recordarás que no quiere nada contigo y te sentirás mal.

Es verdad que le sucederá eso cuando estén juntos. Será difícil olvidar lo que siente por él. Pero también es su amigo. Y su amistad es muy importante.

—Tendré que acostumbrarme a vivir con eso.

—Sigues engañándote a ti misma.

—¿Y qué hago, Alicia? ¿Desaparezco?

—No es mala idea.

—¿Qué? ¿Cómo voy a desaparecer?

—Vayámonos juntas de viaje. Un par de semanas. Así podrás olvidarte de ese tío que sólo te está dando complicaciones. Cuando vuelvas, seguro que ya has aprendido a vivir sin él.

—No voy a irme a ninguna parte.

Es una locura. Una grandísima locura. Sus padres no la dejarían irse. Perdería clases, exámenes... Y, aunque lo permitiesen, huir para alejarse de Raúl no es la mejor solución. Sólo un disparate.

—Tú verás. Yo estoy dispuesta a irme contigo.

—Gracias, Alicia. Pero no voy a quitarme de en medio ni quiero quitar de en medio a Raúl. Es mi amigo.

—Tu amigo... Como la entrañable Valeria. Esa a la que denominas tu «mejor amiga». ¿Te ha llamado? ¿Te ha escrito?

—No. No lo ha hecho.

—¡Oh! ¿Tu gran y mejor amiga todavía no te ha preguntado cómo te encuentras después del palo de anoche?

—No. Aún no.

—Vaya. Se habrá quedado sin saldo, la pobre. ¡Ah, espera! ¡Que su tarifa es de contrato! ¡Y que usar el WhatsApp no cuesta dinero!

El sarcasmo de Alicia molesta un poco a Eli, que no quiere pensar que su amiga no se ha puesto en contacto con ella por falta de interés.

—No seas así. Habrá tenido algún contratiempo. Luego la llamaré yo.

—Eso, eso. Y no te olvides de invitarla a merendar y de menearle el rabito para demostrar tu felicidad —comenta burlona—. ¡Vamos, Elísabet! Encima de que ha pasado de ti, no seas tan tonta como para ir detrás de ella.

—Valeria siempre ha estado a mi lado en los buenos y los malos momentos.

—¿Y ahora? ¿Por qué no está?

Silencio. No le apetece seguir hablando de ese asunto. En el fondo, le duele y también le fastidia lo de su amiga. Era tan fácil como que le hubiera cogido el teléfono y hubiese escuchado en silencio lo que tenía que decirle. Como que hablar con ella le hubiera servido como desahogo después de que Raúl la rechazara. En cambio, tantas horas después, Valeria sigue sin aparecer.

—Vamos a cambiar de tema, por favor.

—Eres demasiado buena.

—Nunca he sido buena —susurra—. Y no creo que lo esté siendo ahora.

—Sí lo eres. Sigues queriendo a esos dos a pesar de lo que te han hecho. Si eso no es ser buena... Yo no lo habría consentido.

—Son mis amigos.

—Dame amigos como ésos y no necesitaré enemigos.

—Eres demasiado cruel con ellos. Raúl y Valeria no harían nada que pudiera hacerme daño. Nunca podrían ser mis enemigos.

La chica rubia esboza una sonrisilla irónica. Se pone de pie y se dirige caminando despacio hacia la puerta de la habitación.

—Alguna vez te darás cuenta de las cosas y sabrás que la persona más importante para alguien es uno mismo.

—¿Ya te marchas?

—Sí. Pero cuando me necesites no dudes en avisarme.

—Lo haré.

Y, sin más, Alicia abandona el dormitorio de Elísabet.

Ésta se queda pensativa, reflexionando acerca de lo que acaban de hablar. La teoría del todo o nada de Alicia no sirve con Raúl. Y tampoco va a marcharse a ninguna parte, lejos de él, para olvidarse de lo que ha pasado.

No será fácil, pero lo único que puede hacer es acostumbrarse a vivir con esa sensación de rechazo hasta que se le pase. Y para ello necesita a sus amigos como punto de apoyo. Especialmente a Valeria. Porque, aunque a Alicia no le caiga bien y le haya dicho todas esas cosas sobre ella, Val continúa siendo su mejor amiga. Y está convencida de que seguirá siéndolo durante mucho tiempo.

CAPÍTULO 34

Parece que han pasado cientos de años desde que lo vio por última vez. Por eso, cuando Raúl está al fin frente a ella, tras salir al rellano y recibirlo en la puerta de su casa, le rodea el cuello con los brazos y lo besa en los labios. Intensamente. Con pasión y confianza. Como si llevasen de novios varios meses.

Y eso que hace sólo cinco minutos que Valeria ha llegado al piso. El efecto de la sangría no ha desaparecido del todo todavía, pero debe disimularlo. Más le vale.

—Sabes a menta —le dice el joven mientras pasan adentro—. ¿Te has lavado los dientes?

—Claro. Es lo que se hace después de comer, ¿no?

Y además oculta el aliento a alcohol, detalle que Valeria no especifica. Le fastidia no contarle la verdad, pero no sabe cómo se tomaría Raúl lo de César. No ha sido más que un inocente encuentro en un bar de bocadillos. Sólo eso. No quiere que lo interprete de otra manera, así que lo mejor es omitirlo.

La pareja camina hasta el salón y se sienta en el sofá sobre el que esa mañana se quedaron dormidos. Tras varios besos, unas cuantas carantoñas y más y más abrazos, se miran a los ojos. Tienen mucho de lo que hablar.

—¿Sabes? Te he echado de menos —comenta Raúl al tiempo que le acaricia la cara—. ¿Tú a mí no?

—Mucho. —Le besa la mano y sonríe—. Pero no me tengas más en ascuas. ¿Qué ha pasado en casa de Elísabet?

El chico resopla. Se sienta derecho y aparta la mano del rostro de Valeria.

—Pues digamos que Eli no se había dado por vencida aún y ha vuelto a intentar que surgiera algo entre nosotros.

—¿Cómo? ¿Ha vuelto a declararse?

—Sí. Y al insistirle en que no quería nada con ella le ha dado un ataque de ansiedad, por eso he tenido que quedarme a comer en su casa. Temía que pudiera pasarle algo estando sola. Sus padres no vuelven hasta la noche.

—¡Madre mía! Qué mal rollo.

Raúl le explica más detalladamente la conversación que han mantenido los dos, pero evita contarle lo del beso y otros pormenores parecidos que pudieran causarle daño. Durante varios minutos, le narra todo lo sucedido; Valeria, atenta, sólo lo interrumpe para mostrar su sorpresa por lo que oye.

—Se supone que tú de esto no sabes nada —advierte el joven cuando termina—. Será un secreto entre Eli y yo.

—¿No va a contármelo ella?

—No. Prefiere mantenerlo oculto. No quiere darte la impresión de que está desesperada.

—Pobre. Me da pena.

—No te preocupes. Cuando me he ido se encontraba mucho mejor.

Valeria no está tan segura de eso. En menos de un día, dos rechazos por parte de la persona de la que está enamorada... Eso debe de haberle dolido en lo más profundo de su corazón.

—¿Y ahora qué hacemos?

—¿Qué hacemos con qué?

—Con lo nuestro, Raúl. Si lo contamos... la mataríamos. Y ella nos mataría a los dos.

—O algo peor. Por eso creo que lo mejor es no decir nada, como habíamos decidido. Ni a Eli ni al resto del grupo. Quizá ese tiempo de secretismo tenga que durar más.

—Buff. No será sencillo.

—Pues es lo que toca. No nos queda más remedio.

Valeria cierra los ojos y apoya la cabeza en el hombro de Raúl. Qué complicadas son las cosas. Lleva más de un año enamorada de él en silencio y, cuando por fin sucede lo que tanto deseaba, tiene que ocultarlo.

—¿Sigues pensando que esto merece la pena?

—¿Salir juntos? Por supuesto.

Y siente su mano en la nuca. Suavemente, deslizándola de arriba abajo, le peina el cabello. Su pelo baila al son de los dedos del joven. Detendría el tiempo en ese instante y viviría ese momento una y otra vez . Le encanta que la trate de esa forma. Raúl siempre ha sido muy cariñosa con ella, pero de otra manera. No imaginaba que como pareja sería todavía mejor que como amigo.

—Entonces, ¿no te arrepientes de haberme pedido que sea tu chica en pruebas?

—¿En pruebas?

—Sí. Estoy en período de pruebas, ¿no?

Una pequeña risa como respuesta.

—No estás en período de pruebas, Val —contesta casi susurrando—. Pero no llevamos juntos ni veinticuatro horas. No quiero engañarte hablando de amor y de sentimientos. Sólo sé que hoy me gustas más que ayer. Y, posiblemente, menos que mañana.

—¿Posiblemente?

—Posiblemente posible.

La joven arquea las cejas y se vuelve hacia él. Se ha perdido. Pero le vale la aclaración. Y, sobre todo, le vale él. Sentirle así de cerca en todos los aspectos. Abre mucho los ojos y lo contempla con una sonrisa. ¡Cuánto le apetece darle un beso! Se inclina poco a poco sobre su cuerpo, se apoya en su pecho y lo obliga a tumbarse en el sofá. No arde en deseo, sino en amor. No quiere desnudarlo, sólo probar sus labios. Y no se contiene más.

Sin embargo, el beso se interrumpe porque en el salón comienza a sonar *Moves like Jagger*, de Maroon 5 y Christina Aguilera.

—Mi BlackBerry —dice Valeria, incorporándose.

—No contestes. Que llamen luego.

—No puedo. Es Eli.

¡Cuántas veces bailaron juntas esa canción cuando salió! A las dos les encantaba. Tanto que ambas la eligieron como sintonía para sus móviles cuando la otra la llamara.

La chica se levanta y se precipita sobre la BB, que está encima de la mesita. Toma aire antes de descolgar y le pide a Raúl que guarde silencio. Éste asiente con la cabeza.

—Hola, Eli —contesta. Su voz se quiebra al hablar y carraspea.

—¡Por fin! —exclama su amiga al otro lado de la línea—. ¡Cuesta más hablar contigo que con un ministro! ¿Dónde te has metido?

—Perdona. Tendría que haberte escrito o llamado antes. Es que... —Piensa de prisa en algo que contarle—. Entre unas cosas y otras, no he podido.

—¿Te ha pasado algo?

—No. Bueno...

Valeria mira a Raúl con los brazos abiertos, haciéndole gestos para que la ayude. Él se encoge de hombros sin saber qué decirle.

—Nena, estás muy rara. ¿Te ha pasado algo que no me quieras decir?

No se le ocurre nada. Así que... último recurso:

—Es que anoche conocí a un chico en la discoteca.

—¡Qué dices! ¿Me hablas en serio?

Ahora el sorprendido es Raúl, que frunce el ceño. La expresión de su rostro cambia y le pregunta a Valeria, moviendo tan sólo los labios, si es verdad. Ella se sonroja y le pide tranquilidad con un ademán de la mano. Sin embargo, el joven no le hace caso y se acerca hasta ella para escuchar lo que dicen.

—Bueno... Ya hablaremos del tema.

—¿Fue uno de aquellos universitarios buenorros?

—Esto...

—¿Os liasteis?

—¡No! ¡Qué va! ¡No nos liamos! —grita mientras mira a Raúl, que se ha cruzado de brazos pidiendo explicaciones.

—Y qué, ¿cómo es?

—Eli, de verdad, déjalo ahora. Ya hablaremos más tranquilas. Prefiero contártelo en persona.

—Está bien, como quieras. Pero tienes que darme todos los detalles. ¡Es que es muy fuerte que te hayas ligado a un universitario!

En ese momento, Valeria quiere morirse. Se siente culpable al ver que Raúl la mira de forma acusadora. Luego le tocará explicar lo que sucedió anoche en la discoteca. Aunque tendrá que decidir qué puede y qué no puede contar.

Tras un breve silencio, Valeria retoma la conversación intentando que su amiga sea el centro de atención.

—¿Y tú cómo te encuentras?

—Regular. No te voy a engañar. No llevo un día demasiado bueno.

—Lo siento.

—Son cosas que pasan. Por lo visto no soy lo suficientemente buena para Raúl.

—No digas eso. Seguro que él...

—No lo disculpes, nena. Está claro que sólo me ve como a una amiga o como a alguien con quien tener un rollo de una noche loca.

Lo que dice Elísabet llega a oídos del chico, que se lamenta moviendo la cabeza de un lado a otro. Prefiere no seguir enterándose de la conversación. Se sienta en el sofá y observa cómo Valeria escucha pacientemente todo lo que su amiga le cuenta durante diez minutos. Pero ella casi le presta más atención a la actitud de Raúl que a las palabras de Elísabet. Ambos intercambian miradas y alguna frase en voz baja.

—Las cosas volverán a la normalidad entre vosotros —termina asegurando Valeria cuando Eli acaba de hablar.

—No lo sé. No quiero perderlo. Pero no sé si aguantaré ser sólo su amiga. Él seguro que sigue comportándose genial conmigo y que me trata como siempre lo ha hecho. Y puede que eso sea aún peor para mí.

—Debes superarlo, Eli.

—Sí. Y necesito que me ayudes a hacerlo —comenta su amiga emocionándose—. Ahora es cuando más te necesito, nena. No podré hacerlo sin ti.

CAPÍTULO 35

Tumbada en su cama y con las persianas bajadas, escucha música. Una canción triste que se repite una y otra vez. No tiene ganas de nada. Sólo de llorar. Ester tiene los ojos hinchados y el corazón destrozado. Apenas ha comido cuando ha vuelto del partido y casi no ha hablado con sus padres. Ha justificado su estado de ánimo con la excusa de la derrota, y ellos, más o menos, lo han aceptado. Aunque la mayor derrota que ha sufrido hoy ha sido en el vestuario.

Las palabras de Rodrigo, y la actitud que ha tenido con ella, permanecen grabadas en su mente. No consigue olvidar lo que ha pasado con su entrenador. Le resulta imposible hacerlo.

La tímida luz de la pantalla de su smartphone naranja ilumina el frasco roto de perfume de vainilla que él le ha regalado. Sólo quedan cristales envueltos en papel, impregnados del dulce aroma que tanto le gusta. Habría sido un detalle precioso. Nunca había recibido por su cumpleaños nada de alguien a quien amara. Porque él es la primera persona de la que está enamorada.

¿Debe olvidarse de su amor?

Esperaba una disculpa, una llamada, un mensaje, al menos, en el que le pidiera perdón. En caliente se hacen cosas de las que luego uno se arrepiente. Se cometen errores. Sin embargo, su teléfono no ha sonado. Ni siquiera tanto tiempo después de que haya acabado el estúpido partido de voleibol.

Ella lo perdonaría. Sin duda. Sabe cuánto carácter tiene Rodrigo y lo en serio que se toma los partidos. Pero es una buena persona. Está segura de ello. Y también de que la quiere y de que esto sólo ha sido un arrebato pasional por haber perdido un encuentro tan importante para el equipo. Un pronto tonto. Y ella ha sido quien lo ha pagado.

Y es que, a pesar del dolor que siente por dentro, desearía escucharlo, volver a verlo. Besarlo de nuevo.

Como aquel día...

—Ester, cuando acudas al bloqueo, tienes que hacerlo con más decisión. No me vale con que llegues a la red y saltes. Tienes que hacerte grande. Estirar mucho los brazos y poner las manos fuertes, como si un tren se dirigiera hacia ti y necesitaras pararlo para salvar la vida. La adversaria tiene que ver en ti un muro infranqueable, no una ventana que poder romper con su remate.

La chica asiente con la cabeza. Le encanta cuando le habla de esa manera. Es muy duro en los ejercicios, pero no cabe duda de que es un grandísimo entrenador.

Desde hace unos días, se queda un rato más después de terminar para practicar el saque, la recepción, los bloqueos... Y él la va corrigiendo en cada acción. Pero lo hace con mesura. Más sosegado que cuando está con el resto del equipo.

—Comprendo.

—Muy bien. Probemos otra vez.

—Sí.

Cada uno se dirige a un lado de la red. Se miran fijamente y toman posiciones para hacer la jugada.

—¿Preparada?

—Sí. ¡Vamos!

Rodrigo lanza la pelota hacia arriba y se eleva. Ester salta al mismo tiempo. Cuando el chico va a rematar, ella está a su altura. Sigue la indicación que su entrenador le ha dado antes y estira los brazos todo lo que puede; aprieta los dientes y se concentra en poner la máxima fuerza posible en sus manos. Se produce el remate. Y el posterior bloqueo. El balón golpea en las muñecas de la chica y cae al otro lado.

—¡Genial! ¡Estupendo punto!

—¡Gracias!

—Otra vez.

—¡Vale!

El entrenador coge otro balón y repite la acción con similares consecuencias. Ester vuelve a bloquearlo con éxito. Y así hasta en veinte ocasiones prácticamente consecutivas.

A la vigésima, la chica se tumba boca arriba en el parqué, exhausta. Sonriente y también cansada, mira hacia el techo del pabellón. Su abdomen sube y baja, agitado por el esfuerzo.

—Muy buen trabajo. Así es como tienes que hacerlo en los partidos.

Es él. Ha pasado por debajo de la red y ha puesto la cara justo encima de la de ella. Ya se había fijado antes, pero hoy le parece más guapo que nunca. ¿Es normal que la atraiga un chico tan mayor?

—Muchas gracias. ¿Repetimos? —pregunta tras incorporarse y sentarse en el suelo.

—No —responde él cuando comprueba el reloj—. Están a punto de empezar a entrenar las mayores. Ya has hecho bastante por hoy.

Le ofrece la mano para ayudarla a levantarse. La chica acepta y la coge para impulsarse hacia arriba. Siente algo cuando contacta con su piel. No puede explicarse qué es, pero no hay duda de que es especial. De pie, los dos se miran durante un segundo directamente a los ojos y se dedican una sonrisa recíproca.

—Me... me voy a la ducha —dice ella, algo despistada.

—Y yo a la oficina a arreglar unos papeles —indica Rodrigo, subiéndose la cremallera de la chaqueta del chándal.

—Bien. Hasta el jueves.

—Hasta el jueves.

La chica sonríe y se dirige hacia los vestuarios. Pero antes de llegar a la puerta oye la voz de su entrenador, que la llama. Ester se vuelve y lo ve caminando hacia ella.

—¿Cómo te vas a casa? ¿En metro?

—Sí, cojo la línea dos y...

—Pues hoy te llevo yo en mi coche.

—No, no hace falta. De verdad. No te molestes.

—No es ninguna molestia. Se ha hecho muy tarde y no es plan de que vayas por ahí sola. Mientras te duchas, yo soluciono lo de los papeles que tengo que tener preparados para mañana y, cuando estés lista, nos vamos.

La joven vuelve a repetirle que no es necesario que la acerque, pero Rodrigo insiste y al final la convence. Además, a Ester le encanta la idea de ir con él en su coche y de que la lleve a su casa.

—No tardo más de diez minutos.

—Vale. En diez minutos aquí.

Más sonrisas entre ambos y cada uno se encamina a hacer lo que tenía previsto. El entrenador se marcha a las oficinas del club y la jugadora entra en el vestuario.

Ester se desnuda, se ducha y se viste más rápido de lo habitual. No quiere hacerle perder el tiempo. Pero durante esos minutos no logra quitárselo de la cabeza. Le gusta ese chico, por eso se queda practicando después de los entrenamientos. Le encanta estar a solas con él. Aunque sólo sea en la pista y con un balón y una red de por medio. En ocasiones la regaña y le llama la atención por sus errores. Pero, en otros momentos, se muestra cariñoso y divertido; Ester hasta tiene la impresión de que podría gustarle. Sin embargo, cuando terminan de entrenar, bajo el chorro de la ducha, se conciencia a sí misma de que eso es imposible. Regresa a la realidad. Es demasiado joven para él y Rodrigo nunca podría interesarse por ella.

Pero esta tarde quiere llevarla a casa, ¿significará algo? No, sólo lo que él le ha comentado: que se ha hecho tarde y se quedará más tranquilo si, en lugar de coger el metro sola, él la acompaña en su coche.

—Ya estoy —dice cuando lo ve al salir de los vestuarios. Ha tardado un poquito más por culpa del pelo. Ha sido imposible secárselo.

—¿Nos vamos, entonces?

—Cuando tú quieras.

El joven le hace un gesto cómplice para que lo siga. Los dos se despiden del personal que se encarga del pabellón y se dirigen hacia el aparcamiento. Rodrigo se saca del bolsillo un pequeño mando y pulsa el botón negro que tiene en el centro. Se abren las puertas de un Seat Ibiza gris. Ester ya lo había visto antes, pero subirse a él le causa impresión.

—El coche es muy bonito —afirma mientras trata de abrocharse el cinturón de seguridad.

—Me alegro de que te guste. Le tengo mucho cariño.

—Se nota. Está muy limpito y cuidado.

Rodrigo ríe, satisfecho, y arranca. Sale del aparcamiento y gira a la derecha.

—¿Pongo música?

—Vale.

—A ver si te gusta esto.

Busca en el reproductor un tema en concreto y, unos segundos más tarde, en el Seat Ibiza comienza a sonar *We found love*, de Rihanna.

—¡Me encanta esta canción! ¡Adoro a Rihanna! —exclama Ester, moviendo su cabeza al ritmo de la música.

—Pues entonces tenemos gustos musicales parecidos —comenta él alegre—. Por cierto, ¿dónde vives?

La chica le da la dirección de su casa y abre un poco la ventanilla. Tiene calor. ¿Es él quien se lo provoca? Puede ser. De vez en cuando lo observa de reojo o a través de los espejos del coche. La atrae. Es la primera vez que se monta en un coche con un chico que no es de la familia. Y se siente mayor, importante, por ir junto al entrenador del equipo. ¿Cómo la verá Rodrigo? Como a una cría. ¿Cómo va a verla? Es que eso es lo que es. Una niña de quince años.

Durante el camino no hablan mucho. Ester está bastante nerviosa. No quiere decir nada que pueda resultar tonto o infantil.

—¿Y tu hermana?

—¿Mi hermana?

—Sí, ¿no me hablaste de que tenías una hermana que trabajaba en una tienda en la que le regalaban muestras de geles? ¿Cómo está?

—Ah. Pues está bien... O eso creo. No la he visto hoy.

—Genial.

Menuda pregunta estúpida que le ha hecho. No está acostumbrada a conversar a solas con chicos. Mierda, qué tonta ha sido. ¿Y ahora? ¿Sigue hablando de lo mismo o cambia de tema? Quizá lo mejor sea callarse y guardar silencio.

—¿Tienes novio?

¿De verdad le ha preguntado lo que le acaba de oír?

—¿Cómo?

—Que si sales con alguien... Con algún chico.

Pues sí. Ha oído perfectamente.

—No.

—¿No te gusta nadie del instituto o de tu grupo de amigos?

—La verdad es que no.

—¿No? —insiste sorprendido—. Pues seguro que tienes una legión de adolescentes hormonados pendientes de ti.

—Bueno... No es para tanto.

Ester se muere de vergüenza. En cambio, él sonríe. Parece que le divierte la charla. La joven no se imaginaba que Rodrigo pudiera interesarse por algo así. Es su entrenador, para la mayoría de las chicas un tipo duro y sin piedad. Si le contara a sus compañeras que el temible Rodrigo no es tan fiero como parece...

—Mi última novia me dejó hace unos meses —comenta él de repente y sin dejar de sonreír—. Decía que le dedicaba demasiado tiempo al deporte.

—Vaya. Lo siento.

—No lo sientas. Era insoportable. Nos pasábamos el día discutiendo. Fue lo mejor que podría haberme pasado.

—Ah.

—Además era muy celosa. Pensaba que me enrollaba con las jugadoras de mi equipo. ¿Puedes creértelo?

¿Contesta? ¿Se lo cree? ¿No se lo cree? No responde, pero siente curiosidad. ¿Se atreve a preguntárselo?

—¿Y tenía motivos para ello? —suelta, valiente; pero en seguida se arrepiente de haberlo hecho.

—No. Nunca me he liado con ninguna de mis jugadoras —afirma con rotundidad. Pone el intermitente y aparca en segunda fila.

La noche ha caído sobre Madrid. Las luces del Seat Ibiza iluminan el edificio en el que vive Ester. Es el final del camino.

La chica suspira y se quita el cinturón. Le da muchísima pena tener que bajarse del coche.

—Llegamos.

—Sí. Otro día ya te contaré más cosas de mi ex... y de mi hermana.

Sonríen al mismo tiempo.

—Muchas gracias por traerme a casa.

—Un placer —apunta sin dejar de mirarla—. Ahora sí, nos vemos el jueves.

—Nos vemos el jueves.

Ester abre la puerta del copiloto y, cuando va a salir del coche, siente que la mano de Rodrigo le sujeta un brazo. Al volverse, se lo encuentra inclinado hacia ella. Despacio, Rodrigo se acerca y, sin saber cómo, Ester descubre que sus labios la están besando. No lo aparta, ni grita, ni intenta salir de allí. Sólo cierra los ojos y se deja llevar, degusta su boca y saborea al máximo ese momento tan inesperado como dulce.

CAPÍTULO 36

—Pero si cuando conocí a César tú y yo todavía no... No nos habíamos besado.

Valeria y Raúl caminan juntos por la calle, rumbo a la cafetería Constanza, donde el Club de los Incomprendidos se reúne cada domingo. La chica le ha explicado varias veces lo que sucedió la noche anterior, pero, aun así, el joven insiste:

—De todas maneras, es muy extraño. No me parece normal que a un tío que te encuentras en el metro y que, además, te deja dinero para el billete, vuelvas a verlo luego en la discoteca a la que vas. Rarísimo.

Otra vez la misma historia. Ya se la ha contado a Bruno y a María hace un rato en el partido de Ester, y ahora le ha tocado relatársela a Raúl. Lo que no va a decirle es lo de Los Cien Montaditos, el nuevo encuentro en el metro, la sangría... Eso para más adelante. Cuando se casen o tengan el primer niño.

—Sé que es raro. Pero las casualidades existen.

—Y los maníacos también.

—No creo que César sea un maníaco —repone Valeria algo molesta.

—Pues tienes que reconocer que lo parece.

—No hay nada que temer. Es un buen chico.

—Mmm. ¿Cuánto de bueno?

—¡No me digas que estás celoso!

—¡Claro que no! —exclama Raúl mientras gesticula—. ¿Es guapo?

—No me he fijado.

—Ya. No te has fijado...

Valeria resopla, aunque en el fondo le gusta que esté un poco celoso. Eso significa que de verdad siente algo por ella.

—Sí, es guapo. Pero tú lo eres muchísimo más —dice. A continuación, le da un beso en la mejilla—. ¿Por qué no nos olvidamos ya de él y hablamos de lo que pasa con Elísabet?

Y es que, desde que colgaron el teléfono, sólo han hablado del estudiante de Periodismo. Presunto estudiante de Periodismo. Pero para ella es más importante lo que le ha dicho su amiga: cuenta con ella para ayudarla a superar lo de Raúl.

—Con Elísabet no pasa nada que no pueda controlar.

—Claro, sólo se te ha declarado dos veces y lo ha intentado todo para que estés con ella. Sin olvidarnos de que anoche te besó antes de que lo hiciera yo. No, no ha pasado nada. Nada de nada.

—Terminará por aceptar que sólo podemos ser amigos.

—Eso espero. No parecía muy segura de ello por teléfono.

—Es normal. Está todo muy reciente —señala seguro de sí mismo—. Cuando encuentre a otro tío, se le pasará lo que siente por mí. Y no creo que eso tarde en ocurrir.

—Ya. Ella no debe de tener problemas para encontrar pareja. Es tan guapa...

—Tú también. No te menosprecies.

—No puedo compararme con Eli. Ella es inalcanzable

para mí —sentencia Valeria. Luego, hace una mueca con la boca.

El chico la observa y sonríe. Se aproxima a ella y la abraza.

—¿Y para qué quieres compararte con ella? No se trata de una competición de *misses*. —Ahora el beso en la mejilla se lo da él—. Además, ganaría Ester.

—¡Tonto! —grita ella al tiempo que se aparta y lo golpea sin demasiada fuerza en el brazo.

Pero, tras el débil puñetazo de Valeria, Raúl vuelve a abrazarla. Ella se resiste, pero finalmente se deja hacer. Se acopla a su cuerpo y caminan al mismo tiempo, con el mismo paso. A la vista de todo el mundo, son una pareja de novios. Sin embargo, ellos saben que lo suyo no ha hecho más que empezar.

—¿Qué harás para ayudar a Eli?

—No tengo ni idea.

—Lo más importante es que no descubra nada de lo nuestro. Cuando se entere, que sea porque se lo contamos nosotros.

—No se me da bien mentir, me pongo colorada.

—Te pones colorada siempre, Val.

—Es lo que tiene ser de piel blanca —protesta refunfuñando.

A Raúl le divierte picarla. Se le enrojecen los pómulos y se pone muy nerviosa. Muestra inseguridad, la misma que tenía cuando él la conoció hace ya más de dos años. Valeria sigue siendo una chica tímida, pero por lo menos ahora se atreve a hablar con él.

—Me gusta tu piel. Es delicada. Como tú.

—Menos cachondeo, ¿eh?

—No es cachondeo —asegura con una sonrisa—. Es verdad. Tienes una piel muy bonita y suave.

La chica mueve la cabeza de un lado a otro. Se está burlando de ella. En fin. Hace un tiempo habría salido corriendo o se habría escondido en algún lugar donde no pudiera verla.

—Dejemos de hablar de mi piel, anda. ¿Cómo vamos a entrar en la cafetería?

—Andando, ¿no?

—Estás muy gracioso hoy —comenta Valeria con los ojos entornados—. Me refiero a que no podemos entrar los dos juntos en Constanza.

—¿Por qué no? Seguimos siendo amigos. Los amigos suelen ir juntos a los sitios. O eso es lo que tengo entendido.

—Sospecharán.

—¿De que hemos empezado a salir? No creo.

¿Eso ha querido decir que ni él mismo los ve como pareja? Espera que no. No lo había pensado hasta ese instante. Él es mucho más guapo que ella. ¿Y si no pegan y la gente se ríe o los señala cuando los vea juntos?

—Da igual. Por si acaso, es mejor que entremos separados. Yo entro primero y tú vienes a los diez minutos, ¿vale?

—¿Y qué hago yo diez minutos por ahí dando vueltas?

—Vete a ver tiendas.

—Es domingo.

—Seguro que encuentras algo que hacer. Sólo son diez minutos, Raúl.

El joven se encoge de hombros y termina accediendo a la petición de Valeria. No entiende muy bien por qué deben hacerlo así, pero no quiere discutir.

La pareja llega a la calle del barrio de La Latina, donde está la cafetería Constanza. La chica se detiene en una esquina y le pide a Raúl que se pare también.

—¿Qué pasa ahora?

—Aquí nos separamos.

—¿Aquí? ¡Si tu cafetería está a un kilómetro!

—Bueno, mejor prevenir. Nos vemos dentro de diez minutos.

Y tras darle un beso rápido en los labios, después de asegurarse de que nadie los miraba, cruza corriendo al otro lado de la calle a la altura del semáforo.

«Es mejor así», piensa Valeria mientras camina. Ya le gustaría a ella contarle a todo el mundo que está saliendo con Raúl. Pero, si van a mantenerlo en secreto, tienen que hacer las cosas bien y no arriesgarse a ser descubiertos.

Mira el reloj; es la hora a la que habían quedado. ¿Habrá llegado ya alguno de sus amigos?

Cuando abre la puerta de la cafetería descubre que no. Ella es la primera del grupo en entrar. No hay demasiada gente: un par de mesas con parejas tomándose un café y un anciano en la barra. Su madre la saluda y le pide que se acerque. La joven pasa al otro lado del mostrador y le da dos besos.

—¿Mucho trabajo? —le pregunta mientras busca con la mirada a alguno de los camareros que trabajan allí.

—Ahora no demasiado. Pero hemos tenido un mediodía ajetreado. Los chicos acaban de irse.

El rostro de la mujer denota el cansancio que arrastra. Tiene los párpados caídos y las cuencas de los ojos moradas. Se nota que lleva muchas horas allí.

—Luego te ayudo yo.

—Bien. Muchas gracias —dice al tiempo que apoya las manos en las caderas—. Tus amigos vienen ahora, ¿verdad?

—Sí. Deben de estar al llegar.

—Esta mañana, muy temprano, ha venido Raúl.

A Valeria se le ponen los ojos como platos. Cuando se da cuenta de su reacción, trata de calmarse y sonríe.

—¿Ah, sí? ¿A qué?

—Pues a ver si estabas para desayunar contigo. ¿No fue luego a casa?

—Eh... No —miente.

—Qué raro. Creía que tras salir de Constanza iría para allá —comenta mientras se dirige hacia la cafetera—. Hemos estado hablando un rato los dos. Incluso de que de pequeña te encantaba desayunar chocolate con churros.

¡Qué capullo! ¡Por eso lo sabía! Se muerde el labio para contenerse y no gritar de rabia. Y ella que pensaba que... ¡Se va a enterar cuando...!

En ese instante, la puerta de la cafetería vuelve a abrirse. Un joven tapado con una capucha gris entra en el establecimiento. Se aproxima hasta donde están madre e hija y las saluda afectuosamente.

—Me alegro de volver a verte, Raúl.

—Igualmente, Mara.

Valeria sonríe entre dientes y también lo saluda con la mano. Ha llegado cinco minutos antes de lo pactado. Ahora no es el momento de soltarle nada, pero ya lo hará.

—Mamá, ¿no te importa que...?

—No te preocupes, hija —la interrumpe—. Ya me echarás una mano cuando acabéis.

—Gracias.

—Lo que necesitéis o queráis merendar no tenéis más que pedirlo o cogerlo vosotros mismos. Como siempre.

—Gracias, Mara. No sé cómo nos soportas después de tanto tiempo.

La mujer sonríe y se mete en la cocina a la vez que Valeria sale del mostrador y se reúne con el joven.

—¿También vas a ligarte a mi madre? —le pregunta en voz baja.

—No creo que se deje. Demasiado para mí —contesta él en el mismo tono.

—Mañana, si quieres, puedes invitarnos a desayunar chocolate con churros a las dos. Pero no hace falta que vengas a casa, aquí lo ponen muy rico.

Raúl se quita la capucha y sonríe con picardía. Lo han pillado.

—¿Ya te lo ha dicho?

—¿Tú qué crees? Ya me parecía extraño que supieras ese detalle sobre mí.

—Sé otras cosas.

—¿Sí? Sorpréndeme.

Sus rostros se aproximan mucho. Valeria lo desafía con la mirada. La tensión de sus ojos se mezcla con unas inmensas ganas de besarlo.

Su madre está en la cocina y los clientes de la cafetería no están mirando.

¿Se lanza? Sólo es un beso... Un simple beso.

Se acerca aún más a él, sin pestañear. Ninguno de los dos se aparta. Ninguno de los dos frena. Es como si dos coches se dirigieran por el mismo carril uno contra el otro hacia el mismo punto. Hasta que sus caras se tocan. Nariz con nariz, frente con frente. Ella es la que por fin ladea la cabeza y cierra los ojos. No puede reprimirse más. Busca los labios del chico, pero no los encuentra. Sólo hay un vacío. Y después un toquecito en la cabeza.

Cuando abre los ojos contempla la expresión desconcertada de Raúl. Éste le indica que se dé la vuelta. La chica lo hace y, estupefacta, descubre a una boquiabierta Ester, que acaba de entrar en la cafetería Constanza.

CAPÍTULO 37

Los seis están sentados alrededor de una mesa situada en una de las esquinas de la cafetería Constanza. Desde hace unos meses, es el lugar en el que el Club de los Incomprendidos convoca las reuniones del grupo. Las oficiales. Es un sitio cómodo y bastante grande, y además la madre de Valeria los invita a merendar.

Menos de un minuto después de que llegara Ester, apareció María e, instantes más tarde, Elísabet. Bruno, como siempre, ha sido el último, retrasándose diez minutos de la hora prevista.

—Queda abierta la sesión número ciento setenta y seis del Club de los Incomprendidos —dice Raúl con voz solemne mientras abre un cuaderno grande de hojas blancas. Después, anota la fecha en la parte superior de la página—. ¿Cómo se presenta la semana? ¿Quién quiere hablar en primer lugar?

El joven observa uno por uno a los demás. Se detiene un poco más en Ester, a la que él y Valeria sólo han tenido tiempo de decirle que no les cuente al resto nada de lo que ha visto antes. Ya se lo explicarán después, cuando termine la reunión. Ella les ha asegurado que guardará el secreto, aunque todavía continúa sorprendida.

—Yo misma —interviene Eli, que no ha apartado la mirada de Raúl desde que ha llegado a la cafetería—. En Lengua y Literatura no hay mucho que hacer. Unos cuantos ejercicios de clasificación de las palabras según la familia semántica y pasar los apuntes de Literatura Medieval a ordenador. Controlado.

—¿Has pasado ya lo que te quedaba del tema anterior?

—Estoy en ello. Esta noche me pongo.

Raúl anota en la libreta lo que Eli le cuenta. Así lo hace con todos los comentarios que surgen por parte de cualquiera de los chicos. Durante varios minutos, cada uno de ellos expone lo que ha hecho y lo que va a hacer durante la siguiente semana. Cada miembro del club tiene encomendada una asignatura de las que componen primero de Bachillerato e, individualmente, se dedica a ella en profundidad. Luego, le pasa el material —apuntes, ejercicios, resúmenes, consideraciones de los profesores— al resto.

María se encarga de Filosofía; Bruno, de Matemáticas; Ester, de Economía; Valeria, de Historia; Raúl, de Inglés y Francés, y Elísabet, de Lengua y Literatura. Las asignaturas de Educación Física —en su parte teórica— y Ciencias del Mundo Contemporáneo se las reparten entre todos, ya que son las dos más sencillas.

Es algo que hacen desde hace dos años, cuando estudiaban tercero de la ESO. Por aquel entonces eran cinco, ya que Ester aún no había llegado a su instituto. Se dieron cuenta de que, si colaboraban en grupo, el trabajo sería menor y el resultado, más productivo. Al comienzo, las reuniones sólo eran una excusa para pasar más tiempo juntos, pero, poco a poco, viendo que el sistema del reparto de tareas funcionaba, se fue convirtiendo en una rutina y también en una obligación a la que ninguno podía fallar para no perjudicar a los demás.

Sus notas medias subieron mucho, todos estaban por encima del siete y medio. Siempre llevaban a clase los ejercicios hechos y los apuntes y resúmenes del temario al día y pasados a ordenador. Y todo con una sexta parte del esfuerzo que hacía la mayoría de alumnos.

—Bien. Tratado el plan de la semana en el instituto, ¿alguien tiene algo más que comentar?

Tras terminar de hablar de las tareas semanales de cada uno de los miembros, el grupo siempre debate otro tipo de temas que pueden estar relacionados con cualquier aspecto, ya sea individual o colectivo.

De nuevo, Eli es la que toma la palabra.

—Creo que deberíamos eliminar estas reuniones —sugiere con voz firme y rotunda.

Los otros cinco la observan fijamente, la mayoría sorprendidos, y también se miran entre ellos.

—Explícate —la insta Raúl, que ya sabía que su amiga saldría con algo así tarde o temprano.

—Pues... me parece que esto que hacemos estaba muy bien antes. A todos nos ayudaba, y también nos servía como excusa para reunirnos y estar juntos. Pero ahora... A mí por lo menos se me hace pesado reunirme dos veces por semana por obligación.

—No vengas, nadie te obliga —apunta Bruno, a quien no le ha gustado el tono que Eli ha utilizado para expresar su opinión.

—No creo que tú seas el más indicado para decir si tengo que venir o no. Eres el que ha faltado a más reuniones —se defiende la chica.

—Lo sé. Sólo te digo que, si ya no quieres estar con nosotros, puedes coger otro camino. Nadie te obliga a seguir aquí.

En ese instante, Elísabet busca con la mirada a Raúl

para que diga algo en su defensa. Éste comprende su gesto y habla:

—Vamos a ver, lo que dice Eli es que no hace falta que nos reunamos aquí dos veces por semana para seguir haciendo lo que hacemos. ¿No es así?

—Eso es. Nos vemos en clase, en los recreos, algunas veces después del instituto... Y ya somos mayorcitos para hacer este tipo de cosas. Parecemos *scouts*. Cada uno podría seguir ocupándose de su asignatura y pasarle el material a los demás, pero sin tener que reunirnos.

—Eso lo dices porque estás cansada de nosotros y sólo nos quieres para que te sigamos haciendo el trabajo.

—No, Bruno. No es eso.

—Pues yo creo que sí —insiste el chico—. Hace tiempo que vas a tu bola. Si sigues en el grupo es porque trabajas lo justo y sacas buenas notas. Pero principalmente continúas... porque está Raúl.

Las palabras del joven provocan que la tensión aumente.

—¡Eh, a mí no me metas en tus paranoias! —exclama el aludido.

—¿Paranoias? Dime que no es verdad. ¿O es que creéis que somos tontos y no nos hemos dado cuenta?

—En lo que a mí respecta, puede que sí lo crea —comenta Eli bastante alterada—. Raúl y yo somos amigos. Nada más.

—A saber qué hicisteis anoche en la discoteca.

—¡Divertirnos! Algo de lo que tú no tienes ni idea.

—Prefiero aburrirme que divertirme como lo haces tú.

La confrontación entre Elísabet y Bruno caldea demasiado el ambiente. Hacía tiempo que ambos no se llevaban tan bien como antes.

—Chicos, dejadlo ya —interviene Ester tratando de calmarlos.

Bruno, sin embargo, se levanta y mira fijamente a Elísabet. Ella hace lo mismo, aunque permanece sentada.

—No. Lo mejor es que Eli nos diga lo que piensa de mí y del resto.

—No tengo nada en contra de nadie, Bruno. No quieras ponerme en contra del grupo.

—Tú solita lo has conseguido, no me concedas ese mérito.

—No sé qué te he hecho para que me trates así. Simplemente he dicho que me parece que estas reuniones sobran.

—No sobraban cuando nadie hablaba contigo y sólo nos tenías a nosotros.

Esa afirmación deja sin palabras a Eli, que opta por volverse y mirar hacia otro lado. Se cruza de piernas y murmura algo entre dientes.

—¿Puedo decir algo? —pregunta María rompiendo el tenso silencio que se ha creado.

—Claro —responde Raúl.

—Gracias. —Observa primero a Bruno y luego a Elísabet antes de continuar—. No me gusta veros así. El Club de los Incomprendidos lo formaron cinco personas que se llevaban bien y a quienes nadie más hacía caso. Nosotros creamos este grupo para desconectar del mundo y pasar buenos momentos. Yo sigo disfrutando mucho de todos vosotros, aunque tengo que reconocer que las cosas han cambiado, porque todos hemos cambiado.

—Es normal que hayamos cambiado, Meri —añade Eli algo más tranquila.

—Sí. Es normal. Y debo reconocer que a mí hoy tampoco me apetecía venir a la reunión. Tú lo sabes, Bruno.

El chico asiente con la cabeza, se acomoda otra vez en su silla y recuerda para sí los motivos por los que su amiga no tenía ganas de asistir al encuentro. Es muy posible que

María se vaya pronto a Barcelona, a vivir con su padre. Ha pensado mucho en ello desde que se lo ha comentado, y cada vez le entristece más que pueda suceder algo así. Su amiga no les contará nada a los demás hasta que lo tenga confirmado al ciento por ciento.

—Vale, no soy yo sola quien está en contra de las reuniones.

—No he dicho eso, Eli —la corrige la pelirroja—. Pienso que las reuniones son buenas porque nos permiten seguir juntos. Si nos damos distancia, terminaremos rompiendo lo que une nuestra amistad. Y creo que, aunque todos hemos cambiado, unos más y otros menos, seguimos necesitándonos.

Una tímida sonrisa aparece en el rostro de María, que agacha la cabeza cuando concluye. Ester, que está a su lado, percibe su emoción.

—Meri tiene razón, chicos —añade ésta al tiempo que le da una palmadita en el hombro a su amiga—. Yo fui la última en incorporarme al Club, y no sé qué habría hecho sin vosotros. Me siento muy bien a vuestro lado y no quiero que las reuniones se terminen.

Un silencio sólo alterado por el ruido de platos y vasos de la cafetería se instala en la mesa que ocupan los seis chicos.

—Aunque yo fui el que tuvo la idea del club —comenta ahora Raúl—, comprendo a Eli. A mí también se me ha pasado por la cabeza lo que ella plantea. Pero me da miedo dejar esto, ya que durante mucho tiempo me ha servido de escape.

—Piensas como ella porque los dos estáis... juntos. ¿No? Es la voz de Bruno la que se oye.

—No estamos saliendo. Eli y yo no tenemos nada. Como ella ha dicho antes, sólo somos amigos. Como siempre.

—No es la impresión que da.

—La impresión que tú tengas no nos importa —interviene de nuevo Elísabet.

—Me parece que es algo que no pienso yo solo. ¿No es verdad?

El chico mira a Ester buscando su apoyo. En cambio, su amiga no se lo ofrece. Ella sabe que, en realidad, los que están juntos son Raúl y Valeria, pero no puede decir nada. María tampoco se moja. Anoche lo estuvieron hablando entre los tres, pero no es el mejor momento para seguir echándole leña al fuego. Así que el joven se queda solo en su opinión. Se siente molesto. Y más tras la nueva intervención de Eli:

—Pues parece que sí. Que sólo lo piensas tú —dice sonriente y satisfecha—. ¿Quieres que te repitamos más veces que sólo somos amigos?

El tono sarcástico que emplea la joven enfada un poco más a Bruno. Pero el chico se niega a seguir discutiendo solo con ella. Se cruza de brazos y se reclina en su asiento. Por él, la reunión ha terminado.

—Bueno, para no seguir discutiendo el asunto de las reuniones, ¿qué os parece si lo votamos? —propone Raúl—. ¿Nos seguimos reuniendo aquí los domingos y otro día más de la semana o cada uno se dedica a su asignatura y le pasa al resto lo que vaya haciendo de ella?

El otro chico no responde, pero las cuatro muchachas están de acuerdo con Raúl. Éste arranca una página de la libreta y la rompe en seis trozos más pequeños. Uno a uno, se van pasando el bolígrafo y escriben si quieren continuar o no con las reuniones obligatorias del club. Cuando acaban, lo doblan y se lo van entregando a Raúl, que agrupa todos los papelitos.

—Empiezo el recuento —dice una vez que tiene los

seis. Alcanza el primer papel, lo desenvuelve y lee la respuesta en voz alta—: Sí.

Pero el siguiente es no. Y el tercero. También el cuarto. El quinto dice que sí. Y el sexto... está en blanco.

—Por tres votos a dos quedan anuladas las reuniones obligatorias del Club de los Incomprendidos.

CAPÍTULO 38

Primer día del curso 2009-2010. A algunos les han comentado que tercero no será tan sencillo como segundo. Unos lo creen y otros no. Siempre que empieza un nuevo año de clases sucede lo mismo: las advertencias de compañeros mayores, padres y profesores sobre que hay que esforzarse mucho más para aprobarlo todo.

Elísabet y Valeria no están demasiado preocupadas por eso. Han llegado temprano para elegir sitio. No piensan ponerse en las primeras filas, como durante el curso anterior. Ya han escarmentado. Este año quieren estar más alejadas de los profesores, en la parte de atrás de la clase.

—¿Izquierda o derecha, nena?

—Mmm. No sé. ¿Izquierda?

—Vale.

Rápidamente, se dirigen hacia la última fila de la izquierda del aula de tercero B. Eli se coloca pegada a la pared, y Valeria en la mesa de al lado. Ésa será su ubicación para todo el año. Colocan las mochilas en el suelo y celebran haber escogido unos asientos tan buenos. Es el segundo curso al que van juntas. ¡Menuda alegría se llevaron cuando se enteraron! Segundo no estuvo nada mal. Sirvió para que se hicieran todavía más amigas. Compartieron grandes momentos. Aunque tuvieron que aguantar muchas estupideces y bromas de todo tipo sobre su sexualidad —les preguntaban si eran novias y cosas por el estilo—, ellas pasaban de las tonterías y disfrutaban de su gran amistad.

—¡Dios, no me lo puedo creer! ¡Nos ha tocado con las bolleras! —exclama un chaval rubio, con tupé, que acaba de entrar.

Éste, acompañado de dos amigos más, se dirige hacia la zona de la clase donde se han sentado Eli y Valeria. Son tres repetidores. Las chicas los ven acercarse y resoplan.

—Oye, estás más guapa este año, rubita —comenta el chico mientras apoya los codos sobre la mesa.

—Gra... gra... cias, Raimundo —tartamudea Valeria sonrojándose. En sólo un segundo, se ha puesto rojísima.

—Anda, ¿sabes mi nombre? ¡Soy famoso!

¿Quién no ha oído hablar de Raimundo Sánchez, el delegado de esa misma clase durante el curso pasado? Hasta entonces, en aquel instituto nunca había repetido curso un delegado. Pero es que este chico todo lo que tiene de fuerte y atractivo le falta de inteligencia y horas de estudio. Tampoco han conseguido pasar a cuarto ni Manu Díaz, el chico del pendiente que va con él, ni Rafa Treviño, uno de los tipos más desagradables de todo el centro, el perrito faldero de Rai.

—Bueno...

—Luego, si quieres, nos vamos al baño tú y yo...

—¿Qué quieres, tío? —lo interrumpe Elísabet desafiante—. Déjanos en paz.

—Tú, Granos, trátame con respeto y de usted, que te saco un año.

—Será en el DNI, porque lo que es mentalmente...

Los tres repetidores se miran entre ellos y se ríen a carcajadas. Sin embargo, la expresión de Raimundo cambia cuando se vuelve de nuevo hacia las dos amigas.

—Niñata, te advierto que si no te portas bien vas a sufrir mucho este año.

—No te tengo miedo, capullo.

—¿He oído bien? ¿Me has llamado capullo?

—Sí. ¿Es que además de un capullo eres sordo?

—¿Cómo te atreves? Tendrías que ponerte una careta para venir al instituto y hablar conmigo.

—¿Eso se te ha ocurrido a ti solo con la única neurona que te queda o te lo han soplado tus amiguitos macarras?

La insolencia de Eli enfada a Rai y a sus amigos. Éstos dialogan entre ellos en voz baja mientras las dos chicas se atrincheran detrás de sus mesas.

—Hemos decidido que queremos esos sitios —señala el rubio muy serio, amenazante—. Marchaos a otra parte de la clase. ¡Ya!

Valeria está muy alterada y ya no lo soporta más. Está muy asustada. Se siente intimidada por esos chicos a los que teme todo el instituto. No quiere problemas el primer día. Se levanta para dejar los asientos libres, pero la mano de Elísabet la detiene.

—No me da la gana —responde la joven, valiente—. Hemos llegado primero y vamos a quedarnos aquí.

—¿Qué dices, delgaducha?

—Lo que oyes. Éstos son nuestros sitios y no pensamos movernos.

—¿Nos estás haciendo frente, Granos? —pregunta el del pendiente al tiempo que da un paso adelante.

Y sin que las chicas lo esperen, se agacha y saca de debajo de la mesa la mochila de Valeria. Ésta se queda inmóvil, llorosa, mientras contempla como el tipo abre la cremallera y empieza a registrar sus cosas.

—¡Eh, tú! ¡Suelta la mochila de mi amiga! —grita Eli. Se levanta en seguida.

—Y si no ¿qué?

—¡Si no...!

No le salen las palabras. Muy enfadada, Elísabet abandona su asiento e intenta quitarle la mochila a Manu, pero éste la esquiva y se la pasa a Rafa, quien a su vez se la entrega a Raimundo.

—¿La quieres, Granos? ¿La quieres? —pregunta sonriente mientras la joven se dirige hacia él—. Pues ve a por ella.

El rubio lanza la mochila hacia el otro lado de la clase. Al estar abierta, todas las cosas de Valeria salen despedidas por los aires y se dispersan por el suelo del aula.

—¡Eres un gilipollas! —grita Eli, enrabietada.

Uno por uno, va recogiendo los objetos de su amiga, que, petrificada, es incapaz de moverse de su silla. Hasta que los repetidores le ordenan de nuevo que se levante. Valeria obedece y, en silencio, se aproxima a Eli, que continúa insultándolos. Las dos terminan de recuperarlo todo y buscan otro lugar en el que sentarse. Se deciden por la parte derecha del aula, en el extremo opuesto adonde ríen los que acaban de quedarse con sus asientos.

En ese instante, un chico alto y desgarbado entra en la clase acompañado del profesor de Matemáticas. El muchacho señala a las chicas y ambos acuden junto a ellas.

—Buenos días, jóvenes. Me alegro de encontrarme un año más con ustedes. Durante este curso seré su tutor —comenta prácticamente sin pestañear—. Este muchacho me ha dicho que las han molestado. ¿Serían tan amables de indicarme quiénes han sido los responsables de tal ofensa el primer día de clase?

Valeria y Elísabet se miran sorprendidas. Finalmente, las dos se vuelven hacia la esquina donde Raimundo y sus amigos siguen riéndose.

—Ésos —responde Eli al tiempo que los señala.

—Muchas gracias.

El profesor de Matemáticas camina hasta el trío de repetidores y, con firmeza y en su habitual tono de voz, les pide que lo acompañen. En un principio, Rai y sus secuaces no acceden, pero unas palabras que el hombre pronuncia en voz baja terminan convenciéndolos. Los cuatro salen de la clase rumbo al despacho del director.

Las dos amigas festejan entre ellas aquella intervención tan oportuna y recuperan su sitio. Mientras, el joven alto y desgarbado se sienta en la penúltima mesa del otro lado de la clase.

—Ese chico es al que se le murió el padre, ¿verdad? —le consulta Eli a Valeria en voz baja.

—Me parece que sí. Es un año mayor que nosotras.

—Pobrecillo.

—Sí. Me da un poco de pena. El año pasado, siempre que lo veía, estaba solo.

—Parece majo. ¿Le decimos que se siente aquí con nosotras?

—¡No! Ya sabes que hablar con chicos me da mucha vergüenza.

—Venga, nena. Algún día tendrás que quitarte ese trauma que tienes con los tíos... Espera.

Elísabet vuelve a levantarse y camina hasta donde está sentado el joven, que escribe algo en su cuaderno. Valeria va tras ella, moviendo la cabeza de un lado a otro.

—¡Hola! —grita Eli una vez delante de él—. Muchas gracias por... ayudarnos a mi amiga y a mí.

—De nada —responde tranquilo. Tiene una voz dulce y, aunque no es guapo, posee algo especial—. Cuando entré en la clase vi que esos tipos os estaban fastidiando, y entonces avisé al profesor de Matemáticas.

—Sí, son muy pesados.

—Lo sé.

El año anterior compartió con ellos varios meses de curso, hasta que dejó el instituto. La depresión que sufrió tras la muerte de su padre le impidió rendir en clase. Por eso prefirió dejar de ir. Aunque no perdió el tiempo. Durante ese período que pasó en su casa, estudió Inglés y Francés y escribió el guión de una película. Su sueño es llegar a convertirse en un gran director de cine algún día.

—¿Por qué no te sientas con nosotras?

El joven las observa extrañado. Nadie ha sido tan amable con él desde hace bastante tiempo. Parecen muy raras, pero también agradables. ¿Por qué no? Asiente sin dejar de sonreír. Recoge sus cosas y se traslada con ellas al extremo izquierdo del aula. Se sienta delante de Elísabet, en la penúltima mesa de la última fila.

—Me llamo Raúl.

—Yo soy Eli... y ella es Valeria.

El chico mira a la más bajita de las dos. Ésta se sonroja y sólo es capaz de saludarlo con la mano. Es más guapa que la otra, pero da la impresión de ser extremadamente tímida y vergonzosa. El chico no puede evitar sentir una gran simpatía hacia ella. Le gusta.

—Me alegro de conoceros.

—Igualmente.

Elísabet y Raúl dialogan entretenidos mientras Valeria escucha con atención lo que dicen su amiga y su nuevo compañero. Así pasan el rato hasta que suena la campana de la primera clase. El resto de los alumnos ocupan sus asientos. Todos excepto los tres repetidores que han acompañado al profesor de Matemáticas, que no volverán hasta dentro de una semana. Y una extraña pareja, formada por un chico bajito y una pelirroja con gafas, que llega dos minutos tarde. Ésta busca un lugar donde sentarse y mira hacia los asientos del fondo, donde reconoce, sorprendida, al joven que le dio su primer beso. Justo a su lado, quedan dos mesas libres.

CAPÍTULO 39

Le duele la cabeza. Demasiada tensión para un solo día. Ha sido un domingo completamente fuera de lo común. Se tumba boca arriba en la cama y estira los brazos. Cierra los ojos y suspira. No sabe si ha hecho lo correcto al votar que no quería continuar con las reuniones obligatorias del Club de los Incomprendidos.

En cierta manera, le da pena, pero así podrá pasar más tiempo a solas con Raúl y evitará momentos como los de esa tarde, en los que se hable de si Elísabet y él tienen algo entre ellos. Qué rabia le ha dado no poder gritar que en realidad la que tiene algo con él es ella. Además, si no se hacen reuniones, correrán menos peligro de que su madre, que es una buena observadora, descubra su relación. Tenerla allí, tan cerca, en la cafetería, no le ofrecía ninguna seguridad. Estaba convencida de que tarde o temprano encontraría o tropezaría con algo que la ayudara a descifrar que entre Raúl y su hija existía algo más que amistad. Si es que lo del chocolate con churros de la mañana no le había servido ya como pista definitiva.

Dos años de reuniones que hoy han puesto el punto y final. Quizá haya sido un poco egoísta por mirar sólo por ella misma. Pero ya no hay marcha atrás. La mayoría manda: tres votos negativos y uno en blanco, el de la pobre Ester, que por no fastidiar a nadie al final ha decidido no mojarse sin pensar que su abstención sería decisiva para que las reuniones no siguieran adelante. Imaginó que tanto Valeria como Raúl votarían en blanco o a favor de continuar. Sin embargo, estaba equivocada.

En cuanto se supo el resultado, no tardó en marcharse de la cafetería. Ni tan siquiera esperó a que sus amigos le explicaran lo que había visto cuando llegó. Con las lágrimas saltadas, antes de irse de Constanza, repetía una y otra vez que todo le salía mal hoy.

A Valeria las cosas le han salido bastante mejor, a pesar de que, en general, ha sido un día bastante extraño y de que sigue sintiéndose culpable por lo que ha pasado con el club.

Lo de Raúl parece un sueño, una película. Y ella es la protagonista, algo a lo que no está acostumbrada. Sus besos son increíbles. Mucho mejores de lo que había imaginado. Y, aunque Eli haya vuelto a intentarlo y la propia Valeria crea que su amiga no ha dicho la última palabra, el comportamiento del chico ha sido admirable. Puede y debe confiar al máximo en él.

Por otra parte, también ha vuelto a encontrarse con César. Todavía no sabe quién es realmente ese curioso y sorprendente joven de melenita castaña e ingenio prodigioso. Mientras ayudaba a su madre en la cafetería, una vez acabada la reunión, ha pensado mucho en su nuevo amigo. Buscaba cabos sueltos que le permitiesen encontrar algún error en sus historias. No obstante, por mucho que ha repasado todo lo que ha hablado con él entre ayer y hoy, no ha sido capaz de hallar ningún fallo. Deberá andarse con cuidado si se lo vuelve a encontrar, porque no puede mentir otra vez a Raúl. No está dispuesta a estropear lo que tanto tiempo ha tardado en conquistar.

De todas maneras, debería escribirle un mensaje a César... Se lo prometió.

Se levanta de la cama y coge su BlackBerry rosa. La examina y se da cuenta de que hay un mensaje de Ester que no había visto en el WhatsApp del grupo. Es de hace un par de minutos.

> Lo siento. Soy tonta, porque amo esas reuniones con vosotros. Espero que mi estúpido voto no signifique el final de nuestra amistad.

Valeria piensa que su amiga exagera, aunque la comprende. Ella es muy buena, incapaz de hacer daño a nadie. No quería ni que unos ni que otros se sintieran mal por un sí o un no suyo. Tal vez debería llamarla. Y no sólo para consolarla y asegurarle que la amistad de todos seguirá adelante, con o sin reuniones, sino también para explicarle lo que ha visto al entrar en Constanza. Debe asegurarse de que no le dice nada a nadie de lo que ha descubierto. Ya cuenta con su promesa, pero es mejor aclararle la situación.

Busca su número y la llama. Tarda dos bips en responder.

—Hola, Val.

Su voz surge entre lágrimas. Se la nota triste, muy afectada por lo que ha sucedido. Da la sensación de que se ha pasado un buen rato llorando y todavía no se ha recuperado.

—Hola, ¿cómo estás?

—Pues... me encuentro fatal —dice después de sorber por la nariz—. Soy estúpida.

—No eres estúpida.

—Sí que lo soy. ¿Por qué he votado en blanco? ¡Si me encantan las reuniones del club!

—Si te sirve de consuelo, a mí también me gustan y he votado que no. Así que soy más estúpida que tú.

Ester sorbe de nuevo por la nariz y respira hondo.

—No entiendo qué ha pasado.

—No le des más vueltas. Que no hagamos reuniones no quiere decir que dejemos de ser amigos. Simplemente significa que tendrás las tardes de los domingos libres y que podrás hacer otras cosas.

—Me gustaba ir los domingos por la tarde a tu cafetería. Lo echaré de menos.

—Puedes seguir yendo; mi madre estará encantada de seguir viéndote por allí.

Una leve risa al otro lado del teléfono. Ester le pide a Valeria que espere un segundo, se aparta del móvil y se suena con un pañuelo de papel.

—¿Por qué has votado que no, Val?

No es una pregunta sencilla. Puede que sí de responder, pero no de explicar.

—Si te soy sincera, no sé por qué he votado eso. Por un lado, me lo paso bien con vosotros y me encanta ser una incomprendida. Pero, por otro, nos estamos haciendo mayores, y eso de reunirnos de esa forma, como si fuéramos unos críos... Llevamos dos años así. Tal vez sea hora de cambiar.

—Ya, puede que tengas razón. Pero me da pena.

—A mí también me da pena. Aunque seamos amigos toda la vida, las reuniones no podían ser eternas.

—Sí, eso es verdad —reconoce Ester—. Lo comprendo. Pero pensaba que el que hubieras votado que no tenía algo que ver con Raúl.

—Claro que no —contesta inmediatamente. Instantes después, titubea—. Bueno, no lo sé, Ester. No hacer reuniones de grupo obligatorias tal vez me permita pasar más tiempo a solas con él.

Y evitar que esté con Elísabet. Pero prefiere omitir ese detalle.

—¿Desde cuándo estáis juntos?

—Desde... ayer.

—¿Desde ayer? ¡Madre mía!

—Lo sé, es una sorpresa. También para mí. Sigo sin creérmelo.

—¿Cómo fue? ¿Pasó anoche en la discoteca?

—Sí —afirma con timidez.

Valeria le cuenta lo que sucedió. Incluso lo de Elísabet. Y también lo de esta mañana, pero omite que luego Raúl ha estado en casa de su amiga y que ella ha vuelto a intentarlo; y el posterior ataque de ansiedad. Cuanto más habla de sí misma y de todo lo que le ha acontecido a lo largo de las últimas horas, más le parece que esté hablando de otra persona y no de ella. ¡Es una sensación tan extraña!

—Qué sorpresa. Y qué ilusión. Los dos merecéis ser felices. Espero que dure mucho tiempo.

—Yo también. Raúl me gusta mucho.

—Será una boda de incomprendidos. —Ríe arrugando la nariz—. ¡Qué emocionante!

—¡No corras tanto, que acabamos de empezar!

—Deja que me ilusione con esto, que después del día que llevo...

—No te martirices más por lo del voto en blanco, Ester. Nunca dejaremos de ser tus amigos.

—No es sólo por eso... —le aclara con un suspiro—. Mi equipo ha perdido el partido de voleibol contra las primeras, yo he jugado fatal... El entrenador me ha echado una bronca tremenda...

Está a punto de seguir hablando, pero decide callarse. Aún no está preparada para revelar su secreto. Además, Rodrigo no le ha escrito ni llamado en todo el día. No sabe si lo que tenía con él se ha terminado para siempre. De todo lo malo que hoy le ha sucedido, eso es, sin duda, lo peor.

—¡Bah! No le hagas caso a ese capullo.

—No sé si dejar el equipo.

—¿Qué? ¡Por supuesto que no lo vas a dejar! —exclama Valeria indignada—. No puedes venirte abajo porque ese tipejo te haya echado una bronca. El próximo partido seguro que lo haces genial y le cierras la boca.

—No sé.

El solo hecho de pensar en que volverá a verlo el martes le provoca tanto miedo que no está segura de si debe ir. ¿Y si pasa de ella y no le dirige la palabra? No lo soportaría.

—Sí que lo sabes. Te encanta el voleibol y no vas a dejar que nadie te impida seguir jugando.

—¿Y si continúo fallando?

—Pues sería normal. Yo no entiendo mucho de voleibol, pero hoy te he visto jugar y lo haces muy bien.

—Gracias, pero no he tenido un buen partido.

—Yo te he visto bien. Es normal que falles alguna.

—Ya lo sé. Pero es que últimamente me equivoco demasiado.

—Ésa no es la Ester que yo conozco. Estás muy negativa. Te metes mucha presión a ti misma, y seguro que tu entrenador tiene la culpa de eso. El deporte es para pasarlo bien y divertirse, no para amargarse por perder un partido.

También Ester cree eso, pero Rodrigo va más allá. Recuerda lo que le contó de su anterior novia: ésta lo dejó porque anteponía el deporte a todo lo demás. Con ella está volviendo a pasar. ¡Y para colmo es una de sus jugadoras!

Sigue doliéndole lo que pasó en el vestuario después del partido. Y siente escalofríos al pensar en su voz mientras le decía todas aquellas cosas.

—Gracias por intentar animarme, Val. Te haré caso —contesta poco convencida. De pronto le han vuelto las ganas de llorar, y no quiere que su amiga la oiga.

—Muy bien. Si necesitas algo...

—Lo mismo digo.

—Mañana nos vemos, Ester. Y no le digas a nadie lo mío con Raúl, por favor.

—No te preocupes. Mis labios están sellados. Hasta mañana.

—Muchas gracias. Adiós, guapa.

Y las dos, prácticamente al mismo tiempo, cuelgan sus smartphones.

Valeria, que ha estado caminando de un lado al otro de la habitación mientras hablaba con Ester, regresa a la cama. Se sienta sobre el colchón y mira la BB. Está segura de que su amiga cumplirá su palabra y no dirá nada. Si hay alguien de quien se puede fiar, es de Ester.

Resopla y estira el cuello moviéndolo lentamente a izquierda y derecha. Está cansada, pero sabe que le costará dormir. Mira hacia la ventana de su dormitorio y se queda pensativa unos minutos.

¿Qué estará haciendo él ahora? ¿Estará pensando en ella?

Se tumba en la cama y se tapa imaginando que sí, que Raúl está pensando en ella en ese instante. Se acurruca bajo las sábanas con la compañía de su inseparable Black-Berry de color rosa. Con los pulgares, desactiva el bloqueo de la pantalla y la examina por enésima vez ese domingo. No hay ninguna novedad. Cierra los ojos y vuelve a abrirlos en seguida. Insiste y comprueba que durante esos cinco segundos no ha llegado nada nuevo. Y, de repente, un pitido que le anuncia que tiene un mensaje. Casi no puede creérselo. ¿Es el destino? ¿O tal vez es maga y tiene poderes? Se incorpora y apoya la espalda contra la pared. Abre el SMS y lo lee.

Mira que me dijiste que me escribirías. Pero bueno, te lo perdono si me perdonas el haberte seguido hasta tu casa. Lo siento, pero tenía que asegurarme de que llegabas bien. Ahora ya sé dónde vives. Un beso de tu amigo el periodista.

Valeria da un brinco y vuelve a ponerse de pie. ¡César la ha seguido esta tarde hasta su casa!

Se toca el pelo, nerviosa, mientras relee el mensaje.

¿Y ahora? ¿Debe darle las gracias por cuidar de ella o llamar a la Policía?

Sea como sea, el joven tiene su correo electrónico y su móvil y ahora sabe dónde vive. Si está interesado en ella, lo está haciendo muy bien, pero si sus intenciones son otras... también.

CAPÍTULO 40

Estaba leyendo *El violín negro*, de Sandra Andrés Belenguer, cuando su hermana, jadeante, entró en su habitación. Gadea hizo que María se quitara el pijama y se vistiera de nuevo a toda velocidad. Tenían que salir de casa urgentemente.

—¿Por qué no me lo cuentas? —pregunta la pequeña mientras caminan por la Gran Vía.

—Porque es una sorpresa.

—No me gustan las sorpresas.

—Ésta te va a gustar.

—Ya veremos. Pero más te vale que sea así.

El aire las golpea de cara. Hoy sí que refresca un poco más que los días de atrás, así que a esas horas de la noche hace frío en el centro de Madrid. Menos mal que ha cogido un abrigo.

¿Qué se le habrá ocurrido a su hermana mayor?

No comprende nada. Por su cabeza pasan cientos de hipótesis que justifiquen el paseo inesperado: desde que Álex le haya pedido matrimonio y la quiera como testigo, a un regalo de cumpleaños adelantado. Aunque todavía queda bastante para ese día. Espera que no sea una broma. Tal vez, mientras ellas dos andan por ahí, su madre le esté preparando algo en casa. Pero ¿qué y por qué?

Las chicas continúan bajando por la Gran Vía. Dejan atrás los Juzgados y siguen en dirección a la calle de Alcalá. Sin embargo, Gadea se detiene de pronto delante de los ventanales de una cafetería que permanece abierta. Examina el rótulo de la entrada y sonríe satisfecha. Están frente al restaurante del hotel De las letras.

—Hemos llegado —anuncia mientras toma a María por el brazo—. Entremos.

—Espera. No daré un paso más hasta que me expliques qué hacemos aquí.

—¿No confías en mí?

—La confianza tiene un límite.

—Venga, Meri, no te hagas de rogar. Si te lo digo estropearé la sorpresa.

La pelirroja suspira y por fin accede a la petición de Gadea. Juntas, atraviesan una puerta giratoria y luego otra de cristal. El lugar es realmente elegante. Está lleno de mesitas de cristal iluminadas con velas. Los asientos son de diferentes clases: pequeñas butacas de colores, sillones de tres piezas, sillas de distintas formas y materiales... Todo está decorado con mucho gusto. Las dos suben por una escalera adornada con una alfombra roja hacia otro salón de características similares. María tiene la impresión de que su hermana está buscando a alguien.

—¿Está aquí Álex? —le pregunta tratando de anticiparse a la sorpresa.

—¿Qué? ¿Álex?

—Sí. Tu novio. ¿Has quedado con él aquí?

—¡No!

En el rostro de Gadea se dibuja una gran sonrisa. Le da un golpecito a María en el hombro y le pide que mire hacia donde ella le señala. La joven lo hace, muy extrañada.

Un hombre de unos cincuenta años está sentado, solo,

en una de las mesitas. Ernesto lleva chaqueta, pero no corbata. Aunque conserva bastante pelo, presenta unas entradas propias de su edad.

—¡Papá! —grita la pelirroja en cuanto lo ve. En seguida echa a correr hacia él.

El hombre se pone de pie y la recibe entre sus brazos con una sonrisa de oreja a oreja. Gadea llega a continuación, más tranquilamente pero igual de ilusionada que su hermana, y le da dos besos en las mejillas.

—¡Cómo me alegro de veros, pequeñas! —exclama Ernesto con lágrimas en los ojos.

Los tres viven unos segundos de gran emoción, hasta que el padre les pide a sus hijas que se sienten. Se saca un pañuelo blanco de tela del bolsillo y se seca los ojos. Luego recobra la compostura y también toma asiento en una pequeña butaca negra.

—¿Qué, te ha gustado la sorpresa? —le pregunta Gadea a su hermana, quien todavía está asimilando el gran momento. De todas las cosas que había imaginado, ninguna tenía que ver con su padre.

—Sí. Pero podrías haberme dicho que veníamos a un sitio elegante y me habría arreglado un poco más.

—Estás muy guapa así, hija.

—Papá, yo no soy guapa. Ni en vaqueros ni con un vestido de Nochevieja.

—Sí que lo eres. Las dos estáis preciosas.

Le da un beso en la mejilla a María y después otro a la mayor de las hermanas.

Un camarero se acerca a ellos y les pregunta si van a tomar algo. El hombre pide una cerveza y las chicas una Coca-Cola.

—Bueno, ¿qué haces en Madrid? ¿Y por qué Gadea lo sabía y yo no?

—Perdona, Meri. Cuando papá y yo hemos hablado por teléfono esta tarde, me ha pedido que no te dijese nada. Era una sorpresa.

—Llamé a tu hermana para decirle que estaba en la estación de tren y que tenía un billete para Madrid.

—Pero... ¿desde cuándo lo tenías planeado?

—Se me ha ocurrido después de hablar contigo al mediodía. Un arrebato —comenta Ernesto mientras juguetea con una servilleta de papel—. Necesitaba veros.

—¿Hasta cuándo te quedas?

—Hasta el martes. Me quedo en este hotel que está bastante bien.

El camarero regresa con las bebidas y las deja sobre la mesita de cristal junto a un platito con la cuenta.

—¿Y cómo te encuentras? ¡Nos tienes preocupadas! —exclama María al tiempo que alza su vaso.

—Pues... no demasiado bien. No os quiero engañar. Como ya sabéis, lo de vuestra tía me ha afectado mucho. Mi hermana me lo dio todo y era un gran apoyo para mí en Barcelona. Sin ella, siento como si me faltara algo.

—Sabemos que ha sido duro, papá —admite Gadea—. Pero la vida sigue.

—Ya lo sé. Y lo intento, pero estoy muy solo allí, y saber que os tengo tan lejos me deprime más. Si pudiera, volvería a Madrid, pero es imposible. Sería como empezar de cero de nuevo, y las cosas no están como para arriesgarse. Además, ya tengo una edad, y todo me va costando un poco más.

Su mirada transmite casi más que sus palabras. Las dos chicas se dan cuenta de que su padre no está bien. Oyéndolo, retroceden unos años en el tiempo, a cuando su madre y él se separaron y Ernesto decidió marcharse a Barcelona. Fue triste y duro para todos, pero sobre todo para él. Sin embargo, creyó que aquello era lo mejor que podía hacer en ese instante.

—Eres muy joven todavía. Tienes mucha vida por delante —comenta Gadea tras cogerle la mano.

—Tengo cuarenta y nueve años, pequeña. Ya veo más cerca el final que el principio.

—No digas eso, papá.

—Es la verdad, María. El tiempo pasa muy de prisa, y tarde o temprano todos nos hacemos viejos.

—Si tuvieras a tu lado una mujer que te cuidara y te quisiera, seguro que verías las cosas de otra manera —señala la hija mayor—. Pero una mujer buena, no como Montse.

—Montse era buena conmigo. También a ella la echo de menos.

A ninguna de sus hijas les caía bien la ex pareja de su padre. Así que, aunque él lo haya pasado mal tras su ruptura, se alegran de que no siga con ella.

—Seguro que estás a tiempo de encontrar a otra mujer que te quiera, papá.

—No sé. Ahora mismo no lo veo como una posibilidad.

—Porque estás muy negativo con todo —afirma María.

—Lo que estoy es muy solo.

Las dos hermanas se miran mientras Ernesto le da un gran trago a su cerveza. Aún no le han comentado a su padre lo que ellas han hablado durante el fin de semana.

—¿Qué tienes pensado hacer mañana? —pregunta Gadea cambiando el tema y el tono de la conversación.

—No lo sé. Vosotras tenéis clase, ¿no?

—Sí. Y yo no puedo faltar a la universidad. Tengo prácticas.

—Yo también tengo clase. Pero, si quieres, falto y paso la mañana contigo.

—No, no tienes que faltar al instituto.

—No pasa nada, papá. Todavía no hemos empezado con los exámenes. Por un día que no vaya...

—¿Seguro que no pasa nada?

—Segurísimo.

—Bueno, como tú quieras.

El hombre sonríe y le da las gracias a su hija con otro beso, en esta ocasión en la frente.

—Si quieres podemos quedar para desayunar y luego damos una vuelta por el centro.

—Claro. Genial. Será divertido.

—Yo me reuniré con vosotros al mediodía, y si quieres podemos comer los tres juntos —añade Gadea.

—Estupendo. Pero ¿no le molestará a vuestra madre que paséis tanto tiempo conmigo?

—No te preocupes. Mamá no dirá nada.

Cuando su hija mayor la advirtió de que su padre venía a Madrid, no le gustó demasiado la idea de que las dos salieran solas y tan tarde por el centro. Sin embargo, les dio permiso, porque comprendía que encontrarse con él después de tantas semanas era bueno para ellas. Aunque, si supiera que una de las dos tiene pensado marcharse a vivir con su ex marido durante unos meses, quizá su opinión sería diferente.

CAPÍTULO 41

Definitivamente, este domingo ha sido un mal día. Un muy mal día. Menos mal que ya se termina. No puede creerse que no vaya a haber más reuniones del Club de los Incomprendidos. En realidad, lo que más fastidia a Bruno de este asunto es que es posible que ahora pase menos tiempo con Ester. Si la chica ya no tiene la obligación de quedar con ellos, quizá conozca a otras personas, empiece a salir con ellas y se vaya alejando de su lado poco a poco. Lo pasaría mal si eso sucediera, ya que, aunque sabe que la posibilidad de que pase algo entre ellos es remota e inverosímil, todavía conserva la esperanza de que las cosas cambien.

Es curioso que hace unos meses fuera él el que no asistía a alguna de las reuniones para no encontrarse con su amiga. Prefería esconderse en su casa y no enfrentarse a sus sentimientos, ya que cada vez que la veía sufría porque su amor no era correspondido. Ahora por lo menos ha aprendido a vivir con ello, con las habituales subidas y bajadas de su estado de ánimo. Pero prefiere tenerla como amiga a no tenerla.

Para colmo, María está a punto de irse a vivir a Barcelona. Eso significaría que su mayor punto de apoyo desaparecería. Es su mejor amiga, su compañera de fatigas. El otro patito feo del grupo se alejaría demasiado. María ha estado ahí siempre que la ha necesitado y le ha pedido ayuda. Echará mucho de menos a la pelirroja si se marcha.

Hace unos minutos ha recibido un mensaje suyo en el que le decía que su padre estaba en Madrid y que mañana pasaría el día con él. Así que no la verá en el instituto ni después de las clases. Con el resto tampoco hay planes. No es que le apetezca mucho ver a los demás, salvo a Ester. Está enfadado con Valeria, Raúl y, especialmente, con Elísabet por su voto en contra de las reuniones obligatorias del Club. Si no les apetece que estén todos juntos y hagan las cosas como las han hecho siempre, sus motivos tendrán, pero eso indica que todo ha cambiado entre ellos, tal como ya imaginaba el propio Bruno. Es cierto que ya no son unos críos, pero ésa es sólo una excusa para empezar a dejar atrás lo que antes necesitaban tanto. Ésa es la impresión que tiene: que ahora que ya no son tan incomprendidos, los tres que han votado que no, empiezan a distanciarse y buscar otros caminos. Y, encima, han arrastrado a la pobre Ester, que por ser buena y no quedar mal con nadie ha elegido no pronunciarse y votar en blanco.

La ha visto muy mal cuando salía de Constanza. Le ha dado muchísima pena que se haya ido así. Le habría encantado animarla, pero después apenas ha podido hablar con ella. Le ha escrito un mensaje en el WhatsApp, pero no cree que haya servido de mucho. Le duele que lo pase mal, no merece sentirse responsable de la ruptura del grupo.

Mañana, intentará consolarla.

¿Y si la invita a ir a su casa por la tarde? A lo largo del año y pico que ha pasado desde que se conocieron nunca ha estado allí. Y ya que María pasará el día con su padre, es una buena ocasión para invitarla. Sus hermanos mayores llegan de la universidad por la noche, y los pequeños tienen actividades extraescolares. Además, su padre trabaja. Tan sólo estará su madre.

Se pone nervioso al imaginarse que los dos podrían estar juntos y a solas en su habitación. ¿Que suceda eso es algo bueno o malo?

Ya lo verá. Primero, Ester tiene que aceptar quedar con él. Y, si lo hace, Bruno intentará que se sienta cómoda. Al fin y al cabo, simplemente se trata de un encuentro entre dos amigos; porque eso es lo que son, buenos amigos. A no ser que a Cupido le dé por lanzar unas cuantas flechas con su nombre contra el corazón de Ester y se produzca un milagro.

Lo que Bruno no sabe es que las flechas de Cupido que se han clavado en el corazón de su amiga tienen otro nombre escrito. Y han provocado una herida difícil de sanar.

Después de llorar mucho, Ester se quedó dormida. Una pesadilla la ha despertado hace un buen rato y desde entonces no ha sido capaz de volver a conciliar el sueño. Desvelada, escucha música con los auriculares y sigue dándole vueltas al domingo que acaba de terminar. La conversación con Valeria no le ha servido de mucho. Al comienzo sí, pero cuando empezaron a hablar de Rodrigo... otra vez esa inmensa angustia que la martillea constantemente. Las horribles palabras de su entrenador en el vestuario, el olor a vainilla del botecito de perfume roto... La sensación que lleva dentro es insufrible.

Tampoco la han animado los mensajes de María y Bruno. Ellos son siempre muy amables con ella... Son dos amigos increíbles. Pero, aunque lo del voto en blanco la ha afectado bastante y se siente culpable, lo que de verdad le duele y le lleva doliendo desde que ha sucedido es lo que ha pasado con su entrenador.

El error no ha sido enamorarse, sino no pensar en las consecuencias. Y es que, cuando te enamoras, cabe la posibilidad de que te hagan daño. Era algo que sospechaba, pero hasta este momento no lo había vivido.

Apaga la música y se quita los auriculares. Se tapa y se destapa. Es imposible dormir, así que coge el portátil y busca en la carpeta «Series» el último capítulo de «Pequeñas mentirosas» que tiene descargado. Le encanta, es su favorita. Incluso se siente identificada con una de las protagonistas. Aria es una estudiante que está enamorada perdidamente de Ezra, uno de sus profesores. Los dos comienzan una relación en secreto, a espaldas de los padres de la alumna. Hacen muy buena pareja y Ester espera que al final de la serie ambos terminen juntos.

El capítulo está muy interesante. «A» no deja de extorsionar a las cuatro chicas con todo tipo de mensajes. Ester permanece expectante, casi sin pestañear, delante de la pantalla del ordenador. Sin embargo, tras una escena de amor entre Aria y Ezra en la que los dos se besan en el coche del profesor, se ve obligada a pulsar el *stop*. Demasiados recuerdos que se vuelven insoportables.

¿Por qué no la llama?

Seguirá enfadado por lo del partido. Pero ella no aguanta más su silencio. ¿Es que no siente ni un mínimo de compasión?

Necesita escucharlo. Si no lo necesitara tanto, no estaría delante de su teléfono con el número de Rodrigo en la pantalla. Sabe que es un error darle a la tecla de llamada. Un tremendo error. Pero... lo hace.

No recuerda haber estado tan nerviosa en toda su vida. Tiene la tentación de colgar y olvidarse de todo bajo las mantas. Si no necesitara tanto oír su voz... Transcurre un siglo, o eso le parece, hasta que oye el tono que indica que ya no hay marcha atrás. Está llamando. Al otro lado, descuelgan rápidamente y se oye la voz masculina con la que tantas veces ha soñado desde hace unas semanas:

«Hola, éste es el contestador automático de Rodrigo. Si quieres o necesitas algo, puedes decírmelo cuando suene esa señal tan ridícula que trae el aparato. Creo que tienes un minuto. Muchas gracias y, en cuanto pueda, te llamo.»

Y suena un pitido que a Ester le parece aún más ridículo que lo que el joven comentaba. Casi tan ridículo como se siente ella ahora. Al principio no dice nada. No sabe qué decir. Pero varios segundos después de la señal, saca fuerzas de flaqueza y habla.

—Hola. Soy yo. Me preguntaba por qué no me llamas ni me escribes. Tal vez no sea tan importante para ti como... como tú lo eres para mí. Soy sólo una niña, ¿verdad? Siento lo del partido. Hoy he jugado muy mal. Y siento que te hayas enfadado conmigo. Desearía que no hubiera pasado ninguna de las dos cosas, porque ahora estaría... contenta, sonriendo... oliendo a vainilla... y... a lo mejor... hablando contigo, no con un cacharro estúpido que no me dice lo guapa que estoy... ni me riñe por salir con mis amigos de noche. Seguro que no lloraría... de rabia o de... tristeza..., sino de felicidad. Pero las cosas son como son, no como quieres que sean... Soy tonta. Lo sé. Pero... llámame, por favor. Necesito es...

Un nuevo pitido anuncia que la llamada ha terminado.

—¡La una! —escribe Eli en su MSN tras darse cuenta de la hora que es.

—Sí que se ha hecho tarde.

Los dos llevan más de dos horas hablando, aunque

hace un rato que sólo se ven, han quitado el sonido para no molestar a sus respectivas familias. La chica no ha parado de darle las gracias a Raúl por todo lo que ha hecho hoy por ella, y también le ha pedido disculpas. Lo de lanzársele al cuello no volverá a pasar. Se lo ha prometido mirando directamente a la *cam* de su ordenador.

—Es que contigo se me pasa el tiempo volando.

Elísabet sonríe, tímida y sincera. Ahora entiende que se ha equivocado en la forma de hacer las cosas con él. No debería haber ido tan de prisa.

—Hay que irse a dormir, que mañana nos espera un duro día de clases.

—Uff. No me lo recuerdes.

—A las ocho y media allí.

—¡Te he dicho que no me lo recuerdes!

—¡Claro que te lo recuerdo! No vaya a ser que te duermas y faltes a Lengua, que es tu asignatura.

Los dos sonríen. Ha sido una conversación agradable e inesperada. Ninguno de los dos iba a conectarse al Messenger esa noche. Apenas lo usan ya. Ambos prefieren las redes sociales o el WhatsApp para hablar entre ellos. Sin embargo, prácticamente al mismo tiempo, entraron por casualidad y empezaron a dialogar sobre lo que había pasado por la tarde en la cafetería. Luego se pusieron la *cam* y llegaron las risas, las bromas y todo lo demás.

—¿Quieres que vayamos juntos al instituto? ¿Paso a recogerte? —pregunta Eli tras programar la alarma del teléfono a las siete y media.

—Eh...

—¿No quieres?

—No es eso.

La expresión de Raúl lo dice todo. Y Elísabet se da cuenta en seguida. La joven sonríe como si no hubiese pasado nada y se levanta de la silla de la que apenas se ha movido desde antes de las once.

—¡Anda! ¡Si no puedo! Acabo de recordar que ya había quedado con mi padre para que me llevase en coche —miente. Y se le nota mucho, además—. Nos vemos en el insti a las ocho y veintimuchos, entonces.

—Vale.

—Buenas noches, Raúl. Hasta mañana.

Sin que al joven le dé tiempo a responder, su amiga apaga la cámara y finaliza la sesión de su MSN.

Eli se ha dado mucha prisa en marcharse. Eso es que se ha molestado porque no le ha dicho que sí. Raúl lo lamenta, porque se lo ha pasado muy bien hablando con ella esta noche. Hacía mucho tiempo que no veía a esa Elísabet tan natural y divertida. A la que conoció cuando todos se metían con sus granos y su falta de feminidad.

Le habría gustado que lo recogiese para ir al instituto, pero ya tenía algo previsto. Otros planes. Aunque ya no está seguro de si debe pasarse por casa de Valeria.

Mientras hablaba con Eli por el Messenger, ha recibido un mensaje de ella.

Me voy a la cama pensando en lo increíbles que han sido las últimas 24 horas contigo. Gracias por hacerme feliz. Un beso.

En ese instante, se sintió un poco culpable por estar tan a gusto hablando con una chica que no era ella. Aunque se tratase de Elísabet, su mejor amiga. Él también ha disfrutado mucho de esas últimas horas y desea volver a verla, besarla y abrazarla cuanto antes. Así que mintió a Eli sobre el contenido y el emisor del mensaje, pues la joven se había percatado, gracias a la *cam*, de que había recibido un men-

saje en su BlackBerry negra, y unos minutos después, pre-
textando que iba al baño, salió del plano de la cámara y
respondió a Valeria.

> Para mí también ha sido especial. Mañana, si quieres,
> desayunamos juntos otra vez. ¿Me paso por tu casa a las
> ocho? Si tu madre está a esa hora, avísame con un Whats-
> App. Un beso y que descanses, preciosa.

Raúl apaga el ordenador. Cansado, se tumba sobre la
cama. Se quita los calcetines y atrapa con fuerza la almohada. Necesita dormir.

Es extraño que haya sido Elísabet la última persona a la
que ha visto hoy. También es la última de la que se ha despedido y la última a la que ha sonreído pese a que la amistad entre ambos parecía perdida anoche, cuando ella se
marchó en aquel taxi.

Se alegra de que no haya sido así. Aunque, por otra parte, tiene miedo a cómo reaccionará el día que se entere de
lo de Valeria.

De momento, es mejor guardar el secreto y no contarle
nada. Aunque hay secretos que, por mucho que uno se esfuerce en esconderlos, salen a la luz cuando menos te lo
esperas. Y pronto lo va a comprobar.

CAPÍTULO 42

Las cuatro y media de la madrugada y tiene los ojos abiertos como platos. Demasiadas preocupaciones como para poder dormir. Bosteza mientras se dirige hacia la mesa donde tiene el portátil. Se sienta y lo enciende. Mientras se inicia la sesión, conecta los auriculares y gradúa el volumen. Le apetece escuchar algo de música.

El Windows Vista tarda un poco en cargarse, pero por fin está listo. Entra en la carpeta donde tiene las canciones y rastrea hasta encontrar un tema adecuado para la ocasión: *Perfect two*, de Auburn.

Ahora ya puede empezar a escribir:

SI NO TUVIERA...

Si no tuviera una cadena que limita mis movimientos, podría alcanzar el sueño de amar. De cogerte de la mano sin miedo y recorrer contigo el mundo sin que nadie nos moleste. De perderme en tus ojos y decirte que te quiero, que no puedo pasar ni un día sin ti.

Si no tuviera pánico a escuchar tu respuesta, sería capaz de gritar en nuestros silencios que te amo. De saltar la barrera que nos separa, que condiciona todo lo que siento por ti. Me impondría a cualquier adversidad si supiera que tu corazón dice lo mismo que el mío.

Si no tuviera razón al creer que lo nuestro no es que sea imposible, es que solamente es imposible, pensaría que dos más dos pueden ser cinco y que los globos también vuelan sin helio. Que las gaviotas saben vivir lejos del mar y que las nubes lloran porque no las dejan ver el sol.

Si no tuviera un secreto en el que me dedicara a esconder lo que siento, escribiría en tus sábanas mi pensamiento. Anotaría cada dictado en tus labios e imaginaría que cada beso es el mejor que has dado nunca. Dibujaría una línea infinita en tu espalda que hiciera que me perdiera en lo más profundo de tu horizonte.

Si no tuviera tantas ganas de quererte, abandonaría esa idea en un instante. Derrocharía mis lágrimas en intrascendentales historias de mi estúpido día a día. Buscaría un armario del que sacar toda la ropa que nunca me pongo. En realidad, moriría si ya no me quedaran ganas de quererte.

Cuando termina, pulsa el *Enter* y entra en la página de su blog: <http://tengo1secreto.blogspot.com.es/2012/03/si-no-tuviera.html>. Relee lo que ha escrito y suspira. Si no tuviera...

Pero tiene. Tiene muchas cosas que no puede cambiar. Sentimientos contradictorios. Sensaciones imposibles de apagar y alguna que todavía no ha conseguido descifrar por completo. Constantemente, escala un muro cuyo final sabe que está muy lejos.

Al menos delante del ordenador se desahoga. Es lo único que le queda y lo único que la ayuda a vivir en su secreto.

LUNES

CAPÍTULO 43

Son casi las ocho de la mañana. Su madre se ha marchado hace un rato y ahora espera impaciente a que suene el telefonillo de su casa. ¡Está deseando ver a Raúl! Anoche se fue a la cama pensando en él; se desveló de madrugada y seguía pensando en él; y se ha levantado nerviosa pensando en él. Debe de estar al llegar. Han quedado para desayunar juntos. ¡Otra vez! Así da gusto empezar la semana. Con lo que Valeria odia los lunes, éste tiene muy buena pinta. Aunque en esta ocasión no habrá chocolate con churros.

Dos minutos antes de las ocho, llaman al timbre. Ilusionada, corre hacia ella y observa al visitante a través de la mirilla. ¡Es Raúl! Abre a toda velocidad.

—¡Buenos días, princesa! —exclama él sonriente.

—Buenos días.

La chica se lanza a sus brazos y lo besa en los labios. Dando pequeños pasos, entran en la casa abrazados. Se repiten todas las sensaciones del día anterior. Es increíble tenerlo de nuevo tan cerca, saborear su boca. Valeria nunca se cansaría de ello, aunque tuviera que levantarse a las siete de la mañana todos los días de su vida.

—¿Quién te ha abierto la puerta de la entrada? —pregunta la chica mientras lo lleva de la mano hacia la cocina.

—Una vecina. Muy mona, por cierto.

—¿Una vecina mona? Será la del segundo B.

—Pues es muy guapa. ¿Sois amigas?

—No. Ella va a la universidad. Apenas hemos hablado un par de veces.

—¿Cómo se llama?

—Ángela.

—Mmm. Ángela... bonito nombre.

—Sí, ¿verdad? No vas a ponerme celosa, si es lo que pretendes —dice con seguridad—. Bueno, vale, me he puesto celosa.

El joven ríe y, antes de entrar en la cocina, la agarra por la cintura y vuelve a besarla. Valeria cierra los ojos y contiene la respiración. Qué bien sabe. Definitivamente, nunca se cansaría de aquello.

—¿Todo esto es para nosotros?

Raúl se queda asombrado ante lo que Valeria ha preparado para desayunar: zumos, cruasanes, tostadas, café, magdalenas, galletas y varias piezas de fruta.

—¡Claro! ¿No dicen que el desayuno es la comida más importante del día?

—La más importante sí, pero no la única.

—Tonto. ¡Tampoco es tanto!

—Es lo que yo desayunaría durante todo un mes.

—Eres un exagerado.

—¿Exagerado? ¡Mira toda esta comida!

—¡Te repito que el desayuno es la comida que nos da energía para el resto del día! ¡Es muy importante!

—Tendría que haber traído a mis hermanas para que nos ayudaran. —Y suelta una carcajada ante la mirada de mal humor de Valeria—. Además, sólo tenemos quince minutos. ¿O no recuerdas que entramos a las ocho y media?

—No te quejes más y ayúdame a llevar esto al comedor.

Cada uno coge una de las bandejas en las que la chica

lo ha colocado todo, y salen de la cocina cargados con ellas. Las dejan sobre la mesa en la que desayunaron la otra vez y se sientan en el sofá.

—No sé por dónde empezar —comenta Raúl, que no puede evitar sonreír continuamente.

—¿Qué tal con el zumo de melocotón?

—¿Está bu...?

Pero, sin permitirle acabar la pregunta, Valeria, que acaba de servirse zumo de melocotón en un vaso y de darle un sorbo, lo besa una vez más.

—¿Te gusta?

—Mucho. Es el mejor que he probado nunca.

—Me alegro de que haya tenido éxito.

Los dos sonríen y continúan desayunando entre besos y bromas. Hasta que el timbre de la puerta vuelve a sonar. Los chicos se miran entre ellos.

—¿Esperas a alguien?

—No.

Valeria se pone de pie y se dirige a la entrada de la casa. Camina lentamente, sin hacer ruido. Se acerca a la mirilla de la puerta y, a través del pequeño cristal, ve a Elísabet. Corriendo, avisa a Raúl.

—¿Vas a abrir? —le pregunta él en voz baja.

—Claro, ¿qué voy a hacer?

El timbre suena de nuevo.

—Ya se irá.

—Si no abro sospechará algo.

—¡Qué va a sospechar! Le dices que ya te habías ido a clase.

—Ella llegará antes y no me verá allí. Además, ¿y si por casualidad nos encontramos por el camino?

Tercera vez que suena el timbre. Parece impaciente.

—Está bien. Me escondo en la cocina.

—Vale, pero llévate esto —ruega Valeria mientras señala el desayuno.

El joven se inclina sobre la mesita y, con muchas dificultades, a pulso, coge una bandeja con cada mano y se va corriendo a la cocina. Allí, se encierra y escucha pegado a la puerta.

Mientras, Valeria abre la puerta. Eli entra en el piso nerviosa, atropellada. Ni siquiera le da dos besos ni los buenos días.

—Qué majo tu vecino.

—¿Qué vecino?

—Uno moreno, con pendientes; muy, muy, muy guapo. Ha sido él quien me ha abierto abajo.

Debe de tratarse de Julio, el hermano de Ángela. Es modelo. Y también gay. Pero Valeria no quiere desilusionar a su amiga.

—Ya te lo presentaré.

—Vale... —contesta Eli. Sin embargo, no parece estar demasiado feliz por ello—. Sí que has tardado, estaba a punto de irme.

—Lo siento. Es que... estaba peinándome.

Elísabet observa detenidamente el pelo de su amiga. Da la impresión de que Valeria hubiera estado haciendo justo lo contrario.

—Pues no se nota. Lo tienes muy... alborotado.

—Porque, como te he dicho, estaba peinándome. ¡Aún no había terminado!

—Bueno. También se lleva así. —Eli se sienta en el sofá del salón. Lleva una mochila, que parece terriblemente pesada, colgada a la espalda—. Nena, estoy muy liada.

Valeria suspira. Se terminó el desayuno romántico, el paseo hasta el instituto con Raúl y todo lo demás. Se sienta a su lado y se pasa la mano por la cabeza para tratar de alisarse un poco el cabello. Los achuchones y los besos del que está encerrado en la cocina le han pasado factura a su peinado.

—Cuéntame, ¿qué te pasa?

—Raúl —dice muy seria—. Eso es lo que me pasa.

—¿Raúl? ¿Qué te ha hecho?

—Nada. Pero... estoy confusa.

—¿En qué sentido?

—No me lo quito de la cabeza. Además...

—¿Me dejas que vaya un momento a la cocina? —la interrumpe después de comprobar que son las ocho y cuarto—. Me lo cuentas de camino al instituto. Si no, llegaremos tarde.

—Vale. Te espero aquí.

Una sonrisa forzada y Valeria corre hacia el escondite de Raúl. Abre la puerta y le da un rápido beso en los labios.

—Me voy con ella —le dice hablando muy de prisa y en voz muy baja, casi inaudible para los oídos del chico.

—¿Te vas?

—Sí, tengo que hacerlo.

—Vaya.

—Cuando pasen un par de minutos, sales del piso y cierras la puerta.

—Claro, no voy a dejarla abierta —repone él, irónico, alzando un poco la voz.

—Shhhh. No hables más. A ver si se va a enterar de que estás aquí y la tenemos.

—Shhhh.

—Adiós. Nos vemos luego.

Otro beso. Y otro, el último antes de abandonar la cocina. ¡Dios, le encanta! Pero están corriendo un riesgo demasiado grande. Si Eli descubriese que Raúl está allí, no cabe duda de que los tres aparecerían al día siguiente en las páginas de sucesos de cualquier periódico. Tras despedirse del joven, camina de prisa hacia su dormitorio. Coge las cosas del instituto y regresa al salón, donde Eli ya se ha puesto en pie. No hay indicios de que sospeche o haya oído algo. ¡Menos mal!

—Sigues despeinada.

—Bueno, llevo un cepillo en la mochila, ya lo solucionaré en el instituto —apunta Valeria resoplando—. ¿Nos vamos?

—Sí.

Las dos amigas salen del piso. Hace una mañana soleada; algo fría, pero no se está mal en la calle. Valeria piensa en que ahora mismo podría ir caminando junto a él, dándole besos furtivos en las esquinas o detrás de los árboles que encontrasen en el camino. Lástima que Elísabet haya aparecido de repente. Le toca hacer de confesionario.

—A ver, dime, qué te pasa. ¿Por qué estás tan confusa?

—Es que... Ayer por la noche estuve hablando con él y... No sé, me lo pasé muy bien. Y creo que Raúl también.

—¿Hablaste con él? ¿Cuándo?

—En el MSN. ¡Nos pasamos más de dos horas con la *cam* puesta!

Aquello afecta a Valeria. Mucho. Experimenta una sensación muy extraña en ese instante. No se esperaba que Eli le dijese algo así, ni que Raúl hubiera hablado con ella anoche, después de la reunión de los incomprendidos.

—¿Más de dos horas?

—Sí. Hasta la una. Fue... bonito. Nos reímos mucho y lo pasamos bien recordando cosas del pasado.

—Ya.

—Pero, cuando nos despedimos, le pregunté si quería que hoy lo recogiese para ir al instituto y, aunque no me lo dijo directamente, me dio a entender que no. Entonces yo

292

me inventé que no recordaba que había quedado con mi padre para que me llevara en coche.

—¿Y dónde está tu padre?

—¿No me escuchas? ¡Me lo inventé para no hacerlo sentir mal y para no sentirme mal yo porque volviera a rechazarme!

—Ah.

—El caso es que no quería venir conmigo. Y no sé el motivo.

—¿No lo sabes?

—No —responde Eli muy rotunda—. Pero tengo tres teorías: una, que realmente no podía por cualquier motivo. No sé... por cualquier cosa; dos, que no quiera darme esperanzas de que en algún momento pueda haber algo entre ambos y por eso no quede conmigo a solas para ir al instituto. Para no hacerme daño.

Elísabet hace una pausa. Respira y busca las palabras para explicar su última teoría.

—Y hay una tercera, ¿no?

—Sí. Que sienta algo por mí y no quiera implicarse más en la historia.

—¿Cómo?

—Muy sencillo, nena. Después de todo lo que ha pasado durante este fin de semana, descubre que realmente le gusto, pero no quiere acercarse mucho a mí por temor a... ¡Yo qué sé! Al compromiso, a que ahora sea yo la que le diga que no... O puede que simplemente siga teniendo dudas de que él y yo podamos formar una pareja de verdad.

Valeria se peina y repeina con las manos. Se está poniendo muy nerviosa. ¿Tendrá razón su amiga y estará también Raúl confuso en cuanto a sus sentimientos? No. Eso no tiene sentido. Ningún sentido. ¡Si acaba de desayunar con él en su casa!

—No sé, Eli. ¿Tú crees que...?

—¡Es que esta tercera posibilidad sería la más lógica! —grita la joven exaltada—. Tendrías que leer la conversación de anoche en el MSN. Parecíamos novios o algo así.

Sí, tendría que leerla. Y después buscar el número de algún sicario que quisiera hacer un trabajito. ¿Cómo pudo estar dos horas hablando con Elísabet y con la *cam* puesta en lugar de estar pensando en ella? Y, para colmo, no ha tenido la decencia de contarle nada. ¿Estará jugando a dos bandas?

A Valeria empieza a preocuparle mucho el asunto. Su amiga haría mejor pareja que ella con Raúl. En todos los sentidos. Y, si Eli sigue insistiendo, existe la posibilidad de que el chico cambie su decisión.

—Nena, ¿por qué te has quedado tan callada? ¿Qué piensas del tema? ¿Crees que todavía puedo tener esperanzas con Raúl?

—La verdad es que...

—Ya las había perdido. Pero creo que haciendo las cosas bien podría conseguir una oportunidad.

Las chicas llegan al instituto. Valeria le dice a su amiga que va al baño a arreglarse el pelo. Delante del espejo, con el cepillo en la mano, se da cuenta de que le cuesta mucho sonreír. Toda la felicidad que la inundaba cuando se despertó por la mañana se ha esfumado. Necesita hablar con él y que le aclare las cosas.

Aunque no está segura de que ni siquiera el propio Raúl las tenga claras.

CAPÍTULO 44

—Aquí es donde vengo con mis amigos —dice María cuando su padre y ella se encuentran delante de la cafetería Constanza.

Tal vez debería haber usado el pretérito, «venía», pero aún no ha asimilado que no habrá más reuniones del Club de los Incomprendidos. Para ella, es algo que sigue perteneciendo al presente, aunque en realidad ya forme parte del pasado.

—Me gusta.

—La dueña es la madre de Valeria. ¿Te acuerdas de ella? La viste una vez hace dos veranos, cuando viniste a Madrid con... Montse.

El hombre trata de recordar, pero en ese instante no cae, así que mueve la cabeza negativamente. Sin embargo, cuando entran en el establecimiento, en seguida reconoce a Mara. Le causó una gran impresión cuando la vio. Es una mujer rubia, delgada, con los ojos claros.

—Ya sé quién es —le comenta en voz baja a su hija mientras se sientan en una de las mesas que están libres.

—¿Ah, sí?

—Sí. Fue a recoger a tu amiga el día que estuvisteis en el parque de atracciones, ¿verdad?

—Eso es. Exactamente.

—No ha cambiado nada.

—Papá, no ha pasado ni un año y medio desde aquel día.

—Ya. Pero yo tengo la impresión de que ocurrió hace mucho.

La mujer se acerca a la mesa en la que padre e hija conversan. Cuando la ven, ambos dejan de hablar y reciben a Mara poniéndose de pie.

—¡Hola! ¡Cuánto tiempo! —exclama ella, que también reconoce a Ernesto.

Le da dos besos y otros dos a María, algo que nunca hace cuando va allí con el grupo. La chica, extrañada, vuelve a sentarse y observa atenta la conversación entre la madre de Valeria y su padre.

—Pues sí, mucho.

—¿Estás de vacaciones en Madrid?

—No... Bueno, más o menos. He pedido un par de días en el trabajo para venir a visitar a mis hijas. Hacía mucho que no las veía.

—¡Ah! ¡Genial!

—Pero ya me voy mañana.

Un grupo de cinco personas, clientes que trabajan por la zona y que son habituales de la cafetería, entran en Constanza y saludan a Mara. Detrás de ellos, aparece una pareja de ancianas que también suele frecuentar la cafetería por las mañanas.

—Perdonadme, tengo que seguir. Se me acumula faena. ¿Qué queréis tomar? Invita la casa.

—No, no hace falta.

—Que sí, hombre. María es como una hermana para mi hija. Y a ti hace mucho que no te veo. Insisto en invitaros.

La joven pelirroja oculta su sorpresa tras una sonrisa discreta. ¿Que hace mucho que no lo ve? ¡Sólo han coincidido una vez en su vida! Y a Valeria la quiere mucho, es una gran amiga, pero eso de hermana... Mara ha exagerado un poquito.

—Bien. No discutiré contigo, entonces. Para mí un café con leche y un cruasán.

—Yo un Cola Cao y otro cruasán —añade Meri.

—¡Estupendo! Ahora mismo os lo traigo.

La mujer se dirige hacia la barra de la cafetería a toda prisa. Si no fuera porque son su padre y Mara, la joven diría que los dos adultos han flirteado. ¿Han ligado el uno con el otro delante de ella? No es normal. Y menos la mirada que él le ha dedicado a Mara cuando se ha marchado. ¡No ha apartado la vista de su culo!

—Qué mujer más guapa. Se conserva muy bien —apunta Ernesto sonriente.

—Esto... Es la madre de mi amiga, papá.

—¿Y qué? ¿Qué tiene que ver eso con que sea atractiva o no?

Cómo son los hombres. En el fondo todos son iguales. ¡Incluido su padre! Ayer estaba hundido; hoy ve un trasero bonito y se le olvida todo.

—Dejémoslo. ¿Has dormido bien esta noche?

—Regular. El colchón es demasiado blando y hacía bastante calor en la habitación.

—¿Comprobaste si tenías la calefacción encendida? Suele pasar.

—No. No sé dónde se mira eso. Abrí la ventana y he dormido con ella abierta.

María se da una palmada en la frente con la mano. Este hombre no tiene remedio.

—¿Y de ánimo cómo estás?

—Bueno, mejor después de haberos visto.

—Me alegro.

—Pero mañana volveré a irme y... no sé. Es difícil alejarse de vosotras. Estáis tan mayores y tan guapas...

—Será Gadea...

—Pequeña, no te infravalores. Tienes los genes de tu madre, y ella es la mujer más hermosa que he conocido nunca.

—Todos esos genes de los que hablas se los quedó mi hermana. Yo he salido a ti —bromea.

Ernesto ríe y estira el brazo para cogerle la mano a su hija.

—Todavía eres una niña, María. Y puede que las chicas de tu edad estén más... avanzadas que tú. Pero llegará tu momento. No tengo ninguna duda. Ya lo verás.

Le resulta muy raro que su padre le hable de esas cosas. Nunca lo ha hecho. Jamás han tenido una conversación sobre sexo, sobre los cambios de su cuerpo o sobre chicos. Ni tan siquiera han hablado acerca de otros temas más sencillos, como qué le gusta hacer o con qué se divierte. Y, por supuesto, Ernesto nunca ha considerado que María pudiera estar enamorada de alguien. Y no es que la joven se sienta incómoda con la charla, pero tampoco quiere adentrarse demasiado en ciertos asuntos.

La madre de Valeria regresa con una bandeja con sus desayunos, y le echa una mano a la chica:

—Aquí tenéis —dice mientras lo coloca todo sobre la mesa.

—Muchas gracias, Mara.

—De nada. Si necesitáis algo... llamadme. Espero que os guste.

—Seguro que sí.

—Que aproveche.

—Gracias de nuevo.

Ambos intercambian sonrisas antes de que la mujer vuelva a la barra de la cafetería.

—Papá —interviene Meri al tiempo que alcanza el sobre del Cola Cao—, ¿estás ligando con la madre de Valeria?

—¿Qué? ¿Ligando? No. ¡Claro que no!

—Pues tengo la impresión de que...

—Yo ya soy un cincuentón. Pronto me haréis abuelo. Hace miles de años que no ligo. Ni me acuerdo de la última vez que le tiré los tejos a una mujer.

—¿Y Montse?

—Montse me ligó a mí. No pude resistirme.

Otra palmada en la frente. Sin embargo, ahora la pelirroja sonríe. Echa el polvo de cacao en la leche y lo revuelve con una cuchara. Debe reconocerlo: el comentario ha tenido su gracia.

Los dos hablan poco durante los minutos posteriores, están entretenidos con los cruasanes. A lo largo de ese tiempo, María se debate entre contarle a su padre lo que su hermana y ella volvieron a discutir anoche cuando llegaron a casa o callárselo. ¿Debe irse alguna de las dos a vivir con él a Barcelona?

La hermana mayor lo tiene claro, pero ella...

—Papá, ¿de verdad que en Barcelona te encuentras tan mal?

El hombre le da el último sorbo a su café y mira muy serio a su hija pequeña.

—Ya sabes que lo que ocurre es que me encuentro solo, María.

—¿No tienes amigos?

—Sí. Claro. Pero ninguno de ellos puede hacer nada en este tema. Ellos tienen su familia, su trabajo, su forma de vivir...

—Entiendo.

—De todas maneras, es mejor que hablemos de otra cosa. Disfrutemos de este día y... mañana volveré a la realidad.

—Es que no quiero que esa realidad te pase por encima. Gadea y yo estamos muy preocupadas por ti. Incluso... —La joven se queda en silencio, pero de alguna parte saca las fuerzas necesarias para soltarle lo que tanto ha pensado durante el último día y medio—. Incluso hemos pensado en irnos a vivir contigo a Barcelona unos meses, al menos una de las dos.

Ernesto frunce la frente y se acaricia la barbilla, inquieto. Se lleva la taza de café a los labios sin darse cuenta de que ya está vacía. Cuando lo comprueba, la deja de nuevo encima de la mesa.

—No sé qué decir. Me has pillado por sorpresa —responde al fin—. ¿De verdad que lo habéis pensado en serio?

—Sí. Es algo de lo que las dos hemos hablado unas cuantas veces.

—Pero... tenéis vuestra vida aquí. Gadea está en la universidad y sale con ese chico. Y tú...

—Yo no tengo novio ni estoy en la universidad.

—Ya lo sé, hija. Pero sería un cambio muy grande para ti. Y tu madre me mataría. Pensaría que te he comido la cabeza para que te vinieras conmigo a Barcelona.

—Ya soy mayorcita para poder elegir ciertas cosas.

—Sigues siendo menor de edad.

—Me da lo mismo. Si quiero irme contigo, ni mamá ni nadie podrá impedírmelo.

—Un juez sí podría.

—No creo que mamá recurra a un juez para algo así. Si mi voluntad es la de marcharme a vivir contigo durante unos meses, le fastidiará bastante, pero no le quedará más remedio que aceptarlo.

Sus palabras, convincentes, retumban en la cafetería Constanza. Lo ha dicho. Ya está. Se ha quitado un peso de encima. Y se siente mejor. Aunque le tiembla todo el cuerpo. Su vida puede dar un giro radical a partir de ese momento. ¿Está preparada para ello?

—Vamos a hacer una cosa, María.

—Dime.

—Disfrutemos juntos del día de hoy. Y mañana, antes de que regrese, me dices si de verdad quieres venirte a vivir conmigo. Pero piénsalo bien, ¿vale?

—Vale.

El hombre sonríe, se levanta y se coloca detrás de su hija, que continúa sentada. La besa varias veces en la cabeza. El gesto por parte de la pequeña lo llena de alegría; le haría muchísima ilusión que se fuera unos meses con él. Sería un sueño. Sin embargo, no está seguro de si María sería feliz junto a él. Y eso es lo que lo preocupa realmente. En cualquier caso, espera que ella misma tome la decisión.

—Bueno, ¿qué lugar de Madrid quieres visitar?

CAPÍTULO 45

El profesor de Filosofía no ha terminado de explicar cómo se realiza una tabla de la verdad. Pero tendrá que esperar al próximo día. Acaba de sonar la campana que anuncia el recreo, y eso es sagrado para los estudiantes. Algunos salen corriendo hacia la cafetería en busca del almuerzo de media mañana. Otros preparan un pequeño campo de fútbol en el aula: utilizan las mesas como porterías y una pelota hecha de papel y celo como balón. Otra parte de la clase se marcha tranquilamente hacia el patio a tomar un poco el sol y a hablar del fin de semana.

Cinco de los alumnos de primero B se reúnen en torno a la mesa del mayor de ellos.

El ambiente no es el mejor. Bruno no les ha dirigido la palabra a ninguno excepto a Ester, a la que aún no le ha dicho nada de lo que tiene pensado para esa tarde. Ésta, por su parte, sigue triste porque no ha recibido la llamada que necesitaba. Valeria parece nerviosa y ni siquiera se ha levantado de su mesa durante los intercambios de clase. Cuando Raúl se ha acercado a ella, la joven sólo le ha susurrado que luego tendrían que hablar. Y Eli continúa confusa, ya no sabe qué hacer ni qué pensar.

Sin embargo, como en cada recreo, a pesar de todas las circunstancias de los últimos días, los miembros del Club de los Incomprendidos salen juntos del aula y se dirigen, como siempre, hacia la parte de atrás del instituto.

—Voy al baño, ahora os veo —dice Valeria antes de salir del edificio.

Está afectada por lo que Raúl hizo anoche. Ha intentado comprenderlo. No darle importancia. Que hable con Eli es algo normal. Son amigos. Pero no puede evitar sentirse mal. Y tiene miedo. Miedo de despertarse de pronto del sueño que está viviendo.

—Voy contigo —comenta Raúl, y en seguida se une a ella.

La joven arquea las cejas y suspira. Los dos se alejan del resto y no dicen nada hasta que están completamente seguros de que no pueden escucharlos.

—¿Qué te pasa? —pregunta por fin el chico.

—¿Qué te pasa a ti?

—¿A mí? Nada.

Continúan andando hacia los baños. Para Valeria no es sencillo explicarle lo que siente. No tiene derecho a decirle con quién tiene o no tiene que hablar. Además, no quiere parecer posesiva o celosa.

—Me alegro —responde muy seca.

—¿Estás enfadada conmigo?

—No.

—Pues lo parece.

La chica se detiene y lo mira a los ojos; va a soltarle algo, pero mueve la cabeza de un lado a otro y sigue caminando.

—No estoy enfadada. Sólo es que... —Se para otra vez, y Raúl la imita. Están frente a frente—. ¿Por qué no me has dicho esta mañana que anoche estuviste hablando con Eli por el MSN?

—¿Estás enfadada por eso?

—No estoy enfadada.

El joven sonríe, pero Valeria no está para sonrisitas a lo Hugh Grant. Aunque le guste. Le encante. ¡La hipnotice su sonrisa! Entonces, sorprendentemente, Raúl la coge por el codo del brazo derecho y la guía unos pasos hacia delante, adonde están los baños.

—Espera —le ordena mientras entra en el de los chicos.

Unos segundos más tarde, regresa, toma de la mano a Valeria y tira de ella hacia el lugar del que acaba de salir.

—¡Qué haces! ¡Éste es el de los tíos!

—No grites o te oirán.

—Pero...

—No te preocupes. Está vacío.

Raúl abre una de las puertas de los retretes individuales y se mete dentro arrastrando tras él a Valeria.

—Estás loco —murmura ella muy alterada—. Si nos pillan aquí, nos echan del instituto.

—Pues espero que no nos pillen.

Y la besa. Sin previo aviso. La joven se estremece cuando siente las manos de Raúl en el abdomen, por debajo de la camiseta. Tiene los dedos calientes. La sensación de estar allí dentro haciendo algo que no deben hacer es tan increíble que incluso la excita. Le apetece quitarle la camiseta y apoyar las manos en su piel desnuda, pero se contiene y logra apartarse, jadeante, de los brazos de Raúl.

—Esto no está bien.

—Lo que no está bien es que te enfades conmigo por hablar con Eli.

—Es que fueron más de dos horas.

—Sí, fueron más dos horas.

—Más de dos horas y con *cam* —apunta molesta.

El joven agacha la cabeza y, resignado, se deja caer sobre la tapa del váter. Agarra a Valeria de las piernas y la obliga a sentarse sobre sus rodillas. Ella se sonroja cuando la mira a los ojos. Tiene mucho calor.

—¿Te fastidia que vea a otra chica a través de la cámara del ordenador?

—Bueno... No es otra chica, es Eli.

—¿Y si no fuera Eli? ¿Te fastidiaría?

Difícil pregunta. Aunque sabe la respuesta.

—Sí —contesta tras hacer como que lo piensa durante unos segundos—. Pero no tengo ningún derecho a pedirte que no lo hagas.

—Tienes razón. Porque no es nada malo.

—No, no lo es.

—Sin embargo, a ti te molesta. Mucho.

—Bueno... Un poco.

—Mucho.

—Mucho...

El chico sonríe y sigue mirándola a los ojos. Valeria tiene las mejillas sonrosadas y en sus pupilas hay un brillo muy especial. Viéndola tan de cerca le gusta todavía más.

—Vale, pues no lo haré más.

—¿Cómo?

—Que ya no miraré ni le pondré la *cam* a ninguna chica más. Ni en el MSN, ni en el Facebook, ni tampoco en Tuenti.

—Pero... no... no tienes por qué hacer eso.

—Sí tengo que hacerlo. Porque me gustas. Y quiero que estés bien. Y, aunque no sea nada malo, si a ti no te gusta, no lo haré.

—Raúl, de verdad que...

—Cuando tienes pareja hay que hacer ciertos sacrificios. Eso no quiere decir que te limites o que limites al otro. Ni tampoco que siempre hagas o dejes de hacer lo que el otro quiera o te diga. Pero yo pienso que para que una relación funcione hay que intentar que la otra persona sea lo más feliz posible sin que ninguno de los dos pierda su propia personalidad.

A Valeria le gusta esa reflexión. Sobre todo porque ya la está considerando su pareja y la ve como una relación. Eso hace que se sienta feliz.

—Si quieres, yo puedo ponerte la *cam*.

Raúl suelta una carcajada que Valeria se encarga de interrumpir rápidamente tapándole la boca con la mano. No quiere que lo oigan. Poco a poco, la quita sin dejar de mirarlo y la sustituye por sus labios, que son los que ahora lo mantienen en silencio.

—Tenemos que irnos o los demás pensarán que nos ha pasado algo —comenta el joven después de los besos.

—Vaya. Qué pena.

—Al final te va a gustar el baño de los tíos. Estás invitada siempre que quieras.

—Qué tonto —susurra ella al tiempo que le golpea en un brazo—. Raúl, ¿de verdad te gusto yo y no Eli?

En ese instante, se abre la puerta del cuarto de baño. Los dos se quedan en completo silencio cuando la oyen. Perciben unos pasos que se acercan pero se detienen antes de llegar a donde están encerrados. Una tos, una cremallera abriéndose y... un silbido.

La pareja sonríe. No hablan más hasta que escuchan el ruido de una cisterna. Luego un grifo y de nuevo la puerta.

—Esto es muy romántico —señala Raúl cuando se incorpora. Se asoma para comprobar que no hay nadie más.

—Mucho.

—Vamos, antes de que entre alguien más.

Rápidamente, salen de allí. Primero lo hace el chico, y después Valeria. Nadie los descubre. Los dos caminan juntos hacia la parte trasera del instituto, donde está el resto del grupo. No hablan, aunque se miran de reojo y se sonríen.

Valeria está mucho más tranquila. Le ha encantado besarlo de esa manera. Ha sentido algo diferente a las otras veces: morbo, excitación, pasión. Hasta el momento, nunca había experimentado un deseo sexual tan grande. Todos sus besos habían surgido del amor. Pero en esta ocasión ha sido distinto.

Aun así, no sólo se ha quedado con ganas de más con Raúl. También le habría gustado que el muchacho le respondiera a la última pregunta que le hizo antes de que alguien entrara en el cuarto de baño. La respuesta parece muy clara, pero necesita oírlo de su boca. Necesita escuchar que la que le sigue gustando es ella, y no su amiga. Una amiga que parece que todavía no se ha dado por vencida.

CAPÍTULO 46

Desde que son amigos, siempre pasan los recreos de los días soleados en esa zona del instituto. En la parte trasera del edificio nadie los molesta. Se sientan en el suelo y almuerzan tranquilamente mientras conversan entre ellos.

Sin embargo, esta mañana Eli, Ester y Bruno no están demasiado habladores. Ninguno puede ocultar que sigue existiendo mucha tensión por lo que ocurrió ayer en Constanza.

Elísabet, además, tiene la cabeza puesta en otro tema. Que Raúl estuviera más de dos horas con ella en el Messenger podría ser una señal. Aunque que no quisiera que lo recogiera para ir al instituto podría ser otra. ¿Qué debe pensar?

La chica resopla mientras mira hacia ninguna parte. Hasta que se da cuenta de que alguien la llama a lo lejos. Está justo al otro lado de la verja que separa la calle del centro escolar y no para de gesticular con las manos. Es Alicia.

—Ahora vengo —les dice a los otros dos tras ponerse de pie y sacudirse los vaqueros azules.

Camina hacia la verja y se pregunta qué estará haciendo su amiga allí. Ella no va a ese instituto.

—Hola, Eli. ¿Cómo estás?

—Hola, bien. ¿No tienes clase?

La otra chica sonríe con picardía. Alicia vuelve a llevar las coletas de la mañana anterior y se ha puesto un vestido largo de color celeste que le da un aspecto infantil. Está realmente guapa.

—¿Puedes salir para hablar más tranquilas? Aquí en medio puede verme todo el mundo y no quiero que me pillen.

—No, no me dejan. Tengo que estar dentro hasta que terminen las clases. Pero... puedo saltar la verja por otro lado. Por allí no pasa gente. Ya lo he hecho otras veces.

—Genial.

Las dos rodean el instituto, cada una por un lado de la valla, hasta el lugar al que Eli se refería. La joven se asegura de que nadie la ve y, con habilidad, trepa por la cancela y salta al otro lado. Alicia sonríe y aplaude admirada.

—Gracias. Esto lo hago desde que era una enana. A veces tenía que salir de aquí para que nadie me viera llorar.

—Lo sé. Lo recuerdo bien.

—Pero hacía tiempo que no saltaba la verja del instituto. Con los vaqueros me ha costado un poco más.

Las chicas caminan por la calle hacia un parquecito cercano en el que a aquella hora no suele haber mucha gente.

—Entras otra vez a las doce, ¿verdad?

—Sí —asiente Eli—. ¿Y tú?

—Yo estaba preocupada por ti y he venido a verte.

—Pero...

—No digas nada más. No hace falta. Las amigas están para ayudarse cuando se necesitan. Y ahora estoy segura de que tú me necesitas a mí.

—Bueno, gracias.

—Seguro que tú harías lo mismo por mí si me hiciera falta. ¿No es así?

—Claro.

Se sonríen y cruzan al otro lado de la calle, hacia donde se encuentra el parque. Está casi vacío. Sólo hay un grupo de ancianos que dialoga animadamente sobre la jornada de Liga del fin de semana mientras toma el sol.

—¿Y Raúl? ¿Qué tal con él? —pregunta Alicia directamente mientras se sienta en un banquito de madera. Elísabet se deja caer a su lado.

—Si te soy sincera, no lo sé.

—¿Cómo que no lo sabes?

—Pues es que estoy hecha un lío.

—¿Otra vez?

—Sí. Es que anoche estuvimos hablando mucho tiempo por el MSN.

Elísabet le cuenta detalladamente lo bien que se lo pasó anoche delante del ordenador y el rechazo final, cuando le propuso quedar con ella esa mañana para ir juntos al instituto.

—Una de cal y otra de arena —comenta la chica de las coletas muy seria—. Todos los tíos son iguales. Nunca te lo dan todo, pero sí lo suficiente como para que estés pendiente de ellos.

—¿Crees que puedo ilusionarme otra vez?

—Ya sabes lo que pienso.

—¿Lo del todo o nada?

—Sí. Cuando te gusta alguien no hay término medio. Ya te advertí que sufrirías si eras su amiga.

Pero es que Raúl significa tanto para ella que no puede dejar de ser su amiga. Aunque le haga daño involuntariamente.

—No sé qué hacer.

—Ya te has echado en sus brazos dos veces y no has conseguido nada. Olvídalo de una vez. Eres una tía espectacular. Puedes estar con quien quieras y no tienes que arrastrarte por ningún capullo.

—Raúl no es un capullo.

—Si le hace daño a mi amiga, sí lo es. Y muy grande.

No es cierto. No es ningún capullo. Si lo fuera, no le gustaría tanto y no le daría tantas vueltas a la cabeza. Hasta ahora ningún chico le había llamado tanto la atención como para que estuviera pendiente de él día y noche. Ya es mala suerte que se haya pillado de su mejor amigo. Si fuera otro, se olvidaría por completo de él hasta que se le pasara. Pero con Raúl eso no es posible. Y menos si le sigue dando esperanzas y tratándola tan bien como anoche.

—¿Cómo puedo olvidarme de él si pasamos tanto tiempo juntos?

—Es tan sencillo como dejar de estar a su lado.

—Eso es imposible. ¡Si hasta nos sentamos juntos en clase!

—Cámbiate de sitio —indica Alicia convencida—. Yo creo que el problema no está en qué hacer o cómo ingeniártelas para no pasar tanto tiempo con él. El problema está en que tú todavía tienes la esperanza de que ese tío termine contigo. Y por eso no quieres apartarte de su lado.

—Puede que tengas razón —admite Eli con un suspiro.

—Claro que tengo razón.

La chica rubia de las coletas le pone una mano en la rodilla y la mira a los ojos. Sonríe y le contagia el gesto a Eli, que chasquea la lengua. Le agradece mucho que la esté ayudando en esos momentos tan difíciles.

—Tengo que tomar una decisión, ¿verdad?

—Sí. Ya sabes que debes hacerlo.

—Me voy a dar de plazo esta semana —comienza a decir—. Si de aquí al domingo no he conseguido nada con Raúl, me olvidaré de él para siempre.

—¿Para siempre?

—Sí. Pero esta vez lo haré de otra manera, ya que ir a saco a por él no me ha servido de nada.

—Bien, pero no te olvides de utilizar tu físico, que para eso lo tienes.

—Todo a su tiempo, Alicia. Todo a su tiempo.

Eli se levanta del banquito de madera. Va siendo hora de regresar al instituto. Allí volverá a verlo y a sentir ese hormigueo tan tonto que experimenta en el estómago cuando está cerca de él. Sólo tiene que conseguir que él sienta lo mismo. Pero debe tener cuidado para no meter más la pata. Ya se ha equivocado dos veces, no habrá una tercera. Si no hay más errores, seguro que sus posibilidades con Raúl aumentan. Y si no lo logra, el lunes que viene no sólo cambiará de sitio en clase. También tomará otro tipo de medidas más drásticas.

CAPÍTULO 47

Cuando Elísabet se aleja hacia la verja del instituto, Ester y Bruno se quedan a solas. Sentados en el suelo, comparten los tibios rayos del sol, una ligera brisa de otoño y una bolsa de patatas al punto de sal.

El chico está un poco nervioso. Normalmente no pasa muchos momentos así con ella. Siempre los acompaña María o cualquiera de los demás. Pero le gusta estar así, muy cerca de ella, sólo el uno para el otro, aunque sea durante un simple recreo.

—Sigues enfadado con ella, por lo que veo —le comenta Ester, que hoy tampoco parece tener un buen día. No sonríe tanto como es habitual en ella.

—Es que me fastidia mucho su actitud. Se ha vuelto una creída.

—No seas tan duro. Es tu amiga.

—Sí, una amiga que ayer me dejó claro que prefiere hacer otras cosas a reunirse con sus amigos. Todo va a cambiar entre nosotros por su culpa.

—Bueno, yo también tuve parte de culpa en lo de ayer. Voté en blanco.

—Pero tú lo hiciste para no quedar mal con nadie. Ella sólo piensa en sí misma.

—No creo que eso sea así, Bruno.

—Eli va a lo suyo. Hace tiempo que dejó de mirar por los demás.

Ester mete la mano en la bolsa de patatas. Se lleva una a la boca y la mastica sin ganas. Tal vez su amigo tenga razón. O quizá Eli tan sólo esté atravesando una mala racha. Ella no lo vio porque todavía no había llegado, pero, según le ha contado varias veces el resto del grupo, Elísabet lo pasó muy mal cuando entró en el instituto. Se metían muchísimo con ella, la insultaban y la trataban como si fuese un bicho raro. El Club de los Incomprendidos y, sobre todo, Valeria la ayudaron a salir adelante. Sin embargo, tras el verano de 2010 todo cambió. Su transformación física fue espectacular y pasó de ser la más repudiada por los chicos del instituto a convertirse en la más deseada.

—Por cierto, ¿adónde ha ido?

Bruno se pone de pie y mira hacia la verja. No la ve. Es extraño, porque para entrar de nuevo en el edificio tendría que haber pasado por delante de ellos. ¿No habrá salido del instituto? Si lo ha hecho, se arriesga a que la castiguen con dureza.

—Ni idea. —Vuelve a sentarse en el suelo.

—¿Se ha ido a casa?

—No lo sé. Tampoco me importa mucho.

—Ay. No seas así, hombre.

—Ya es mayorcita para que estemos detrás de ella todo el tiempo.

El joven se apoya contra la pared y, sin mirar, coge una patata de la bolsa. No se da cuenta, pero Ester está haciendo lo mismo justo en ese instante. Sus manos chocan y ambos se quedan sin saber qué hacer. En silencio. Avergonzados.

—¿Qué vas a hacer esta tarde? —pregunta ella intentando dar pie rápidamente a una nueva conversación.

—No tenía pensado nada —miente Bruno—. ¿Te apetece venir a mi casa?

—¿A tu casa?

—Sí. Ese edificio donde vivo, como y esas cosas.

Ester sonríe, pero Bruno lo está pasando fatal. No podría haber dicho nada más estúpido. Esto es peor que cuando le habló de su apellido.

La chica se lo piensa. ¿Es apropiado que vaya? ¿Por qué no? Es su amigo. Y, aunque sabe lo que un día sintió por ella, hace tiempo que no da señales de seguir con aquello. Parece que se le ha pasado definitivamente. Además, a ella le servirá para no estar sola en casa pensando en Rodrigo. Si se encierra, seguro que se pasa todo el rato llorando y mirando su smartphone a la espera de que la llame.

—Vale.

—¿Vale?

—Sí. Podemos estudiar allí. Ya que se han terminado las reuniones del grupo, podemos reunirnos nosotros dos.

Bruno traga saliva. ¿Ha aceptado? ¡Ha aceptado! No puede creérselo. Aunque son amigos, y es normal que los amigos hagan esas cosas, ir a casa del uno y del otro, estudiar juntos... Respira hondo y vuelve a sonreír simulando tranquilidad. Debe calmarse, o se le notará demasiado que esa noticia es de las mejores que ha recibido a lo largo de los últimos dieciséis años.

En ese instante, suena el pitido de su BlackBerry y, un par de segundos más tarde, en la de Ester. Es un mensaje de María en el WhatsApp del grupo. Es la chica quien lo lee en voz alta:

Saludos desde el Retiro. Mi padre y yo disfrutamos de un bonito paseo bajo el sol de Madrid. Espero que el lunes os esté siendo leve. Se os echa de menos. Ya os escribiré luego. Besos, chicos.

—Qué mona es —comenta la joven del flequillo recto, sonriente después de leer el mensaje.

—Sí. Y qué cara más dura —bromea Bruno—. Ella divirtiéndose por ahí y nosotros esclavizados en el instituto.

—Qué malo eres —le dice empujándolo levemente con el codo—. Meri necesita estar con su padre. Con lo poco que lo ve...

—Ya, ya lo sé.

Entonces se le viene a la cabeza la posibilidad de que pronto sea a ellos a quienes vea poco. Seguro que ya ha hablado con su padre del tema de irse a Barcelona y que éste está encantado con la idea.

—¿Qué te pasa? ¿He dicho algo malo? —pregunta la joven al darse cuenta de que su amigo se ha puesto muy serio—. No lo decía de verdad.

—¿Cómo? ¿El qué?

—Que te he dicho que eres malo, pero no pretendía molestarte. Sabes que no lo pienso. Lo siento.

Esa bondad e ingenuidad la convierten en alguien muy especial. Bruno la mira y sonríe. Le encanta esa chica. Cómo le gustaría besarla. Lo ha imaginado tantas y tantas veces... Se inclina sobre ella y... coge una patata de la bolsa después de asegurarse de que sólo él está metiendo la mano en ella en ese momento.

—No te preocupes, no me ha molestado nada.

—¿De verdad? No quiero que también te enfades conmigo.

—De verdad. No estoy enfadado.

—Bueno, entonces ¿por qué te has puesto tan serio cuando te he dicho eso?

Es un secreto. Si se lo cuenta, María se enfadará con él. Pero Ester también tiene derecho a saber qué está pasando. Tiene la tentación de decírselo. Tarde o temprano se enterará.

—Si te lo digo, ¿prometes no contarle nada a nadie?

La chica duda. No imaginaba que Bruno escondiera algo tan fuerte como para hacerle prometer que no hablará.

—Claro. No diré nada —responde en voz baja. Se aproxima aún más a él, hasta que sus piernas se rozan.

El corazón del joven se acelera al sentir el contacto de la rodilla de Ester contra su vaquero. Huele su perfume de vainilla y observa de cerca la gran expresividad de sus grandes y preciosos ojos. ¡Así es imposible centrarse en nada!

—Es sobre Meri.

—¿Sobre Meri? ¿Qué le pasa? ¿No estará enferma?

—No, no está enferma —le aclara rápidamente para no asustarla—. Pero no puedes decirle nada de esto a nadie. Ni siquiera a ella misma. ¿De acuerdo?

—Que sí. De acuerdo.

Pero justo en ese instante aparecen Valeria y Raúl, que caminan hacia ellos.

—Ahora no vamos a poder hablar. Te lo cuento tranquilamente esta tarde en mi casa —susurra el chico con premura para que los otros dos no sospechen nada—. ¿A las cuatro?

—Vale. Pero no es nada grave, ¿no?

—No, no te preocupes. Meri está bien.

La chica mira hacia sus amigos, que acaban de aparecer, y sonríe tímidamente. Ellos también tienen un secreto que sólo ella sabe. Seguro que el que se hayan pasado parte del recreo juntos y alejados del grupo tiene que ver con lo que Ester vio ayer en la cafetería Constanza.

Sin embargo, ahora la joven tiene otra cosa en la cabeza. Bruno la ha dejado muy preocupada. Y es que... algo pasa con Meri.

317

CAPÍTULO 48

Suena la campana. Es el primer recreo del curso. Tercero se presenta mejor de lo esperado para María. Ha coincidido en la misma clase con su amigo Bruno y, además, también está con ella el joven que le regaló su primer beso. Raúl está sentado a su lado, así que durante los intercambios han podido hablar un poco del verano, de Raimundo Sánchez, de la decisión de Raúl de dejar el instituto el pasado febrero... Es un chico muy simpático y agradable. Tal y como lo recordaba.

La pelirroja se pone de pie y lo observa a través de las gafas mientras guarda el libro y el cuaderno de Lengua. Comprueba cómo las dos chicas de la última fila se acercan a él. Las conoce de vista, aunque nunca han hablado ni estado en la misma clase. Con la más delgada se metían mucho y, más de una vez, María la ha visto llorar por los pasillos. La otra apenas habla, parece tremendamente tímida. Son casi tan raras como Bruno y ella.

¿Será verdad lo que se rumorea de que son novias?

—María, ¿quieres venir con nosotros? —le pregunta el chico alto y desgarbado desde su asiento—. Vamos a comprar algo a la cafetería y a sentarnos al sol.

Las otras dos también la miran. Sonríen. Para la chica se trata de una sensación nueva. Excepto Bruno, nadie en ese instituto le ha propuesto nunca algo así. Y la verdad es que le apetece. Sin embargo, no va a dejar tirado a su amigo, que también se ha levantado de su silla y la espera para ir a la parte de atrás del instituto. Desde aquel día del curso pasado en el que hablaron por primera vez, pasan allí los recreos, juntos, lejos de todos los demás estudiantes.

—Id vosotros —contesta, gesticulando—. Luego nos vemos, en Educación Física.

Los tres chicos no insisten y salen de la clase antes de que lo hagan María y Bruno. Mientras caminan por los pasillos, María piensa en lo que sucedió aquel día de febrero. Lo ha recordado muchas veces a lo largo de los últimos meses. Tu primer beso no es fácil de olvidar. Ni el segundo. Raúl fue tan cariñoso con ella que, para que no se sintiera mal, volvió a besarla, ya sin ninguna presión ni obligación. También eran sus primeros besos. Demostró qué clase de persona es. Y por eso le tiene gran estima a ese joven, a pesar de que nunca más había vuelto a verlo hasta esa mañana.

—¿Querías ir con ellos? —le pregunta el chico bajito que camina a su lado.

—¿Con Raúl y esas dos?

—Sí. Si te apetece...

—No. Claro que no. Prefiero estar contigo y tomar un poco el aire en nuestro rincón. Ya lo echaba de menos.

—Yo también.

Y es que en esa parte del instituto es donde María y Bruno lo pasaron mejor durante el curso pasado. Hablaban sobre sus miedos, sus complejos y sus problemas. Sus esperanzas. Se gastaban bromas, reían y discutían. Las conversaciones que tenían durante los recreos suponían un desahogo para ambos. Treinta minutos de distanciamiento de su verdadera y, en ocasiones, triste realidad. Les daba lo mismo lo que los demás pudieran decir o pensar.

Hace sol, pero corre un poco de viento que anuncia que se acerca el otoño. Los dos se sientan en el suelo y apoyan la espalda contra la pared. Bruno se vuelve hacia ella y la observa detenidamente.

—¡Eh! ¿Qué estás mirando?

—Tu pelo. Te ha crecido bastante a lo largo de estos meses.

—Sí. Quiero empezar a parecer una chica.

—Con el pelo corto también lo parecías.

—No estoy tan segura. Entre el corte de pelo y que soy una tabla de planchar, algunos empezaban a dudarlo.

Bruno sonríe ante la ocurrencia de su amiga. Le gusta su irónico sentido del humor. Es parecido al suyo, otra de las muchas cosas que tienen en común. Por eso se entienden y se compenetran tan bien. Forman una buena pareja.

—No he visto todavía a Raimundo Sánchez y a sus secuaces. Creía que, al repetir, este año estarían en nuestra clase.

—Raúl me ha dicho que se han ido esta mañana antes de empezar las clases con el profesor de Matemáticas y que desde entonces no han vuelto a aparecer por ningún lado.

—¿Te lo ha dicho Raúl?

—Sí. Él avisó al profesor. Estaban fastidiando a esas dos chicas de la última fila y fue a buscarlo para que hiciera algo. Seguramente los habrán expulsado unos días.

—Eso está bien.

—Sí, a ver si así se les bajan pronto los humos a esos tipejos.

Aunque saben que es posible que eso no ocurra nunca. Esos chicos no pueden vivir sin fastidiar al prójimo. Tarde o temprano, volverán a la carga, a pesar de que los hayan echado nada más comenzar el curso.

—¿Qué has sentido al ver a Raúl de nuevo? —pregunta

Bruno tras unos instantes en silencio. Él está al corriente de lo sucedido en febrero.

—Nada en especial.

—No te creo.

—Bueno, me he alegrado de volver a verlo. Es un buen chaval, y ya sabes que...

—¿Te gusta? —la interrumpe.

—¿Él? No. No me gusta.

—¿Ni un poquito?

—No, Bruno. Ni un poquito.

Pero Bruno se da cuenta de que María se ha sonrojado y ha mirado para otro lado cuando le ha preguntado. Eso lo hace sospechar. Aunque no quiera contárselo, no le extrañaría nada que a su amiga le gustase ese chico que, precisamente en ese instante, aparece ante ellos acompañado de las dos muchachas que se sientan detrás en clase.

—¡Hola! —exclama Raúl cuando los ve—. No sabía que estabais aquí.

—Siempre venimos aquí en los recreos —contesta María sonriente mientras se levanta—. Desde el curso pasado.

—Yo también venía aquí antes de dejar el instituto. Me encanta este lugar. No suele venir nadie y se está muy tranquilo.

—Sí. Nosotros venimos por eso —comenta la pelirroja al tiempo que se ajusta las gafas—. Pues podemos compartir el sitio, si queréis.

A Bruno no le hace ninguna gracia lo que acaba de decir su amiga. Y todavía le gusta menos cuando la chica esa que tiene tantos granitos en la cara se sienta a su lado. Pues no piensa ponérselo fácil. Ése es su sitio y nadie tiene por qué venir a ocuparlo.

—Hola, soy Eli. Nos conocemos de vernos por los pasillos —le comenta la muchacha, risueña.

—Hola, yo soy Bruno.

—Ya sé que te llamas Bruno Corradini, como Chenoa.

¡Sabe lo de su apellido! Eso lo sorprende mucho. No todo el mundo conoce el apellido de la cantante.

—Sí, como Chenoa.

—Me encanta Chenoa. Es tan guapa, tan elegante... —explica Elísabet. Después, empieza a tararear *En tu cruz me clavaste.*

Qué rara es esta chica. Pero parece simpática. ¿Y la otra? No ha dicho nada. Se ha limitado a sentarse junto a su amiga y sonreír.

—Encantado, Bruno. Yo soy Raúl, y ella es Valeria.

Lo sabe. Sabe sus nombres. Y, aunque le fastidie reconocerlo, no le importaría ser su amigo. Nunca ha formado parte de un grupo. Y esos chicos son lo más parecido a él que se haya encontrado nunca.

—Igualmente —dice en voz baja. Y estrecha la mano del joven, que se sienta enfrente de él. Luego, mira hacia la otra chica y la saluda con un movimiento de la cabeza.

—¿Quieres? —le pregunta Raúl cuando le ofrece el paquete de patatas al punto de sal que ha comprado en la cafetería.

El chico acepta y coge una.

María los contempla y sonríe para sí. Le encantaría que aquello no fuera sólo cosa de un día. Bruno le cae muy bien y le gusta pasar el tiempo con él, hablar por el MSN, dejarle comentarios en las redes sociales y disfrutar de su particular forma de ser. Pero, a veces, echa de menos tener un grupo de amigos con los que compartir su vida. Esos tres chicos la agradan y, aunque casi no los conoce, parecen buenas personas.

No sabía ni podía imaginar que, desde aquel instante, todos ellos pasarían a formar parte de su vida.

CAPÍTULO 49

Como todos los días después de clase, Bruno tiene que ir al colegio a recoger a sus dos hermanos pequeños. El resto regresa a casa andando. Cada uno va quedándose en un punto del camino y separándose del resto. La primera en llegar es Ester; luego, la que se desvía es Valeria, que suele ir a la cafetería a comer con su madre. La chica se despide de Raúl y de Eli, aunque le molesta que sigan ellos dos solos.

Durante las últimas horas de instituto, Raúl y ella apenas han podido hablar. Sin embargo, Valeria ha sido incapaz de quitarse de la cabeza lo del baño. Nunca había sentido tanto deseo. Si hubieran estado en un lugar más íntimo, a solas, no sabe cómo habría terminado la cosa. Hasta ese instante, ni siquiera había pensado en el sexo. Ni con Raúl ni con nadie. Por lo que sabe y ha oído, varias chicas de su clase, incluida Elísabet, lo han hecho ya. Pero, hasta hoy, aquél no era un tema que inquietara demasiado a Valeria. Su amiga siempre le decía en broma que tenía «eso» dormido, pero que el día que despertara... Y ella gritaba, le pedía que se callara y ardía de vergüenza.

—Hola, Valeria —la saluda su madre en cuanto la ve aparecer en Constanza.

—Hola, mamá.

La chica se acerca a la barra y le da dos besos a la mujer,

que está fregando unos platos a mano. Luego, hace lo mismo con Romina y Gabriel, los camareros que tienen turno.

—Termino esto y comemos. ¿Te parece?

—Vale. Tengo hambre. ¿Qué hay?

—Lentejas.

—¿Qué? ¿Estás de broma? —pregunta con incredulidad. Odia las lentejas.

—Sí. Lo estoy —responde la mujer tras guiñarle un ojo—. Tenemos ensalada de pasta y tortilla.

—Menos mal. ¡Has estado a punto de matarme del susto!

Respira aliviada y camina hacia la mesa en la que suelen sentarse las dos. A esa hora no hay mucha gente en la cafetería. Lo normal es que se llene por la mañana y a media tarde. Así que Mara y su hija aprovechan esa pausa para comer.

Valeria saca la BlackBerry del bolsillo y juguetea con ella. Piensa en Raúl y está tentada de mandarle un mensaje. Pero aún no debe de haber llegado a su casa, así que puede que tampoco se haya separado de Eli todavía. Le encantaría ser ella la que caminara a su lado ahora mismo. Y se lamenta de no poder besarlo. Otra vez esa sensación interior. Uff. ¿Le pasará también a él cuando la besa? Tendrá que preguntárselo, aunque seguro que termina poniéndose colorada.

Mira hacia la barra y comprueba que su madre continúa fregando, así que sigue toqueteando su BB rosa. Revisa los últimos SMS que ha recibido y lee el de César. Aún no le ha contestado. Iba a hacerlo anoche, pero al final decidió no responderle. Eso de que la siguiera y de que sepa dónde vive la intimida. Loco o cuerdo, se trata de un chico muy especial. Y posiblemente vuelva a encontrárselo tarde o temprano. Debe escribirle. Reflexiona sobre qué ponerle y empieza a teclear.

Hola. ¡No puedo creerme que me siguieras! Pero te perdono. Gracias por invitarme ayer. Me lo pasé bien contigo. Ya nos veremos. Un beso de la odontóloga.

Lo lee un par de veces y lo envía. Espera no haber sonado ni muy brusca ni tampoco muy amable. Es que con César no sabe qué es mejor. Ni cómo tratarlo. No está segura de que nada de lo que le ha contado sea verdad. Ni siquiera de si César es su verdadero nombre. Debería investigar. Quizá, si busca en las listas de tercero de Periodismo de la Complutense si existe alguien que se llame como él, pueda aclararlo todo un poco. Aunque ni siquiera sabe su apellido. Fue tonta por no preguntárselo ayer mientras comían. Le hizo contestar a un montón de cosas y no le pidió que le dijera su nombre completo. De todas formas, también podría haber mentido.

Un minuto después de haberle mandado el mensaje, suena el pitido de su BlackBerry.

Gracias por perdonarme. Después de la sangría, tenía que cuidar de ti. ¿Quieres que quedemos otra vez? Tú pones el día y la hora. Un beso desde el metro de La Latina.

¿Desde el metro de La Latina? ¡Eso está al lado de donde se encuentra ella ahora! ¿No la habrá seguido otra vez? Pero ¿cómo va a seguirla si viene del instituto? ¡Es imposible! Aunque también es imposible que sea casualidad. ¡Todo parece imposible! En cambio, algo debe de ser real. Hay una verdad y daría lo que fuera por averiguarla. Aquello empieza a sonar a película de miedo.

Y además quiere volver a quedar.

Lee el mensaje otra vez. Y se le ocurre algo. Tal vez esté en esa estación de metro y haya puesto que se encuentra allí en ese momento para que ella vaya a verlo. Sabe que la cafetería de su madre está por esa zona, ella misma se lo dijo, y que suele ir a comer con ella a mediodía. ¿Es todo premeditado?

Puede que así sea. Y ahora le toca a ella mover ficha.

Se han despedido de Valeria y juntos continúan el camino hacia sus respectivas casas. Es la primera vez que Elísabet y Raúl están solos hoy.

—¿Qué vas a hacer esta tarde? —le pregunta la chica para darle conversación.

Llevaban unos segundos sin hablar, y a ella le encanta escucharlo. Le ocurre desde siempre. Desde el primer día en que conversaron. Las cosas han cambiado tanto a lo largo de esos dos años... Ella todavía tenía aquel horrible aspecto y él era, simplemente, un chaval alto y por formar que buscaba su sitio.

—No lo sé. Tengo que hacer los deberes de Inglés y de Francés.

—Menos mal que te tenemos a ti para eso. A mí se me dan fatal los idiomas.

—Bueno, cada uno tenemos nuestros puntos fuertes y nuestros puntos débiles.

La chica sonríe. Su punto débil es él. ¿Cómo ha podido darle tan fuerte por Raúl? Es incomprensible que la chispa haya saltado tanto tiempo después de conocerlo. Por más que lo piensa, no encuentra explicación. Además, es incapaz de dejar sus sentimientos a un lado. Aunque está decidida a olvidarse de él si no consigue que se convierta en su novio a lo largo de esta semana.

—El que se te den tan bien el Inglés y el Francés te vendrá muy bien para lo que quieres estudiar.

—Los idiomas sirven para todo.

—Ya. Pero para alguien a quien le guste el cine, como a ti, le serán muy útiles, porque así podrás ver las películas en versión original y apreciar mejor los detalles. ¿No?

El joven sonríe. Es cierto que intenta ver las películas en el idioma en el que se han grabado, aunque a veces, por pereza, busca la versión doblada al castellano.

—Bueno, imagino que sí.

—¿Sabes? Yo te veo como un gran director de cine dentro de unos años. Desde que me dijiste que querías dedicarte a eso, lo he visualizado muchas veces.

—Sería en un sueño.

—Pues me encantaría que lo cumplieras. Estaría genial tener un amigo famoso.

Raúl suelta una carcajada y mueve la cabeza.

—Sólo quieres que sea director de cine para tener un amigo famoso, ¿no?

—Claro. Y presumir de ello —comenta divertida—. Le diré a mi marido y a mis hijos: «Mirad, ese chico que está a punto de ganar un óscar me tiraba los tejos cuando éramos adolescentes.»

—¿Que yo...? ¡Ya les contaré la verdad!

—¿Y a quién van a creer? ¿A su madre o a un completo desconocido?

—Al director de cine famoso, por supuesto.

La chica se agarra del brazo de Raúl rodeándolo con el suyo y ríe. Pero, rápidamente, siente una gran tristeza y regresa al silencio. Cruzan un paso de cebra y llegan al otro lado de la calle. ¿Por qué no pueden estar juntos? ¡Si hacen una pareja increíble! El padre de sus hijos debería ser él, y ella quien lo acompañara a recoger el óscar.

—Yo todavía no tengo tan claro como tú lo que me gustaría ser.

—No te preocupes, tienes casi dos años para elegirlo.

—Lo sé. Pero... no me atrae nada —afirma algo apenada—. No sé qué pasará con mi vida en el futuro.

—No pienses en eso ahora. Queda mucho para que tengas que tomar una decisión.

Elísabet suspira. Quizá sí quede mucho para saber a qué se dedicará dentro de unos años. Pero, cuando hablaba de que no sabe qué pasará con su vida en el futuro, también se refería a él. ¿Seguirá Raúl formando parte de ella?

—Tienes razón. —Y, tratando de alegrarse de nuevo, esboza la mejor de sus sonrisas—. ¿Quieres que vayamos al cine esta tarde?

—¿Hoy lunes?

—Sí. Podríamos ir a ver una peli. ¿No hay ninguna que te apetezca mucho ver?

Raúl piensa durante un instante. En cartelera están *Eva, La voz dormida,* la de *Tintín...* Cualquiera de ésas estaría bien.

—Ahora hay buena cartelera.

—A mí me gustaría ver *Tentación en Manhattan,* de la de *Sexo en Nueva York.*

—Sarah Jessica Parker.

—Sí. Ésa —afirma—. Ya me gustaría a mí estar como ella a su edad.

—¿Cuántos años tiene?

—¡Cuarenta y cinco o cuarenta y seis! Por ahí.

—Si consigues un buen cirujano, seguro que estarás igual o mejor.

Ambos sonríen. Raúl se ha fijado muchas veces en ella, pero no le había prestado demasiada atención a su bonita sonrisa. A la natural. A la de cuando va sin maquillar y no le da importancia a lo guapa que es.

—Entonces ¿qué? ¿Vamos al cine?

—No lo sé. ¿Crees que los demás podrán?

—Los demás...

Decepción. Ella no contaba con nadie más. Quería que fuesen solos. Además, no le apetece compartir sala con el tonto de Bruno, que hoy ni le ha dirigido la palabra.

—Escribiré en el WhatsApp a ver si pueden.

—Bueno.

Raúl saca su BlackBerry negra y, mientras continúan caminando, manda un mensaje al resto del grupo. Eli, por su parte, resopla. Mejor eso que nada. Con un poco de suerte, quizá ninguno pueda ir. Sería perfecto.

—Ya está —anuncia el joven cuando lo envía.

La BB de Elísabet pita. La joven la coge del bolsillo trasero de sus vaqueros y lee en voz alta lo que su amigo acaba de escribir:

¿Os hace un cine esta tarde? Podríamos ir a Príncipe Pío a ver una película. ¿Quién se apunta?

—Cuando sepa quiénes vienen, ya propondré una hora.

—Si sólo vamos tú y yo, a la que tú quieras —dice Elísabet con una sonrisa.

—Creo que, al menos, vendrá Valeria.

—¿No tenía que ayudar a su madre en la cafetería esta tarde?

No está seguro. Pero puede que sea así. Espera que no tenga que trabajar en Constanza. Le apetece verla y estar con ella. Aunque sea acompañados del resto. Tal vez debería haberse asegurado de que ella podía ir antes de mandar el mensaje.

—No lo sé.

—Da igual. Tú y yo vamos. Y que se apunte quien quiera. Y quien no quiera o no pueda, pues... mala suerte.

CAPÍTULO 50

No puede contenerse más. ¡Tiene que ir!

Se levanta de la mesa y grita:

—¡Mamá! ¡Ahora vengo!

—¿Adónde vas? ¡La comida está lista! —exclama la mujer desde la barra.

—Come tú. Me ha surgido algo. Pero no tardo en volver. Es sólo un momento, voy aquí al lado.

Y, sin decirle nada más a su madre, sale apresuradamente de la cafetería. Camina muy de prisa. El metro está a menos de cinco minutos de Constanza. ¿Seguirá César allí? Si vuelve a encontrárselo, dejará las cosas claras de una vez por todas. Quiere la verdad. La única verdad. ¿Quién es en realidad? ¿Cuántas mentiras le ha contado? ¿Por qué la sigue y le escribe tantos mensajes si apenas se conocen?

Necesita respuestas. Y esta vez no se conformará con cualquier cosa.

Mientras se dirige hacia la estación de La Latina recibe un mensaje en la BlackBerry. Es de Raúl, que pregunta si alguien se apunta esa tarde a ir al cine. ¿Y eso? Imaginaba que pasarían algo de tiempo juntos, pero solos. Además, tiene que ayudar a su madre después de comer. Qué extraño. Seguro que ha sido cosa de Elísabet. Eso la pone nerviosa. Si no va, puede que su amiga se aproveche e intente algo con el chico. Aunque no debe desconfiar de él. Le está demostrando que quiere intentarlo de verdad. Sin embargo, de la que no se fía es de Elísabet.

Luego hablará con él. Primero debe resolver otro asunto.

Llega a la boca del metro y, a toda prisa, baja la escalera. Al fondo del pasillo, oye la melodía de una guitarra y una voz rasgada que le resulta muy familiar. Lo que suena es *Kiss me*, de Ed Sheeran.

Valeria se acerca al lugar del que proviene la música. Sus pasos son rápidos y decididos. Está muy cerca de solucionar algunas cuestiones.

Ya lo ve. César está sentado en un taburete pequeño y tiene las piernas cruzadas. Lleva una boina de Kangoo puesta hacia atrás y un jersey gris muy fino, con una camiseta blanca debajo. Un grupito de chicas vestidas con el uniforme del colegio lo observan embobadas. Él las mira de vez en cuando, y les sonríe. Val se coloca junto a ellas y saluda al joven con la mano. Éste no parece sorprendido de verla; le guiña un ojo y continúa cantando.

Valeria debe reconocer que el chico lo hace genial. Es lo único que sabe de él con seguridad: que es un artista increíble. Esa versión es fantástica.

Termina el tema y las colegialas aplauden entusiasmadas. César se levanta y las besa a todas en la mejilla, una por una. Las chicas no pueden creerse que ese chico tan guapo y que canta tan bien les haya dado un beso. ¡Seguro que es famoso o que pronto lo será! Entre grititos, se marchan hacia una de las salidas de la estación.

—Las tienes locas —comenta Valeria cuando se quedan solos.

—No es para tanto.

Coge el taburete y le pide a la chica que lo siga.

—¿Adónde vamos?

—A dejar esto. No pretenderás que vayamos a comer cargados...

—¿Qué? ¡No voy a comer contigo!

César se encoge de hombros y se dirige hacia la taquilla. Allí habla con una señora que ríe con cada frase que le suelta. Da la impresión de que se conocen desde hace tiempo. Finalmente, el joven le entrega el taburete a la mujer y ella lo guarda dentro de la cabina desde la que atienden a los clientes. El joven le da dos besos y regresa junto a Valeria.

—Bueno, ya está. ¿Tomamos algo?

—No. Mi madre me ha preparado la comida.

—Pues yo tengo que comer. Puedes mirarme mientras lo hago, si quieres —suelta sonriente.

Valeria se sonroja. Tonto. Sabe cómo ponerla nerviosa. Desde el sábado por la noche, cuando le gastó la broma del bautizo, lo ha conseguido siempre que se lo ha propuesto. ¡Qué rabia!

Los dos caminan por el pasillo hacia la puerta de salida.

—Tenemos que hablar.

—Bien. Hablemos —dice él tranquilamente.

—¿Cómo te llamas?

—¿Cómo me llamo? ¿Me lo estás preguntando en serio?

—Totalmente.

César ríe y sube por la escalera de la estación sin responderle. La chica lo sigue, expectante. ¿No va a contestarle?

—Soy César. No imaginaba que tuvieras tan mala memoria.

—¡No es mala memoria! ¡Me acordaba! Pero ¿te llamas así de verdad?

—Eso dicen mis padres.

—No te andes por las ramas. ¿Te llamas César de verdad sí o no? ¡No me mientas!

—Sí.

Los dos salen a la calle y comienzan a caminar en dirección contraria a la cafetería Constanza.

—¿Y tus apellidos?

—¿Para qué quieres saber mis apellidos? ¿Qué más da eso?

—Quiero saberlos. ¿Cuáles son?

—Pérez Vidal —apunta con una sonrisa—. ¿Alguna cosa más?

—Muchas.

—Pues si quieres que te conteste, acompáñame a comer. Estoy muerto de hambre.

—Ya te he dicho que no voy a ir a comer contigo. Mi madre me ha preparado ensalada de pasta y tortilla.

—¡Qué rico! Podrías invitarme.

Empieza a sacarla de sus casillas. Pero cada vez que se fija en sus ojos... ¡Es incapaz de enfadarse con él! Sólo consigue sonrojarse más. ¿Por qué tiene que ser tan guapo?

—Venga, ¿dónde quieres ir a comer? —termina por preguntarle. Es tan atrevido que lo ve capaz de presentarse en Constanza y de hacerse amigo de su madre.

—A cualquier parte. Por aquí hay mil sitios. Bueno, qué te voy a decir a ti, que vives por esta zona. Los conocerás todos.

—No suelo ir a comer fuera.

—Claro, teniendo una cafetería propia... ¿Cómo se llama?

—No voy a decírtelo.

—Ah, es verdad. Que no te fías de mí —dice mientras se coloca bien la boina—. Aunque podría averiguarlo.

—¿Cómo?

—Recuerda que estudio Periodismo. No sería difícil.

Es un farol. No lo cree. Por mucha carrera de Periodismo que estudie, si es que es realmente eso lo que estudia... Si Valeria tuviera que apostar, diría que ni tan siquiera va a la universidad.

—¿Por qué te intereso tanto?

—¿Qué te hace pensar que me interesas?

—No has parado de seguirme desde que nos conocimos.

—¿Que yo te he seguido? —pregunta haciéndose el sorprendido—. Que yo sepa, las tres primeras veces que nos vimos fue por casualidad. Y ayer, después de comer, sólo te vigilé para que no te pasara nada. La sangría te afectó más de lo que podía imaginarme. Y hoy... la que has venido a verme has sido tú.

¡Quiere gritar! No es capaz de pillarlo nunca. Un tío tan ingenioso como éste no debería estar tocando la guitarra en el metro, sino haciendo monólogos en «El Club de la Comedia».

—Sabías que iría al metro.

—No, no lo sabía.

—Ayer te dije que mi madre tenía la cafetería por La Latina. Había muchas posibilidades de que estuviera cerca de ti y fuera a verte. Incluso de que tropezáramos por «casualidad» una vez más. ¡Lo tenías todo calculado!

—¿Y por qué iba a imaginar que vendrías a verme?

—Eh...

—A ver si la que está interesada en mí eres tú...

—Pero... pero...

El pitido de la BlackBerry la salva. Enfurecida, la examina. María ha contestado que esa tarde no irá al cine porque la pasará con su padre y su hermana. Una menos.

—¿Entramos aquí? —pregunta César tras detenerse delante de un bar de pinchos—. Parece bueno y no demasiado caro.

—Como quieras. Pero no pienso probar nada. Sólo quiero que me respondas a unas cuantas cosas.

—Eres especialista en interrogatorios —comenta el joven sin dejar de sonreír mientras abre la puerta del local—. Entremos, que me muero de hambre.

La invita a pasar delante y él la sigue. Hay bastante gente y mucho ruido. Sólo queda libre una mesita del fondo, pero tiene puesto encima el cartelito de reservado.

César se acerca a una camarera y comienza a dialogar con ella. Es bastante mona, y no deja de sonreír con lo que el joven le cuenta. A Valeria la escena le recuerda mucho a la que tuvo lugar en la discoteca con la camarera del reservado. Está muy claro que César tiene un don para el sexo femenino.

Por fin, tras una animada conversación en la que prácticamente los dos se hablan al oído, ella le dice que puede ocupar la mesa.

—No me digas que tenías una mesa reservada aquí —susurra Valeria cuando llega hasta él.

—Claro que no. ¿Cómo iba a reservar una mesa si ni siquiera sabía que existía este sitio?

—¿Y por qué nos ha dejado ocuparla?

—No me hagas revelar mis secretos para conseguir ciertas cosas.

¿Que no le haga revelar sus secretos? ¡Menudo morro!

Los chicos se sientan a la mesa y retiran el cartelito. César examina la carta detenidamente. Valeria lo contempla molesta. Muy molesta. Tiene hambre, pero no piensa comer nada en absoluto.

—¿Podemos hablar ya?

—¿Seguro que no quieres nada?

—¡Segurísimo!

—Bueno. Como tú veas.

Una nueva sonrisa de César desespera a Valeria, que tamborilea con los dedos sobre la mesa mientras él continúa mirando el menú. Instantes después, la camarera se aproxima a ellos y les pregunta qué van a tomar. El joven le responde que aún no lo han decidido, pero que puede ir trayendo una jarra de sangría para dos. La muchacha sonríe y se retira.

—¿Todavía no te has enterado? ¡No quiero tomar nada! —exclama Valeria resoplando.

—Ya lo sé.

—¿Y por qué pides sangría para dos?

—Por si cambias de opinión durante la charla. Más vale que sobre a que falte, ¿no?

—No cambiaré de opinión.

Si quiere que coma o beba, no va a salirse con la suya. Esta vez no.

De nuevo, suena su BlackBerry. La saca y lee el mensaje que Ester ha escrito en el WhatsApp del Club de los Incomprendidos:

No puedo ir esta tarde al cine. Pasadlo bien vosotros. Besos.

Y, unos segundos después, es Bruno el que comenta lo mismo, que tampoco cuenten con él. Sólo quedan ella, Eli y Raúl. Si ella no va, será como una cita entre los otros dos. ¿Se atreverá el chico a ir al cine a solas con su amiga después de todo lo que ha sucedido entre ellos? ¡No puede consentirlo!

Protesta en voz baja y piensa en qué puede hacer.

—¿Problemas?

—¿Qué?

—Que si te han dado malas noticias.

—Ni buenas ni malas —responde muy seca—. Varios de mis amigos no pueden ir al cine esta tarde.

—Si quieres yo puedo ir contigo.

Valeria hace una mueca y niega con la cabeza.

La camarera regresa con una jarra de sangría y dos vasos de cristal. Les coloca uno a cada uno delante, y vuelve a preguntarle a César qué van a comer. Éste pide un bocadillo de calamares partido en dos. La chica lo apunta en una pequeña libreta y se retira.

—¿Nunca te das por vencido?

—¿Por qué lo dices? —pregunta el joven mientras llena los dos vasos.

—Ni voy a beber sangría ni me voy a comer medio bocadillo de calamares.

—Me parece bien. Eso sería consecuente con lo que has venido diciendo desde que nos vimos en el metro.

Y, sonriente, coge el vaso y bebe un gran trago. Se limpia la boca con una servilleta y, tras apoyar los codos sobre la mesa, mira fijamente a Valeria.

—¿Por qué no has ido hoy a clase? —quiere saber ella, que empieza a notar el calor en las mejillas.

—¿Quién te ha dicho que no he ido?

—Puedes mentirme, pero no puedes estar en dos sitios a la vez. Si estás tocando en el metro, no puedes estar en la facultad.

—He estado esta mañana y me he vuelto sobre las doce. Ha faltado un profesor a última hora y he aprovechado para ganar unos eurillos.

—¿Te llevas la guitarra y el taburete a la universidad?

—A veces —contesta, y le da otro sorbo a la sangría—. Aunque hoy no ha sido el caso. Primero he pasado por mi piso.

El sonido de la BlackBerry rosa de Valeria interrumpe la conversación. En esta ocasión no se trata del WhatsApp. Eli la está llamando. ¿Lo coge? No le queda otra.

—Perdona, un momento.

—No te preocupes. No me moveré de aquí sin ti.

La chica se levanta de la silla y responde mientras camina hacia la salida del local.

—¿Sí?

—Hola, Val. ¿Interrumpo? ¿Estás comiendo?

—No. De momento no. ¿Qué pasa?

—Mmm. Tengo que pedirte una cosa. —Eli se queda en silencio un instante.

—¿El qué? Cuéntame.

—Quiero que esta tarde no vengas al cine con Raúl y conmigo. Necesito estar a solas con él.

CAPÍTULO 51

—¿Y ese Álex es de fiar?

Gadea mira a su hermana pequeña. ¡A ver qué le dice María a su padre sobre su novio! Los tres están comiendo en un restaurante de Madrid. Después de un largo paseo por la ciudad, Ernesto y María han recogido a la mayor de las hermanas en la universidad y, juntos, han ido hasta el centro.

—Mmm. Es un buen chico —responde la pelirroja sin mucho entusiasmo.

—Es el mejor.

—Tanto como el mejor...

—¡Lo es! Y me quiere muchísimo.

—Más bien te soporta.

—Yo soy muy fácil de soportar. No doy ningún problema.

—Será cuando duermes... Aunque anoche te oí roncar.

—¡Yo no ronco!

—¿Cómo lo sabes, si duermes mientras lo haces?

—¿Y cómo lo sabes tú, si duermes en otra habitación?

—Pues fíjate si roncas fuerte que te oigo desde mi cuarto. ¡Y con la puerta cerrada!

Ernesto contempla sonriente la divertida discusión entre sus hijas. ¡Cuánto echa de menos momentos como aquél! Muchas veces ha pensado que tal vez se equivocó al marcharse a vivir a Barcelona tras la separación de su mujer. Pero en aquel instante creyó que era lo más conveniente y lo mejor para todas las partes. Especialmente para ellas, a las que intentó no poner en medio de cualquier conflicto que pudiera surgir. Sin embargo, el precio que está pagando, no disfrutar de la niñez y adolescencia de sus hijas, es muy alto.

—Venga, no os enfadéis —dice el hombre mientras corta su solomillo—. Podrías haber invitado a Álex a comer con nosotros.

—¿Qué? ¡Ni de coña!

—¿Por qué?

—Porque no. Le harías el tercer grado y el pobre lo pasaría fatal.

—Pues algún día tendré que conocerlo, ¿no?

—Cuando nos casemos.

Aquello provoca que tanto María como su padre estén a punto de atragantarse con la comida. Los dos miran a la chica estupefactos, con los ojos muy abiertos.

—¿Cómo? ¿Casaros?

—¡Ahora no! —exclama Gadea sonrojándose—. Dentro de unos años. Somos muy jóvenes para el matrimonio.

—¡Qué susto! Me imaginaba que al vivir lejos de vosotras me perdía cosas, pero no tan importantes.

—No te preocupes, papá. Si me caso o me quedo embarazada, te enterarás el mismo día que me entere yo.

—¿Embarazada?

—Bueno... ya sabes... Una chica y un chico, cuando salen... Ay... Pero no te preocupes, que sé que... Tomo precauciones y eso.

La chica agacha la cabeza avergonzada y busca desesperada una hoja de lechuga o un trozo de tomate que llevarse a la boca.

—Y a ti, ¿no te gusta ningún chico? —le pregunta Ernesto a su otra hija. Quiere cambiar de tema para salir de esa situación tan embarazosa.

—Eh...

—Le gusta Bruno. ¿Te acuerdas de él?

—¿El chaval bajito?

—No me gusta Bruno —protesta María, fulminando a su hermana con la mirada—. Y ha crecido bastante desde la última vez que lo viste.

—Cinco centímetros.

—No es verdad. Ya es más alto que yo.

—Bueno, eso tampoco es muy difícil.

—Mira... No te pases, ¿eh?

El hombre da unos toquecitos con el tenedor en el plato para calmar a sus hijas. Las dos chicas dejan de discutir, se tranquilizan y continúan comiendo.

—Me parece que os habéis hecho mayores y yo no me he enterado.

—Eso lo dirás por Gadea, yo sigo siendo una cría —lo contradice María.

—Lo digo por las dos. Es increíble cómo pasa el tiempo y cómo crecéis.

—Es normal que pase eso, papá —señala la hermana mayor—. Lo que ocurre es que, como tú nos ves sólo de vez en cuando, lo notas más.

—Ya lo sé, hija.

El hombre suspira resignado. No las ve todo lo que quisiera. Le encantaría compartir más días como aquél con ellas. Ir más veces a Madrid y comer juntos, pasear, hablar de sus cosas... Pero sabe que, por su trabajo, no puede. Y se siente mal por ello. Si al menos una de las dos se fuera a vivir con él, como María le ha dicho esta mañana, todo cambiaría. Supondría un soplo de aire fresco y una nueva ilusión en su vida. Lo ha estado pensando durante todo el día. Tanto para una como para otra, aquél sería un cambio enorme. Dejarían mucho en Madrid. Sin embargo, tendrían la oportunidad de experimentar algo diferente y quién sabe si mejor. Y él no se sentiría tan solo. ¿Es egoísta querer que una de sus hijas se vaya con él a Barcelona?

Sí, es egoísta. Pero necesita algo que incentive su vida. Mañana regresará y, cuando llegue a su casa, volverá a sentir ese vacío por dentro y por fuera. No habrá nadie a quien contarle cómo está ni nadie con quien compartir sus alegrías o sus preocupaciones. Otra vez solo.

—Papá, ¿qué te ocurre? Te has quedado muy callado de repente —le dice Gadea mientras juguetea con el tenedor y la lechuga.

—¿Te encuentras bien?

A Ernesto se le han humedecido los ojos. Los abre y los cierra muy rápido un par de veces y después sonríe.

—Sé que le aseguré a María que no iba a preguntarle sobre el tema hasta mañana. Pero es que no dejo de pensar en ello.

—¿En qué tema? —pregunta la hija mayor, sorprendida.

—Le he contado a papá lo de irnos una de las dos a vivir con él durante unos meses —le aclara la chica pelirroja.

—Ah.

Los tres guardan un momento de silencio mientras el camarero se acerca a la mesa y rellena la copa de vino del hombre. Éste le da las gracias y bebe un poco. Luego, mira a Gadea.

—Quedamos en que hoy no hablaríamos más del asunto, en que nos dedicaríamos a disfrutar del día y mañana, antes de irme, le preguntaría sobre su decisión. Pero no he conseguido quitármelo de la cabeza desde que me lo ha contado.

—Entonces, sólo consideras la posibilidad de que sea mi hermana la que se vaya contigo.

—No. Me da igual cuál de las dos venga. Os quiero exactamente lo mismo. Pero sé que tú no puedes venirte a vivir a Barcelona, Gadea.

—Es que la universidad... y mi novio... Me comprendes, ¿verdad?

—Sí. Lo entiendo. Y lo comprendería también si ella prefiriera quedarse aquí.

El hombre, entonces, se fija en su hija pequeña, que ha dejado los cubiertos encima del plato y apoyado el rostro sobre las manos. María contempla los ojos brillantes de su padre. Llorosos. Lamenta que esté así, y la única manera de que empiece a ver las cosas de otra manera es que se marche con él.

Los echará muchísimo de menos a todos, en especial a Bruno y a Ester. Y puede que aquélla sea la primera piedra de su distanciamiento, algo que le dolería muchísimo. Pero su padre la necesita, así que la decisión está tomada.

—Me iré contigo, papá —responde con una sonrisa.

—¿Sí? ¿Lo has pensado bien? No quiero que te veas obligada a...

—Lo he pensado bien.

—¿Estás segura?

—Sí. Será una nueva experiencia para mí.

María se vuelve hacia su hermana mayor, que también tiene los ojos vidriosos. Se le han puesto rojos y apenas puede contener la emoción. Aprieta los labios con fuerza y respira profundamente.

—No puedes imaginarte lo feliz que me haces, pequeña.

—Me alegro mucho, papá.

—Lo pasaremos bien los dos juntos. Haremos un buen equipo.

—Claro que sí.

La chica sonríe y bebe un poco de agua. Aunque acaba de decir que se marcha a Barcelona, todavía no se cree que vaya a hacerlo. No asimila que está a punto de comenzar una vida nueva y que todo será diferente para ella dentro de unas cuantas semanas.

Todo no. Será difícil que su corazón cambie de opinión. Eso sigue viéndolo imposible. Aunque la distancia quizá consiga hacerle olvidar lo que por sí misma no ha logrado borrar durante todos esos días de sufrimiento interior.

CAPÍTULO 52

—¿Cómo dices?

Lo que le acaba de pedir Elísabet la sorprende muchísimo. Le tiemblan los dedos con los que sujeta la BlackBerry.

—Si vamos solos al cine sería una buena oportunidad para mí, nena. Una peli, la oscuridad de la sala, sentados el uno al lado del otro... ¡Es perfecto!

—¿Vas a intentar algo con Raúl en el cine?

—Sí. Pero necesito que estemos solos. Meri, Ester y Bruno ya han dicho que no van. Sólo faltas tú.

Para Valeria esa propuesta es una encrucijada: si accede a lo que le ha pedido su amiga, Raúl y ella pasarán una tarde solos en el cine, con las posibles consecuencias que eso conllevaría; y si se niega, Elísabet se enfadará mucho con ella. Aparte de que no encuentra ninguna razón coherente para negarse, y de que esta tarde debe ayudar a su madre en la cafetería...

—¿Y crees que Raúl querrá ir solo al cine contigo?

—Pues seguramente no. Se inventaría algo para no ir y anularlo. Por eso necesito que no avises de que no irás.

—¿Quieres que mienta?

—No es mentir, nena. Simplemente, no respondas en el WhatsApp.

—Pero eso hará que Raúl crea que también voy.

—¡Y qué más da!

—También es mi amigo, y no quiero mentirle.

Un suspiro al otro lado de la línea le indica a Valeria que Elísabet está empezando a desesperarse. Si fuera con otro, está claro que la ayudaría y no iría. ¡Pero es que quiere ligarse a su chico!

—Nena, ¿vas a echarme una mano con esto o no?

Su tono es amenazante. Valeria no sabe qué hacer. Tampoco tiene la cabeza como para pensar demasiado rápido... Dentro del bar la esperan César y un montón de preguntas por contestar, y en su BB de color rosa la presiona su mejor amiga, que quiere liarse esta tarde con el chico con quien ella mantiene, en secreto, algo parecido a una relación. ¡Necesita tiempo para pensar! ¡Tiempo para decidir qué hacer!

Y lo único que se le ocurre para ganar ese tiempo es... colgar. Sin avisar a Eli ni despedirse de ella, pulsa el botón y finaliza la llamada.

No está orgullosa de lo que acaba de hacer, pero no le quedaba otra opción. Tiene unos segundos para buscar una solución antes de que Elísabet vuelva a llamarla.

¿Qué le responde?

Tan sólo puede hablar con Raúl y contarle lo que su amiga está tramando. Que él también busque una excusa y no vaya. Pero eso podría hacer sospechar a Elísabet. Además, que él la rechazara una vez más haría que su amiga se sintiera mal.

El teléfono vuelve a sonar. Valeria está nerviosa. No responde ni al primer ni al segundo bip. Piensa muchas cosas en muy poco tiempo.

¿Y si deja que las cosas sigan su curso? Ella no va el cine y ellos dos pasan la tarde juntos, como le ha pedido Eli. Valeria tendrá que confiar en Raúl y esperar que no suceda nada entre ambos. ¿Es eso lo mejor que puede hacer? No lo sabe, pero es lo único que se le ocurre.

Responde cuando la llamada va a terminar.

—¿Sí?

—¡Nena! ¿Dónde te habías metido? —pregunta Elísabet enfadada.

—Perdona, se ha cortado. Estoy en un sitio con poca cobertura.

—Bueno, al final ¿qué vas a hacer esta tarde?

—No iré —murmura poco convencida de su decisión—. Os dejaré solos, como me has pedido.

—¿Sí? ¿Hablas en serio?

—Sí.

—¡Genial! ¡Eres increíble, Val!

—Aunque no me gusta nada mentirle a Raúl.

—No es mentirle. Como ya te he dicho, con no responder en el WhatsApp del grupo es suficiente. Eso no es mentir.

—Lo que tú digas.

—Venga, no te enfades. Cuando Raúl y yo seamos novios, todo te lo deberé a ti. Eres una gran amiga. ¡La mejor amiga!

La chica resopla y se cruza de brazos. Se apoya contra la pared del local y se lamenta por la situación. No tendría que haber cedido. Ahora Eli tendrá una nueva oportunidad de acercarse a Raúl y ella habrá colaborado en ello. Pero ¿qué podía hacer si no?

—Oye, tengo que irme. Me están esperando.

—Bien. Ya te contaré qué tal va todo. Puede que la próxima vez que hablemos tenga una gran noticia.

—Ya me contarás. Adiós, Eli.

—¡Adiós, nena! ¡Y muchas gracias!

Las dos chicas cuelgan. Valeria se queda pensativa durante un instante. ¿Y ahora? Debe llamar a Raúl para explicárselo todo. Aunque lo hará después. Lleva un rato fuera del bar, y César está esperándola. No quiere ser desconsiderada con él. Tal vez sea un mentiroso compulsivo, pero hasta ese momento se ha portado muy bien con ella. Incluso le apetece un vaso de sangría. Así que, cuando regresa otra vez a la mesa, sin decirle nada, coge su copa y se la bebe de un trago. Está fresquita y no sabe prácticamente a alcohol, por lo que le entra muy bien.

—Una de dos: o quien te ha llamado te ha dicho que te ha tocado la lotería o alguien ha atropellado a tu gato.

—Ni juego a la lotería ni tengo gato.

—Me alegro por lo segundo.

El joven sonríe y también bebe de su vaso. Se lo termina y llena de nuevo las copas hasta arriba.

—¿Siempre son tan complicadas las cosas? —pregunta Valeria cuando recupera su copa.

—No sé qué te ha pasado. Pero, normalmente, todo tiene un lado sencillo y otro complicado. Solemos ir por el complicado.

—¿Y eso por qué?

—Porque nos gusta darle emoción a la vida. Si todo fuera fácil, no apreciaríamos lo que cuesta conseguir llegar a la meta. Los caminos casi siempre son rectos, y hasta tienen atajos, pero los humanos tendemos a encararlos por donde más dificultades haya.

—Qué filosófico.

—Me gusta filosofar.

—El sábado podrías haberme dicho que estudias filosofía.

—Pero es que no estudio filosofía. Hago Periodismo.

Valeria lo mira. César vuelve a sonreír de esa manera tan particular que hace que todos se rindan ante él. Pero ella no va a caer en la tentación, por muy guapo que sea. Es hora de saber la verdad.

—César, deja ya ese papel, por favor. No me creo que seas estudiante de Periodismo.

—¿Por qué no?

—Porque no. Me has estado mintiendo desde el principio.

—¿Tú crees?

Por la expresión de su rostro, parece que lo que ella le reprocha le divierte. Sin embargo, Valeria no está dispuesta a dejarlo escapar esta vez.

—Por supuesto. —Y bebe un poco más de sangría. Siente que las mejillas empiezan a arderle—. ¿Por qué no me dices de una vez por todas quién demonios eres y qué quieres de mí?

—Soy César, estudio Periodismo y quiero conocerte.

—Bah. Así no vas a conseguir que seamos amigos.

—¿No?

—Para nada. Sólo un tonto podría creerse que todos los encuentros que hemos tenido han sido por casualidad, que el sábado no me seguiste hasta la discoteca y que hoy no has planeado todo esto solamente para quedar conmigo otra vez.

—¿Piensas que yo lo he organizado todo?

—Sí. Todo, todo.

César sonríe. Contempla con simpatía a la jovencita que tiene enfrente. Sus mejillas sonrosadas le divierten. Sabe que el alcohol de la sangría ya le está afectando. Como ayer, cuando comieron juntos en los Cien Montaditos.

La camarera de antes llega con un bocadillo de calamares partido en dos. Coloca el plato sobre la mesa y rellena los vasos de los dos. Valeria se lanza sobre el suyo y vuelve a beber.

—¿Qué parte quieres? —le pregunta César cuando se quedan solos.

—Ninguna. Ya te he dicho que no pienso comer nada.

—Tampoco ibas a beber y ya llevas dos vasos. Casi tres.

—Bah.

—¿Seguro que no quieres?

—Quiero respuestas. Saber la verdad. Y no me iré de aquí hasta que descubra qué es lo que pretendes.

—Pero ¿por qué estás tan convencida de que te he estado mintiendo todo este tiempo?

—Porque está muy claro que no eres quien dices ser. ¡Y no me digas más veces que eres estudiante de Periodismo y que nos hemos encontrado en tantas ocasiones porque el destino así lo ha querido!

—Eres muy insistente.

—Puedes llamarme lo que quieras. Hasta pesada. Pero dime la verdad.

—¿Quieres saber la verdad?

—Sí. De una vez por todas. Si no, ni el mismísimo destino hará que volvamos a vernos.

El joven la mira a los ojos. Esta vez no sonríe. Ella también lo mira, con sus pómulos rojísimos a consecuencia de la mezcla entre los efectos de la sangría que ha bebido y su tendencia a enrojecer cuando se siente indefensa.

—Está bien. Te diré la verdad —concede César muy serio—. Mi verdadero nombre es Carlos Alvarado. Y, como bien has adivinado, no estudio tercero de Periodismo.

CAPÍTULO 53

¡Lo sabía! ¡Estaba segura de que había estado interpretando un papel! ¡No se equivocaba! Sin embargo, que César, o Carlos, le suelte eso de repente no deja de ser algo sorprendente para Valeria.

—¿Y ahora cómo te llamo?

—Como quieras.

—¿Tu nombre real es Carlos?

—Eso he dicho.

—Pues te llamaré así —decide mientras se lleva el vaso a la boca.

Pero esta vez sólo se moja los labios. No bebe. Se da cuenta de que la sangría se le está subiendo a la cabeza muy de prisa y de que sus ideas empiezan a estar algo confusas. Si no controla, terminará como ayer. Y no desea que eso ocurra. Abandona la copa encima de la mesa y apoya la barbilla sobre las manos. Basta de alcohol por hoy.

—César es un nombre más bonito. ¿No crees?

—Me da lo mismo. Tu nombre es tu nombre... Por algo te lo pondrían tus padres.

—Pues llámame Carlos, entonces.

—Bien, Carlos. Empieza a hablar. Quiero saberlo todo.

—Pregunta.

—Tengo tantas dudas en la cabeza, que ni te imaginas

la de vueltas que me está dando por tu culpa. Pero podrías comenzar presentándote y aclarándome de una vez quién eres de verdad.

El joven, antes de hablar, le da un mordisco a una de las mitades del bocadillo de calamares. Valeria lo observa mientras mastica. Que le haya mentido no quiere decir que el chico no siga siendo guapísimo y, tal vez, el más ingenioso que haya conocido en su vida. Pero no sabe si podrá perdonarle los tres días de engaños. Está ansiosa por descubrir la verdad.

—Como te he dicho, mi nombre es Carlos Alvarado. Tengo veintidós años y no estudio ninguna carrera. Mi única ocupación es la que has visto en el metro: canto, toco la guitarra, rapeo... Y eso me da para pagar el alquiler de una habitación en Madrid, la comida y la factura del teléfono.

—¿No compartes piso?

—Comparto una planta entera. Vivo con varios chicos en una especie de albergue juvenil que regenta una señora que nos cobra un alquiler al mes. Somos siete. Un solo baño, un comedor, una lavadora...

—Entonces ¿cómo conocías al tipo de los carnés de la discoteca y a su novia?

Carlos sonríe. Le da otro mordisco al bocadillo y, cuando traga, responde tranquilamente.

—Vi a tu amigo hablando con él y, más tarde, entregándole el dinero de vuestras entradas. Cuando entrasteis en la disco, no me resultó difícil sacarle la información. Estuvimos hablando un buen rato y me contó quiénes erais y qué queríais. Me acerqué a él para ofrecerme a cantar gratis en el local. Incluso le hice una demostración y quedó encantado. No sé si la camarera es su novia o no, pero fue muy agradable conmigo, y después...

—Espera, espera, espera. Me pierdo. ¿Estás diciéndome que no conocías ni al de los carnés ni a la otra chica?

—No. No los conocía.

Increíble. El joven ha sido capaz de crear una historia de la nada. Se lo ha inventado todo sobre la marcha. Pero ¿con qué fin?

—¿Y por qué fuiste a la discoteca? ¿Nos seguiste?

—Esa historia es muy larga. Pero sí, os seguí —responde sonriente—. Bueno, en realidad te seguí a ti.

—¿A mí?

—Sí. Tampoco fue muy complicado.

—¿Por qué? ¿Por qué me seguiste? ¡No entiendo nada!

—Ya te he dicho que es una historia muy larga.

—¡Cuéntamela! —le ordena alterada—. ¡Quiero escucharla!

Está muy tensa. Esto parece sacado de una película o de una cámara oculta. Le acuden a la cabeza los programas de «Inocente, Inocente» que ponen en la tele todos los 28 de diciembre. En ellos, les gastan bromas a varios famosos. Pero ella no es famosa, y tampoco cree que nadie vaya a tomarse tantas molestias en prepararle un montaje de ese tipo.

—Bueno, te la contaré —dice Carlos sin dejar de sonreír—. Todo empezó hace un par de meses.

—¿Un par de meses? —lo interrumpe Valeria.

—Sí. Hace un par de meses que te vi por primera vez.

—¡Qué dices! ¿De verdad? ¿Dónde?

—En la calle. En la plaza del Sol. Yo estaba por allí ganando un dinerito.

—¿En serio? Pues no me acuerdo de ti —comenta ella al tiempo que, sin éxito, trata de recordarlo—. Hasta el sábado nunca te había visto tocar.

—Es que no estaba tocando.

—Me estás volviendo loca. ¿No acabas de decirme que estabas ganando dinero cuando me viste por primera vez?

—Sí. Pero no cantaba ni tocaba la guitarra. Hacía de mimo.

¡De mimo! Valeria se queda sin palabras. Ese tío es una caja de sorpresas.

—Sigue, por favor.

—Pues aquel día de septiembre, mientras realizaba mi actuación, te vi. Ibas con una amiga, una muy guapa.

—Eli.

—No sé cómo se llama. Pero debe de ser ésa. El sábado también estaba contigo.

—Sí, sería ella.

No puede tratarse de otra. Cuanto más avanza la historia, más inquietante e inverosímil resulta.

—Las dos caminabais juntas, riendo y comentando algo entre vosotras. Y, de repente, os parasteis delante de mí.

—¿Estuvimos a tu lado?

—Sí. Y entonces... miraste hacia donde estaba yo, no sé si fijándote en mí o en otra cosa, y sonreíste. Fue la sonrisa más bonita que hubiera visto jamás.

Valeria se sonroja. No recuerda nada de lo que le está contando. Pero es posible que fuese así. Suelen ir bastante por Sol. Nunca se fijan en los mimos, así que no se imaginaba que uno de ellos pudiera haberse fijado en ella.

—¿Y me viste más veces?

—Sí. Un par de veces más. Pero hasta el sábado no me atreví a decirte nada. Fue una suerte que te dejaras el bonometro en casa. Fue como una señal divina, del destino o de lo que quieras creer. De manera que aproveché la oportunidad para hablar contigo. El resto ya lo sabes.

—Me seguiste y luego provocaste el encuentro en la discoteca, cuando estaba sola.

—Así es. Fue fácil, y también muy divertido.

Valeria no sale de su asombro. Es una historia increíble. Pero aún hay muchas cosas sobre las que preguntarle. Especialmente una. La principal. Lo que sería el móvil en un asesinato.

—¿Y todo esto por qué? No lo comprendo. ¿Por qué tanto interés en seguirme?

—¿De verdad no lo sabes?

—No, no lo sé.

El joven bebe de su vaso una vez más. Se moja los labios en la sangría. Coge una servilleta de papel y se limpia con total tranquilidad. Lo hace todo a su ritmo, con parsimonia. Es como si nunca se inquietara, pase lo que pase.

—Porque me he enamorado de ti.

Silencio. Un gran y absoluto silencio invade la mesa que comparten Valeria y Carlos. La chica se frota los ojos, muy nerviosa. Se muerde los labios. Y, aunque se había prometido a sí misma no beber más sangría, le da otro trago a su vaso. Aquello la ayuda a hablar.

—¿Cómo vas a estar enamorado de mí? ¡Eso es imposible!

—¿Por qué? Los flechazos existen.

—Sí. Pero... no me conoces de nada. Apenas nos hemos visto dos o tres veces...

—Te conozco lo suficiente. Y me gustaste desde el primer momento en que te vi. No necesito más.

¿Un tío como ése enamorado de ella? No encaja. No tiene sentido. La supera en todo: belleza, inteligencia, experiencia... Es irreal que aquello esté pasando. Le tiembla todo el cuerpo sólo de pensarlo. Tiene más preguntas. Querría saber más cosas de él y de su vida. Pero es imposible centrarse. Necesita recapacitar. Poner la cabeza en orden y reflexionar. Desde el sábado, no dejan de suceder en su vida cosas increíbles que debe analizar.

—Tengo que irme —anuncia Valeria tras levantarse apresuradamente.

—¿Ya te vas?

—Sí. Mi madre me espera.

—¿No quieres preguntarme nada más?

—Sí. Pero no ahora.

—Bien. Eso es buena señal.

—¿Cómo?

—Si quieres preguntarme más cosas, significa que volveremos a vernos.

—No sé, Ce... Carlos. Necesito descansar y pensar. Ahora mismo estoy muy confusa.

—Y tendrás hambre y querrás comer. Al final te has salido con la tuya y no has probado el bocadillo.

—Para algunas cosas soy un poco cabezota.

—Como todos. No conozco a nadie que diga de sí mismo que no es cabezota.

Eso es cierto. La cabezonería es un pecado común y fácil de reconocer.

—Bueno, me marcho. Muchas gracias por la sangría.

El joven también se pone de pie y, rodeando la mesa, se coloca frente a ella.

—¿Me dejas darte un beso? —pregunta sorprendiéndola una vez más.

—¿En los labios?

—Sí. De despedida. Por si acaso tu cabeza, el destino o lo que sea no quiere que volvamos a vernos.

—¿Como si fuera un último recuerdo?

—Algo así.

Valeria sospecha que no será así. Cuanto más lo mira, más guapo le parece. Ahora que sabe la verdad, su atracción hacia él es incluso mayor. Su sinceridad ha terminado de conquistarla, a pesar de que su mente rebosa confusión.

—¿Y si me besas y no es la última vez que nos vemos?

—Será porque beso bien y quieres repetir.

¿Cómo puede ocurrírsele siempre la frase perfecta en cada momento? Sin ninguna duda, es un chico especial. Pero ella quiere a alguien que también lo es. Alguien para quien se ha reservado durante mucho tiempo y a quien por fin ha logrado tener como algo más que un simple amigo. Y a quien le debe una llamada de teléfono.

—Lo siento, Carlos. No puedo besarte.

Y, despidiéndose con una sonrisa, Valeria camina de prisa por el local y sale a la calle sin que, en esta ocasión, la siga nadie.

CAPÍTULO 54

Los pesados de sus hermanos acaban de irse a las actividades extraescolares. La más pequeña asiste a clases de ballet y el otro juega al tenis. Los dos mayores están en la universidad y no regresarán hasta la noche. Vía libre.

Son casi las cuatro de la tarde y Bruno está nervioso. Ester le ha mandado un mensaje hace unos minutos avisándolo de que ya sale hacia su casa. Por la mañana ella le ha hablado de estudiar, pero imagina que no harán sólo eso. Tienen pendiente una conversación sobre Meri. Explicarle la situación a Ester por el móvil no era lo adecuado. Mejor en persona y cara a cara. Espera no ponerse muy nervioso cuando estén el uno frente al otro en su habitación.

—Bruno, ¿has recogido tu cuarto? —le pregunta su madre, que entra en el dormitorio sin llamar.

—Sí, mamá. Está todo recogido y arreglado.

—Bien.

La mujer echa un vistazo a su alrededor y comprueba que lo que dice su hijo es cierto. Y se sorprende. Normalmente, la habitación suele estar hecha un desastre.

—¿Tienes ropa sucia para lavar?

—No.

—¿Cómo que no? —replica malhumorada—. ¿Y eso qué es?

Se refiere a la sudadera que Bruno ha llevado esa maña-na a clase. La tiene colgada en el respaldo de una silla.

—Está limpia, mamá.

—Limpísima —dice ella tras alcanzarla y olerla—. ¡Mira que te he dicho veces que no dejes la ropa sucia tirada por la casa!

—No está tirada en ningún sitio. Ni tampoco está sucia.

—¡Lo que tú digas!

—Tú con tal de gritarme...

—Si estuvieras como yo, todo el día trabajando y reco-giendo lo que vosotros dejáis tirado, me entenderías un po-quito.

—Siempre me riñes a mí. Al resto de mis hermanos no les dices nada.

—Porque tú eres el más desordenado de todos.

En ese instante, suena el telefonillo del piso. Bruno y su madre se miran. El chico no le ha comentado nada de la vi-sita de Ester. Es la primera vez que lleva a una chica a casa.

—Voy yo —dice resoplando.

—¿Esperas a alguien?

—A una amiga.

—¿Qué? ¿Una chica?

Parece sorprendida. Agradablemente sorprendida. Eso sí que es una gran novedad. Sólo conoce, de refilón, a la pelirroja que lleva gafas, y no recuerda ni su nombre.

—Sí. Viene a estudiar y a pasar la tarde conmigo.

—Ah. Me parece muy bien.

—No nos molestes mucho, ¿vale?

—Claro que no os molestaré, ¿por quién me tomas?

El timbre del telefonillo vuelve a sonar. Bruno corre ha-cia él y su madre lo sigue de cerca. Tiene mucha curiosidad por ver a esa joven.

—¿Sí?

—Hola, soy Ester.

—Hola, te estaba esperando. —Pulsa el botón que abre la puerta del edificio—. ¿Está abierta?

—¡Sí!

El chico sonríe y respira hondo. ¡Qué nervios! ¡Está allí! ¡Ester está allí! Y también su madre. La mujer parece dispuesta a recibirla junto a su hijo.

—Mamá, ¿qué haces?

—Nada.

—¿Cómo que nada? No deberías estar aquí.

—¡Por supuesto que debo! Quiero conocer a nuestra invitada.

—¿Nuestra?

—Es tu amiga, pero viene a mi casa. Es lógico que por lo menos la salude. ¿Qué clase de anfitriona sería si no?

—¿No has dicho que ibas a dejarnos tranquilos?

—Y lo haré. Pero quiero saber quién es.

Bruno mueve la cabeza de un lado a otro, molesto. Su madre es incorregible. Sólo espera que no lo fastidie mientras Ester esté en su casa.

Por fin, unos segundos más tarde, suena el timbre del piso. El chico se anticipa a la mujer y abre la puerta. Sin embargo, su madre asoma la cabeza en cuanto puede. Por encima de los hombros de Bruno contempla a una preciosa jovencita, morena y con el flequillo recto en forma de cortinilla. Tiene un rostro muy agradable y, después de darle dos besos a su hijo, sonríe de una forma muy simpática, arrugando la nariz.

—Hola, señora. Me llamo Ester —le dice; también a ella la saluda con dos besos—. Encantada de conocerla.

—Yo soy Esperanza. Pero trátame de tú, que soy muy joven.

Las dos hablan durante un par de minutos sin que Bruno intervenga. El joven sólo desea que aquello no dure demasiado.

—Mamá, nos vamos a mi habitación —anuncia, algo desesperado, cuando ve que aquello puede prolongarse—. No nos molestes, ¿de acuerdo?

—Hija, ¿ves cómo me habla? ¡Con todo lo que yo hago por él...!

—Sí, mamá, sí.

Y, entre quejas murmuradas, se lleva a Ester hacia su cuarto para evitar que su amiga se vea obligada a responderle a su madre. Deja que la chica entre primero y, una vez que él también pasa, cierra la puerta con fuerza para que la mujer lo oiga.

—No os lleváis demasiado bien, ¿no? —pregunta la joven mientras se sienta en una de las sillas del dormitorio.

—Bueno. Va por rachas.

—Y estáis en una racha difícil.

—Algo así. Aunque está siendo demasiado larga.

—Me parece una mujer muy simpática.

—Eso es porque no la conoces. Si yo te contara...

Bruno coge la otra silla, la acerca hasta Ester y se sienta en ella. Continúa muy tenso. No es que su madre haya ayudado demasiado. Pero no debe culparla. La única responsable de sus nervios está sentada a su lado.

—¿Has vuelto a hablar con Meri? —le pregunta la chica tras un breve silencio.

—No. No me ha escrito más. Ni me ha llamado. Lo último que sé es lo que puso en el WhatsApp del grupo diciendo que no podía ir al cine esta tarde. Está con su padre y su hermana.

—¿Y qué le pasa? Me dijiste que no está enferma, ¿verdad?

—No está enferma.

—¿Y qué es lo que le sucede? Llevo toda la tarde preocupada.

—Ahora te lo cuento. Pero prométeme que no dirás nada. Es muy importante que siga siendo un secreto hasta que ella lo explique.

—Claro. No diré nada, Bruno. Te lo prometo.

Los dos se miran fijamente. Al joven le cuesta hablar sobre el tema. Aunque Ester sea una gran amiga tanto de Meri como de él, se siente mal, como si la estuviera traicionando. Sin embargo, ya no puede echarse atrás. Tiene que contárselo.

—Todavía no es seguro. Ni lo tiene confirmado —comienza a decir—. Pero, posiblemente, se marche a vivir a Barcelona con su padre.

—¿Qué? ¿Hablas en serio?

—Por desgracia, sí.

Bruno le relata a Ester todo lo que su amiga le reveló ayer. Ella, atenta, lo escucha sin pestañear. Se nota que lo que oye la está afectando de verdad. Desde que llegó a Madrid, Meri y ella han sido inseparables. María la ayudó a adaptarse rápido tanto a la ciudad como al instituto, y siempre ha podido contar con su apoyo para todo. Sin una mala cara ni un simple enfado.

—No me puedo creer que Meri se vaya —susurra Ester con tristeza—. No sé qué voy a hacer sin ella.

—Ya. Es muy duro.

—Con todo lo que hemos hecho juntas... Y lo que nos quedaba por hacer. Con lo bien que se ha portado conmigo siempre. No me lo puedo creer, de verdad.

—Aún no es seguro que se marche.

—Tiene que irse. Su padre es lo primero. Yo haría lo mismo que ella, aunque me costase dejarlo todo.

El joven se mesa el cabello y gesticula. No sabe si él haría lo mismo que sus amigas. Quiere mucho a sus padres, por supuesto. Pero su relación con ellos es más bien fría desde hace tiempo. Si le dieran a elegir entre marcharse con uno de los dos a otra ciudad o quedarse en Madrid con Ester, Meri y los demás —a pesar de que el grupo no atraviese su mejor momento—, no cree que se decidiera por la primera opción.

—Cada persona tiene una vida, y cada vida es diferente.

—Sí. Es verdad... ¿Y no sabes cuándo se iría?

—Si al final se fuera, no creo que tardase mucho.

—Uff...

—De todas formas, siempre nos quedarán la Black-Berry, las redes sociales, los SMS...

—Pero no es lo mismo, Bruno. No es lo mismo.

El chico la observa. Acostumbrado a verla sonreír constantemente, en seguida aprecia cuándo está mal. Y le apena mucho que esté así. Sobre todo siente no poder hacer nada. Él no quiere ser, ni va a serlo, el sustituto de Meri, pero, si su amiga se fuera, Bruno pasaría con Ester todo el tiempo que hiciera falta. No le importaría en absoluto. Aunque eso significara sufrir todavía más por su amor no correspondido.

Daría lo que fuera por Ester.

—Bueno, lo mejor es no darle más vueltas al tema hasta que esté confirmado.

—Tienes razón. No ganamos nada.

—Y si pasa, pues trataremos de que Meri se sienta lo mejor posible.

—Claro que sí... La que peor lo está pasando es ella, seguro. Habrá que animarla.

—Aunque no se deje...

Los dos sonríen y se miran con complicidad. Como si juntos estuvieran planeando una importante misión. Pero, en ese momento, suena la BB de Bruno. Es un mensaje de WhatsApp. El chico lo abre y lo lee en voz baja. Luego resopla y le muestra la pantalla a Ester. Ésta la examina rápidamente.

—Como ya te he dicho antes, yo haría lo mismo.

Sin embargo, sus ojos enrojecen a toda velocidad y una gran tristeza la envuelve de inmediato. Apenas puede contener las lágrimas.

Y es que María acaba de confirmar con aquel mensaje que pronto su vida continuará lejos de Madrid y, por lo tanto, lejos de sus mejores amigos.

CAPÍTULO 55

Recibimiento: una nueva discusión con su madre y el posterior discurso por parte de sus hermanas pequeñas. A Raúl todo aquello empieza a resultarle cotidiano. Un ritual. Cuando regresa del instituto, se encuentra con ese panorama la mayor parte de los días. Y no es que le dé lo mismo, pero tampoco puede hacer nada por evitarlo.

A veces, siente mucha rabia, pero se la come para no empeorar las cosas. Desde que su padre falleció, nada ha vuelto a ser igual en su casa. Se acabó la familia feliz. Su madre anda perdida en su propio mundo, triste y somnoliento, y las gemelas son demasiado pequeñas como para comprender la situación. A él le costó un tiempo salir de la gran depresión que se apoderó de su interior. Sufrió mucho. Se sintió solo día y noche. Sin embargo, poco a poco, pasito a pasito, logró superarla. Pero jamás olvidará a su padre; ni siquiera puede dejar de pensar en él. Incluso tiene la certeza de que lo observa desde alguna parte. La idea de que continúa estando cerca lo alivia en los momentos en los que la angustia y el miedo lo atenazan.

Encerrado en su cuarto, escucha música tumbado sobre la cama. Suena la banda sonora de *La vida es bella,* su película preferida. No quiere pensar. Necesita aislarse de todo lo que sucede al otro lado de la puerta de su habitación. Ojea con curiosidad una revista de cine. Quizá algún día sea él el protagonista de esas páginas. Es su sueño, su meta: hacer una película tan buena como la de Roberto Benigni y que las salas se llenen para verla; su nombre en los créditos y una alfombra roja vistiendo el estreno. Iría perfectamente arreglado, con un traje blanco, gris o negro, y lo acompañaría su novia o, quién sabe si su esposa, que llevaría un precioso vestido de gala.

¿Sería Valeria esa acompañante? Le gustaría. Es una chica muy especial. Y desea que lo que acaban de comenzar siga hacia delante.

Y, de repente, la echa de menos. Ella ha sido lo mejor que le ha pasado últimamente. Le encanta cómo besa y cómo se sonroja cuando pasa vergüenza. Tiene unos ojos muy expresivos, y es precioso verla sonreír.

¿Está empezando a enamorarse?

No lo sabe. Nunca ha estado enamorado de nadie. Ninguna de las chicas con las que ha salido ha llegado a cautivarlo. No ha echado de menos a ninguna tras romper la relación. En cambio, Valeria le ha aportado más en dos días que el resto a lo largo de todo un año. Aunque es cierto que ella partía con ventaja.

Deja la revista a un lado y busca su BlackBerry. Tiene ganas de escuchar la voz de Valeria. Además, todavía no ha contestado en el WhatsApp de los Incomprendidos a lo de si va a ir al cine esa tarde. Espera que no tenga que trabajar en la cafetería. Meri, Bruno y Ester ya han dicho que no van. Si Val tampoco puede, se quedaría a solas con Elísabet y, después del fin de semana que han pasado, quizá no fuera lo más conveniente.

—¡Hola! ¡Justo iba a llamarte ahora!

Ha contestado a la primera. Raúl sonríe cuando la escucha. Se incorpora y se sienta sobre el colchón.

—¿Ah, sí?

—¡Sí! Acabo de llegar a casa. Ya hasta tenía la Black-Berry en la mano.

—Será cosa del destino.

—No me hables del destino.

—¿Por qué? ¿Qué te ha pasado con él?

—Nada, nada. Cosas mías.

—Si se ha metido contigo, avísame y voy en su busca —se ofrece con tono de burla.

—Sé defenderme solita.

Raúl suelta una carcajada. Le divierte cuando se pone así, en plan niña pequeña.

Cómo ha cambiado Valeria. El día que la conoció ni siquiera fue capaz de mirarlo a la cara. Se moría de la vergüenza. Y durante varios días apenas lograron intercambiar alguna que otra palabra. Su timidez y su inocencia le encantaron desde el primer instante.

—No lo dudo, no lo dudo.

—Pues, por tu risa, diría que sí que lo dudas —replica alzando un poco la voz—. Soy muy fuerte, ¿sabes?

El joven no puede evitar reírse de nuevo. Pero a la chica, que también sonríe, no le molesta.

—Esta tarde me lo demuestras.

—Esta tarde...

—Sí. Vas a venir al cine con Eli y conmigo, ¿no?

Un silencio en la línea hace que Raúl suponga lo peor.

—Ésa era la razón por la que iba a llamarte.

—Yo pensaba que era porque me echabas de menos.

—Sí. Eso también. Te echo mucho de menos —dice compungida—. Pero no puedo ir al cine con vosotros.

—¿Tienes que ayudar a tu madre en Constanza?

—Sí.

—¿Toda la tarde?

—Bueno... toda la tarde no.

—Pues quedamos cuando hayas terminado. No hay prisas. No hay mucho que hacer para mañana.

De nuevo, silencio al otro lado del teléfono. Raúl tiene la impresión de que hay algo más que le impide a Valeria ir con ellos esa tarde.

—No es eso.

—Pues ¿qué es? Cuéntamelo.

—Verás, ha surgido un problema...

—¿Un problema? ¿Qué problema?

—Eli no quiere que vaya con vosotros al cine.

—¿Qué? ¿Por qué? ¿Os habéis enfadado?

—No. Es más... complicado —comenta titubeante—. Lo que quiere es estar contigo a solas para volver a intentar que caigas en sus redes.

—¿Qué? ¿Otra vez?

Creía que las cosas habían quedado claras. Es verdad que anoche lo pasó bien hablando con ella por el MSN. Y que durante toda la mañana han estado muy cercanos. Pero no imaginaba que Eli volvería a tirarle los tejos.

—Otra vez. Y por eso me ha pedido que yo no vaya.

—¿Y tú le has dicho que lo harás?

—Es mi amiga y no sabe absolutamente nada de lo nuestro, ¿qué querías que le dijera?

—Que te apetecía ir al cine.

—Claro. Y antepongo mis ganas de ir al cine a ayudar a mi mejor amiga. ¿Cómo iba a decirle eso, Raúl?

—Ya. Pero, entonces, ¿tengo que ir con ella? ¿Solos?

—¿Se te ocurre algo mejor?

El joven piensa, pero no encuentra una respuesta. Está seguro de que Eli volverá a emplearse a fondo para que suceda algo entre los dos. Y, dado que él no quiere nada con ella, no le apetece pasar de nuevo por esa situación.

—¿Y si le decimos lo que hay entre nosotros? —termina preguntándole a Valeria.

—¿Qué? ¡No podemos! —exclama la chica nerviosa—. Es pronto para contárselo, Raúl. Le daría otro ataque de ansiedad.

—Pero algún día tendrá que asumirlo.

—Nos matará.

—Lo sé. Pero ¿es mejor que se eche encima de mí en el cine mientras tú te vuelves loca pensando en lo que podría estar haciendo?

—No sé qué es mejor y qué es peor.

—Sé que te comerás la cabeza. Y no quiero que eso ocurra.

Si a Valeria le afectó una simple conversación de MSN, no imagina lo que le supondrá un encuentro a solas y a oscuras entre Eli y él.

—Haré lo posible por no pensar mucho en ello.

—Sabes que no lo conseguirás.

—Pues tendré que aguantarme y confiar en... que no pasará nada y en que Elísabet no conseguirá lo que pretende.

—No pasará nada. Te lo prometo.

—No tienes que prometerme nada, Raúl.

Esta situación le recuerda a la película *Moulin Rouge*, a cuando Nicole Kidman, perdidamente enamorada de Ewan McGregor, se ve obligada a ir a cenar con el dueño del teatro en el que actúa para que no acabe con la función. Los dos se prometen que no dejarán de pensar el uno en el otro ni un instante, pero, aun así, los celos son inevitables.

—¿Puedes conectarte al MSN?

—Sí.

Ambos cogen sus ordenadores e inician sesión. Encienden las cámaras y se ven a través de ellas. Raúl está sentado en la cama, en posición de yoga, y Valeria en el sofá del comedor. Los dos sonríen y apagan las BlackBerrys. La conversación continuará por videollamada.

—Estás muy guapa.

—No es verdad —contesta; en seguida se sonroja y se aparta el pelo de la cara.

—Es cierto. Estás preciosa.

No suelen verse a través de la *cam*. Ya casi no usan el Messenger, y tampoco la ponen en los *chats* de las redes sociales para evitar saturaciones en la red.

—Deja de piropearme o la quito.

—¿No te gusta que te diga lo bonita que eres?

—No me gusta que mientas.

—Val, no miento —repone el joven sonriendo.

—Qué calor. Así no se puede...

—Está bien. Ya paro. Se acabaron los piropos.

—Gracias.

Pero no las miradas intensas. Raúl se fija en todo lo que la ventana del MSN le muestra. La camiseta que lleva Valeria le queda muy bien, pero no va a decírselo, porque la mataría de vergüenza.

—¿Confías en mí?

—Claro, Raúl. Pero, como te he dicho antes, no tienes que prometerme nada. Acabamos de empezar. Y, aunque no quiero perder esto que tengo contigo, tampoco puedo limitarte.

—¿Limitarme es pedirme que no haga nada con Eli? —pregunta él algo confuso—. Creo que eso está muy lejos de ser una imposición. Si me enrollara con otra, ¿qué clase de novio sería?

—¿Novios?

—¿No somos novios?

—¿Tú quieres serlo?

—¿Y tú?

El chico sonríe. Sin embargo, le acude a la mente, fugaz, el beso que le dio ayer a Elísabet en su casa. Técnicamente, no se enrolló con ella. Fue un beso robado y, aunque no se apartó, no sintió nada. Quizá debería contárselo a Valeria para ser sincero con ella. Pero todo a su debido momento. Y ése no lo es, precisamente.

—Nunca he sido novio de una chica a los dos días de liarme con ella.

—¿Entonces?

—Tampoco había sido novio de ninguna amiga —añade al reparar en la emoción que transmiten los ojos de Valeria—. Pero siempre hay una primera vez para todo.

CAPÍTULO 56

—Dani Alves lleva la pelota y se la pasa a Xavi. Xavi para Iniesta. Andrés regatea a Sergio Ramos y centra. Controla Messi... Se va de Pepe... Messi, Messi... Chuta y... ¡Gooooool!

Ester se tapa la boca con la mano y pide disculpas en voz baja. Se ha emocionado demasiado. Espera que la madre de Bruno no la haya oído. ¡Qué vergüenza!

—No imaginaba que supieras jugar tan bien al FIFA —comenta el chico sorprendido.

—Bueno, no lo voy contando por ahí. No me gusta presumir. De todas maneras influye mucho que yo sea el Barça y tú el Madrid.

Y le guiña un ojo. Después sonríe y arruga la nariz. Bruno, que no está dispuesto a perder en su propia casa, se pica. ¡Le está ganando en su propia Play!

Saca de centro e intenta marcar el empate por todos los medios. Sin embargo, es Ester quien consigue el segundo gol por medio de Villa.

—¡Fuera de juego!

—¡Qué va a ser fuera de juego! —vuelve a gritar la chica—. ¡Toma ya! ¡Dos a cero! *Força Barça!*

—Los árbitros favorecen al Barcelona hasta en los videojuegos.

—¿Qué dices?

—Seguro que esto está programado para eso.

—¡Qué mal perdedor eres! ¡Admite la gran superioridad blaugrana!

—No admito nada.

—Uhhhhhhhh.

Aunque Bruno debe reconocer que le escuece que le esté ganando, le encanta verla así.

Tras el mensaje de Meri que confirmaba lo que él le había contado, Ester estuvo llorando durante varios minutos. Se sentía fatal por lo que había leído en el WhatsApp.

> Bruno, después de hablar con mi padre, hemos decidido que me iré a vivir con él a Barcelona un tiempo. No es algo fácil de asimilar. No me creo que vaya a separarme de vosotros. Por favor, no se lo digas a nadie. Mañana en clase hablaré con todos.

Ester habría hecho lo mismo por su padre, pero no por eso le resulta menos doloroso. Su mejor amiga se marcha a vivir a otra ciudad. Le cuesta asumirlo y le será muy difícil afrontarlo a lo largo de las próximas semanas.

Bruno trató de animarla, aunque él también estaba afectado. María es la persona que mejor lo ha tratado en toda su vida, y la única capaz de comprenderlo de verdad. Pero le tocaba ponerse el caparazón y repeler cualquier sombra de tristeza. Ester necesitaba de su cariño en ese instante, y él estaba dispuesto a dárselo.

Hablaron un rato del asunto; luego, una taza de chocolate caliente y, más tarde, unas sonrisas entre ejercicio y ejercicio de Matemáticas. Hasta que se cansaron y ella le propuso echar un Barcelona-Madrid en la Play Station. La receta perfecta para huir unos minutos de la realidad.

—Atenta, que empieza la remontada.

—Eso no lo verán tus ojos.

—¿Que no? ¡En cinco minutos le doy la vuelta al marcador!

Tenía que demostrarle que tantas horas encerrado en su habitación ganando mundiales habían servido para algo. Y, esforzándose un poco más de lo previsto, Bruno consigue recortar distancias gracias a un gol de Benzema. El chico lo celebra apretando el puño y Ester protesta maldiciendo a su defensa.

Pero las cosas iban a ponérsele aún peor. En la jugada siguiente, tras un robo rápido de Özil, una galopada de Di María termina con un centro desde la derecha que Cristiano Ronaldo remata de cabeza. Víctor Valdés no consigue detener el balón y el testarazo significa el empate a dos.

—¡Goooooooooool! —grita Bruno mientras mueve la mano como si agitara una bufanda.

—¡Qué suerte tienes!

—¿Suerte? ¡Si ha sido un golazo!

—El único que marca aquí golazos es Messi. Cristiano sólo acierta cuando falla el portero o de penalti.

—¡Venga ya!

—¿Que no?

—Anda, anda. Saca, que te voy a meter el tercero.

—¡Ni en sueños!

Ester saca de centro y avanza hacia el campo del adversario por medio de Puyol. Pero en ese momento suena su teléfono. La joven pulsa el «Pause» y detiene el partido. Cuando ve quién la llama, un gran escalofrío le recorre todo el cuerpo y no sabe si echarse a reír o a llorar. Ya había perdido la esperanza de que Rodrigo se pusiera en contacto con ella esa tarde. Bruno la observa atentamente. La expresión de su rostro ha cambiado por completo.

—Hola —contesta algo temerosa tras volverse y darle la espalda a su amigo.

—Hola, ¿te pillo en mal momento?

—No. Espera. —Se da otra vez la vuelta para mirar a Bruno—. ¿Dónde puedo hablar por teléfono sin molestar a nadie?

—Aquí mismo. —El muchacho se levanta de la silla—. Avísame cuando acabes.

La chica le da las gracias y le pide disculpas. Espera a que Bruno salga del cuarto para retomar la conversación telefónica.

—Ya.

—¿Dónde estás? Me ha parecido oír la voz de un chico.

—Sí. Es mi amigo Bruno. Estoy en... su casa —responde nerviosa—. Nos hemos venido a estudiar aquí.

—Desaparezco un día y ya te vas con otro...

—No, no. Es sólo un amigo que...

—Ester. Es una broma —la interrumpe Rodrigo. Y ríe.

La joven aprieta el teléfono con fuerza; siente unas ganas enormes de llorar. Ha acumulado demasiada tensión durante las últimas horas. Pero no va a derrumbarse otra vez. Se sobrepone y también sonríe.

—¿Has escuchado mi mensaje?

—Sí. Claro que lo he escuchado. Pero necesitaba tiempo para darme cuenta de que me he equivocado contigo.

—¿De que te has equivocado conmigo en qué sentido?

—En que te he responsabilizado de algo y no debería haberlo hecho. Perdimos porque ellas fueron mejores.

—Jugué muy mal.

—Bueno, nadie es perfecto —reconoce Rodrigo—. Ayer no me porté bien contigo. Y por eso te pido perdón.

Ésas son las palabras que Ester deseaba escuchar. Y, ahora sí, no resiste la emoción y un par de lágrimas caen sobre su pantalón vaquero. Con la mano que no sujeta el teléfono, se seca los ojos. Vuelve a sonreír.

—Ya pasó todo. Olvidémoslo —termina diciendo con alegría.

—No. Déjame compensarte.

—Rodrigo, no hace falta que me compenses por nada. Mañana en el entrenamiento hablamos y...

—No quiero esperar a mañana. ¿Puedo verte ahora?

—¿Ahora?

—Bueno, dentro de un rato. ¿Te parece bien dentro de una hora en la plaza Mayor?

No puede negarse, está deseando verlo. Sin embargo, le sabe mal irse de repente de casa de Bruno. Se está portando tan bien con ella...

—Mmm. Vale. —Le extraña que haya elegido un sitio por el que pasa tanta gente para quedar—. Dentro de una hora nos vemos allí.

—¡Estupendo! Hasta luego, Ester.

—Hasta luego.

Y, tras reproducir el sonido de un beso, Rodrigo cuelga.

No ha sido una llamada muy larga, pero para ella ha supuesto un alivio enorme. No estaba muy segura de si aquello saldría adelante. La incertidumbre es todavía peor que el rechazo, y no haber tenido noticias de él durante todas aquellas horas la estaba volviendo loca.

Examina su reloj y se pone de pie. Debe darse prisa. Antes de ir con él quiere pasar por su casa para cambiarse de ropa. Abre la puerta de la habitación y busca a Bruno en el pasillo principal. Lo ve al fondo, apoyado contra la pared, pensativo. Es una lástima tener que marcharse así; lo estaba pasando genial con él.

—Ya he terminado —dice ella sin abandonar por completo el dormitorio.

El joven sonríe y se dirige hacia su cuarto. Durante esos tres o cuatro minutos le ha estado dando vueltas a quién sería el que la había llamado. Todas las conjeturas lo llevan al mismo punto. Se teme que su amiga tiene a alguien en su vida del que no le ha hablado.

Los dos entran otra vez en la habitación. Cuando Bruno ve que Ester coge su mochila y se la cuelga a la espalda, se resigna: el primer plato ha cambiado de mesa.

—¿Te marchas?

—Sí. Lo siento. Me ha surgido algo y tengo que irme.

—¿Sin desempatar?

—Ya vendré a ganarte otro día.

A Bruno su sonrisa no le vale de consuelo. No quiere que se vaya. Además, le fastidia que no sea clara con él. Que no le cuente por qué motivo tiene que irse. Pero ¿realmente quiere saber la verdad? ¿Sería capaz de soportarla?

—¿Es por un chico? —se atreve a preguntarle echándole valor.

Ester se sopla el flequillo, nerviosa. No es el momento adecuado para contarle lo de Rodrigo. Quizá nunca lo sea.

—Bruno, tengo que irme. Ya hablaremos.

—Si tienes novio puedes decírmelo.

—¿Novio? ¿Por qué piensas que...?

—¿Lo conozco?

—De verdad... tengo un poco de prisa.

El chico se cruza de brazos, enfadado.

—¿Por qué tanto secreto?

—No tengo ningún secreto.

—Pues lo parece.

La joven suspira. Le sabe mal no explicárselo. Mentirle. No confesarle lo que siente. Pero no está segura de cuál sería su reacción si le contara que está liada con su entrenador de voleibol.

377

—Te escribo un mensaje en el WhatsApp cuando llegue a casa —le dice mientras abre la puerta del cuarto.

Bruno no responde. No le apetece. ¿Está molesto porque no le dice dónde va y con quién o porque está convencido de que sale con alguien?

Ester, por su parte, se siente mal por marcharse de esa manera. Parece que su amigo se ha enfadado. Y lo comprende. Él le ha dicho lo de Meri, en cambio ella no es capaz de contarle su secreto. Pero es que...

Los dos caminan hacia la puerta principal en silencio. La situación se ha vuelto incómoda para ambos. Sobre todo para la chica, que se lamenta de no acertar con nada de lo que hace últimamente. Ayer por la mañana enfadó a Rodrigo, por la tarde se equivocó al votar en blanco en la reunión del Club y ahora Bruno se molesta... Algo falla. ¿Ella? Siente una enorme presión en el pecho. Por mucho que se esfuerce, no acaba de hacer las cosas bien.

No puede seguir así. No quiere seguir así.

—Es verdad, estoy medio saliendo con alguien —suelta de pronto, antes de salir de la casa.

Oírlo de su boca no es lo mismo que intuirlo. A Bruno le da un vuelco el corazón. La mira a los ojos y percibe en ella gran nerviosismo. Está claro que le ha costado muchísimo admitirlo.

—¿Quién es? ¿Y por qué no nos lo has dicho?

—Porque... ni siquiera sé qué tengo con él —señala temblorosa.

El joven, entonces, la toma del brazo y la guía fuera del piso hasta el rellano. Encaja la puerta para que su madre no los oiga. No le gusta la noticia que acaba de recibir, pero, por alguna razón ilógica, quiere enterarse de quién es el misterioso chico con el que sale Ester.

—Soy tu amigo, puedes contarme lo que sea. Y más si es algo tan importante.

—No se lo digas a nadie, Bruno. Prométemelo.

—Te lo prometo.

—Y no me juzgues por lo que te voy a contar ahora. Sé que te va a sorprender, pero no te lo tomes mal, por favor.

Tanto misterio empieza a preocuparlo, pero, al mismo tiempo, le despierta mayor curiosidad.

—Te prometo que no voy a juzgarte, Ester. ¿Cómo voy a hacerlo?

—Porque no sé si... Uff... No sé si lo comprenderás. No sé si debo hablar de esto...

—¿Quién es ese chico del que no puedes hablar?

—Es... mi entrenador.

—¿Cómo?

—Estoy enamorada de Rodrigo, mi entrenador.

La sorpresa ha sido mayor de lo que esperaba. Mucho mayor. ¿Cuántos años le saca? ¿Diez? ¿Quince? ¡Qué hace ese tío con una chica menor de edad!

De la sorpresa, Bruno pasa rápidamente a la indignación. Ese tipo se ha aprovechado de su posición para llegar al corazón de su amiga. Ester trata de explicarle su historia. Sus sentimientos. Su miedo a que su romance tenga consecuencias negativas para cualquiera de los dos.

—No puedo creérmelo...

—No sé cómo pasó, pero pasó. Y sé que no es fácil de entender...

—No, no lo es.

—Lo sé. Pero... es que no puedo controlar lo que siento. ¿Nunca te ha pasado que quieres hacer o sentir una cosa pero terminas haciendo y sintiendo otra? Pues eso me ha ocurrido a mí con Rodrigo. Por mucho que sepa que lo nuestro es difícil, muy difícil, y que lo mejor sería que no hubiera sucedido o que no volviera a suceder más, me resulta imposible quitármelo de la cabeza. Y mucho menos... del corazón.

Se le empañan los ojos cuando termina de hablar. Bruno la mira muy confuso. Está experimentando una inmensa gama de sensaciones, todas contrapuestas. En su interior fluyen tantas emociones que sería imposible determinar cuál es su estado real en ese instante. Pero le ha prometido dos cosas: que guardaría su secreto y que no la juzgaría. Y así será. Porque, a pesar del jarro de agua fría que acaba de recibir, sería incapaz de fallarle a esa chica que tanto significa para él.

CAPÍTULO 57

Desde que ha regresado a Constanza no ha parado de ir de un lado para otro. Ha fregado, ha limpiado la barra unas diez veces, ha recogido la cocina... Hasta ha servido los cafés. Su madre está encantada de verla con tanta energía y vitalidad. Lo que no sabe es que, si hace todo aquello, es por no pensar en que Raúl y Eli se encontrarán dentro de poco y estarán juntos y solos. Sin embargo, no puede evitar acordarse de ello.

Ni siquiera los mensajes del chico la tranquilizan.

Aunque no estés, en quien pensaré todo el rato será en ti.

Ése fue el primero; le llegó nada más apagar el ordenador y salir de casa. La conversación que han mantenido a través del MSN la ha ayudado a calmarse. Se repite constantemente esa palabra: novios. Suena bien. Nunca ha tenido novio. Y Raúl es el único chico del que ha estado enamorada en su vida. ¿Cuántas chicas pueden decir que su primer novio es la única persona a la que han querido?

Mañana nosotros volveremos a vivir nuestra propia película.

Bonito. Muy bonito. Pero los nervios empiezan a llegar otra vez. No falta mucho para que Eli y él se vean.

Y, hace apenas cinco minutos, un tercer mensaje en el WhatsApp:

> Cuando te sientas débil, piensa en mí; y cuando recuperes tus fuerzas, también piensa en mí.

Celos. Son una mala compañía. Pero ¿es natural tener celos aunque confíe en él y después de que le haya asegurado que no pasará nada? Imagina que sí, pero no está segura. Tal vez se esté obsesionando demasiado.

Todo lo que está viviendo es nuevo para Valeria. Jamás ha pasado por situaciones parecidas. A lo largo de algo más de un año que ha transcurrido desde que descubrió que le gustaba Raúl, no ha sufrido casi nada por las novias o los líos que él tenía. Lo veía como algo natural. Y, aunque fuera otra la que lo besara, la que disfrutaba de su compañía más íntima, lo aceptaba. No le quedaba más remedio. Eran amigos, solamente amigos, y eso era lo más importante.

En cambio, ahora las cosas son distintas. Ella es la protagonista, la de los besos y la que comparte su intimidad. Y tiene miedo de que se pierda rápidamente lo que le ha costado tanto conseguir. De que él descubra que le gusta otra y de que esa otra, además, sea su mejor amiga.

Seguramente, no debería preocuparse tanto, pero es que Eli es tan increíble... Cualquier tío se dejaría arrastrar por sus encantos. Cualquiera menos Raúl, el único que le ha dado calabazas dos veces.

Y habrá una tercera. Tiene que haberla.

—¿Por qué no te tomas un zumo y descansas? —le pregunta su madre mientras llena el cubo de agua para fregar el suelo del baño.

—Gracias.

La chica resopla y, por una vez, obedece sin discutir. Tiene los labios y la garganta secos. Le deja la fregona a su madre y camina hacia la barra. Se sienta en un taburete y le pide a la camarera un zumo de naranja. Romina, amablemente, se lo pone.

Valeria mira el reloj nerviosa. ¿Se habrán encontrado ya?

Dos besos. Los de ella más cariñosos. Los de él mucho más fríos. Ambos han sido puntuales. Elísabet le explica que ha hablado con Valeria y que le ha dicho que no puede ir. Raúl asiente y disimula, como si no supiera nada. Está preparado para todo.

Cogen el metro hasta Príncipe Pío y conversan animadamente sobre qué película van a ver. Al final, se deciden por *Tentación en Manhattan*. El chico habría elegido otra, pero Eli lo ha convencido.

Van bien de tiempo, así que sacan las entradas y van a comprar palomitas y Coca-Cola.

—Hacía mucho que no venía al cine con un chico —confiesa la joven mientras mete la mano en su cubo de palomitas.

—Bueno, yo no soy como los chicos con los que sales.

—Eres mejor. Lo reconozco.

—No soy mejor... Bueno, sí lo soy —comenta divertido—. Tampoco es muy difícil superar el nivel. Pero tú y yo no estamos saliendo.

—Lo sé. Venimos al cine como amigos.

Elísabet sonríe y continúa caminando. Se ha arreglado y pintado para la ocasión. No va demasiado llamativa, pero sí lo suficiente como para atraer la atención de Raúl. Aunque Eli está deseando que pase algo entre ellos, esta vez no va a precipitarse. Ni un solo error más.

Llegan a la puerta de la sala 2, donde se proyectará la película. Todavía faltan veinte minutos para que comience.

—¿Me esperas aquí? —le pregunta Raúl al tiempo que le da su cubo de palomitas a Eli y coloca la Coca-Cola sobre una maceta—. Tengo que ir un momento al baño.

—Vale.

El joven se despide y se aleja andando de prisa. Cuando está lo suficientemente lejos y Eli no puede verlo, saca la BlackBerry y marca el número de Valeria.

—¿Raúl?

Valeria ha sentido que el corazón se le aceleraba de golpe al ver que la estaba llamando. Hacía veinte minutos que le había escrito un mensaje en el WhatsApp, pero él no le había contestado.

Empezaba a volverse loca. Cada treinta segundos miraba la BB. Y el reloj. Una y otra vez. Pero no había respuesta. Ni una sola palabra que le dijese que también él estaba pensando en ella.

—¡Hola! ¿Cómo estás?

—Bueno... bien.

—Ya estamos en el cine. Perdona que no te haya contestado antes. Hasta ahora no he conseguido despegarme de Eli.

—No pasa nada.

—Vamos a ver *Tentación en Manhattan*.

—Bien. La ha elegido ella, ¿verdad?

—Sí. Y no me ha quedado más remedio que aceptar.

—Es muy persuasiva cuando se lo propone.

—Tampoco he opuesto demasiada resistencia.

—¿Dónde está ahora?

—Esperándome. Le he dicho que iba al baño.

—Qué mentiroso.

—Ella me ha mentido antes. Me ha contado que había hablado contigo y que no podías venir. ¿Te lo puedes creer?

Los dos sonríen. Pero Valeria no está para muchas bromas. En seguida se pone seria de nuevo. Escucharlo la ha alegrado al principio de la llamada, pero oírlo y no tenerlo cerca la va entristeciendo poco a poco.

—¿Está guapa?

—¿Eli? Ella siempre está guapa.

—Seguro que se ha puesto preciosa para ti.

—No te creas. Se ha pintado demasiado los ojos.

La chica sabe que a él no le gustan las chicas demasiado maquilladas. Se lo ha oído decir un montón de veces. Pero seguro que su amiga no lo sabe. No le prestaba atención cuando hablaba, al contrario que ella. Y es que hace muy poco que Eli se ha encaprichado de Raúl. No merece ser su novia. Ni siquiera estar allí a solas con él.

—¿A qué hora empieza la peli?

—Dentro de veinte minutos.

—¿Vais a entrar ya en la sala?

—Imagino que sí. Pero no te preocupes, todavía están encendidas las luces.

Miente. Cuando ha echado un vistazo a la sala 2, ya las habían bajado. Apenas se veía. Pero Raúl no quiere empeorar las cosas. Está seguro de que Valeria está pasándolo mal.

—Pero se apagarán.

—Claro. Y empezará la película. Y habrá gente alrededor. Y tendremos las manos ocupadas con las palomitas y la Coca-Cola.

—¿Habéis comprado palomitas y Coca-Cola?

—Sí. Es lo que suele hacerse cuando se viene al cine.

—Ya.

Qué mal. A Valeria le encantan las palomitas. Y sobre todo le encanta él. Debería haber ido. Haberle soltado cualquier excusa a su amiga y estar ahí con ellos. Si Eli quiere ligarse a su chico, que se busque otra cómplice. Pero ya no hay marcha atrás. Durante dos horas tendrá que soportar la incertidumbre de lo que esté sucediendo en esa sala de cine.

—Val, tranquila, no pasará nada.

—Bueno... Si tú lo dices.

—No debes preocuparte por nada.

—Eli es la que me preocupa.

—Pues olvídate de ella.

—No es fácil.

—Tú piensa en lo bonitos que han sido estos dos días. Y en que, cuando termine la película, regresaré a casa tranquilamente y serás tú la que seguirá gustándome.

—Eso espero.

Se le forma un nudo en la garganta. ¿Por qué siente esa angustia? ¡Si se lo está diciendo muy claro! La que le gusta y la que le seguirá gustando cuando acabe la película es ella.

—¡Buenos días, princesa! —grita de repente Raúl—. ¡He soñado toda la noche contigo! Íbamos al cine y tú llevabas aquel vestido rosa que me gusta tanto. Sólo pienso en ti, princesa. ¡Pienso siempre en ti!

El fragmento de *La vida es bella* hace temblar a Valeria; termina por sacarle una sonrisa y también una lágrima de emoción. Cómo le gustaría estar con él y besarlo una y otra vez. Sin parar, sin dejarle respirar. Sin embargo, debe conformarse con el recuerdo del sabor de sus labios.

—Vete ya, anda, que Eli va a empezar a sospechar.

—Sí. Pero confía en mí, por favor —le ruega el chico

intentando transmitirle la máxima seguridad posible—.
¿Vale?

—Vale.

—En cuanto pueda, te llamo o te escribo. Recuérdalo.
Sólo pienso en ti, princesa. Pienso siempre en ti.

Y, con una sonrisa salada y llena de dudas, Valeria se
despide y cuelga el teléfono. Espera que Raúl cumpla con
lo que le ha dicho y sólo piense en ella de verdad. Porque
ella no dejará de pensar en él.

CAPÍTULO 58

Puntual. Ha pasado una hora exacta desde que se despidiera de Rodrigo. A Ester le ha dado tiempo de ir a casa, cambiarse de ropa y llegar a la Plaza Mayor. Él todavía no ha aparecido.

Está inquieta. Intranquila. La conversación con Bruno es aún demasiado reciente. Su amigo le ha prometido que no le contará nada a nadie y Ester confía completamente en su palabra. Es un gran chico. Y, como le dijo hace unos minutos mientras caminaba hacia allí en el mensaje que le había enviado para agradecerle su apoyo:

Gracias por todo, Bruno. Sé que lo que te he contado es muy fuerte. Ya ves que no soy tan buena como creías. También tengo mi lado oscuro, si se le puede llamar así. Espero que esto no cambie nuestra amistad. Nos vemos mañana. Un beso.

Su respuesta no había tardado en llegar:

Tranquila. Nada ha cambiado. Siempre estaré a tu lado para cuando lo necesites. Espero que te lo pases bien y recuerda que tenemos que desempatar el partido. Hasta mañana. Besos.

Leer sus palabras la ha tranquilizado bastante. Su amistad es muy importante para ella y, si Bruno hubiera reaccionado de otra manera, le habría afectado mucho. Lo aprecia de verdad. Sin embargo, haber revelado su secreto le provoca también cierto nerviosismo. Siempre ha oído que la única manera de que algo no salga a la luz es no contarlo nunca. Si alguien más lo sabe, sea amigo, novio o familiar, todo el mundo acabará enterándose tarde o temprano.

Desde el medio de la plaza, Ester mira en todas las direcciones. No sabe por dónde aparecerá su entrenador. Los pocos encuentros que han tenido fuera de los entrenamientos han sido normalmente en lugares mucho más discretos, en sitios en los que hay menos gente, alejados del centro de Madrid. Podría decirse que ésa es su primera cita pública. ¿Significará algo?

—Hola, Ester.

Una voz la sorprende por la espalda. Se vuelve rápidamente y observa a un joven con gafas de sol y una gorra. ¡Es Rodrigo! Nerviosa, no sabe cómo reaccionar. ¿Se lanza a sus brazos? ¿Lo besa? ¿Qué se supone que debe hacer?

Es él el que toma la iniciativa: se inclina y le da dos besos en las mejillas.

—Hola.

—Perdona el retraso.

—No pasa nada.

—Ven, vamos a un sitio más tranquilo.

La pareja sale de la Plaza Mayor por la calle de los Botones. Bajan por la calle Imperial, donde escuchan cantar a Luciano Pavarotti. La música proviene de un balcón y está a todo volumen. Rodrigo se detiene frente a un portal y saca unas llaves del bolsillo de la cazadora. Introduce la más grande en la cerradura y abre.

—¿De quién es esta casa?

—De un amigo que está fuera. Se marchó ayer a Londres. Me ha dejado encargado de sus plantas.

Los dos suben por una escalera bastante estrecha hasta el primer piso. El joven saca otra llave y abre una gruesa puerta de madera. El cerrojo hace un ruido desagradable cuando cede. Ester se limpia las suelas de los zapatos en la alfombrilla de bienvenida y entra en la casa. Rodrigo lo hace detrás de ella.

Es un estudio no muy grande pero bastante luminoso. Está muy bien decorado, con bonitos muebles rojos, blancos y negros. La chica se queda mirando un cuadro en el que aparece un camino de árboles visto desde el ojo de una cerradura.

—Mi amigo es pintor —señala el joven al comprobar el interés de la chica por la imagen—. Ése es suyo. Y aquél también.

Rodrigo señala otro cuadro colgado en la pared de enfrente, junto a una de las ventanas que da a la calle Imperial. Se trata de una mujer semidesnuda a la que no se le ve el rostro. Está escribiendo en una hoja, sentada sobre el taburete de un bar.

—Yo no entiendo mucho de pintura.

—Ni yo —dice su entrenador de camino hacia la cocina. Coge una botella de plástico vacía y la llena de agua—. Este chico se gana la vida así, y está empezando a tener algo de éxito. Precisamente, esta semana se ha ido a Inglaterra para dar un curso sobre pintura.

Ester le echa un vistazo al resto del piso, pero su interés está completamente centrado en Rodrigo, al que busca de reojo sin cesar. Se ha quitado la cazadora, la gorra y las gafas de sol, y parece tranquilo. Como si no hubiese sucedido nada entre ellos. Es una situación extraña. En aquella casa ajena no está del todo cómoda. ¿A cuántas ex habrá llevado allí para...? Rápidamente, aleja esa idea de su cabeza.

—¿Te ayudo? —le pregunta mientras el joven riega las plantas del único balconcito de la casa.

—No te preocupes. Tú siéntate en el sofá. Puedes poner la tele, si quieres.

La chica accede, se quita la chaqueta que lleva puesta y se sienta, aunque no enciende la televisión. Tiene la impresión de que lo que tengan que hablar lo discutirán allí. Parece que no la ha llevado a aquella casa sólo para regar las plantas. Por eso han quedado en la Plaza Mayor, que está justo al lado.

—¿De verdad que no quieres que te ayude?

—No. Ya casi está. Sólo faltan las de las ventanas —comenta al tiempo que se dirige otra vez hacia la cocina para volver a llenar la botella de agua—. ¿Qué has hecho hoy?

—Poca cosa. He ido al instituto y luego he estado en casa de Bruno estudiando y jugando a la Play.

—Ah. Hace mucho que no juego. ¿Te has divertido?

—Bueno, sí.

—¿A qué habéis jugado?

—Al FIFA.

—Vaya, no sabía de esa afición tuya. ¿Se te da bien?

—Más o menos.

Todo esto es muy raro. Habla con ella como si lo de ayer en el vestuario no hubiera ocurrido nunca. Antes le ha pedido perdón, y está contenta por ello. Pero ¿no va a decirle nada más? ¿No tenía tantas ganas de verla?

—Pues yo he tenido un día muy pesado —explica Rodrigo, que está terminando de regar la última planta que le queda—. He visto el vídeo del partido de ayer. No pudimos hacerlo peor.

—Bueno, ellas eran mejores.

—Sí, pero nosotros no estuvimos a la altura. Fallamos en todo. No llegamos a los bloqueos, no hicimos daño con el saque, tuvimos muchos fallos en recepción... Un desastre.

El joven acaba de regar y deja la botella en la cocina. Se lava las manos en el fregadero y se las seca con un trapo que encuentra sobre la encimera.

—Las chicas lo hicieron lo mejor posible.

—No es suficiente.

Y se sienta a su lado. Ester se teme lo peor. Otra regañina por su actuación de ayer. Su entrenador está obsesionado con el deporte. Nunca deja de pensar en ello. Para él, el voleibol es lo primero. Y lo segundo.

—Seguro que lo hacen mejor en el próximo.

—¿Lo hacen? ¿Y qué pasa contigo? ¿No juegas con nosotros?

—Ayer me dijiste que sería suplente hasta que...

—Shhhh.

Muy serio, la manda callar. La agarra de las manos y le besa la palma de la izquierda. La joven traga saliva, nerviosa. Rodrigo trepa por su brazo, acariciándoselo, hasta llegar al hombro. Despacio, se inclina sobre ella y le da un beso en la mejilla, luego otro junto al labio y uno más en la nariz. El último busca su boca.

—Espera —dice Ester, que se aparta sin aceptar el beso—. ¿Todo va bien entre nosotros?

—¿No es esto una prueba?

—Entonces, ¿ya no estás enfadado conmigo?

—No.

—¿Seguro? Ayer... me sentí como si no quisieras verme nunca más.

—Es evidente que no es así. Si no, no estarías aquí sentada.

Su sonrisa la hipnotiza. No obstante, tiene sus reservas en cuanto a que todo lo que ha pasado durante las últimas horas esté olvidado. Rodrigo se muestra muy simpático y agradable; demasiado, quizá. ¿Es ésa su forma de disculparse?

El chico vuelve a la carga y le coloca una mano sobre el muslo derecho. Baja hasta la rodilla, se la presiona suavemente, y vuelve a subir.

Ester está cada vez más nerviosa. Rodrigo está muy lanzado.

—Rodrigo...

—Dime.

—Para, anda —le pide cuando nota su otra mano en el abdomen, bajo la camiseta—. Vamos a hablar.

—¿De qué quieres hablar? —pregunta él con un suspiro.

—No lo sé, pero...

—¿No quieres que nos besemos?

—Sí, sí que quiero.

—Entonces ¿qué sucede?

Y después de susurrarle al oído, el joven entrenador insiste en sus caricias. La chica cierra los ojos, embrujada por sus manos, pero no quiere seguir adelante. No es el momento de dar un paso más.

—Sucede que no estoy preparada para...

—Shhhh.

—Es que no puedo hacerlo.

—Sí que puedes.

—No sigas, por favor.

Pero las manos de Rodrigo no se detienen. Desoyendo la petición de Ester, le desabrocha el botón del pantalón. A continuación, le baja la cremallera de los vaqueros y acaricia el borde de su ropa interior.

—Ayer me equivoqué. No debí tratarte así —murmura mientras la rodea por detrás con las manos—. Con lo bonita y especial que eres para mí...

—Para... Para.

El pantalón de la chica se desliza por sus muslos y aterriza en sus tobillos, junto a los zapatos. Ester mira hacia abajo y se sonroja. Nunca había dejado que nadie la viera así. Le encanta Rodrigo, está enamorada de él, pero no está lista para eso. No, no lo está.

—Ya no eres una cría, ¿no?

—Bueno...

—Estás conmigo porque te gusto. Porque me deseas. Y porque yo te deseo a ti.

—Rodrigo... Yo... no puedo hacerlo.

—Estoy seguro de que puedes... y quieres.

Sus labios regresan a los de Ester sin dejar que la chica pronuncie una palabra más. Ella observa cómo la camiseta del joven vuela hacia el suelo. Sus manos acarician su fuerte torso desnudo.

—No... no pue...

La boca de su entrenador la interrumpe cubriendo la suya. Y el hilo de voz de Ester se pierde en aquel piso de la calle Imperial.

CAPÍTULO 59

No falta mucho para que empiece la película. Sin embargo, en la sala no hay demasiada gente. La mayor parte de las butacas están vacías. Se nota que es lunes por la tarde. Eso alegra a Elísabet. De cuanta más intimidad dispongan durante la sesión, mucho mejor. La chica, además, desea que Raúl se termine cuanto antes la Coca-Cola y las palomitas. Así por fin tendrá las manos libres, algo que ayudará bastante a lo que pase o no pase entre ellos. De momento, se lo está tomando con tranquilidad. No quiere lanzarse y precipitarse otra vez; se lo ha prometido a sí misma.

—Estás muy callado —le dice ella en voz baja.

—Es que estamos en el cine. Hay que guardar silencio.

—Pero todavía no ha empezado la película.

—Hay gente a la que le gusta ver los anuncios, y no quiero molestarla.

—¿Tú crees que hay alguien que esté atento a la publicidad?

—Más de los que te imaginas.

Eli se estira un poco y echa un vistazo a su alrededor. Entre los que alcanza a ver, a unos metros de ellos hay una pareja que está besándose, un grupito de chicas que conversa animadamente y otros dos chicos que teclean algo en sus teléfonos. Pero nadie está mirando hacia la pantalla. Se encoge de hombros y le da un sorbo a su refresco.

—Nadie está viendo los anuncios.

—Eso es lo que quieren que creas.

—¿Me estás vacilando?

El joven se vuelve hacia ella y se pone el dedo índice en la boca para indicarle que no hable. Luego sonríe.

—Un poco —comenta mientras coge un puñado de palomitas.

—Mira que eres...

Y lo golpea con la mano abierta en el brazo.

Qué tonto. Aunque, en el fondo, le gusta que se suelte un poco y haga ese tipo de bromas absurdas. Ha estado muy rígido todo el tiempo. En realidad lo comprende. Después de lo que pasó ayer, y también antes de ayer, es normal. Por eso debe estar relajada, para que él también lo esté.

—Tal vez nos hayamos sentado demasiado pronto —advierte Raúl al tiempo que suelta el cubo de palomitas en el asiento libre de al lado.

—¿Qué pasa? ¿Te aburres conmigo?

—No me aburro. Pero es un rollo esperar tanto tiempo. —Se levanta de la butaca—. Espérame un segundo. Ahora vengo.

—¿Vas al baño otra vez?

—No. A por otra Coca-Cola.

—¿Ya te la has terminado?

—Casi. No quiero quedarme sin nada que beber durante la película.

Y, sin decir más, sale corriendo de la sala ante la atónita mirada de Elísabet. Raúl debe darse mucha prisa para no impacientarla demasiado. Camina a toda velocidad hacia la tienda donde venden los refrescos y, entretanto, escribe un mensaje en el WhatsApp.

Val, creo que esto será lo último que te escriba antes de que empiece la película. No puedo llamarte porque no tengo tiempo. Pero pienso en ti. No lo olvides. Pienso siempre en ti.

Una guapa camarera, castaña y con mechas rubias, ataviada con un delantal de cuadros blancos y negros, le pone otra Coca-Cola. ¿Guarda cierto parecido con Valeria o son imaginaciones suyas? Está empezando a obsesionarse.

Raúl coge el refresco, paga y corre de nuevo hacia la sala 2.

Por el camino se sorprende a sí mismo echando mucho de menos a la chica a la que acaba de enviarle el mensaje. Le encantaría que estuviese allí con él. Que estuvieran los dos solos. Sin más compañía. Sin embargo, es otra la que lo espera. Elísabet es todo lo que un chico podría desear, pero no es a quien él desea.

Resopla cuando llega a la puerta de la sala en la que está a punto de comenzar *Tentación en Manhattan*. Se detiene y le da un sorbo a su refresco. Desde fuera, oye que ya ha comenzado el primer tráiler.

Debe entrar.

—¡Raúl! ¡Raúl!

Los gritos provienen de su derecha. Mira hacia allí y se da cuenta de que una muchacha con el cabello castaño y mechas rubias se acerca corriendo hacia él. Durante un instante, cree que es la camarera; pero no tarda en descubrir que la que se dirige veloz hacia la puerta de la sala 2 es Valeria.

—Pero ¿qué estás haciendo aquí?

—¿He llegado a tiempo? —pregunta jadeante—. ¿Ha empezado la película?

—No, todavía no.

La chica sonríe, suspira y lo mira a los ojos. ¡Cuánto deseaba volver a verlo! Se acerca a él y lo besa en los labios. Ambos experimentan una gran explosión de sensaciones. Se separan y vuelven a mirarse.

—¿Eli está dentro?

—Sí. Y debe de estar preguntándose dónde me he metido.

—No esperaba verte justo en la puerta de la sala. Pensaba que tendría que recorrerme todo el cine a oscuras para encontraros.

—He salido para ir a por una Coca-Cola. Y mandarte un mensaje.

—Anda, ¿sí?

La chica saca su BlackBerry rosa del bolsillo y la examina. Con las prisas, no ha visto lo que Raúl le había escrito. Lo lee rápidamente y vuelve a guardar el teléfono. Sonríe y lo besa de nuevo.

—Bueno, todavía no me has dicho qué haces aquí. ¿Te quedas con nosotros?

—No lo sé —dice mientras juguetea con la manga de su sudadera—. No podía resistir que Eli y tú pasarais dos horas solos y a oscuras.

—Ya te dije que no pasaría nada. ¿No confías en mí?

—Claro que confío. Pero... estaba empezando a volverme loca. Así que he cogido un taxi y aquí estoy.

—¿Has cogido un taxi?

—Sí. No podía llegar a tiempo de otra manera —dice sonriendo—. Necesitaba verte, Raúl.

—¿Y qué le has contado a tu madre?

—Nada. Que estaba cansada y que me iba al cine con vosotros. Me he pasado toda la tarde trabajando. No ha puesto ninguna pega.

Los dos se cogen de la mano y caminan hacia el banco

libre que tienen enfrente. Se sientan y, tras otro beso, intentan decidir la mejor manera de actuar. La película está a punto de empezar.

—¿Qué hacemos, Val?

—No lo sé. Podemos entrar y ver qué pasa. Sin decirle nada de lo nuestro a Eli.

—Se enfadará contigo por haber venido.

—Lo sé. Pero podría decirle que tú me has insistido. Que me has escrito pidiéndome por favor que viniera.

—Mmm. Entonces se enfadará con los dos.

—¿Y qué hacemos?

—No sé...

La pareja escucha desde fuera el comienzo de la película. Se quedan en silencio, pensativos. Sin saber qué opción elegir.

—Lo mejor es que me vuelva a ir y deje que entres solo.

—¿Te vas a ir después de haber venido hasta aquí? ¡Ni hablar!

—Es lo único que se me ocurre. No me ha dado tiempo a pensar en una excusa para justificar el haber venido en contra de lo que Eli me pidió. Y tampoco podemos contarle lo nuestro, Raúl.

—Ya lo sé.

—No me queda más remedio que irme.

—Pero me sabe fatal que hayas venido y te marches de nuevo. Seguirás comiéndote la cabeza.

—Es lo que hay. —Y sonríe a pesar de que Raúl tiene razón. No podrá dejar de pensar en qué estará sucediendo entre ambos allí dentro.

—No quiero entrar en esa sala sin ti, Val.

E, inclinándose sobre ella, Raúl la besa dulcemente en los labios. La chica se sonroja y siente lo mismo que esa mañana mientras estaban escondidos en el baño del instituto:

un ferviente ardor difícil de controlar. Ella se suma con más pasión e intensidad a su dulzura y deja que su lengua serpentee con la de él. El frenesí con que Valeria se entrega sorprende al joven. Pero, lejos de huir de la insinuante e inesperada situación, entra en el juego y colabora con el mismo entusiasmo.

Son unos cuantos segundos de deseo, complicidad, desahogo, arrebato y... ¿amor?

El beso termina cuando un empleado del centro pasa a su lado y tose descaradamente a propósito para llamarles la atención. Los chicos se separan y sonríen.

—Raúl, entra tú en la sala. Yo me voy a casa —dice ella mientras le acaricia la cara; después le da un sorbo a su Coca-Cola.

—¿Qué? ¿Por qué?

—Es la mejor solución. Y no necesito más pruebas. Sé que puedo confiar en ti. Así que me marcho para que puedas entrar a ver la peli.

—¿Estás segura?

—Sí, lo estoy. Completamente.

Y es que, después de ese beso, Valeria comprende que sus celos son una tontería. Ha sido algo increíble que seguro que continuará más adelante. Además, por mucho que Elísabet pusiera de su parte, jamás lograría superar lo que acaba de pasar entre Raúl y ella. De eso no le cabe ninguna duda.

CAPÍTULO 60

—¡Cuánto has tardado! —exclama Elísabet cuando Raúl regresa a su asiento—. ¿Has ido a Atlanta a por la Coca-Cola?

—En Estados Unidos son más de Pepsi —susurra él.

—Ya, pero en Atlanta está guardada la fórmula secreta.

—¿Cómo sabes eso?

—Lo leí en la Wikipedia.

—Gran fuente de información.

—En este caso sí es cierto. También me lo dijo mi padre.

El chico sonríe y le da un sorbo a su refresco. La película ha comenzado y Sarah Jessica Parker ya está en escena. No está seguro de si va a centrarse demasiado en la peli después de haber visto a Valeria. A lo largo de los dos días que llevan juntos, durante los que han pasado bastantes momentos a solas, la chica no se había entregado tan apasionadamente como hacía unos minutos. Siempre había sido él quien había tomado la iniciativa. En cambio, esta vez ha sido diferente, y debe reconocer que no le ha desagradado.

—¿Ha pasado algo interesante? —le pregunta a Eli al oído.

—No. Sarah Jessica quiere hacer una tarta para su hija pequeña, pero no tiene tiempo por el trabajo y se la compra hecha.

—Ah. Interesante —señala el chico con ironía—. Buen argumento.

—No seas tonto. Acaba de empezar.

Y sonríe. Le perdona que se haya perdido los tráileres y el principio de la película. Está allí, a su lado, que es lo que quería. Parece mucho más relajado que hace un rato. Eli lo mira de reojo y, luego, vuelve a fijarse en la gran pantalla. Parece que va a haber una escena de sexo nada más empezar la película. Eso la pone algo nerviosa. Cierra las manos y las aprieta con fuerza. Siente un cosquilleo por el pecho. Sin embargo, es una falsa alarma. Sarah Jessica Parker se queda dormida y deja a su marido con las ganas.

—Pobrecillo —dice Raúl en voz baja.

—Pobrecilla ella, que no tiene fuerzas ni para... eso.

—Porque es su marido, ya verás como cuando aparezca Pierce Brosnan le entran ganas.

—Ya veremos.

Y se lleva rápidamente un puñado de palomitas a la boca. Eli mastica despacio, sin perder detalle de lo que el joven hace o de hacia dónde mira. Aprovecha cualquier movimiento —coger su refresco, echarse el pelo a un lado o cualquier otro gesto— para observarlo. Le encanta estar junto a él. Solos, como una parejita de enamorados. No obstante, sólo son amigos. Nada más que buenos amigos.

¿Es el momento para iniciar el acercamiento?

Lo hará poco a poco. No quiere meter la pata nuevamente. Otro error sería imperdonable y daría lugar a otro rechazo. Con disimulo, descruza las piernas y apoya el pie derecho en el suelo. Lo coloca muy cerca del pie izquierdo de Raúl. Lentamente, va moviéndolo, centímetro a centímetro, hasta que su zapato toca el de él. Cuando nota que hay contacto, observa el rostro del chico con algo más de detenimiento sirviéndose de la excusa de que se está colocando bien la camiseta. Todo correcto, no ha hecho ningún gesto contrariado. A continuación, desplaza ligeramente su cuerpo hacia la butaca que ocupa el chico. Sus codos también se rozan.

Pero no dura mucho. Raúl se inclina hacia el lado contrario a ella y se apoya en el brazo derecho para acomodarse. Todo el contacto que había entre ambos se esfuma. Eli resopla. ¿Lo habrá hecho a propósito?

La película avanza y la joven no sabe qué hacer para acercarse a su amigo. No hay escenas románticas, ni mucho menos de tensión. ¡Tenía que haber escogido una película de miedo!

—Me está entrando sueño —anuncia el chico tras reprimir un bostezo con la mano.

—¿No te gusta la película?

—Es que no pasa nada.

—Si quieres puedes echarte un rato. Te dejo que pongas la cabeza en mi hombro.

—No te preocupes. No es para tanto.

Lo de la cabeza en el hombro tampoco ha colado. Raúl le da el último sorbo a su Coca-Cola y se termina las palomitas. Abandona el cubo en el suelo y se recuesta en su butaca.

—¿Qué piensas que ocurrirá al final? —le pregunta la joven sin alzar la voz para intentar espabilarlo—. ¿Terminará con su jefe o con su marido?

—Con su jefe.

—Pues yo creo que con su marido.

—Después de acostarse con el jefe.

—No. Creo que no le será infiel.

—Lo natural sería que sí lo fuera.

—¿Por qué?

—Porque él es guapo, rico, pasan mucho tiempo juntos... Es una tentación muy grande —afirma el joven en voz baja.

—No siempre caemos en la tentación —dice Elísabet mirándolo—. Aunque, a veces, nos dejamos llevar por nuestros impulsos.

Y, tras soltar esa declaración de intenciones, vuelve a intentar contactar con él. En esta ocasión disimula menos. Su pierna busca la del chico y sus rodillas chocan ligeramente. También sus cuerpos están más cerca. Raúl intenta apartarse, pero ella no lo permite.

—Los impulsos son debilidades —murmura incómodo.

Pero Eli apenas lo oye. Empieza a sentir que debe aprovechar la oportunidad. Tiene que confesarle lo que siente, lo que quiere de verdad.

—Raúl...

—Dime.

—¿Soy una tentación para ti? Porque no quiero serlo.

El joven se vuelve hacia ella y la mira confuso. No comprende lo que quiere decir.

—No te entiendo, Eli.

—Si yo te besara ahora, en un arrebato de deseo, y tú me correspondieras, sería como si cayeses en la tentación. Pero eso sería caer otra vez en lo mismo de ayer y antes de ayer. Y está claro que no quieres un lío ocasional ni conmigo ni con nadie.

A pesar de que la joven habla muy bajito, Raúl oye perfectamente todo lo que dice. Elísabet vuelve a centrarse en la pantalla, pero en seguida lo mira otra vez y continúa hablando.

—Yo quiero ser para ti lo que fui anoche en la conversación del Messenger. La chica que te acompaña al instituto. Con la que compartes una pizza. La que se ríe con tus bromas y a la que fastidias con tus ironías.

—Ya eres eso y más, Eli. Eres una de mis mejores amigas.

—Ahí es donde las cosas pueden cambiar. Quiero demostrarte que puedo ser tu amiga y algo más. Que puedo besarte en los labios sin ser una tentación, sino la chica con quien tienes una bonita historia de amor. Lo que tú pides y quieres. Nada me gustaría más en esta vida que ser tu chica, Raúl.

Tercer intento. Y esta vez ha hablado desde el fondo del corazón. No lo ha atacado como el sábado por la noche o ayer en su casa. No ha usado sus explosivas armas de seducción, sino sus sentimientos. No se ha mostrado como una histérica desesperada por conseguir algo, sino como una persona que quiere a otra.

—Eli...

—Sé que puedes llegar a quererme como algo más —insiste—. Sé que puedo darte mucho más que cualquier otra chica de dieciséis años. Me gustas mucho. Y sé que yo también te gusto. Lo noto, Raúl. Lo noto.

El joven no sabe qué responderle. Si la ofende o le hace daño con sus palabras podría darle otro ataque de ansiedad. Y no es lo mismo que ocurra en su casa que en una sala de cine.

La chica ha dejado de ver la película. Sólo lo mira a él, que no habla, que intenta no mirarla. Que no sabe cómo actuar. El desafío de la mirada de Eli lo intimida. A él, que desde hace mucho se muestra tan seguro de todo lo que hace...

—Ya hemos hablado de esto.

—Sí. Pero no de verdad. No como ahora —rebate Eli—. No me veas como una tentación, Raúl. Mírame como a la chica perfecta para empezar la mejor historia de tu vida.

CAPÍTULO 61

Ha sentido la tentación de escribirle en varias ocasiones, pero se ha contenido. Le ha dicho que estaría tranquila y que confiaría en él completamente, así que enviarle un mensaje no sería la mejor manera de demostrárselo. Lo que sí es cierto es que, tras el fogoso encuentro frente a la puerta de la sala 2, la seguridad de Valeria es mucho mayor.

Sólo tiene que esperar a que Raúl llegue a su casa para poder hablar con él y enterarse de lo que ha pasado en el cine. Aunque, ¿qué va a pasar? Nada de nada. Le dirá si le ha gustado la película o no o si las palomitas estaban muy saladas. Poco más. O eso es lo que espera. Sin embargo, no tiene dudas de que Eli lo intentará de nuevo. De eso está convencida.

Valeria llega a la parada de Sol, donde se baja. Ha elegido volver en el metro. Un taxi es un lujo que sólo puede permitirse en ocasiones especiales, como la de antes. De otra forma, no habría llegado a tiempo.

No oye música en el vestíbulo de la estación. O, al menos, no la que esperaba oír. Dos chicas jóvenes, vestidas elegantemente, interpretan una pieza clásica. La más bajita toca el violín y la más alta el violonchelo. Suena bien, pero Valeria tenía la esperanza de escuchar una voz rasgada acompañada de una guitarra española. O, tal vez, a un rapero rimando frases imaginativas.

Camina hacia una de las salidas del metro, la más cercana a la calle Mayor, sin dejar de mirar a un lado y a otro. El último encuentro con César, o Carlos, o como se llame el joven, terminó de una manera extraña. Con la historia de Raúl y Eli en la cabeza apenas ha pensado en ello. ¡Pero ese chico le había confesado que estaba enamorado de ella! Nada más y nada menos.

Si de alguna manera se siente atraída por él, se debe a su curiosa personalidad y a ese ingenio tan increíble. Sin embargo, Valeria no lo cree. No puede tragarse que se haya enamorado de ella.

Es raro que no haya vuelto a mandarle ningún mensaje. Y que no haya aparecido por sorpresa en la cafetería de su madre. Tratándose de él, habría sido lo lógico.

¿Lo echa de menos?

—Eh, hola.

¿Es a ella? Mira a derecha y a izquierda, pero no hay nadie a su alrededor. Sí, le hablan a ella. Es una chica muy mona, vestida con una minifalda oscura y una camiseta de escote bastante pronunciado. Lo más curioso es que le resulta familiar.

—Hola —responde algo confusa.

—¿No te acuerdas de mí?

Qué despistada. ¿Cómo puede olvidarse tan fácilmente de las caras de la gente? Esa chica es...

—Pues... ahora mismo no caigo.

—Es que tú y yo no hablamos. Pero te vi un rato el sábado en el reservado de la discoteca en la que trabajo.

¿En el reservado de la discoteca? Entonces ella es... ¡Tania, la camarera! Es verdad. Ahora que se fija mejor, se da cuenta. Va menos maquillada que el sábado, pero con

407

la ropa que lleva ahora también podría ponerse a servir copas.

—Perdona, soy muy mala para las caras. Pero ya sé quién eres.

—¡No te preocupes!

—Te llamas Tania, ¿verdad?

—Sí. Encantada.

—Igualmente. Yo soy Valeria.

Se dan dos besos de presentación y, juntas, suben por la escalera que lleva a la calle Mayor.

—¿Vives por aquí? —le pregunta la joven, que parece simpática.

—Más o menos. Por La Latina. ¿Y tú?

—No, yo vivo lejos. En Vicálvaro. He venido a ver a mi novio, el chico que te vendió el carné y la entrada de la discoteca.

A ése sí que lo recuerda bien. Es el caradura que los timó y les pidió el doble de dinero de lo que había solicitado en un principio. Entonces, a Valeria se le pasa algo por la mente. Algo que no encaja. Si Tania y el otro tío son novios, César, Carlos, le había dicho la verdad sobre ese asunto. Los conocía de esa misma noche. Pero ¿cómo lo sabía la primera vez que le explicó quiénes eran? ¿Lo había acertado por casualidad? Durante la charla que tuvieron a mediodía le dejó claro que no tenía ni idea de si Tania y el de los carnés falsos eran pareja.

¡Menudo lío!

—Me acuerdo de él.

—No estaba demasiado contento el sábado con vosotros. Pensaba cobrar por seis y al final sólo entrasteis tres.

Valeria casi se atreve a echarle en cara el engaño de su novio. Pero prefiere no entrar en polémicas absurdas ni discutir ese tema después de tanto tiempo. Además, esa chica puede servirle como fuente de información, si es que de verdad conoce a su amigo el músico del metro.

—Lo pasé muy bien el sábado —comenta cambiando de asunto. Quiere ganarse su confianza.

—Uff. Hubo mucho trabajo. Fue una noche de locos.

—Es verdad. Había mucha gente.

—Ya ves. ¡Y mucho pesado también!

—¿Te tiraron muchos los tejos?

—A las camareras siempre nos dicen de todo. El secreto está en sonreír, servir y pasar del tema. Aunque este sábado a muchos se les fue la pinza y querían meter mano como fuera.

—La gente se desfasa un montón en esas fiestas y pierde la cabeza.

—Sí, pero tú elegiste bien.

—¿Ah, sí? —pregunta haciéndose la sorprendida.

—Claro. César es un tipo estupendo. De lo mejorcito. Lo conozco perfectamente porque es el compañero de piso de mi novio. ¿No te lo dijo?

Esas palabras dejan helada a Valeria. ¡César! ¡Lo ha llamado César! Y vive con su novio, no en un albergue juvenil. Le había dicho la verdad desde el principio y ella no lo creyó. ¡Qué estúpida!

—Sí, algo me comentó —le confirma intentando disimular su desorientación.

—Mi novio le tiene un gran aprecio a ese muchacho.

—Me has dicho que vas a verlo ahora, ¿verdad?

—¿A mi novio? Sí. Al piso.

—¿Está muy lejos de aquí?

—No, no demasiado.

—Es que me gustaría ver a César. ¿Sabes si estará allí?

—Creo que sí. No lo he visto tocando en la estación. Pero, si quieres, le mando un mensaje y se lo pregunto.

—No, no hace falta. Quiero darle una sorpresa.

Tania sonríe con picardía. Se arrima a ella y le da un ligero codazo en el brazo.

—Te gusta mucho, ¿no?

—Casi no lo conozco —contesta ruborizada.

—Es normal, ¿eh? Yo, porque ya tengo a mi novio, si no, seguro que le lanzaría la caña a César. ¡Está tan, tan, tan bueno!

—Es guapo.

—¿Guapo? Es impresionante. Y eso que tú no lo has visto sin camiseta... ¿O sí lo has visto?

—No, no. Claro que no —niega Valeria acalorada—. Ya te digo que apenas nos conocemos de aquella noche y un par de jarras de sangría.

—Pues es un chico que tiene muchas cosas para conocer.

Si no fuese porque sabe lo del novio, Valeria pensaría que el verdadero amor de Tania es César. Se le iluminan los ojos cuando habla de él. Pero es natural. Ella también está enamorada de otro y ese joven la ha cautivado. Debe reconocer que no ha conocido a muchos chicos que reúnan tanta belleza e ingenio al mismo tiempo.

—Hace Periodismo, ¿verdad?

—Sí, está en tercero. Le va muy bien. Todo notables y sobresalientes.

—Vaya. Es un cerebrito.

—Sí, es que, aparte de estar bueno, es un tío muy inteligente.

—Ahora me explico lo de las rimas...

—¿Lo has visto rapear?

—Sí. En el metro.

—¡Es alucinante! La primera vez que lo hizo delante de mí me quedé muerta. ¡Tengo amigos que llevan toda la

vida haciendo rap o hip hop y que no le llegan ni a las suelas de los zapatos!

Ese joven es todo un prodigio en cualquier cosa que se
propone. Y parece que Valeria no es la única impresionada
por sus hazañas.

Las dos continúan caminando y hablando de las cualidades de César. Valeria comprueba que todo lo que le había contado al principio es verdad. O al menos ésa es la impresión que tiene. ¿Por qué se inventaría la otra historia?
Puede que estuviese harto de que no lo creyera y decidiese
improvisar algo para convencerla. Con su capacidad mental
no le habría resultado difícil crearse otra vida que tuviera
sentido en relación con los encuentros que habían tenido
hasta ese momento. O quizá lo mezclara todo. O, simplemente, esté jugando. No lo sabe. Ni sabe si quiere saberlo.
Pero está claro que tiene una nueva conversación pendiente con él.

—¿Sabes si ha trabajado de mimo?

—¿De mimo? No me suena. Pero no te lo puedo asegurar.

—Ya le preguntaré yo.

Qué difícil será descubrir cuál es la auténtica verdad.
Se siente inferior a él, y al mismo tiempo deslumbrada. Si
hasta hace unos minutos sólo Raúl ocupaba su pensamiento, ahora su mente está volcada casi exclusivamente
en César.

—Ya hemos llegado —dice Tania cuando se para frente
a una puerta rojiza.

La chica llama al telefonillo del segundo B.

—¿Sí? —responde una voz masculina.

—Cariño, soy yo. ¿Me abres?

—Claro.

Suena un pitido metálico y la puerta cede ante el pequeño empujón de la joven. Sin embargo, antes de que Tania entre en el edificio, Valeria la sujeta del brazo.

—¿Puedes preguntarle si está César en casa?

—Es verdad. Espera. —Vuelve a pulsar el botón del piso en el que vive su novio.

Otra vez contesta la misma voz.

—¿No se ha abierto? ¡Jodida puerta!

—No, amor. Está abierta. No te preocupes —lo tranquiliza—. Es que me he encontrado con una amiga de César y quería saber si está en casa.

—No, no está.

—¿Sabes dónde ha ido?

—Ni idea. No lo he visto desde esta mañana.

—Gracias, cariño.

Tania se encoge de hombros.

—Ya has oído —comenta mientras sujeta la puerta.

—No pasa nada. Ya le llamaré.

—¿No quieres subir a esperarlo?

—No. Muchas gracias por todo —dice Valeria. Las dos chicas se abrazan—. Espero verte otro día.

—Claro, cuando tú quieras. Ya sabes dónde trabajo.

Con una sonrisa, se despide de ella y entra en el edificio.

Es hora de regresar a casa. Mala suerte. Quería verlo. En esta ocasión, el destino ha jugado al despiste: le ha ofrecido la posibilidad de saber más cosas de él, pero no ha considerado oportuno que volvieran a encontrarse. Aunque ahora están empatados: ella también sabe dónde vive César.

CAPÍTULO 62

Al recibir su mensaje, no ha podido evitar sentir un sobresalto. Ya ha anochecido y no esperaba volver a tener noticias de ella hasta mañana. Desde que Ester se marchó de su
casa, Bruno no ha pensado en nada ni en nadie más.

Hola, perdona que te moleste ahora, pero necesito hablar con alguien y creo que tú eres la única persona con
quien puedo hacerlo. ¿Nos vemos dentro de quince minutos
en el mercado de San Miguel?

Parece que su amiga tiene problemas. ¿Qué habrá pasado? Seguro que tiene algo que ver con el encuentro con su
entrenador. A Bruno le ha hecho daño enterarse de que su
amiga tiene una relación con alguien, pero todavía le ha
fastidiado más saber que es con ese tío. De esto no puede
salir nada bueno.

Claro. Allí nos vemos. ¿Estás bien?

Ester no ha respondido a la pregunta. Eso le hace pre-
sagiar que no, que no está bien. Pero Bruno no quiere ade-
lantar acontecimientos y prefiere escuchar lo que tenga
que decirle antes de volverse loco pensando en lo que habrá podido suceder.

Ha intentado darse prisa y, por una vez, no va tarde. Han pasado quince minutos exactos desde que recibió su WhatsApp. Sin embargo, cuando llega al mercado de San Miguel, Ester ya está allí, cruzada de brazos, inquieta, mirando a un lado y a otro. Se ha cambiado de ropa, no va vestida como cuando fue a su casa. Mientras se acerca, Bruno también aprecia que se ha maquillado un poco. Sin duda, todo eso es por él, por su entrenador.

La joven lo ve y camina rápidamente hacia su amigo. Para sorpresa de Bruno, lo abraza. El chico la acoge entre sus brazos y la escucha sollozar. Algo grave ha debido de ocurrirle para que esté así. Ahora lo averiguará.

—Gracias por venir, Bruno —dice Ester cuando se separa de su amigo y se limpia los ojos con la mano—. Tenía que hablar con alguien.

—Para eso estoy —comenta con una sonrisa.

—Gracias, de verdad.

—¿Qué te ha pasado?

—Uff. Todavía estoy muy nerviosa.

—Tranquila. Cuéntamelo todo.

Los dos comienzan a caminar por el centro de Madrid mientras la chica le confiesa lo que ha pasado hace un rato en el piso de la calle Imperial. El muchacho la escucha atentamente. No le resulta agradable oírlo, pero resiste con gallardía. Ella lo necesita y, aunque le duelan sus palabras, debe soportarlo.

—Rodrigo, por favor... No puedo... hacerlo.

—Estoy seguro de que disfrutarás mucho. Confía en mí.

—Que... no. ¡No quiero!

Y, reuniendo todas sus fuerzas, lo empuja y consigue

quitarse al joven de encima. Rápidamente, Ester se levanta del sofá y se sube el vaquero.

—¡Vamos! ¡No me jodas! ¿De verdad que no quieres hacerlo?

—No estoy preparada. Ya te lo he dicho.

—¿Bromeas? ¡Has cumplido dieciséis años! —exclama el entrenador—. ¿Cuántas chicas de tu edad y más jóvenes tienen ya relaciones sexuales?

—No lo sé, y tampoco me importa.

Desconcertada, se dirige hacia la otra parte del estudio y se sienta en un taburete que hay en la cocina. No imaginaba que Rodrigo pudiera comportarse así con ella. Hasta entonces la había respetado y nunca la había forzado a nada. Sus discusiones más fuertes habían estado relacionadas sólo con el voleibol.

—Te estás comportando como una niña pequeña.

—Es que puede que siga siéndolo.

—Entonces estaba equivocado contigo. Creía que eras mucho más madura.

—¿Qué tiene que ver el sexo con la madurez?

—Están bastante relacionados.

—No veo cómo, pero bueno... Conozco a bastantes chicas y chicos que son muy inmaduros y ya no son vírgenes. Y al contrario.

El joven suspira y se pone de pie. Camina hasta ella, pero Ester se vuelve y mira hacia otro lado.

—Perdóname otra vez. No he debido presionarte tanto.

—No, no has debido hacerlo —responde muy afectada.

—Lo siento. Llevo unos días un poco nervioso.

—Y lo pagas conmigo.

—Sí. Y no tendría que hacerlo. Lo siento, Ester.

La chica se da la vuelta y entonces sí lo mira a los ojos. No entiende qué es lo que se le pasa por la cabeza cuando actúa como ayer en el vestuario o como hace unos minutos. Es una especie de doctor Jekyll y míster Hyde. Debería salir corriendo de allí y escapar de él para siempre. Pero no es capaz de hacerlo. Y sabe cuál es el motivo.

—¿Sólo querías traerme aquí para acostarte conmigo?

—No, por supuesto que no.

—Pues me da esa sensación.

—Estás equivocada. Pero no voy a negarte que tenía muchas esperanzas de que hoy... Era una buena manera de hacer las paces.

Su media sonrisa fastidia a Ester. Pero también la seduce. Y, por supuesto, ese perfecto torso desnudo... Y su mirada insinuante... No puede negar que se siente muy atraída hacia él. También sexualmente. Sin embargo, hay algo que le impide entregarse a Rodrigo por completo.

—No es que esté en contra del sexo ni nada de eso, ¿eh? Sólo es que... aún no me veo haciéndolo.

—¿Es por miedo?

—No lo sé.

—Es normal que estés nerviosa y que tengas un poco de miedo. A todos nos pasó en su día. Pero eso se cura.

—¿Se cura? ¡Ni que fuera una enfermedad!

—Quiero decir que hay un remedio para que se pasen los nervios, el miedo y la tensión de la primera vez.

—¿Sí? ¿Cuál?

—Hacer el amor.

Otra vez esa estúpida media sonrisa que tanto le gusta. Es tan guapo. Y, aunque se enfade mucho con ella, no podría dejar de quererlo.

—¿Tantas ganas tienes de hacerlo conmigo? —pregunta con timidez.

—No te lo puedes ni imaginar.

—¿Qué ves en mí?

—Todo. Me encantas —le susurra al oído—. Y para que veas que no sólo te he traído aquí para lo que piensas...

Rodrigo se aleja de la cocina y busca algo en la cazadora que llevaba puesta. De uno de los bolsillos saca un paquetito envuelto en papel de regalo. Ester lo observa, expectante, desde el taburete. El joven se lo coloca en la palma de la mano y se acerca de nuevo a ella. Estira el brazo y le pone delante el pequeño obsequio.

—¿Es para mí? ¡Gracias!

Nerviosa, lo abre, aunque ya intuye qué puede ser. No se equivoca. Ayer tuvo uno igual en las manos, pero hecho añicos. Es el mismo botecito de perfume de vainilla que Rodrigo estrelló contra el suelo del vestuario.

—Era la otra manera que teníamos de hacer las paces —comenta él sonriendo.

—Gracias, de verdad.

Y, apartándose el pelo del cuello, se echa un poco. Rodrigo acude de inmediato a olerlo. Y la besa sensualmente en el mismo punto de la piel en el que la chica se ha aplicado el perfume.

—Huele bien. Muy bien.

—¿Sí?

—Sí. Me gusta...

Y vuelve a besarla en el cuello. Ester se levanta del taburete y apoya las manos en el pecho de Rodrigo. Es una sensación increíble. Lo acaricia suavemente mientras él prosigue dándole besos por todo el cuerpo. Con lentitud, los dos se dirigen hacia el sofá. Ella es la primera en sentarse y se desliza hasta quedar tumbada casi por completo. Rodrigo se coloca a su lado e introduce las manos por debajo de la camiseta de la chica para acariciarle la espalda.

—Estoy muy nerviosa —murmura Ester.

—Tranquila. Ya sabes cuál es el remedio para que se terminen esos nervios.

—¿De verdad vamos a... hacerlo?

El joven la mira a los ojos y sonríe. Se coloca sobre ella y la besa en los labios. En esta ocasión empieza a desnudarla por arriba. Le levanta la parte de abajo de la camiseta, hasta el comienzo del sujetador. Lo hace poco a poco. Contempla el vientre plano de la joven y se deja caer hasta su cintura. Le da delicados besos alrededor del ombligo y va subiendo hacia el pecho.

—¿Quieres quitarte la camiseta?

—¿Tengo que hacerlo?

—Como tú veas.

Su mirada la convence. Se la quita y la deja caer al suelo. Siente un escalofrío cuando las manos de Rodrigo se dirigen hacia su pecho medio desnudo.

—Sigo nerviosa.

—Tranquila. No pasa nada. Es algo normal.

Sus susurros, lejos de calmarla, la ponen más nerviosa. Cierra los ojos e intenta relajarse. Hacer el amor es lo natural entre dos personas que se quieren. No tiene por qué alterarse tanto. Debe disfrutar, dejarse llevar.

Los besos que el chico le da en los labios, en el cuello y por toda la cara van acompañados de caricias por encima de la copa de su sostén. Pero entonces los dedos de Rodrigo se introducen por debajo de la tela. Ester abre los ojos de golpe. Él sigue tocándola bajo el sujetador, cada vez con más fuerza, con más determinación. Ella nota su respiración más agitada. Más excitada. Y Ester también debería estarlo. Sin embargo, le ocurre todo lo contrario. Incluso le entran ganas de llorar.

Con un movimiento ágil, consigue situarse al lado del chico, que busca el botón de su pantalón mientras sigue besándola. Ester se lo impide con la mano derecha y, con la izquierda, se apoya con fuerza en uno de los cojines del sofá y se deja caer al suelo. Como si estuviera lanzándose a por una pelota en un partido de voleibol.

—Lo siento, Rodrigo. Te quiero mucho, pero no estoy preparada para esto.

—¿Qué? No me lo puedo creer.

—Perdóname.

Coge su camiseta y se levanta. Mientras se la pone, alcanza su chaqueta. Se siente mal, fatal, y no tiene valor para mirar al joven, que, desde el sofá, no deja de maldecir en voz baja. Ester abre la puerta del piso y se marcha. Rápidamente, baja la escalera. Está avergonzada por todo lo que ha pasado en el estudio. Sin embargo, tiene claro que no se siente preparada para su primera vez, por mucho que quiera al chico al que acaba de dejar con la miel en los labios.

CAPÍTULO 63

Las dos llegan a casa bastante cansadas después de haber pasado todo el día fuera. Gadea y María se dejan caer en los sillones del comedor. Su madre acude a la habitación rápidamente. No ha visto a sus hijas en todo el día, y ya las echaba de menos.

Le da un beso a cada una y también se sienta.

—Bueno, ¿cómo lo habéis pasado?

Las hermanas se miran entre ellas. Saben que la noticia que tienen que darle no va a gustarle nada.

—Bien —responde escuetamente la mayor—. Hemos comido en un buen restaurante y luego hemos paseado por Madrid.

—¿Cómo está vuestro padre? ¿Sigue muy afectado por lo de su hermana?

—Sí. Y por lo de Montse también —añade María.

—Ah. Eso se lo buscó él solito.

A ella tampoco le caía bien la pareja de su ex marido. La consideraba una mujer prepotente, engreída, fría y tremendamente exigente. Por eso Paz no comprendía cómo había terminado saliendo con Ernesto.

—El caso es que papá no está en su mejor momento —indica Gadea con la intención de preparar el terreno para lo que viene.

—La vida es cuestión de rachas. Todos pasamos por épocas buenas y malas.

—Pero papá está en una muy mala, mamá.

—Vuestro padre es una persona fuerte. Sabrá salir adelante.

Otra mirada entre las dos chicas. Un gesto con la mano de Gadea incita a Meri a que le cuente a su madre lo que han decidido.

—No es tan fuerte —comenta la pelirroja—. Creemos que necesita ayuda.

—¿Ayuda? ¿De qué estás hablando?

—De nuestra ayuda, mamá.

Paz, confusa, mira a su hija pequeña. No sabe a qué se refiere, aunque empieza a ponerse realmente nerviosa.

—Explícate.

—Verás... Después de mucho pensarlo, he decidido marcharme a vivir un tiempo con papá.

La mujer se tapa la boca y la nariz con las dos manos tras escuchar a su hija. A continuación, se toca la cabeza con nerviosismo y resopla.

—Mamá, di algo —le pide Gadea.

—¿Qué quieres que diga?

—Lo que piensas.

—No creo que a ninguna de las dos os guste lo que estoy pensando ahora mismo —advierte mientras se muerde el labio—; no creo que a ninguna de vosotras os guste que vuestra madre piense en cuál es la mejor manera de asesinar a su ex marido sin dejar huellas.

—Esto no ha sido idea de papá. Lo hemos pensado nosotras.

—Claro. Y yo voy y me lo creo.

—Mamá, lo que dice Meri es verdad. Salió de nosotras que una de las dos se marchara un tiempo a vivir a Barcelona.

La mujer se pone de pie y mueve la cabeza.

—Qué casualidad. ¡Vuestro padre viene a Madrid y no tiene nada que ver con esto! Sólo ha sido cosa de sus dos comprensivas y generosas hijitas, que son capaces de dejar todo lo que tienen en la vida para irse una temporada a seiscientos kilómetros con su pobre papá.

—Es la verdad. Él solamente ha aceptado la idea de que Meri se marche con él.

—Sí, ésa es la única verdad, mamá.

—¿Esperáis que me crea eso? ¡Vais listas!

Y, taconeando con fuerza, sale del salón. A los pocos segundos, regresa con el móvil en la mano. Ha marcado el número de su ex marido.

—¿Estás llamándole? —pregunta Gadea.

—Claro. Quiero que me explique qué os ha dicho para comeros la cabeza de esa manera.

—Mamá, tenemos cerebro y ya somos mayorcitas para pensar por nosotras mismas. No seas injusta con él.

—¿Injusta? ¡Creo que la única que no está siendo injusta en toda esta historia soy yo! —exclama mientras el hombre responde la llamada—. ¿Ernesto?... Sí, sí. Hola, hola.

Las chicas observan a su madre mientras ésta sale otra vez del salón, ahora hablando en voz alta. El primer grito no tarda en llegar. Ni el segundo. Incluso desde la otra punta de la casa y con la puerta cerrada se escuchan sus voces.

—Pobre papá, la que le está cayendo —apunta la mayor de las hermanas con un suspiro.

—Se veía venir. Esperemos que mamá entre en razón y podamos hablar con ella tranquilamente.

—No sé si eso será posible...

—Tiene que serlo, Gadea. Me voy a ir a Barcelona quiera mamá o no. Y es mejor que me vaya bien, que no enfrentada con ella.

—Eso espero. Porque a la que le tocará aguantarla será a mí.

—¡Tampoco seas así! —protesta María—. Hacemos esto por papá. Y soy yo la que se va para que tú no pierdas lo que tienes aquí.

—Tienes razón, perdona.

El tiempo transcurre lentamente, entre gritos y frases fuera de tono. Las dos escuchan a lo lejos todo tipo de reproches. Gadea y Meri esperan resignadas en el salón. Hablan entre ellas, especulando sobre lo que estarán diciéndose.

Pasan los minutos y parece que la cosa se tranquiliza. Al menos ya no se oyen gritos. Las hermanas no saben qué está ocurriendo exactamente en la habitación en la que su madre lleva encerrada más de media hora.

—¿Le habrá dado un infarto y no nos hemos enterado?

—No seas bruta, Gadea.

—Es que hace mucho tiempo que no se oye nada.

—Se habrán calmado y estarán hablando como personas normales.

—¿Papá y mamá? No sé cuál de los dos es menos normal.

En eso tiene razón su hermana. Ninguno de los dos son precisamente personas corrientes. Quizá por ese motivo se gustaron y se casaron. Y quizá por la misma razón se separaron.

—Espero que mamá no lo haya convencido para que me quede aquí.

—Mamá es capaz de eso y de más. Menuda tortura.

—Pobrecillo. Si ya estaba mal, ahora se habrá puesto mucho peor.

—Luego lo llamaré para animarlo.

—Cuando lo hagas, me lo pasas —le pide María, que se

siente algo culpable de aquella situación. Debería haber sido más contundente con su madre al anunciarle su decisión de irse a Barcelona.

—Vale... A ver si terminan pronto. Tengo hambre.

Y, por fin, se abre la puerta de la habitación en la que Paz hablaba con Ernesto. La mujer avanza por el pasillo hasta el salón, desde el que sus dos hijas la observan boquiabiertas.

¡Su madre se está riendo a carcajadas!

—Venga, muy gracioso. Pero aquello no fue en el noventa y dos. Fue en el noventa y uno. Vale... vale... Ahora se lo digo a las dos. Un beso... un beso.

La mujer pulsa el botón verde de su móvil y cuelga con una sonrisa de oreja a oreja en la cara.

—Mamá —dice muy seria Gadea—, ¿seguías al teléfono con papá?

—Sí.

—¿De verdad era papá?

—Que sí, hija, que sí.

—¿Y de qué habéis hablado tanto tiempo? —pregunta María, que no sale de su asombro. Aquélla no parece la misma mujer de hace media hora.

—De todo un poco. Hacía tiempo que no tenía una conversación así con vuestro padre. Se me había olvidado lo gracioso que es cuando quiere.

—¿Gracioso?

—¿Nuestro padre?

—Mucho. Y de joven lo era mucho más. Ahora se ha convertido en un alma en pena. La Montse esa lo ha echado a perder.

Aquello parece sacado de una comedia romántica norteamericana. Una de Jack Nicholson y Helen Hunt. Han pasado de los gritos a las risas en apenas unos minutos.

Todo el odio que la mujer ha sentido hacia su ex marido después de la noticia que le han dado sus hijas se ha evaporado.

—Bueno, y al final, ¿qué habéis decidido?, ¿puedo irme con él a Barcelona?

—Sí.

—¿Sí? ¿En serio?

—Sí. Pero dentro de un rato lo hablamos tranquilamente. Ahora tengo que preparar la cena —indica Paz mientras gesticula con las manos—. Tengo que cocinar algo verdaderamente especial... Mmm. No sé... No sé... ¡Ah! Cuando pongáis la mesa, añadid un cubierto más. Tenemos un invitado.

Y se marcha a la cocina tras guiñarles un ojo y sonreírles. Y es que no hay nada como recordar el pasado más feliz para tomarse el presente de la mejor forma. Aunque sus hijas todavía estén pellizcándose y no se crean que lo que acaban de escuchar haya sido real.

CAPÍTULO 64

Sentada en el sofá del comedor con el portátil sobre las piernas, Valeria mira las fotos que tiene en su Tuenti. En todas sale con sus amigos, los del Club de los Incomprendidos. Va pasándolas una a una, lentamente. Sonríe. Se detiene y recuerda el momento en que nació cada imagen. Cada una de ellas es una pequeña historia y cuenta con un significado especial.

La número 311 la hace suspirar. Eli y ella aparecen al lado de Raúl, dándole un beso en la mejilla cada una por un lado. Se acuerda perfectamente de ella. Es del tercer fin de semana de junio. Fueron los tres juntos a la piscina y se dieron el primer baño del verano antes de las vacaciones. Ella ya sentía por el chico lo mismo que hoy, aunque, por aquella época, él salía con una tía de su edad que se llama Diana. Ese mismo sábado, Elísabet también se lió con uno de segundo de Bachillerato del instituto.

Cuánto han cambiado las cosas. Es como una partida de naipes. Como si cogieras una baraja de cartas y las mezclaras todas: la que estaba la primera puede que ahora esté en el medio o al final. Y la última puede salir al principio. Sin embargo, por más veces que se barajen las cartas, siempre hay alguna que permanece en el mismo sitio. En el mismo lugar. Como sus sentimientos, que son los mismos que en aquel mes de junio.

Se levanta del sofá y se despereza. Está agotada. Lleva todo el día de aquí para allá. Que si metro, que si taxi, que si Raúl, que si César...

César. Él no existía en junio. Si hubiera aparecido antes, ¿habría sido diferente su vida a como es en ese instante? ¿Y sus sentimientos? Es fácil enamorarse de alguien como ese chico, con un físico tan imponente y que parece que lo hace todo bien. Sin embargo, la zona de su corazón reservada al amor está bien cubierta. Y, a pesar de que el universitario la atrae, porque es innegable que la atrae, no cambiaría a Raúl por él. Aunque sólo fuera porque su amigo ha llegado primero.

Pero está cansada de darle vueltas a la cabeza. Harta de pensar si el uno es quien dice ser, si el otro estará superando la tentación... Necesita respirar hondo y olvidarse de todo durante cinco minutos. Cinco minutos de tranquilidad.

Camina hasta la cocina y abre el frigorífico. Saca una botella de zumo de naranja y se echa un poco en un vaso. Bebe y se queda embobada mirando los azulejos de la pared. Pensando... ¡Qué idiota! Parece imposible desconectar. No es capaz de alejarse de la realidad. De aislarse. Los dos chicos que la han vuelto loca durante esos últimos días no se marchan de su mente.

Y sonríe. Tampoco es tan malo volverse loca con ellos. Son únicos. Y, cada uno en su estilo, inigualables. Sigue sonriendo como una tonta hasta que suena el telefonillo de su casa y casi hace que se atragante. Deja el zumo sobre la encimera y contesta.

—¿Sí? ¿Quién es?

—¿Valeria? Hola. Soy César.

¡César! ¿Qué hace allí? ¿Y qué quiere? Si no le abre, será imposible averiguarlo. Va a pulsar el botón que abre la puerta de abajo, pero se arrepiente. ¡Cómo va a dejarle subir a su piso! Mejor baja ella. Pero alguien conocido podría verla hablar con él en mitad de la calle. ¿Y si pasa por allí alguno de sus amigos? La someterían a demasiadas preguntas. Mejor que suba. Sí, qué más da, ya sabe dónde vive...

—¿Está?

—¡Sí! ¿Subo?

—Sube.

—Subo.

Rápidamente, Valeria se dirige hacia la puerta de entrada. Se estira la camiseta, se alisa el pantalón, se asegura de que todos los botones y cremalleras que lleva encima están cerrados. Está atacada de los nervios. ¡Se ha atrevido a ir hasta su casa!

¿Abre y se asoma o espera a que llame al timbre? La B. Mira hacia arriba y reza porque su pelo esté bien, porque su madre no vuelva antes que de costumbre, ¡porque César no note su histeria! Pero no es creyente. ¿O sí? ¿Es agnóstica? No lo ha decidido aún. Entonces, ¿a quién reza? A Dios, a Mahoma, a los visigodos, al Pato Lucas...

El timbre.

Un respingo. Toma aire. Lo suelta. Nota que el sabor a naranja se ha quedado instalado en su paladar. ¿También en sus labios? Seguro. Si le da dos besos, puede que le transmita el olor amargo. ¿Y si es alérgico a los cítricos? ¡Cómo va a serlo! ¿Y si lo es? Se pasa la lengua por los labios a toda prisa. Ahora están mojados de saliva. Vaya. No tiene tiempo de ir a por un trapo o una toalla para secarse. La manga de la camiseta es la solución. ¡Pero es blanca! Ya no. Al menos la manga izquierda...

El timbre otra vez.

Resopla y abre con el brazo escondido detrás de la espalda.

—¡Hola! ¡Qué sorpresa! —grita Valeria exagerando su sonrisa y agudizando la voz.

—¿Sorpresa? Si acabamos de hablar por el interfono.

—Digo antes de que llamaras al telefonillo.

La chica lo invita a pasar. Menos mal, no ha habido besos. Así que, si es alérgico a los cítricos o no le gusta cómo huelen o saben las naranjas, ya no hay problema. ¡Se ha salvado!

—¿Te pasa algo en el brazo? —le pregunta el joven mientras entra en el comedor.

—¿A mí? ¡Qué va!

César se encoge de hombros y se sienta en el sofá. Valeria se acomoda a su lado, después de alcanzar un cojín con el que taparse.

—Bueno, ¿qué querías?

—¿Yo? ¡Si el que ha venido a mi casa has sido tú!

—Porque Tania me ha mandado un mensaje diciéndome que habías ido a mi casa preguntando por mí.

Al final la camarera se ha ido de la lengua. Debió de imaginárselo.

César la mira como si analizase cada uno de sus pestañeos. La chica se sonroja. Se echa hacia delante y aprieta el cojín con fuerza.

—Sí. Es verdad.

—¿Y qué querías?

—Hablar contigo —contesta tímidamente—. Que me explicaras de una vez por todas qué es verdad y qué es mentira de todo lo que me has contado.

—Qué más da eso ya.

—¿Cómo que qué más da? No puedo fiarme de una persona que se inventa historias.

—No te fiaste de una persona que te había contado la verdad.

—Eran muchas coincidencias, César. Entiéndeme.

—Las casualidades se dieron en los dos sentidos. Para ti y para mí. Sin embargo, yo confié en ti. Al principio incluso te seguí el juego de que estabas en la universidad y estudiabas odontología aunque sabía que me mentías.

Con cada frase que le dice César, más razón cree Valeria que tiene y más cuenta se da de que la que ha metido la pata ha sido ella. Puede que le haya mentido, que creara historias tan fantasiosas como falsas, que la haya seguido hasta su casa o que se inventara lo del bautizo para fastidiarla. Pero ella tiene buena parte de culpa de que todo eso se haya desarrollado así. César, simplemente, ha utilizado su ingenio para permanecer cerca de ella. Y siempre con una sonrisa.

—Lo siento. Ahora mismo estoy hecha un lío.

—Desenlíate.

—Eso sólo podría pasar si me contaras la verdad.

El joven vuelve a sonreír y la observa mientras cruza las piernas divertido.

—¿Te das cuenta de la cantidad de veces que me has pedido eso en sólo tres días?

—Soy muy pesada.

—Y desconfiada.

—También.

—Y un poco histérica. Y cabezota.

—Uff. ¿Algo más?

César se frota la barbilla y finge que piensa. Pero en seguida la mira otra vez, descruza las piernas y le coge la mano que no sujeta el cojín con el que se cubre.

—Preciosa, lista, divertida, cariñosa, comprensiva, intuitiva, simpática... ¿Sigo?

—No.

Nadie le había dicho jamás tantas cosas bonitas. Valeria

no cree que tenga todas esas cualidades, ni siquiera la mitad. Ella es una chica normal. El que realmente sobresale por cada una de esas características es el chico que está a su lado.

—La primera vez que te vi fue el sábado. Nunca he hecho de mimo, lo confieso. No serviría para permanecer quieto durante demasiado tiempo en un lugar, sin moverme. No es lo mío.

—Me lo creí.

—Fui convincente.

—Demasiado.

—Eso no era verdad, pero te puedo asegurar que, desde nuestro primer encuentro en la estación del metro de Sol, no he dejado de pensar en ti. Has sido mi primer flechazo.

La mano de César está caliente, casi tanto como el rostro de Valeria. Le queman las mejillas. Debería soltarse, debería decirle que no siga hablando, que se olvide de ella y deje de aparecer por sorpresa en cada rincón. Pero no hace nada. No puede.

—¿Cómo es eso posible, César? No me conocías de nada.

—Ya lo sé. Pero fíjate cuál sería mi sorpresa cuando después te encontré en la fiesta de la discoteca. ¿Sabes lo que me entró por dentro?

Lo mira prendada de sus dulces ojos verdes y lo escucha ensimismada, embrujada por su cálida voz.

—Yo... No sé qué decir.

—Es cosa del destino, Valeria. ¡El destino nos ha unido por algún motivo!

—Ésa es una idea muy romántica, pero las casualidades también existen.

—Sí. Pero las cosas pasan por algún motivo. Y que me encuentre contigo una vez tras otra...

—Tengo novio, César —lo interrumpe tras soltarle por fin la mano—. Y, curiosamente, empezamos a salir el sábado.

El joven cabecea sin perder de vista sus ojos. Parece que aquello no le ha afectado. Y, si lo ha hecho, no lo demuestra.

—¿Y lo quieres?

—Mucho.

—Eso está bien.

—Lo conozco desde hace dos años, y es un chico genial.

—Seguro que, si te ha elegido a ti, es buen chico.

—Lo es.

Los ojos de Valeria brillan y se iluminan cuando habla de Raúl. Decirle en voz alta a otra persona que lo quiere, que lo quiere de verdad, le provoca una grandísima satisfacción.

—No voy a interponerme entre tu novio y tú, Valeria.

—Te lo agradezco, porque estoy enamorada de él.

—Eso es muy bonito. El amor correspondido es lo mejor que te puede pasar en la vida —comenta sonriendo.

—Eso dicen en *Moulin Rouge*, ¿verdad?

—Sí. También lo dicen en *Moulin Rouge* —asiente sin dejar de sonreír—. Quiero que sepas una cosa más.

—¿Qué?

—Te voy a esperar. Aunque ahora mismo no quieras nada conmigo... sé que algún día volverás a mí. Y yo te estaré esperando.

—Pero...

—Sé que eso pasará.

—¿Cómo puedes saberlo?

—En realidad no lo sé. No tengo una bola de cristal. Y ojalá duréis mucho. Eso significará que eres feliz, que es lo más importante. Pero algo me dice que algún día tendré mi oportunidad.

Y, tras afirmar eso, se levanta del sofá. Despacio, casi a cámara lenta, se inclina sobre ella. La chica se sobresalta y se echa hacia atrás temiendo que César busque su boca. Sin embargo, no puede esquivarlo y los labios del chico terminan besándola. Es un dulce beso de despedida en la frente.

—Tienes mi teléfono, llámame un día de éstos —le pide sonriendo.

Y, tranquilamente, se marcha del piso, seguro de que el destino, algún día de algún mes de algún año, volverá a unirlos.

CAPÍTULO 65

Mete la camiseta blanca en el cesto de la ropa sucia y se pone la parte de arriba del pijama. Todavía está algo aturdida después de la visita de César. Por lo que le ha dado a entender, respetará su relación con Raúl, pero la estará esperando por si algún día se termina. Sorprendente.

Valeria regresa al ordenador; la foto de antes del verano continúa fija en la pantalla. La de la piscina. Es increíble, ¡qué cuerpazo tiene su amiga! Seguro que haría una gran pareja con el que se acaba de ir. Por lo menos físicamente. Sin embargo, de quien se ha enamorado César es de ella. Coge el cojín de antes y se lo pone en la cara. ¿Cómo es posible que le haya pasado algo así? No tenía pinta de ser un farol. Por muy creador de historias que sea, con algo tan serio no se juega.

Mira el reloj. Ya hace tiempo que la película habrá terminado. ¿A qué espera Raúl para llamarla? Lo echa de menos.

Suspirando, vuelve a Tuenti para mirar las fotos del pasado. Ester también es guapísima. Siempre aparece sonriendo en todas las fotografías. Y Bruno, qué gracioso es... Su aspecto es el de un chaval inquieto, nervioso. Parece más joven de lo que es. Como Meri, siempre tan seria, tan formal en las fotos.

También a ellos los echa de menos. Es una pena que el Club de los Incomprendidos ya no sea lo que fue. Pero, aunque sus caminos se vayan separando y no se reúnan tan a menudo como antes, siempre serán amigos.

Eso le recuerda que tiene que hacer la parte de los deberes del grupo que le corresponde. Los de Historia. Así estará ocupada con algo hasta que Raúl la llame. «Confianza, confianza», se repite a sí misma. Sin embargo, cuando se pone de pie, ve que aparece una ventanita en la parte inferior de su ordenador. Es Elísabet la que le habla en el *chat* de Tuenti.

—¡Holaaaaaaaa!

Parece demasiado contenta. Ese saludo tan expresivo la desconcierta. Si está alegre, será por algo.

—Hola —contesta cuando se sienta de nuevo en el sofá.

—¡Nena! ¡Estoy superfeliz!

—¿Y eso?

—Porque no todo está perdido con Raúl —escribe con un icono sonriente al lado—. Espera, que me llama mi madre. Acabo de llegar a casa. Ahora te lo cuento todo.

¿Qué ha querido decir su amiga con que no todo está perdido con Raúl? ¡Quiere matar a alguien! ¿Hasta dónde han llegado? Valeria empieza a ponerse muy tensa. Corre a por su BlackBerry y busca el número de Raúl. Necesita una explicación ya, antes de que Eli regrese y le cuente lo que ha pasado.

«El número al que llama está apagado o fuera de cobertura.»

¿Qué? ¡No puede ser! Ahora sí que quiere gritar, y muy alto. ¡Lo que faltaba, que el chico esté incomunicado y no pueda preguntarle qué ha pasado en el cine!

¡Joder! Confiaba en él. Se habían besado apasionadamente justo antes de que él regresara a la sala 2. Si hasta habían acordado que ya podían considerarse novios... Qué

435

mal. ¿Habrá sido Eli capaz de hacerlo caer en la tentación?

—¡Eli! ¿Estás ahí? —escribe nerviosa.

Pero su amiga no responde. Son unos minutos terribles para Valeria; la incertidumbre se apodera de ella. El teléfono de Raúl sigue apagado y su amiga se ha ido y todavía no ha vuelto. Empieza a desesperarse y a imaginarse lo peor. Si algo le faltaba a su día era que Raúl y Elísabet se hubiesen enrollado en el cine.

Por fin, la BlackBerry rosa le vibra en la mano. Temblorosa, saluda a su chico.

—Hola, te he llamado un montón de veces.

—¡Lo siento! Me he quedado sin batería cuando estaba en el cine. Se me olvidó recargarla.

—Joder. Pues ya te vale.

Se queja amargamente. La voz se le quiebra al hablar. No hay derecho a que se lo haga pasar tan mal.

—Lo siento, debí darme cuenta. He llegado a casa ahora mismo y lo primero que he hecho ha sido llamarte.

En ese instante, y mientras Raúl sigue dando explicaciones y pidiendo disculpas por no haber dado señales de vida hasta entonces, Elísabet escribe en el *chat*.

—Ya estoy aquí. Perdona, mi madre me ha entretenido preguntándome por la película y por lo que quería cenar.

—Ok.

—Pues te cuento... ¡Aún hay esperanzas de que Raúl y yo seamos más que amigos!

Y un montón de iconos felices después del punto.

Valeria lee con atención lo que su amiga le explica mientras sigue oyendo a su chico por teléfono:

—Pero te prometo que nunca más me quedaré sin batería —concluye Raúl, que lleva unos segundos hablando sin parar.

—¿Y qué ha pasado con Eli en el cine?

—¿Con Eli? Nada.

—Pues creo que ella no piensa lo mismo.

—¿Has hablado con ella?

—Lo estoy haciendo ahora. Por el *chat* de Tuenti. Te leo lo que me está escribiendo: «¡Aún hay esperanzas de que Raúl y yo seamos más que amigos! Tía, es increíble. Ni yo misma me lo creo. Ya había perdido la fe. Pero mientras veíamos la película le he estado insistiendo en que nadie le daría lo que yo puedo ofrecerle. Y en que no me viera solamente como un rollo pasajero, sino como una bonita historia de amor.» —Suspira. Le cuesta leer lo que viene a continuación. Raúl no dice nada. Sólo escucha en silencio lo que Valeria le cuenta—. Sigo. «Entonces él ha dudado. Me ha dicho que soy una chica que cualquiera querría tener a su lado. Que le encanto. Y que, aunque no me promete nada, se lo pensará de verdad.»

—Eso tiene una explicación —interviene el joven tras oír un nuevo resoplido de Valeria.

—¿Qué explicación? ¿Que le has dado esperanzas para que te dejara en paz? ¿O realmente piensas... que podéis... salir juntos?

—La que me gustas eres tú. Ya lo sabes.

—Yo no lo tengo tan claro.

—No podía decirle otra cosa, Val. Entiéndeme.

—Sí que podías.

—No te imaginas lo difícil que es que una persona te susurre cientos de veces en una sala de cine que quiere algo contigo y que deberíais intentarlo.

Sin embargo, la excusa no es bien recibida por Valeria. No la acepta. Le responde a su amiga con algún que otro emoticono sonriente mientras Eli continúa narrando a su manera lo que ha pasado.

—Más difícil es tener que leer lo que estoy leyendo.

—Eli es muy efusiva, ya la conoces. Está sobredimensionándolo todo. Simplemente, para que no se pusiera mal allí dentro y no me insistiera más, le he dicho que me diera tiempo para pensar.

—¿Os habéis besado?

—¿Qué?

—Que si os habéis dado un beso... en los labios.

—¡No! ¡Claro que no!

—«Ayer por la mañana fue a mi casa y nos besamos. Perdona por no habértelo contado antes, pero me puse muy mal porque me rechazó otra vez y no quería preocuparte ni que pensaras que estoy desesperada. Pensaba que ése sería nuestro último beso, pero ahora estoy ilusionada de nuevo.»

El silencio de Raúl le confirma a Valeria que lo que su amiga le ha escrito es real.

—No tengo perdón —comenta por fin el joven—. Pero no significó nada. Te lo prometo. Fue el beso más frío que haya dado nunca.

—¿Y por qué no me lo contaste?

—Porque te habrías puesto mal. Y eso era lo último que quería.

—Deberías habérmelo dicho. Acabamos de empezar y no puedo pedirte que te enamores locamente de mí como yo lo estoy de ti. Pero si me pides que confíe en ti, que no me vuelva loca pensando en lo que puede conseguir Eli de ti... no me mientas, por favor. Porque ahora... sólo tengo ganas de llorar.

—Me siento fatal.

—Peor me siento yo. Ya no sé qué creer ni en quién creer.

—¿Qué puedo hacer para que te sientas mejor?

—Ahora mismo nada. Necesito irme a la cama y descansar. Dormirme y mañana será otro día.

—¿Quieres que te cuelgue?

—Creo... que es lo mejor.

Nunca habría imaginado que lo mejor para ella pudiera ser alejarse de él. Pero está tan cansada de todo hoy... Lo del beso con Elísabet ha sido definitivo.

—Bien. Hasta mañana entonces.

—Hasta mañana.

—Que descanses, Val. Y, por favor, recuerda que la que me gusta eres tú.

Pero Valeria no responde. Sonríe con tristeza al otro lado del teléfono y cuelga. Deja su BlackBerry rosa a un lado y, tras despedirse de su amiga, que continúa eufórica, apaga el ordenador.

Deja vagar su mirada hacia ninguna parte; se le nubla. Se lleva las manos a la cara y, cuando las retira, están mojadas. Nunca había sentido tanta presión dentro de ella. Ni siquiera cuando no era capaz de hablar con nadie y se refugiaba en su propio mundo.

Necesita descansar y olvidarse de todo.

Sin embargo, ese lunes sólo sería el anticipo de lo que sucedería al día siguiente. Un día que jamás podrá olvidar.

CAPÍTULO 66

Jamás habría imaginado que su padre y su madre pudieran volver a reír sentados a la misma mesa. Al menos no sin que uno de ellos se hubiera atragantado con un hueso de aceituna o al otro se le hubiese derramado encima la sopa hirviendo. Pero la cena ha sido agradable, entretenida y hasta divertida. Buena comida, buen vino, refrescos para las chicas, y más risas de las esperadas. Aunque todavía queda el postre.

De todas maneras, ya han tratado el tema principal por el que Ernesto ha ido hasta allí para hablar con su ex mujer y sus hijas. Y no ha habido conflictos ni salidas de tono. María se va a vivir con su padre a Barcelona hasta junio. Cuando acabe el instituto allí, regresará y, dependiendo de cómo hayan ido las cosas, volverá a marcharse en septiembre, o no.

Sorprendentemente, su madre no se ha opuesto a la idea. ¿Qué habrán hablado antes por teléfono para que ella esté tan accesible?

Paz se levanta de la mesa y regresa en seguida con dos pequeños cuencos de natillas. No las ha hecho ella, pero lo parece. Le da uno a su ex y otro a María. Al poco tiempo, vuelve con otros dos, para Gadea y para ella.

—¡Están buenísimas! —exclama el hombre relamiéndose—. ¿Las has hecho tú?

—Mmm. Claro.

—¡Pues te has salido! ¡Están riquísimas!

Las dos hermanas se miran entre ellas; saben la verdad, pero prefieren no estropearle la jugada a su madre. Hacía muchísimos años que no escuchaban un piropo de su padre hacia ella. Pero la realidad es que su madre nunca ha hecho natillas.

—Me alegro de que te gusten tanto.

—Son de las mejores que he comido en mi vida. Aunque conozco un sitio en Barcelona donde las hacen casi tan buenas como éstas.

—Ya iremos a probarlas cuando vayamos a visitar a María —comenta Paz sonriente.

—Eso, eso. ¡Deberíais venir un fin de semana!

—Sería divertido.

—¡Mucho! Os enseñaría la catedral, la casa Batlló, el Camp Nou... Pasearíamos por las Ramblas, por el paseo de Gracia, por el parque Güell, por el barrio Gótico... ¡Tenéis que venir! ¡Barcelona es preciosa!

El hombre está eufórico. ¿Quién diría que es la misma persona que hace nada se quejaba de su existencia y lloraba porque se encontraba muy solo? También el vino está contribuyendo a que se desinhiba.

—¿Y cuándo se supone que me voy contigo? —pregunta la pelirroja mientras juguetea con la cuchara dentro de su postre. Aunque todo se haya resuelto bien entre sus padres, ella no puede dejar de pensar en que se va. Se marcha de Madrid. Y eso significa que se separará de sus amigos, a quienes puede que termine perdiendo a causa de la distancia.

—Pues había pensado que... ¿mañana?

—¿Mañana?

—Sí. No creo que haya problemas para comprarte un

billete. Podrías venirte conmigo, y así te ayudo con parte del equipaje y no tienes que viajar sola.

—Pero si ni me he despedido de mis amigos...

—Tampoco le ha dado tiempo a organizar sus cosas —añade Gadea tratando de echarle una mano a su hermana.

—Es muy precipitado, Ernesto —indica Paz. Le ha cambiado la expresión de la cara. Ya no está tan sonriente.

—Cuanto antes lo hagamos todo, mucho mejor. ¡A ver si luego te vas a arrepentir y voy a quedarme solo otra vez!

—No me voy a echar atrás, papá.

—No me fío.

—Fíate de mí. Lo he decidido y voy a cumplir con lo que te he dicho.

El hombre apura con la cuchara el final de las natillas y chasquea la lengua cuando acaba. Aunque María parece convencida, Ernesto tiene miedo de que, si regresa sin su hija pequeña, ésta al final se lo piense mejor y no se atreva a marcharse. Eso le dolería muchísimo; sería muy duro después de haberse hecho a la idea de que Meri iba a pasar una temporada con él en Barcelona.

—Podemos hacer otra cosa: cambio mi billete para el miércoles y nos vamos los dos juntos. Así tienes un día entero para preparar tus cosas y despedirte de tus amigos. ¿Qué te parece?

—Bueno...

—Llamaré al trabajo y pediré un día más. Me ganaré una bronca, pero merecerá la pena. ¿Qué me dices, pequeña?

La chica mira a su madre, que hace un gesto de conformidad. En cierto sentido, cuanto antes se haga, menos dolorosa será la despedida.

—Yo te ayudo a organizarlo todo, si quieres —señala Gadea con una sonrisa.

—Gracias.

—Y tu padre y yo iremos mañana a solucionar el tema del instituto y a comprarte lo que necesites para el viaje.

—Bien.

—Tómate la mañana libre para recoger y preparar lo que te quieras llevar, y nosotros te llevamos al instituto a la hora del recreo. Mientras solucionamos el papeleo de la baja y el traslado, tú puedes hablar con los chicos y explicárselo todo. ¿Te parece bien, cariño?

María asiente. La mirada de Paz cuando la observa demuestra que aquello le está costando muchísimo. No es fácil para ella, pero cree que hace lo correcto. Cuando antes habló por teléfono con su ex marido lo notó mal. Cansado, triste, abatido por su situación personal. Y solo. Muy solo. Nunca lo había visto así de desanimado. Y, a pesar de todo lo que ha pasado entre ellos, no puede olvidar que una vez quiso a ese hombre que, además, es el padre de sus hijas. Él se marchó en su día para no generar conflictos y le cedió voluntariamente la custodia de Gadea y María. Fue él quien se sacrificó. Quizá haya llegado la hora de que sea ella la que se sacrifique.

—Pues todo arreglado, ¿no? ¡El miércoles nos marchamos a la Ciudad Condal!

Ernesto coge la mano de su hija y se la aprieta cariñosamente. María le sonríe, aunque en su interior se mezclan la pena por dejar a sus amigos y a su familia y la alegría de hacer feliz a su padre.

La cena termina y, mientras sus padres toman un café y hablan de anécdotas del pasado, las chicas recogen la mesa.

—¿Estás bien? —le pregunta Gadea a su hermana en la cocina.

—Más o menos.

—Siento que tengas que irte. Pero lo mejor era que una de las dos se marchase con papá.

—Lo sé. No te preocupes.

—Te echaré mucho de menos.

—Yo a ti también.

Las dos hermanas se abrazan emocionadas. La mayor de ellas incluso se seca alguna que otra lagrimilla.

—Bueno, voy a llamar a Álex, que hoy lo he tenido un poco abandonado.

—Dale recuerdos de mi parte.

—Claro. A ver si puede venir antes de que te vayas para que os despidáis.

—Bien.

Gadea le da un beso en la mejilla a su hermana y le acaricia el pelo.

—Si necesitas algo, ya sabes dónde estoy.

—Gracias.

—Te quiero, hermana.

—Y yo a ti.

Y, dándole un último achuchón a Meri, Gadea se dirige a su habitación. La pequeña hace lo mismo. Cierra la puerta y coge el portátil. No lo ha encendido en todo el día. Tampoco es que importe demasiado, porque nadie le ha escrito en ninguna parte. Suspira. Quizá en Barcelona su vida sea diferente y conozca a mucha gente. Sin embargo, la verdad es que no cambiaría a sus amigos por cientos de comentarios en las redes sociales.

Los echará de menos.

Pero, hasta el día de su partida, pasarían cosas que cambiarían su vida por completo.

CAPÍTULO 67

Es imposible dejar de pensar en lo que Ester le ha revelado hoy. No se encuentra muy bien y apenas ha cenado. Bruno se ha encerrado en su habitación y, sentado frente al ordenador, se pregunta por qué una chica como ella se ha metido en un lío tan grande como ése. Pero tampoco puede creerse que alguien sea capaz de tratarla de esa manera. Eso le resulta todavía más incomprensible. Ese tipo no se merece que ella lo quiera.

Enamorarse de la persona equivocada es el mayor riesgo que existe. Que se lo digan a él. En clase deberían enseñar a controlar los sentimientos. Pero Bruno se teme que, en caso de que esa asignatura existiese, él no lograría aprobarla nunca.

Entra en Tuenti. Quizá esté conectada y quiera hablar un poco más. Él es su único apoyo en esos momentos. Cuando se despidieron antes, Ester le dio un abrazo que le habría gustado recibir en otro momento y de otra manera. También le dio las gracias por todo. Pero él se había limitado a escuchar su historia. Una historia que no debería haber pasado.

Ester no está, pero Eli sí. Sin embargo, no le apetece hablar con ella. Hace tiempo que no se llevan muy bien y, después de lo de ayer, su relación se ha deteriorado todavía más. Qué lejos quedan los días en los que eran grandes amigos. Pero es que Elísabet ha cambiado tanto durante los últimos meses...

Quien también tiene la lucecita verde encendida en el *chat* de Tuenti es Meri, que en seguida le habla.

—Hola, Bruno. Ya estoy en casa.

—Hola, ¿cómo te ha ido con tu padre?

Le parece extraño no contarle lo de Ester. Se siente raro ocultándole un secreto. Normalmente, lo comparten casi todo. Casi. Ella no está al corriente de que está enamorado de su amiga desde hace mucho tiempo. O eso es lo que Bruno cree. Pero el resto de las cosas sí las sabe.

—Bien. Hasta ha venido a cenar a casa...

—¿Qué? ¿Con tu madre presente?

—Sí. Ha sido la cena más rara de mi vida.

—Creía que no podían ni verse.

—Y así era. Pero hoy han sufrido un ataque de amabilidad y hemos cenado todos juntos. Como una familia feliz.

Los padres de María deben de ser realmente curiosos, por lo que ella le ha contado. Seguro que sus madres se llevarían de maravilla.

—Y tú, ¿cómo estás?

—Todos me preguntáis lo mismo.

—¿Todos? ¿Quién más sabe que te vas?

—Lo decía por ti y por mi hermana. Los demás no lo saben aún. Se lo contaré mañana en el recreo.

Tras leer eso, el chico vuelve a sentirse culpable. Ester también está enterada de la noticia, porque él se lo ha confesado por la tarde en su casa. Tal vez debería contárselo a Meri. Pero podría enfadarse, a pesar de que es algo que nunca le ocurre con él.

—Bueno, ¿entonces estás bien?

—Más o menos, Bruno. No es fácil asimilar que el miércoles empezaré una nueva etapa.

—¿El miércoles? ¿Qué miércoles?

—Este miércoles.

—¿Ya? ¿Tan pronto? ¿No es muy precipitado?

—Un poco. Pero cuanto más tarde en irme, más trabajo me costará. Ya que voy a hacerlo, mejor hacerlo pronto.

—Rápido y sin dolor.

—Exacto. Aunque... sí que me duele irme y alejarme de vosotros.

Aparece un icono triste en la ventana de la conversación. A los dos les apena mucho que María se vaya tan lejos y, sobre todo, que las cosas puedan cambiar.

—No va a ser lo mismo sin ti.

—Ya encontraréis a otra más rara que yo que os haga la parte de Filosofía.

—¿Más rara que tú? Imposible.

—Mira quién habla. Tampoco creo que encuentre a alguien más raro que tú en Barcelona.

—Barcelona. Yo no podría irme para allá, con tanto seguidor del Barça junto...

—A mí eso no me afecta.

—Ester estaría en su salsa...

Y, al hablar de ella, los dos amigos piensan en la joven con una sonrisa. También lo pasará muy mal sin la pelirroja.

—Bruno, tengo que irme.

—Vale. Si necesitas algo, tienes mi móvil. —Y el chico añade un icono riendo.

—Lo tendré en cuenta. Mañana nos vemos.

—Hasta mañana.

La conversación con Meri termina. Hoy no ha sido un día de buenas noticias, precisamente. Pero su amiga ha elegido ese camino y él lo respeta. La echará de menos. El joven suspira y protesta profiriendo un insulto en voz alta. Ya lo decía la canción de Boomtown Rats, *I don't like Mondays.*

Y ese lunes ha sido un desastre. Pero no hay lunes que no lleve detrás un martes. Lamentarse no sirve de mucho.

Resignado, se levanta de la silla y alcanza su BlackBerry amarilla. No ha recibido nuevos mensajes.

¿Qué estará haciendo Ester ahora?

Su habitual sonrisa lleva unos días apagándose intermitentemente a causa de las circunstancias que le han tocado vivir. Son muchas cosas las que le han pasado, y ninguna la hace sentirse bien. Lo de esa tarde en el piso al que la ha llevado Rodrigo ha supuesto un golpe muy duro para Ester. Aunque no sabe hasta qué punto ella ha sido responsable o culpable. No se veía preparada para acostarse con él. No era el momento. Pero no sabe si ha acertado al salir de allí corriendo. Quizá debería haberse quedado a hablar con él cuando el ambiente se hubiera suavizado y los dos se hubieran tranquilizado. Pero no tenía fuerza para ello.

Los dieciséis no han comenzado muy bien...

Bruno ha sido su único apoyo. El único que la ha hecho reír en ese estúpido lunes. Seguro que él jamás la habría forzado a hacer nada que no quisiera. Es un gran chico. Cómo le habría gustado enamorarse de él y corresponderle. Pero sus sentimientos son de amistad, no lo ve como a alguien con quien salir. Por el contrario, pese a todo lo ocurrido hoy, sigue enamoradísima de su entrenador.

Pone música en el ordenador y se sienta en la cama. Escucha *Down*, de Jason Walker, abrazada a su peluche *Effy*, una pequeña jirafa que le regalaron hace algún tiempo y que se llama así por la chica de «Skins», su serie preferida hasta que vio «Pequeñas mentirosas». La aprieta con fuerza. Quiere llorar. Últimamente no para de hacerlo. Se le van a terminar las lágrimas. Cierra los ojos y los abre de golpe. Sonríe mientras sus mejillas se humedecen. No va a permitirse continuar triste.

Es mejor pensar en positivo. En lo que la hace feliz. En la partida a la Play con Bruno. En lo graciosa que ha sido su madre. En lo atento que siempre se ha mostrado su amigo con ella. Siempre.

Debería llamarlo para agradecerle todo lo que ha hecho por ella. Así, al menos, se irá a la cama con una sonrisa. Y una sonrisa justificada.

—¿Ester?

—Hola, Bruno.

—Hola.

Parece sorprendido. A lo mejor estaba discutiendo con su madre o con alguno de sus hermanos. Ella, que es hija única, siente envidia sana de que él tenga cuatro.

—¿Estabas ocupado?

—No, no. Precisamente estaba pensando en ti... Quiero decir que... A ver... Me había acordado de ti porque acabo de hablar con Meri.

Se ha puesto nervioso. La joven sonríe. Ese punto de comicidad del chico le resulta muy divertido. Incluso cuando no quiere hacerla reír voluntariamente.

—¿Has hablado con Meri?

—Sí.

—¿Y cómo está? ¿Se siente triste porque se marcha? No he querido llamarla ni escribirle para que no sospechara que lo sé.

—Bueno. Está regular —contesta Bruno con un suspiro—. Se va este miércoles.

—¿Qué dices?

—Es lo que me ha dicho.

—¡Vaya! Creía que tardaría más en marcharse. ¡Si casi no nos va a dar tiempo a despedirnos de ella!

449

Qué complicadas serán las cosas sin Meri. Ella le aporta tanto... Espera que su amistad no se resienta con su marcha.

—Su padre está aquí e imagino que querrá volver a Barcelona con ella.

—Uff. Tendríamos que hacerle algo especial.

—¿Una fiesta?

—Sí, algo así. Podríamos reunirnos todos mañana por la tarde o por la noche y darle una gran despedida.

—¿Dónde?

—Pues, no sé... En alguna de nuestras casas.

—En la mía imposible —advierte Bruno—. En la de Raúl, complicado con sus hermanas; y la de Val es demasiado pequeña. Y, además, su madre llega agotada a casa.

—¿Y en la de Eli?

—Es la más grande, pero no creo que sus padres la dejen.

—Mmm. Como a mí —comenta apenada la chica—. ¿Y en Constanza? Como si fuera una reunión del grupo.

—La última reunión del Club de los Incomprendidos.

—¡No digas eso! ¡Di la penúltima!

—No nos engañemos, Ester. Meri se va a Barcelona. Los demás no quieren que nos reunamos más... Es el final.

—Me resisto a pensar eso.

Sería muy triste. Aunque hay muchas posibilidades de que ésa sea la última vez que queden los seis juntos.

—Ya veremos qué pasa. No le demos más vueltas, que ya bastante has tenido hoy —afirma Bruno, muy serio—. ¿Te encuentras un poco mejor?

—Tengo fases. Pero no puedo quitarme de la cabeza lo que ha pasado.

—Te comprendo.

—No sé cómo me he metido en esto, Bruno. Y mañana tengo que verlo otra vez en el entrenamiento.

—No vayas.

—Tengo que ir. No puedo huir constantemente. Debo dar la cara. Aunque me dé miedo enfrentarme a él.

—No tienes que hacerlo. Pasa de una vez de ese tío, del equipo... Olvídate de todo. Tú eres más y mejor de lo que ese tipo se merece.

—Estoy... enamorada de él. Y no puedo evitarlo. Quiero arreglar las cosas.

El silencio de su amigo le da a entender su desacuerdo en cuanto a su comportamiento.

—Vas a tropezar en la misma piedra.

—Puede ser.

—¿Y si vuelve a intentar... ya sabes? ¿Qué harás?

—Negarme. ¿Qué voy a hacer?

¿Qué va a hacer? Necesita aclarar su relación con él. Necesita saber si lo que ha pasado en el piso ha sido sólo un calentón. Si puede volver a confiar en su entrenador. Para ello, debe acudir al entrenamiento y, cuando acabe, hablar con Rodrigo.

—Pues iré contigo.

—¿Cómo?

—No pienso dejarte sola. Iré al entrenamiento.

—No puedes...

—Sí que puedo. Me quedaré en la grada esperando a que termines de entrenar y a que hables con él. Y no vas a convencerme para que no lo haga.

—Bruno...

—Si tú vas a ver a ese tío... yo estaré cerca de ti. Y, por favor, no me pidas más que no lo haga, porque no voy a hacerte caso. Al menos no en este asunto. Nunca volverás a pasar por lo que has pasado hoy. Te lo prometo.

CAPÍTULO 68

El tiempo sigue arañando mi corazón sincero. Y no me apetece soltar más lágrimas que se sequen cuando se rompen en el suelo. No quiero sufrir más por estos sentimientos que me empujan a un vacío desconsolador, sin besos.

Estás en cada uno de mis sueños y en cada uno de mis anhelos. Estás en mis ilusiones y estás en mis miedos. Estás al final de mi camino, en el horizonte de mi deseo. Sin embargo, yo quiero que estés aquí, en este momento. Y en todos los momentos. Y no te veo. No, no te veo.

¿Por qué es tan difícil? ¿Por qué no me atrevo a ir más allá de estos estúpidos textos? Tú sigues con tu vida y yo continúo mi paseo por la orilla de mi sombra, que oculta mi verdadero secreto.

Me encantaría que recogieras cada uno de los pedazos de mi corazón y los acariciaras haciéndolos tuyos. Quiero ser para ti, y que me quieras tanto que le duela al dolor. Un agridulce dolor. Ojalá fuera así. Ojalá me atreviera a robarte un beso y a mirar hacia el futuro en tu mismo espejo. Un futuro de la mano, sin miedos.

No sé qué hacer, cómo hablarte, qué decirte. Si me atreviera a contarte cómo pienso, cómo amo, cómo deseo, cómo quiero... Si me atreviera a buscar en tus ojos lo que tanto, y tanto, y tanto sufrimiento me causa... Da lo mismo, porque esto seguirá así, porque soy cobarde. Soy incapaz de atreverme a revelar mi auténtico yo. Soy como una tortuga pequeña en medio del desierto. Sin agua, sin fuerzas, sin seso. Dentro de un caparazón demasiado minúsculo y del que no sé salir, en el que poco a poco me muero. Necesito razones y tu mano para tirar de mí y demostrarle al mundo que existo. Que existimos. Aunque sea en pleno desierto. Ojalá tuviera poderes mágicos y pudiera concederme a mí misma un deseo. Me conformo con un deseo. Conseguir un beso tuyo. Y es que lo necesito para saber que todo aquello por lo que estoy muriendo merece la pena. Porque tú lo eres todo y, sin ti, no me quedará el más mínimo recuerdo.

<http://tengo1secreto.blogspot.com.es/2012/04/el-tiempo-sigue-aranando-mi-corazon.html>

Hoy le cuesta más escribir. Siente que la llama se apaga, que las cosas van a terminar. ¿Y si le robara un beso?

Sólo eso. Después... Después nada. No habrá nada.

Es tarde y necesita dormir. Sí, necesita irse a la cama porque mañana le espera un día lleno de emociones.

Un día de noviembre en el que todos los incomprendidos comprenderán que no todo es lo que parece.

MARTES

CAPÍTULO 69

—Acuérdate de que esta tarde tienes dentista.

—Sí, mamá.

—A las cinco.

—Que sí, pesada.

—Bueno, luego no me digas que no te he avisado, Elísabet.

—Me lo has dicho diez veces desde que me he despertado.

—Porque luego haces tus planes y se te pasa... Intentaré ir contigo, pero si no puedo tendrás que ir tú sola.

—Lo sé. No es la primera vez.

—A las cinco. ¿Vale?

—Vale, vale —dice al tiempo que mueve la cabeza de un lado a otro y sonríe—. Adiós, mamá.

Y, tras darle un beso, sale de su casa alegremente. Ni siquiera tener que ir al dentista le va a quitar hoy la sonrisa de la cara. En seguida verá a Raúl, y eso está por encima de cualquier empaste o limpieza bucal.

¿Se lo habrá pensado ya? Ha soñado durante toda la noche con que le decía que sí, que estaba dispuesto a intentarlo con ella. ¡Que serían novios! Y, aunque sabe que no ha sido real, que sólo han sido deseos concedidos mientras dormía, aquello le ha inyectado una gran dosis de esperanza en cada vena del cuerpo. El corazón le palpita muy de prisa, y Eli no tiene intención de pedirle que pare.

¡Ama a Raúl!

La chica camina hacia el instituto llena de una felicidad desbordante, a juego con el maravilloso día que hace. Ni siquiera el frío matinal o el débil viento que le alborota el pelo le estorban. El día es fantástico y punto. Y más que lo será.

¿De dónde ha sacado tanto optimismo? Su estado de ánimo es una montaña rusa. Arriba y abajo constantemente. Imagina que es porque es bipolar, como escribió en su último estado de Tuenti. ¿Qué chica de hoy en día no lo es? Y es que ella ya es una adolescente normal, una más, algo que no podía decir hace unos años.

¡Se está vengando bien de todos aquellos asquerosos granos del pasado!

Pero no es sólo que sea normal, es que está buena y es guapa. Y gusta. Como a ese universitario que acaba de pasar a su lado y le ha guiñado un ojo. O al señor del bastón que se le ha quedado mirando el trasero, bien ajustado dentro del vaquero de Stradivarius.

O a ese motorista que se para justo delante de ella y quema rueda en su honor. Lleva una chaqueta negra de cuero y un casco con un dibujo de un demonio rojo que se ríe. El chico se sube la visera y le dedica un piropo malsonante. Elísabet sigue caminando sin darle mucha importancia a ese tío. ¿Qué se piensa? ¿Que por tener una moto va a impresionarla? Ja.

Sin embargo, el motorista acelera de golpe y pasa junto a ella casi rozándola. La joven se lleva un susto tremendo. ¡Será capullo! ¿Está loco o qué? Pero ahí no termina el asunto: la moto que casi la embiste da la vuelta y regresa hacia ella a toda velocidad. La chica no tiene escapatoria en esa calle tan estrecha. Trata de echarse a un lado, pegándose todo lo que puede a la pared, y grita cuando tiene el vehículo prácticamente encima.

A escasos centímetros de ella, el motorista frena en seco.

—¡Tío! Pero ¿tú estás mal de la cabeza? —exclama Eli muy alterada—. ¡Estás para que te encierren en un manicomio!

—Puede que tu aspecto haya cambiado, pero sigues siendo igual de borde —comenta el joven de la moto, sonriente, tras quitarse el casco.

La chica no esperaba encontrarse con ese muchacho, que ya había quedado atrás, en el más absoluto de los olvidos. Raimundo Sánchez lleva el pelo rubio bastante más largo que cuando iba al instituto. Está cachas, y Eli debe reconocer que también está muy guapo. Pero sigue siendo el mismo cretino de siempre.

—Tú tampoco has cambiado nada. Es difícil que un gilipollas deje de serlo, aunque pases meses sin verlo.

—Tranquila, no te enfades.

Elísabet no tiene ganas de perder el tiempo con ese estúpido. Continúa caminando, pero Rai la persigue con la moto. Despacio, al ritmo de Eli, el joven avanza con el casco en el regazo.

—Me han dicho que desde que no tienes granos en la cara te has dado a la buena vida. Y, mirándote bien, no me extraña que los tíos se te rifen.

—Déjame en paz.

—¿A cuántos te has tirado del instituto?

—A todos menos a ti —contesta sarcástica—. ¡Ah, perdona! ¡Que te echaron hace un año por imbécil!

—Fue por insultar al director. Pero bueno…

—Lo dicho. Por imbécil. Aunque me quedo algo corta.

Los dos siguen avanzando en paralelo hacia el instituto. Eli anda cada vez más de prisa, pero el otro no se marcha y sigue a su lado.

—¿Sabes? No podía imaginarme, cuando me metía tanto contigo, que algún día te convertirías en esto. Te has puesto cañón.

—Olvídame ya, capullo. Vete a molestar a otra parte.

—El patito más feo de la clase se ha transformado en un precioso cisne.

—En cambio, tú sigues siendo un impresentable.

—Me pone que me insultes.

—Eres...

Pero antes de que Eli acabe la frase, Raimundo acelera y hace un caballito mientras da un alarido subido encima del carenado. El joven aparca unos metros por delante de ella, se baja de la moto y se acerca a Elísabet silbando y con las manos dentro de los bolsillos de la chaqueta de cuero.

—Así podemos hablar más cómodos.

—No quiero hablar contigo. Vete.

—Vamos, no seas así. Por los viejos tiempos.

—¿Por los viejos tiempos? ¿Esos en los que me insultabas y te reías de mí?

—¡Qué buenos tiempos! Lo echo de menos.

—Pues yo no. Y mucho menos a ti.

El día iba a ser perfecto, pero ha venido a fastidiárselo el tío que más daño le ha hecho en su vida. ¿Por qué no se larga? ¿Es que va a seguirla hasta que lleguen al instituto?

—¿Y tu novia? ¿Se ha puesto muy celosa porque te hayas enrollado con otros?

—¿Voy a tener que avisar a la policía para que me dejes en paz?

—La vi hace unos meses, y también ha mejorado bastante. Valeria se llamaba, ¿no? Os imaginé a las dos juntas y... Mmmm. ¿Por qué no quedamos los tres un día, nos tomamos unas copas y lo pasamos bien?

Elísabet ya no lo soporta más. Se detiene y lo mira a los ojos, furiosa. Él la desafía sin dejar de sonreír.

—Rai, o te vas o te juro que grito que me estás acosando.

—Hazlo. Grita.

—Vete y olvídame, por favor.

—No pienso irme. Quiero salir contigo un día y aumentar tu lista de trofeos. Y también la mía, claro.

—Gilipollas.

—Vamos, si estás deseándolo. Sólo es para divertirnos un rato.

—No me liaría contigo ni aunque fueras el último tío del planeta.

—No será para tanto... —Dando unos pasitos hacia delante, Rai se aproxima a Eli, quien se echa hacia atrás, temerosa de que intente algo.

—No te acerques más.

—No serás lesbiana de verdad como se rumoreaba, ¿no?

—No soy lesbiana. Me gustan los tíos. Pero tú eres un animal.

En ese momento, alguien llega hasta ellos corriendo. Raimundo se vuelve y comprueba que se trata de un muchacho bajito, aunque algo más alto de lo que recordaba.

—¿Te está molestando? —le pregunta a la chica, a la que nota muy nerviosa.

Ésta asiente con la cabeza y se coloca a su lado. Bruno le acaricia un brazo para calmarla y contempla al tío que le amargó gran parte de la existencia durante los primeros años de instituto.

—¡Hombre! ¡Corradini, el enano bufón! —grita Rai-

461

mundo con una risotada—. Joder, ya ni me acordaba de ti. Pensaba que igual te habías metido en un circo o algo.

—Mira qué casualidad. Yo tampoco me acordaba de ti, payaso.

—Qué bien lo pasábamos juntos, ¿eh, Corradini? Tienes que admitir que, gracias a nosotros, te hiciste popular en el instituto. Aunque sólo fuera por todas las bromas que te gastamos.

Y suelta una carcajada. Durante varios años, Bruno fue uno de los objetivos favoritos de Raimundo Sánchez y sus amigos. Le hicieron todo tipo de inocentadas y faenas de mal gusto, y el chico se vio obligado a soportarlas.

—Sólo os divertíais vosotros.

—De eso se trataba.

—¿Por qué no te vas al reformatorio del que te has escapado y nos dejas tranquilos, capullo?

La expresión del rostro del joven rubio cambia. Ya no sonríe. Se acerca a Bruno y le pone una mano en el pecho.

—Que ésta me insulte me da lo mismo. Hasta me gusta —explica molesto—. Pero que lo haga un enano como tú...

—No me das miedo.

—¡Bruno, déjalo! ¡Pasa de este idiota! ¡Vámonos!

No obstante, el chico desoye a su amiga y permanece quieto delante de Rai.

—¿Quieres guerra, pequeño?

—Ya te he dicho que no te tengo miedo, inútil.

Entonces, Raimundo lo empuja y Bruno cae al suelo de espaldas. Se levanta rápidamente, algo dolorido por el golpe contra el asfalto, pero, sin tiempo para reaccionar, vuelve a sentir la fuerza del otro en el pecho y cae de nuevo, esta vez con más violencia.

—¿Qué decías, enano?

—Eres un capullo —lo insulta Bruno desde el suelo—.

Tienes tan poco dentro de esa cabeza hueca que lo único que sabes hacer es dañar a los demás.

—¡Oh, qué bonito! Qué bien hablas, Corradini. De verdad. —Y lo aplaude con ironía.

Es el propio Raimundo el que alza a Bruno agarrándolo por el brazo. Tira de él y lo levanta. Elísabet va hacia ellos y se sitúa junto a su amigo.

—Déjalo ya. Vámonos. No merece la pena.

—No se va a ningún sitio —amenaza Raimundo—. Tiene que pagar por todos los insultos que me ha soltado.

Lo empuja otra vez, pero en esta ocasión Bruno no cae. Permanece en pie, con Eli cerca. Rai se aproxima lentamente a él. Está harto de la insolencia de ese enano que ha tenido el atrevimiento de faltarle el respeto. Sin embargo, cuando va a empujarlo para lanzarlo contra el suelo una vez más, alguien que se interpone entre ellos aparece de la nada.

—¿Qué tal le va, señor Sánchez? Hacía mucho tiempo que no lo veía.

—Eh... Bien, profesor.

—Me alegro mucho. Siempre es un gusto encontrarme con antiguos estudiantes. —Lo golpea con fuerza en la espalda con la palma de la mano.

—Yo...

—¿Qué sucede? ¿Tiene algún problema con mis alumnos?

—Bueno... No. Sólo estaba saludándolos.

El profesor de Matemáticas no sonríe, pero en su expresión se aprecia cierta satisfacción. Bruno y Eli se miran entre sí, sorprendidos. No lo han visto llegar por ninguna parte. En cualquier caso, es una suerte que haya aparecido para ayudarlos.

—Muy bien. Los buenos modales que no falten. Me alegro de que la salida de nuestro centro le haya servido de algo. ¿Quiere acompañarnos usted al instituto y así recordamos viejos tiempos?

—No, no. Ya me iba. Tengo la moto ahí, aparcada.

—Como usted quiera. Me alegro de verlo, y ya sabe que nuestra casa es su casa siempre que venga para hacernos una visita cordial.

Raimundo, algo aturdido, se despide del hombre y se aleja rápidamente hacia el lugar donde ha dejado la moto. Mientras, el profesor de Matemáticas y los dos chicos prosiguen su camino hacia el instituto. El hombre no habla demasiado, se limita a escuchar a sus alumnos, que le cuentan lo que ha sucedido, ya más relajados. Cuando llegan al centro, se separan y se despiden hasta la próxima clase que les toque con él.

Bruno y Eli se dirigen contentos hacia su aula.

—Muchas gracias —le dice ella sonriendo—. Has sido muy valiente, aunque no tenías por qué hacerlo.

—No podía dejarte sola con ese tío.

—Bueno, me las habría apañado bien con él. Estaba controlado. Pero gracias de verdad por echarme una mano.

—Para eso están los amigos.

Y, de repente, todas las tiranteces, todos los malos rollos entre ellos y todos los reproches del pasado se esfuman a toda prisa. Eli se inclina sobre él y le da un beso en la mejilla.

Ambos seguirán siendo como son y continuarán pensando de manera diferente. Pero en esa mañana de martes han recordado que son amigos. Y, a pesar de que las cosas han cambiado, y de que cambiarán todavía más en las próximas horas, los dos saben que, en caso de necesidad, un incomprendido ayudará al otro. O al menos lo intentará.

CAPÍTULO 70

¡Dios! ¿Qué hora es?

Valeria se incorpora en la cama como un resorte, cual vampiro en su ataúd. Mira su BlackBerry rosa y... ¡Las ocho y cuarto! Se da cuenta de que tiene un mensaje en el WhatsApp, pero ya lo verá luego. ¡Ahora no tiene tiempo! ¡No tiene tiempo!

No, no, no. No puede ser. ¡Llegará tarde al instituto! ¡Y a primera hora toca Historia! ¡Su asignatura! ¡Con lo estricta que es esa profe con la puntualidad! Está perdida. ¡Qué desastre!

Y es que anoche se acostó tan temprano que se desveló de madrugada. Se pasó desde las cuatro hasta las seis sin pegar ojo. Pensó mucho en Raúl, en el beso que le dio Eli, en las palabras de su amiga por el *chat*, en César, en el destino... Le dio tiempo a pensar en muchas cosas, porque estuvo dos horas dando vueltas en la cama.

¡Qué mal!

Va al baño, se lava los dientes a toda prisa y regresa a su habitación, donde se quita el pijama. ¿Qué se pone? Lo primero que pilla: un vaquero negro, que estiliza más, y una camiseta gris con la imagen de una mujer bebiendo una copa de Martini. Encima, un abrigo oscuro de primavera-otoño, como ella lo llama, que no abriga mucho, pero que la prote-

465

ge lo suficiente del frío de la mañana y del relente de la noche. Se sienta en la cama y se calza las botas. Vuelve al baño, se peina. Mejor se hace una coleta, porque hoy no tiene el pelo para fiestas. Se echa agua en la cara; mirada al espejo, todo correcto... ¡Lista!

Rápidamente, entra en la cocina y busca algo que llevarse a la boca. Necesita comer algo antes de ir al instituto. Un Donut blanco. Le da un mordisco y, corriendo, entra en su cuarto. Menos mal que lo dejó todo preparado anoche y que la mochila está a punto. Se la cuelga a la espalda. Alcanza la BB y la sostiene con una mano mientras le da un mordisco al desayuno que aguanta con la otra.

¡A clase!

Tiene siete minutos para llegar. Si va muy rápido lo logrará.

Baja las escaleras de dos en dos. Sale como un rayo del edificio. Un mordisco más. Corre tan rápido como puede. Tiene que llegar antes de las ocho y media, si no, la dejarán fuera a primera hora.

Un semáforo la detiene. ¡Joder!

Bueno, así le da tiempo a darle el último bocado al Donut y a leer el mensaje que tiene pendiente en el smartphone. Lo abre. Es de Raúl. Ay.

¡Buenos días, princesa! Espero que me hayas perdonado. Anoche me fui a la cama pensando en ti y hoy me he levantado feliz después de haber soñado contigo. Tengo ganas de verte. Muchas ganas.

Valeria suspira. Ni siquiera se da cuenta de que el semáforo ha cambiado de color. Lee otra vez el WhatsApp. Más suspiros. Qué mono es. Sin embargo, sigue fastidiándole que besara a Eli el domingo y no se lo dijera. Y que ayer le diera esperanzas a su amiga de que entre ellos podría haber algo más. Sí, le fastidia mucho.

Pero... lo quiere. Y necesita verlo.

¡Si no se da prisa no lo verá hasta segunda hora!

Cruza el semáforo cuando la luz ya se ha puesto en intermitente. Un coche le pita, pero Valeria ni se vuelve para mirarlo. Que espere, que la que tiene prisa es ella. Y corre hacia el instituto.

Dos calles más. Un paso de cebra. Otro semáforo. Otra calle. Al final, la meta.

Llega, no llega, llega, no llega.

Mira el reloj de la BlackBerry... ¡Mierda! ¡Las ocho y veintinueve!

Un último *sprint* con la mochila rebotando contra su espalda. Nota que se le está clavando un cuaderno en el omoplato. ¡Por fin llegó al insti! Cruza la puerta de entrada. Un pasillo, dobla la esquina, sube la escalera que termina en la planta en la que está su clase. A toda velocidad. Y...

—No corras más, acaba de entrar. —La voz es la del chico que está sentado en el último peldaño.

¡Nooooo! ¡No lo ha logrado! Si fuera un dibujo *anime*, le aparecería una gota blanca en la frente y luego se caería al suelo. Lo ha intentado, pero no ha llegado a tiempo.

Pero el que le ha hablado es Raúl, que le sonríe y la coge de la mano para que se siente a su lado. La chica, exhausta, accede y apoya la cabeza en el hombro del joven mientras inspira jadeante. Se quita la mochila y la coloca en el suelo.

—¿Qué haces aquí? ¿Por qué no estás dentro?

—Estaba esperándote.

—¿Por qué? Si...

—Porque quería darte esto.

Y, abrazándola, rodeándola con las manos, le da un beso en la boca. La chica no puede creerse que se estén besando allí en medio. Pero le gusta volver a saborear sus labios. Lo echaba de menos.

—Loco, estás loco —dice tras separarse de él—. ¿Y si nos ve alguien?

—¿Quién va a vernos? Todos están en clase.

—¡Siempre hay gente que llega tarde!

Pero Raúl, lejos de alarmarse, vuelve a inclinarse sobre ella y le regala otro beso. Valeria no se resiste. Cierra los ojos y se deja llevar.

—Anda, vamos a un sitio más tranquilo. No vayan a pillarnos aquí y descubran nuestro secreto —suelta el joven, tras besarla, con una sonrisa.

—Y lo dices ahora. Serás...

La pareja se levanta y baja por las escaleras. No pueden salir del centro, así que lo mejor es irse a algún lugar tranquilo donde puedan pasar la hora de Historia: la parte de atrás del instituto, donde suelen reunirse en los recreos.

Los dos se sientan en el suelo y se miran durante un instante. Valeria siente un escalofrío y un inmenso deseo de besarlo. Ahora es ella la que se lanza sobre él. Y lo hace apasionadamente. Incluso se atreve a guiar la mano del chico hacia su camiseta, bajo el abrigo. Raúl la frena y la contempla risueño.

—Imagino que esto significa que me has perdonado.

—No se me ha olvidado lo del beso a Eli, si es a lo que te refieres.

—¿No? Vaya.

—Si ella no me lo hubiera contado, ¿lo habrías hecho tú?

—No lo sé.

Por lo menos es sincero y no le dice que sí para quedar bien.

—A ver, Raúl: lo que a mí me molestó fue que no me lo dijeras.

—Y si te hubiera dicho que me besó ella, ¿no te habría molestado?

—Mmm. Sí, también. Pero menos.

El joven ríe. A continuación, le explica cómo se desarrollaron los hechos. Incluido el detalle de que ni él ni Elísabet cerraron los ojos al unir los labios.

—Fue así de frío. Y no me aparté porque me pilló desprevenido —insiste con tranquilidad—. Si te lo hubiese dicho, te habría sentado mal y, además, te habría hecho daño, Val.

—Bueno, si fue así... Te perdono.

—Gracias.

—Pero nada de más besos con otras ni de más secretos. Recuerda que ayer me dijiste que ya éramos novios. Novios en secreto, pero novios.

—Novios en secreto, buen nombre para una película.

—Jo, déjate de películas ahora. Tienes un guión en la cabeza.

—La mejor película que haré es la que estamos rodando tú y yo ahora.

Esas palabras dejan boquiabierta a Valeria, que siente un hormigueo en el estómago. Y le da un pequeño beso en los labios. Dulce, romántico, cariñoso. Qué bien que lo hayan arreglado todo tan rápido. No podía ser que tuvieran su primera pelea nada más empezar.

—¿Qué vas a decirle a Eli sobre vuestra posible relación?

—No lo sé, Val.

—Creo que no deberías darle más esperanzas. Si se ilusiona demasiado con la posibilidad de que podáis tener algo, después lo pasará peor.

—Es que me da miedo su reacción. Está muy reciente lo de ayer en su casa. No quiero que le dé otro ataque de ansiedad por mi culpa.

—No fue por tu culpa.

—No puedo evitar sentirme responsable —dice Raúl muy serio.

—Ya.

—Tengo que esperar el momento adecuado para hablar con ella. Se lo he dejado claro dos veces, pero ella ha insistido.

—Entonces, si te pregunta, ¿le dirás que no lo has pensado?

—Le diré que lo he pensado mucho pero que necesito más tiempo.

Valeria siente pena por su amiga. Es muy duro vivir con esa incertidumbre. Por otra parte, le gustaría que Raúl resolviera aquel asunto de una vez por todas y se centrara sólo en ella. Pero debe tener paciencia. La misma que necesita para aguardar el instante perfecto para contarle a todos que ese chico y ella son novios. ¡Novios! Suena genial.

Aunque lo de verse y besarse a escondidas también tiene su puntito de emoción.

CAPÍTULO 71

Han pasado unas cuantas semanas desde el comienzo del curso y todos ellos están disfrutando de algo que hasta entonces no habían tenido: un grupo de amigos con quienes compartir sus miedos, sus problemas y sus alegrías.

Todos los días parecen más largos de lo que son. Más intensos. Tanto dentro como fuera de clase. Sin embargo, cuando echan la mirada atrás, hasta mediados de septiembre, tienen la impresión de que fue ayer cuando empezó todo.

—¿Sabéis? Esto que ha nacido entre nosotros es muy especial —comenta Raúl sentado en el suelo mientras mira a los otros cuatro de uno en uno—. En muy poco tiempo, os habéis convertido en algo más que en mis amigos. Somos como una familia. Y creo que esto tan bonito que hay entre los cinco deberíamos hacerlo aún más grande. Algo oficial. Que sea sólo nuestro y para nosotros.

—Explícate —le pide Bruno, que está a su lado.

—¿Hablas de crear algo así como una especie de club?

—Sí, Meri. Algo así. Y de reunirnos de vez en cuando en alguna parte, de ayudarnos todo lo que podamos los unos a los otros, de preparar actividades para hacer... Sería divertido, ¿no os parece?

Valeria contempla al joven con admiración. Le gusta

cómo habla, aunque cuando se dirige a ella se pone colorada. Pero le pasa con todos los chicos del mundo. Incluso con el bajito que está junto a él.

—¡Me parece una idea genial! —exclama Eli entusiasmada con la ocurrencia—. Un club como el de los poetas muertos. Vi esa peli y me encantó.

—¡Oh, capitán, mi capitán!

—Eso, eso. ¡Qué guay!

A Raúl le apasiona esa película. A él le gustaría ser director de cine algún día y que los diálogos o frases de sus guiones quedaran para la posteridad, como esas palabras de la historia de Peter Weir, de quien también le encantó *El show de Truman*.

—A mí también me gusta la idea —señala la chica pelirroja mientras se coloca bien las gafas.

—¿Estamos todos de acuerdo, entonces?

Bruno y Valeria asienten con la cabeza cuando Raúl los mira. Para ambos es una novedad que alguien quiera pertenecer al mismo grupo que ellos. La chica habla muy poquito, aunque va soltándose algo más con el paso de los días; él, por su parte, siempre había sido el objeto de las bromas e insultos de los más gamberros del instituto. El resto de los estudiantes se reían de su escasa estatura o lo ignoraban por completo. Sólo Meri le hacía caso y era capaz de tratarlo como a un chico normal. Y viceversa. Porque Bruno, hasta que apareció el resto, también era el único amigo de María.

—¡De acuerdo! —grita Eli al tiempo que gatea por el suelo para acercarse más a Raúl, que es quien está en el centro.

El joven coge una libreta y un bolígrafo que ya traía preparados y apunta en grande en la primera página: «Reunión número 1.»

—Bien, empezad a decirme todo lo que se os ocurra que podríamos hacer, dónde podríamos quedar... Todo lo que se os venga a la cabeza. Cuantas más cosas, mejor. Esto es algo entre los cinco, así que entre los cinco debemos crear nuestro club.

Todos se quedan un instante en silencio, pensando. La idea que ha tenido Raúl los ilusiona muchísimo a todos.

María es la primera en hablar.

—Una vez vi en una serie de dibujos animados que un grupo de amigos colaboraba entre ellos para hacer los deberes, preparar los exámenes... Hacían las cosas de clase entre todos.

—¿Cómo es eso?

—Cada uno de los chicos tenía encomendada una asignatura y se dedicaba a ella en exclusiva. Luego se pasaban los unos a los otros los apuntes, los ejercicios y los resúmenes de cada materia. Y les iba fenomenal, porque el esfuerzo era mucho menor y conseguían mejores resultados.

—¡Menudo morro! —comenta Eli impactada—. ¡Pero es genial!

—Sí que es genial. Lo apunto.

Raúl escribe en la libreta: «Primera medida: una asignatura para cada uno y todas para el grupo.» Y lo lee en voz alta.

—Te ha quedado muy de los mosqueteros —comenta Bruno—. Pues yo me pido Matemáticas.

—Perfecto. Yo me quedo con los idiomas.

—Si a mí me dejáis Lengua, ¡yo feliz!

Nadie se opone, así que para Elísabet la asignatura de Lengua.

—Faltáis vosotras dos, ¿qué queréis? —le pregunta Raúl a las dos chicas que faltan por decidir.

—A mí me da igual —señala Meri—. ¿Sociales?

—Perfecto. Sociales para la pelirroja. ¿Y tú, Valeria? ¿Ciencias de la Naturaleza?

—Vale.

El chico lo escribe en el cuaderno y sonríe a su amiga.

—¿Y el resto de asignaturas?

—Nos las repartimos. Dependiendo de lo cargada que esté la semana en cada materia, el que tenga menos que hacer va preparando lo que se dé en las otras. De todas formas, las que no están designadas son las más fáciles. No habrá problema con ellas.

Raúl examina detenidamente lo que ha apuntado y lo lee en voz alta. Cuando termina, les pregunta a todos si están conformes. Sus cuatro amigos asienten.

—Más cosas.

—¡Yo! ¡Yo! —grita Eli tras ponerse de pie—. Estaría genial que, además de nuestras cuentas de Tuenti, hiciéramos un foro al que sólo nosotros tuviéramos acceso. Allí podríamos poner comentarios, canciones, opiniones de películas...

La chica habla muy de prisa, casi trabándose con las palabras. Pero lo que dice tiene sentido. Y gusta al resto.

—Me parece genial —interviene Bruno—. Aunque la mayoría de las veces tengo que pelearme con mis hermanos para conseguir que me dejen el ordenador.

—Yo ni siquiera tengo ordenador. Pero pronto me regalarán uno —dice Valeria en voz baja.

—Bien. Pues crearemos un foro en la red en el que sólo nosotros cinco podremos entrar.

—¡Fenomenal! ¡Gracias por aceptar mi idea!

La expresiva sonrisa de esa chica tan particular contagia al resto, que también sonríe. A veces se muestra tan eufórica... Aunque también le ocurre justo lo contrario. En ocasiones llora y llora sin parar y sin venir a cuento.

—Además, en ese foro podremos colgar los apuntes de cada asignatura —añade Raúl.

—¡Sí! ¡Y podremos escribir cómo nos sentimos y si vamos a faltar a alguna clase!

—También, también.

—¡Será como un cuartel general cibernético!

La frase de Elísabet provoca una carcajada general en el resto de los chicos. Raúl mueve la cabeza y anota en la libreta: «Segunda medida: cuartel general cibernético.»

—Ya está. Ahora...

—¡Esto me encanta! —interrumpe Elísabet, que se lo está pasando en grande—. ¿Qué más, qué más?

—Antes de que sigamos proponiendo cosas, creo que debemos darle un nombre al club —sugiere Raúl mientras muerde la parte de abajo del bolígrafo.

Los cinco vuelven a guardar silencio y piensan en un nombre con el que denominar el grupo.

—El Club de las Mentes Brillantes.

De nuevo, todos sonríen ante lo que dice Eli. Ella misma se da cuenta de que ese nombre no es el adecuado.

—¿Los Cinco? No, eso ya está inventado —insiste la propia Elísabet.

—El Club de los Marginados —propone Bruno.

—No, marginados, no. Pero... ¿incomprendidos?

—El Club de los Incomprendidos —recita Meri sonriente—. Me gusta cómo suena.

—¡Y a mí!

—Me parece un nombre genial.

Los cinco se muestran de acuerdo y dan el visto bueno. No hay nada que los defina mejor. Son chicos incomprendidos a los que nadie entendía, a los que nadie respetaba, a los que nadie quería, hasta que se fueron uniendo unos con otros en el camino.

Todos están muy contentos, pero Raúl es el que se siente más satisfecho. Por fin encuentra buena gente con la que suplir la ausencia de cariño que sufre en su casa. Se acuerda de su padre, que estará mirándolo desde alguna parte. ¡Cuánto lo echa de menos!

El joven deja de morder el bolígrafo, cierra el cuaderno y, en la pasta, con letras mayúsculas, escribe orgulloso:

EL CLUB DE LOS INCOMPRENDIDOS.
CUADERNO NÚMERO 1

CAPÍTULO 72

Se baja del coche y entra en el instituto junto a sus padres. Mientras ellos arreglan los papeles para el traslado, Meri irá a hablar con los chicos y a darles la noticia de su marcha.

—Voy a ver a mis amigos —anuncia temblorosa.

Su padre asiente y le da un cariñoso beso en la cabeza. Meri se despide de sus padres y se aleja por el pasillo. Hacía mucho tiempo que no se sentía tan nerviosa. Tener que anunciarles a los demás que se va, que mañana ya estará viviendo en Barcelona, es uno de los tragos más difíciles que ha pasado en su vida. Está muy cansada. Apenas ha dormido y lleva toda la mañana haciendo las maletas con la ayuda de su hermana. Aunque sigue resultándole difícil asimilar que se marcha de Madrid, empieza a aceptarlo. No le queda más remedio.

Aún falta un minuto para el recreo. Por eso todos los pasillos están vacíos. Pero se palpa la tensión en el ambiente. Como cuando se sabe que va a llover pero todavía no ha comenzado. Los instantes anteriores a la tormenta se perciben, aunque todavía no caigan gotas.

María se dirige hacia la escalera por la que bajarán sus amigos. Los esperará abajo y luego los acompañará, por última vez, a la parte de atrás del instituto, donde tantos y tan buenos momentos ha pasado. Allí incluso recibió su primer y su segundo beso. Sus únicos besos. A pesar de las ganas que tiene de que aquello se repita algún día. Piensa en lo que quiere de verdad. Y en Bruno y en sus sentimientos. Y en cómo se ha controlado durante todo ese tiempo. Y en...

La sirena es el anticipo del alboroto general. Es como si un ciclón pasase de pronto por ese punto concreto de la ciudad. Algunos chicos a los que conoce de vista y con los que no ha hablado en todo ese tiempo la observan, curiosos, y cuchichean. A ellos no los echará de menos. Pero tampoco les guardará rencor. Ni siquiera a los que le han hecho la vida algo más difícil durante los cuatro años y dos meses que ha estado estudiando allí.

A ella, en cambio... Parece una señal que la primera cara conocida de verdad que vea sea la de Ester. Está guapísima, con su flequillo recto perfectamente alineado. Bruno, a quien le habla y sonríe, va con ella. Son sus niños. A los que realmente extrañará a seiscientos kilómetros de distancia.

Su amiga se da cuenta de su presencia cuando está en mitad de la escalera y, llevada por un fuerte impulso, corre hacia ella.

Las dos se funden en un gran abrazo emocionado. Meri nota que Ester llora sobre su hombro y deduce que ya lo sabe.

—Te lo ha dicho Bruno, ¿verdad?

—Sí —le susurra al oído—. Pero no te enfades con él. No quería contarme nada, pero yo se lo saqué.

—No te preocupes, no estoy enfadada.

Como de costumbre. Nunca es capaz de enfadarse con ese chico que tanto la ha hecho disfrutar a lo largo de aquellos años.

Las dos amigas se miran a los ojos y vuelven a abrazarse, hasta que Bruno las interrumpe.

—Lo siento, Meri. Soy un bocazas.

—No pasa nada. ¿Los demás también lo saben?

—No. Sólo nosotros dos.

—Bueno, es hora de que ellos se enteren, entonces.

Los tres salen por una de las puertas del edificio y se dirigen hacia la parte trasera del instituto. Sopla un poco de viento, aunque no es tan frío como el de esa mañana.

—No me puedo creer que te vayas —dice Ester mientras se seca los ojos—. No sé qué voy a hacer sin ti.

—Yo tampoco sé qué voy a hacer sin ti en Barcelona.

—No quiero que te marches, Meri. Pero comprendo que lo hagas. Yo haría lo mismo en tu situación.

Aquello reconforta a María, aunque también la entristece. Siente un gran vacío interior y unas extrañas ganas de llorar que, sin embargo, no es capaz de liberar.

En seguida, aparecen Elísabet y Valeria. Y, veinte segundos más tarde, Raúl, que lleva un gran paquete de patatas al punto de sal. La de bolsas de esas que han compartido. La melancolía y la añoranza se apoderan de ella.

—¡Eh, pelirroja! ¿Dónde te has metido? —pregunta el joven al tiempo que se acerca hasta ella y le da un cariñoso abrazo.

Ahí está el chico que le concedió su primer beso. El primero que la defendió de los malos. El que durante un tiempo fue su gran amor platónico.

—Chicos, tengo algo que contaros.

Su rostro aniñado, adornado por unas gafas de pasta azul, anuncia que lo que va a decirles es algo serio de verdad. Todos la contemplan mientras se sientan en círculo, como suelen hacer en cada recreo. Empezaron siendo cinco; luego fueron seis, pero parece que pronto volverán al número con el que comenzaron a refugiarse en ese rincón tan particular y significativo para todos ellos.

—¿Qué es, Meri? Nos has dejado a todos muy preocupados —interviene Raúl con semblante serio.

—Me marcho —suelta la chica sin más prolegómenos—. Mañana me voy con mi padre a Barcelona... A vivir con él.

Ester, aunque ya conocía la noticia, no puede evitar echarse a llorar. Oculta la cabeza entre las piernas y se tapa la cara con las manos. Su desolación es tal que Bruno tiene que acercarse a ella para consolarla.

—¿Estás hablando en serio? —pregunta Eli, que se ha quedado de piedra.

—Sí. Ya está decidido. Mis padres están en secretaría arreglando los papeles para darme de baja y que pueda inscribirme en otro centro.

—No sé qué decir.

Elísabet se levanta y se acerca a ella. Le da un gran abrazo e incluso se le escapa alguna lágrima. En ese momento recuerda cómo se creó el Club y por qué. Era la unión de unos chicos incomprendidos que se amparaban en otros como ellos. Meri siempre ha sido una gran amiga, no puede hacerle ni un solo reproche, aunque el tiempo y la adolescencia las hayan ido distanciando.

Valeria se les une en seguida; también abraza a María y le da un beso en la frente. Se le ha formado un nudo en la garganta y aguanta las lágrimas como puede.

—Te vamos a echar mucho de menos, pelirroja.

—Y yo a vosotros.

Las tres sonríen con tristeza mientras escuchan el sollozo de Ester, que todavía no ha podido tranquilizarse.

—Pero ¿por qué te vas a Barcelona? —le pregunta Raúl, que intenta mantener la compostura a pesar de que aquello le duele tanto como a los demás.

—Mi padre no se encuentra muy bien y necesita que alguien que le quiera esté con él.

—¿Está enfermo?

—No, no. Es por otra cuestión. Se siente muy solo viviendo allí y no tiene a nadie con quien compartir su vida.

La chica les explica con más detalle el asunto. Cada minuto que pasa le cuesta más hablar. Se emociona constantemente. Sobre todo cada vez que se fija en Ester y observa sus vivarachos ojos enrojecidos.

—¿Y tu madre? ¿Ha permitido que te vayas así como así?

—Al principio se enfadó mucho. Pero luego me ha apoyado y respeta que haya tomado esta decisión.

—¿Y te vas mañana? Madre mía, qué precipitado todo.

—Sí. Ha sido todo muy rápido.

Un silencio, fruto de la sorpresa y de la tristeza, se adueña del grupo. Meri lo aprovecha y se pone de pie para sentarse en medio de sus dos mejores amigos. Bruno le acaricia el pelo y Ester se agarra de su brazo. Luego le da un beso en la mejilla y respira hondo para soltar parte de la pena que no deja de agobiarla.

—Podríamos dar una fiesta de despedida esta noche —comenta Bruno en ese momento en que nadie habla.

—Me parece una gran idea —lo secunda Eli sonriéndole.

¿Cuánto hacía que una sugerencia del otro no era bien recibida? Sin embargo, desde esta mañana saben que, aunque las cosas han cambiado, siguen siendo amigos.

—Valeria, ¿crees que tu madre nos dejaría Constanza?

—Se lo preguntaré, pero no creo que haya problemas.

—Si Mara nos deja, podríamos ir allí sobre las ocho y luego cerrarlo nosotros. ¿Os parece bien?

Raúl, que es normalmente quien toma y dirige ese tipo de decisiones, no pone ninguna pega. Asiente con la cabeza y está de acuerdo con lo que ha dicho su amigo. El resto también apoya la idea de Bruno.

—Chicos, no hace falta que me deis una fiesta de despedida.

—¿Cómo que no hace falta? —pregunta Ester—. Tú te mereces eso y mucho más.

—Sí, pelirroja. No vamos a dejar que te deshagas de nosotros sin que al menos tengas tu minuto de homenaje —apunta Raúl con una sonrisa.

—¡Por supuesto que tendrás tu fiesta! —exclama Elísabet.

—¿O es que pensabas que ibas a estar sola en tu última noche en Madrid? —termina diciendo Valeria mientras gesticula exageradamente.

Meri sonríe como puede. Lleva todo ese tiempo reprimiéndose. Pero, al ver que sus amigos la tratan de esa manera, no logra contenerse más y rompe a llorar. Todos se agrupan en torno a ella. La miman, la animan, la vitorean para que se sienta mejor y se tranquilice.

Es imposible. Porque a la tristeza de tener que irse se ha unido la felicidad de sentirse tan querida. Sus lágrimas son el fruto de ese mayúsculo choque de sensaciones.

Unas sensaciones que se irán desbordando a lo largo de todo ese martes de noviembre.

Las últimas horas de clase han sido las más tristes que recuerdan todos los chicos del Club de los Incomprendidos. La imagen de Meri mientras se marchaba, llorando a lágrima viva, después de que sonara la campana del recreo, les resultará muy difícil de olvidar. Nunca la habían visto así. Se ha derrumbado por completo.

Pero le han prometido una fiesta, y la va a tener.

Valeria, entre asignatura y asignatura, ha llamado a su madre para preguntarle si podían contar con la cafetería.

Al principio Mara no quiso. Pero cuando su hija le explicó el motivo por el que la necesitaban, en seguida dio su consentimiento.

Ya tenían dónde celebrarla.

—Deberíamos comprarle algo para que se lleve un recuerdo nuestro a Barcelona —comenta Raúl mientras recoge sus cosas.

La jornada ha terminado y los cinco amigos se han reunido alrededor de su mesa para hablar de lo que van a hacer esa noche.

—¿Qué? —pregunta Valeria, que no ha podido volver a besar a su chico en toda la mañana. ¡Y se muere de ganas!

—Tendrá que ser algo no muy grande para que le quepa en la maleta.

—Un llavero.

—No seas cutre, Eli. ¿Cómo vamos a regalarle un llavero? —dice el joven sonriendo.

—Yo qué sé. ¡A ver si a ti se te ocurre algo mejor, listo!

Y le saca la lengua. Se ha terminado la mañana y sigue sin saber si Raúl se ha pensado o no lo de ser novios. Si no le ha dicho nada, será que no tiene una respuesta todavía. Con lo de Meri, las cosas han tomado un rumbo inesperado. Tampoco quiere agobiarlo. Pero... ¡está ansiosa por saber algo más!

—¿Y una camiseta dedicada? —pregunta Ester, a quien todavía se la ve triste por lo de antes.

—Eso me gusta —afirma Bruno.

—Yo conozco un sitio donde nos la harían en el momento; y no es muy caro.

—¿Dónde, Valeria?

—Está por Argüelles.

—Uff. Yo iría a comprarla, pero tengo entrenamiento esta tarde. Lo siento, de verdad —se lamenta Ester. Además, no puede faltar. Tiene una conversación pendiente con su entrenador. Con la mirada, busca a Bruno, que también advierte que no puede ir, aunque no explica el motivo.

—¡Pues yo tengo dentista a las cinco! —exclama Elísabet al tiempo que juguetea con un lápiz que no ha guardado—. Y, si no voy, mi madre me mata. ¡Con lo pesada que ha sido!

Sólo quedan Valeria y Raúl como candidatos. Ambos se miran de reojo y sonríen para sí cuando se dan cuenta.

—Ya me encargo yo —se ofrece el joven—. Podemos hacerle una camiseta con el nombre del club y también con nuestros nombres.

—Yo te acompaño.

—Bien. A las cinco en Sol para coger allí el metro. ¿Vale?

—Perfecto.

Ester esboza una sonrisilla cuando habla Valeria. Ella es la única que sabe lo que hay entre esos dos. Por el contrario, Eli siente envidia de su amiga por ser ella quien acompañe a Raúl a por el regalo. ¡Maldito dentista!

—Bien. Pues tema solucionado. Yo pongo el dinero y esta noche os pido vuestra parte. Si se os ocurre cualquier cosa o le queréis decir algo a los demás sobre la fiesta de despedida de Meri, por el WhatsApp.

Los cinco se dirigen hacia la puerta del aula. Sin embargo, Elísabet agarra a Raúl del brazo y le pide que espere un segundo. Los otros tres siguen adelante, aunque a Valeria se le forma un nudo en el estómago cuando se vuelve y los ve juntos.

—Perdona que te presione de esta manera, pero ¿has pensado ya en lo nuestro? —le pregunta con cierto temor.

—Claro. Mucho, además.

—¿Y no has... decidido... nada? —tiembla cuando habla.

—No, lo siento. Necesito más tiempo, Eli.

—Bien. Lo entiendo.

—Ya hablaremos luego.

Y sin decir nada más, Raúl le dedica una sonrisa y se da prisa para alcanzar al resto del grupo. Eli, lejos de mostrarse triste o decepcionada, también sonríe. No obstante, la mesa sobre la que estaba apoyada ha sufrido las consecuencias de su tensión acumulada y ha quedado marcada para siempre por el lápiz que la joven tenía en la mano.

CAPÍTULO 73

—¿Gadea no viene a comer?

—No. Ha dicho que va a comer con Álex.

—¿Y papá?

—No lo sé. Imagino que en el hotel.

—¿Y tampoco viene?

—No me ha dicho nada.

—Estará comiendo por ahí. En alguno de esos restaurantes que tanto le gustan.

—Es un despilfarrador.

Esa palabra le provoca una sonrisa a Meri. Aunque es una sonrisa desganada. La joven desmenuza sin mucho entusiasmo la tortilla que su madre le ha preparado. Corta un trozo, después de haberlo aplastado con el tenedor, y se lo lleva a la boca.

—Mamá, ¿por qué me dejas irme a Barcelona con él?

La pregunta imprevista de su hija coge a Paz descolocada. Sin embargo, mastica el trozo de pan que tiene en la boca y le responde con tranquilidad:

—Porque tu padre también tiene derecho a disfrutar de sus hijas. Y más si se encuentra en una situación como la que atraviesa en estos momentos.

—Está mal, ¿verdad?

—Sí. Pero contigo allí va a recuperarse y estará mucho

mejor dentro de pocos días. ¡De horas, me atrevo a decir!

—Espero no ser una carga.

—Tú eres de todo menos una carga, cariño. Ya quisieran muchos padres tener una hija como tú.

Las palabras de su madre le sacan una sonrisa. No se considera una hija ejemplar ni nada por el estilo. Simplemente se comporta como cree que debe hacerlo una muchacha de dieciséis años más o menos responsable.

—¿Tú qué piensas de él? Creía que lo odiabas.

—No, claro que no lo odio. Pero a veces las parejas alcanzan unos extremos a los que ninguno de los dos sabe cómo ha llegado. Nos volvemos locos y perdemos los papeles.

—No estarás enamorándote de papá otra vez...

La mujer mira a su hija muy seria y a continuación suelta una carcajada.

—No. No estoy enamorada de él. Y eso no va a volver a pasar nunca.

—Pues es una lástima. Creo que hacéis una buena pareja.

—Que tu padre nunca te oiga decir eso.

—¿Por qué?

—Porque yo sé que él sí podría volver a enamorarse de mí.

Su madre no diría algo así si no estuviera segura de ello. Por eso María la cree. Supone que en el pasado sucedieron muchas cosas de las que ella no está enterada. Y que aquello limitó el amor que ambos sintieron el uno por el otro en algún momento de sus vidas. Es una lástima que no aguantaran. Le habría gustado disfrutar de una familia feliz durante más años.

—Tranquila, no le diré nada de esto a papá.

—Mejor. No quiero malos entendidos.

—Aunque si sirviera para que volviera a Madrid...

—Ni se te ocurra, ¿eh?

—Que no, que no. No digo nada.

—*Tú a Boston y yo a California*, como la película.

—No sé cuál es. No la he visto.

—Ya te la pondré un día cuando vengas a visitarnos. Y nos sentaremos delante de la tele con un buen cubo de palomitas. ¿Qué me dices?

María sonríe, aunque de nuevo la invade la angustia que ha llevado a cuestas durante todo el día. Pero esta vez no piensa llorar. También su madre está en la lista de las personas a las que echará de menos cuando esté lejos. Quizá la segunda. Porque la primera tiene otro nombre y distintos apellidos. Y esta noche volverá a mirarle a los ojos y a disfrutar de su compañía por última vez.

¿Se atreverá por fin a confesarle lo que siente?

Se ha comido el plato de cocido entero. A ver si eso le sirve para crecer un poco más. Bruno lleva sus cosas a la cocina y las enjuaga. Luego, las mete en el lavavajillas.

—Esta tarde quiero que me ayudes a montar una estantería para el cuarto de tu hermano —le dice su madre mientras le da una palmadita en la espalda.

—Esta tarde no puedo.

—¿Qué? ¿Por qué no puedes?

—He quedado.

—¿Con quién?

—Y a ti qué más te da. No puedo ayudarte con la estantería y ya está. No me agobies tanto.

Sale de la cocina resoplando. Pero su madre no va a darse por vencida. Camina tras él hasta la habitación del chico. Bruno la observa, incrédulo, y abre los brazos en señal de protesta.

—Dile a quien sea con quien has quedado que no puedes ir.

—¿Cómo? ¿Estás de broma?

—Por supuesto que no estoy de broma. ¿O es que me ves con ganas de bromear? —pregunta molesta—. Me paso el día trabajando para que tengas de todo, así que no me vengas con tonterías.

—No voy a hacerlo. Olvídame ya, ¡joder!

—¿Has visto cómo me hablas? Cualquier día nos veo en «Hermano Mayor» o en un programa de ésos.

—Mamá, no voy a montar la estantería —insiste Bruno con una sonrisilla tras oír el comentario de su madre.

—Ya veremos.

Ahora es la mujer la que abandona el cuarto de su hijo y cierra la puerta con fuerza. Bruno suspira. ¡Qué harto está de episodios como ése! Pero sabe que tiene todas las de perder si permanece enfrentado a ella. Abre y sale de su dormitorio. La oye en el cuarto de su hermana pequeña y se dirige hacia allí.

—He quedado con Ester —confiesa sin alzar mucho la voz. No quiere que nadie más se entere.

Esperanza lo observa algo sorprendida. ¿Ha quedado otra vez con esa chica? Eso le resulta bastante interesante. Ella es muy mona y educada. Un buen partido para su hijo, sin duda.

—¿Sí? ¿Y adónde vais?

—Voy a verla al entrenamiento de voleibol.

—¿Está en un equipo de voleibol? —pregunta admirada—. Ya me parecía a mí que tenía un cuerpo muy bonito y atlético. Pero ¿no es demasiado alta para ti?

—¡Mamá!

—Perdona, hijo. Pero luego se ven unas parejas por la calle que dices...

—Ester no es mi novia. Sólo es una amiga.

—Bueno, tú llámala como quieras. Pero dile que no se ponga ni tacones ni plataformas muy altas.

El chico agacha la cabeza y la mueve desesperado.

—Entonces ¿me dejas ir con ella?

—Bueno. Pero mañana por la tarde no hagas planes que hay que montar la estantería.

—Está bien. Mañana te prometo que no me moveré de casa.

—Si quieres, invita a la muchacha a que venga a merendar y te eche una mano.

—Sí, mamá, en eso mismo estaba yo pensando…

Y, sonriendo con ironía, regresa a su habitación. Su madre es tremenda. Ha tenido que mencionar a Ester para que lo deje salir. Si es que... Al menos ha logrado lo que quería. Pensándolo bien, aunque no la invite para que lo ayude con el martillo y los tornillos, sí que tienen algo pendiente. Algún día tendrán que desempatar la partida de la Play que dejaron a medias. ¿Por qué no mañana?

—¿Sabes que por la *cam* no se nota tanto cuando te sonrojas?

—Qué tonto.

—¿Ves? Seguro que ahora mismo te has puesto colorada, y yo ni me he dado cuenta.

—Mira que eres malo conmigo.

La sonrisa de Valeria al otro lado de la pantalla es una de las cosas más bonitas que ha visto en su vida. Cada vez le gusta más. ¿Cómo es posible que su amiga y él no hayan comenzado a salir antes?

—Bueno, Val, te dejo que tengo que ir a peinarme.

—Uff, ¿y te dará tiempo? Hemos quedado dentro de veinte minutos en Sol.

—¿Quién era el malo?

—Tú, por supuesto.

—Nos vemos ahora... —Y, acercándose a la cámara de su ordenador, Raúl le dedica un sonoro beso.

—¡No tardes!

Y desconectan sus *cams* los dos a la vez.

El joven se levanta sonriente. Cuando la conoció, no imaginaba que aquella chica lo haría tan feliz algún día. Y es que, cada vez que están juntos, siente algo especial en su interior. Y, cuando no lo están, la echa de menos.

Pero... un ruidito que proviene de la puerta de su habitación alerta a Raúl. Despacio, se dirige hacia ella y descubre que no está cerrada del todo. La abre de golpe y encuentra a las gemelas detrás, espiando.

—¡La madre que...! ¿Qué hacéis aquí?

—¿Es Valeria tu nueva novia? —pregunta Daniela, muy seria.

—¿Qué dices, mocosa? ¡Marchaos a vuestra habitación!

—No soy una mocosa. Y si no me respondes es porque es verdad.

—Sí, lo es —asegura Bárbara—. Lo hemos visto y oído todo. ¡Valeria es tu novia!

El grito de la pequeña enfada a Raúl, que se controla para no hacer algo de lo que después tenga que arrepentirse.

—¿Por qué no dejáis de meteros en mi vida?

—¿Y tú por qué no admites que estás enamorado de Valeria?

El chico está a punto de gritarle otra vez a Bárbara, pero lo que dice le hace pensar. ¿Está enamorado de ella? ¿Ha sido capaz de enamorarse a lo largo de esos tres días? No está seguro, pero lo que siente es muy intenso. De lo que no le cabe duda es de que nunca le ha dicho que la quiere. ¿La quiere?

—Admítelo, Raúl. ¡Te lo haces con Valeria! —insiste Daniela.

—Pero, niña, ¡tú qué sabes de eso!

—¡Se lo hemos visto hacer a Ulises con Ainhoa!

Entonces, alarmada por el griterío, la madre de las gemelas y de Raúl aparece por el pasillo.

—Chicas, ¿qué estáis haciendo en la habitación de vuestro hermano?

—Nada.

—Me estaban espiando, mamá.

—Eso no está bien, pequeñas. Espiar está mal.

—Es que si no, no nos enteramos de sus novias. ¿Sabes que está saliendo con Valeria?

Raúl se desespera. Y, con un movimiento brusco, sin que ellas se lo esperen, se inclina sobre sus hermanas y amaga con darles una colleja. Las gemelas, asustadas, salen corriendo despavoridas hacia su cuarto.

—Son imposibles —dice Berta, con una sonrisa, al tiempo que entra en la habitación—. No hay quien pueda con ellas.

—Porque están muy consentidas.

—Lo han pasado muy mal. Déjalas que disfruten un poco.

—Yo también lo he pasado mal.

—Pero tú ya eres mayor. Mira en el chico tan atractivo que te has convertido.

Raúl resopla y observa cómo su madre se sienta en el borde de su cama. Es curioso, pero hoy no tiene tan mal aspecto como de costumbre.

—¿Te has pintado?

—Sí. ¿Se nota mucho?

—Un poco.

—Es que he salido a comprar y me ha dado por pintarme los ojos y darme un poco de colorete en la cara.

—Te sienta bien.

La mujer sonríe débilmente y contempla a su hijo de arriba abajo. Se parece mucho a él. Es una lástima que no esté allí para verlo.

—Hoy hace veintidós años que conocí a tu padre.

—Por eso te has arreglado...

—No me he arreglado. Solamente son unas pinturillas de nada.

—Pues deberías hacerlo más a menudo. Te queda muy bien.

—Tampoco me he tomado ninguna pastilla ni ningún tranquilizante. Ni... nada de nada. No voy a hacerlo más.

Raúl se sobresalta cuando escucha aquello. Ya la había dado por perdida. Nunca imaginó que aquellas palabras pudieran salir de su boca.

Se acerca a ella y se sienta a su lado.

—Me alegro de que hayas tomado esa decisión.

—Debí hacerlo hace tiempo.

—Sí, mamá. Debiste hacerlo.

Sin embargo, no va a reprocharle ni a echarle nada en cara.

—Una vieja amiga me ha presentado por Internet a un amigo suyo que es psicólogo. Parece majo. He quedado con él mañana.

—Eso está muy bien, mamá —afirma el chico con los ojos vidriosos.

—Quería que lo supieras.

Berta se levanta de la cama. Le acaricia el pelo a Raúl, alborotándoselo. El joven nunca deja que nadie lo despeine, pero esa ocasión es especial.

Caminando despacio, la mujer se dirige hacia la puerta de la habitación.

—Mamá.

—Dime, hijo —dice tras volverse.

—Lo siento.

Una nueva sonrisa bajo esos ojos que hoy lucen más brillantes que ningún otro día de los últimos tres años.

—Tu padre estaría muy orgulloso de ti.

Y, tras volverse de nuevo, abandona el cuarto de Raúl.

El chico se queda mirando hacia la puerta. En silencio. Totalmente inmóvil. Disfrutando de ese instante. Y también sufriéndolo. Pero ha quedado con Valeria y debe darse prisa si no quiere llegar tarde.

Entra en el cuarto de baño y se mira en el espejo. Abre el grifo y se empapa las manos; después, se las lleva a los ojos. Se seca con una toalla blanca. En ella guardará todas las lágrimas que ha derramado durante aquellos segundos en los que su madre, por fin, ha regresado.

CAPÍTULO 74

Al final, como sospechaba, su madre no ha podido acompañarla al dentista. Pero al menos Elísabet no va sola. Alicia camina a su lado.

—Tienes los dientes perfectos, no sé qué demonios van a hacerte en la boca.

—Pues un empaste, creo. Algo para sacarle dinero a mis padres.

—Qué ladrones.

—El caso es que, por culpa del dentista, no he podido ir con Raúl a comprar el regalo de Meri.

—Ya estamos otra vez con Raúl. ¡Qué pesadilla!

Pues sí, no saber qué va a contestarle es como una pesadilla. Y le molesta que todavía no se haya decidido.

—No seas así. Me ha prometido que se pensará de verdad si quiere o no quiere salir conmigo.

—Ese tío está jugando contigo desde hace tres días.

—Que no, Alicia. Que no.

—Mira que te lo he dicho veces durante todo este tiempo: tu querido amor te está haciendo sufrir. Cuando un tío pasa de ti, se busca a otro. Y punto.

—Raúl no pasa de mí. Simplemente está indeciso.

—¿Indeciso? ¡Venga ya!

Sólo tiene que tener un poco de paciencia para que se

dé cuenta de que ella es la chica de su vida. Y, cuando eso pase, nadie podrá separarlos jamás.

—Esta noche vamos a reunirnos todos y volveré a verlo.

—¿Todos? ¿Va también Valeria?

—Sí, claro. La fiesta la organizamos precisamente en su cafetería.

—Yo no me fiaría mucho de ésa. Va de santita y luego... ¿No irá Raúl con ella a por el regalo de María?

—Pues sí. Van juntos.

—Uy. Entre esos dos...

—¿Entre Valeria y Raúl? ¡Qué va! Sólo son amigos. Entre ellos no podría haber nunca nada.

—¿Estás segura?

—Claro. Los conozco muy bien.

Aunque, desde hace un par de días, nota algo raro entre ambos. Los ha cazado mirándose y hablando de una manera en la que antes no lo hacían. Demasiada complicidad entre ellos. Pero no le ha dado importancia.

Esta mañana también ha dado la casualidad de que los dos han faltado a primera hora. Y eso que era Historia, la asignatura de Valeria. Los dos han dicho que se habían quedado dormidos. Naturalmente, les ha creído. ¿Por qué iban a mentir?

—Nunca me gustó esa tía. Ya lo sabes.

—Es una gran amiga, Alicia. Ayer le dije que no viniera al cine para poder estar a solas con él y me hizo caso.

—Como debe ser, para eso se supone que están las amigas. Cualquiera habría hecho lo mismo.

—No sé si cualquiera... Pero ella me ayudó cuando se lo pedí.

Eso de que podría haber algo entre Raúl y Valeria es ciencia ficción. Una paranoia. Su amiga es muy mona, pero puede que físicamente no esté al nivel del chico. A él le pega más tener a su lado a alguien como ella.

—Te repito que lo de esos dos huele a gato encerrado.

—Me lo habrían dicho. O me habría dado cuenta. Es imposible que estén saliendo y que nadie lo haya notado. Imposible.

—Si yo fuera tú estaría atenta a partir de ahora a cómo se comportan cuando están juntos.

—No voy a espiarles.

—No es espiarles. Es comprobar que me estoy equivocando y que tú estás en lo cierto.

Eli se encoge de hombros. Tendrá que poner un poco más de atención.

—Bueno, dejemos ya ese tema y centrémonos sólo en Raúl.

—¿Otra vez?

—¡Sí!

—Olvídate ya de ese tío.

—¡No puedo! ¡Le quiero!

—Deberías desconectar de una vez por todas de ese grupito que tienes y venirte conmigo una temporada. Irnos las dos por ahí unos días.

Elísabet sonríe. Alicia es así. La conoce bien. Es como ese diablillo que le cuenta el lado negativo de su subconsciente.

—Algún día nos iremos tú y yo solas de vacaciones un par de semanitas.

—Sólo si me prometes que no hablarás de Raúl y que no llamarás a la tonta de Valeria.

—¡No puedo prometerte eso!

—Ya te lo haré prometer…

Y, con una sonrisa desafiante, la rubia, que hoy ha vuelto a ponerse dos coletas muy llamativas, se despide de Eli.

Acaba de llegar a la consulta del dentista. Y, aunque el pinchazo de la anestesia para el empaste le hará un poco de daño, el dolor más grande que sentirá la chica llegará dentro de poco, en otro lugar de la ciudad.

CAPÍTULO 75

Están bastante lejos de la zona en la que viven tanto ellos como sus amigos, así que pueden ir cogidos de la mano sin preocuparse de que nadie los vea. Aunque, después de que se hayan besado en plena escalera del instituto, a Valeria ya nada le da miedo.

No dejan de reír, de gastarse bromas y, sobre todo, de darse besos de todo tipo: cortos, largos, improvisados, preparados, con lengua, en los labios, intensos, apasionados... Pero ninguno por compromiso. Ninguno sin sentirlo. Ningún beso porque sí.

Caminan por el barrio de Argüelles como una pareja cualquiera. Acaban de salir de la tienda en la que le han comprado la camiseta a Meri. Han elegido una azul, como el color de la pasta de sus gafas. El encargado les ha dicho que tardarán un rato en estamparla, de modo que se han ido a dar una vuelta.

—¿Tomamos algo? —le pregunta Raúl, que ya no se conforma con sólo cogerla de la mano y le rodea la cintura con el brazo.

—Vale. Me apetece.

Los dos se dirigen, por Guzmán el Bueno, hacia la cafetería HD. Se sientan en la terraza de fuera y esperan a que les atiendan.

El sol está cayendo, recogiéndose en aquel martes de noviembre, aunque todavía no hace nada de frío. Hace la temperatura perfecta para el abrigo de primavera-otoño de Valeria.

Una camarera delgadita y rubia se acerca a ellos y anota el pedido: dos batidos grandes; el de ella de fresa, el de él de chocolate. Al cabo de pocos minutos, regresa con dos copas enormes llenas hasta arriba.

Valeria es la primera que le da un sorbito a la suya.

—Está buenísimo.

—A ver...

Raúl le da un beso en los labios. Tenía razón. Ese batido de fresa está realmente rico. A continuación, invierten los papeles: es Raúl el que bebe de su batido de chocolate y la chica la que lo prueba de su boca.

—Me encanta merendar así.

—Bueno, en tu cafetería también se está muy bien.

—Sí, pero allí no podemos hacerlo de esta manera. Mi madre nos echaría.

—Tendremos que acostumbrarla.

—No creo que se deje.

El joven sonríe. Se pregunta qué pensará la madre de Valeria cuando se entere de lo suyo con su hija. Hasta ahora siempre ha sido una mujer encantadora con él. ¿Cambiará cuando lo sepa?

Los dos chicos arriman un poco más las sillas para estar más juntos. Juegan con los pies por debajo de la mesa y entrelazan los dedos encima de ella. Se sienten cómodos y a gusto el uno con el otro. Y no sólo como amigos. De eso ya no les cabe ninguna duda.

—Voy a enseñarte algo.

—¿El qué?

—Espera. Ahora lo verás.

Raúl alcanza su BlackBerry y busca algo en un canal de YouTube. Cuando lo encuentra, saca unos cascos de uno de los bolsillos de la sudadera y le da un auricular a Valeria, que se lo coloca en la oreja derecha. El chico se pone el otro en el oído izquierdo.

Pulsa el «Play» y comienza el vídeo: <http://www.youtu be.com/watch?v=GvfyNDcm1CQ&list=UU9tS9aiKZBdgAet GF8erIYA&index=13&feature=plcp>.

Se trata de una bonita versión de *Set fire to the rain*, de Adele, interpretada por una joven rubia y con el pelo largo de voz increíble. Alba Rico emociona a Valeria. A cada segundo del tema que escucha, el nudo que se le ha formado en la garganta va creciendo. Se le enrojecen los ojos cuando mira a Raúl mientras oye la preciosa melodía del piano. Se inclina sobre él y lo besa. Le apetece decirle que lo quiere, pero no sabe si es el momento adecuado para ello. Quizá sea demasiado pronto. Pero lo ama. Lo ama y nunca dejará de amarlo. ¡Nunca!

La *cover* de Alba termina y la chica sonríe, empapada en lágrimas. Raúl coge un puñado de servilletas y se lo da para que se seque las lágrimas. Entretanto, Valeria inspira y suelta el aire resoplando. Se siente muy afortunada por estar compartiendo con él esa historia tan bonita que acaba de comenzar.

—Gracias. Me ha gustado mucho.

—A mí también me encantó cuando la oí. Y ahora las cosas que me gustan me hacen pensar en ti.

—¿Yo te gusto?

—Mucho. La verdad es que... me gustas mucho.

La chica esperaba oír un «te quiero», pero no va a forzarlo para que se lo diga. Posiblemente sea demasiado pronto para que lo sienta. Con «Me gustas mucho» se conforma.

El chico ha estado a punto de confesarle que no sólo le

gusta, sino que la quiere. Sí, a cada minuto está más convencido de que lo que siente por ella es algo que no ha sentido jamás por nadie. ¿Por qué no se lo ha dicho? Era el momento idóneo.

La pareja se observa durante varios segundos sin hablar. La camarera interrumpe la sesión de miradas cuando les lleva la cuenta. Es Raúl el que paga.

—¿Vamos a ver si ya tienen la camiseta? —pregunta Valeria tras levantarse de la silla.

—Han pasado más de tres cuartos de hora desde que la dejamos. ¿Estará lista ya?

Los dos regresan a la tienda caminando lentamente en la noche de Madrid, entre besos y más besos. La camiseta está preparada. Y es preciosa. Azul cielo. Con los nombres de los seis impresos asimétricamente por delante y por detrás, y un gran «El Club de los Incomprendidos» en la parte superior de la espalda.

Seguro que a Meri la entusiasmará. Satisfechos, lo celebran con sus labios.

Eligen regresar a casa en metro. Se les ha hecho tarde, y han quedado con el resto en Constanza a las ocho.

Entran en la estación de Argüelles. Línea 3 hacia Sol. El tren no tarda en llegar. No hay demasiada gente en el vagón en el que montan, así que incluso encuentran dos asientos libres que deciden ocupar. Cien besos por cada parada. Todo está silencioso hasta que, en Callao, se sube un tipo curioso que viste una camiseta de los Lakers y una gorra vuelta hacia atrás.

Valeria abre los ojos de par en par cuando comprueba que el rapero es César. Se pone muy nerviosa. Pero debe calmarse o Raúl lo notará.

El estudiante de Periodismo empieza con su particular espectáculo:

—Siempre rimando, siempre rimando... Durante dos minutos, me pondré al mando de la nave del rap, mimando los versos que canto al tanto de lo que tú me vas mostrando. ¿Te gusto, encanto? Seguro que espantarte, no te espanto. Ni de cara, ni de cruz, ni de canto. Si vienes conmigo, no te llevaré a un antro, aunque no soy un santo, ni un banco, sólo canto rimando. Sí, rimando, siempre rimando.

Es lo mismo que hizo la otra vez que se lo encontró en el metro: va pasando por delante de cada uno de los pasajeros y hace una rima relacionada con ellos. Es impresionante la velocidad a la que piensa y rapea. Sin embargo, algo le dice a Valeria que en esta ocasión no va a disfrutar demasiado de la actuación.

César prosigue:

—Chicas, ¿queréis una cita? Una bonita, con velitas, con miraditas, ¿con mambo? ¡Despacio! Mejor, una peliculita y una mantita. ¿Entiendes, rubita?

»Sí, tú, la del bolso tan caro. Verte en el metro me parece tan raro... ¿Estás en el paro? Yo sí que no paro. Un buen *show* quiero daros. Chaval, el de los aros, ¿me escuchas, hermano? No os soltéis de la mano, que es muy sano. Querer es de humanos. Odiar de inhumanos. Eh, señor de pelo cano, ¿comemos en el Sanno?

El joven se acerca a donde está sentada la pareja. Valeria se tapa la cara con una mano, mientras que Raúl escucha atento al talentoso rapero, que lo tiene entusiasmado.

—¿Estás asombrado? Pasmado, alucinado, flipado, con este rap te he conquistado, ¿o no, rapado? Morena, me encantan tus estampados. Y el escote de la de al lado. ¿Natural o pagado? Seguro que deseado. Muy deseado. Tu bigote me ha molado. Y las piernas de la del vestido morado. A rimar soy dado, ¿hundido? No, sólo tocado. Por brujos y hados. Para hacer con mi rap algo sonado. Pequeño, encantado. Y ella, ¿me ha mirado? Sí, me ha mirado. Y descolocado, hasta enamorado. Pero soy malvado y me voy para el otro lado...

Entonces, César ve a Valeria. La chica tiene la cara cubierta, pero el rapero se da cuenta de que lo mira a través de los dedos. Va acompañada de un chico. Ya lo conoce, es Raúl.

El joven sonríe sin dejar de rimar.

—¿Y en este lado? Veo un afortunado. Enhorabuena, tu novia me ha dejado embobado. Atontado. Pero es tuya, no quiero enfados. ¿Nos la jugamos a los dados? No hay tiempo. Señores, Sol. Hemos llegado.

Un par de chicas aplauden mientras la megafonía anuncia que acaban de llegar a la estación de Sol. César saluda, inclinándose, y se quita la gorra. Raúl se levanta, busca en su bolsillo y le echa un euro.

—Enhorabuena, eres un *crack*.

—Gracias, amigo.

Las puertas del tren se abren. Valeria por fin se atreve a mirarlo a los ojos. A esos preciosos ojos que tanto transmiten. Pero es a lo único que le da tiempo. Invitada por su chico, sale del vagón dando un pequeño saltito. Las puertas del metro se cierran y César desaparece tras ellas.

Entonces, Val observa detenidamente a Raúl. Éste le sonríe. Es guapísimo. Y lo quiere. Lo quiere como no es capaz de querer a otro. E, impulsada por algo que no puede explicar, se lanza sobre él. El joven la agarra con fuerza y ambos comienzan a besarse apasionadamente mientras la chica se sujeta a él con las piernas y los brazos, rodeándole la cintura y el cuello. No toca el suelo. Porque ahora está en el cielo. En el mismísimo cielo.

Raúl, en ese momento, lo entiende todo. Sí. Ya no hay dudas. Sabe lo que tiene que hacer.

Deja a la chica sobre el suelo, al lado del andén, y comprueba cuánto tiempo falta para que llegue el siguiente tren. Cuatro minutos. Demasiado tiempo. Sin embargo, el que va en dirección contraria por la vía de enfrente está a punto de llegar. Tiene un minuto.

La agarra de la mano y le pide que corra.

—Pero ¿adónde vamos?

—¡No preguntes y corre!

La pareja sube la escalera, atraviesa un pasillo y baja por la del lado opuesto. Valeria no entiende nada. ¿Qué se propone?

Están en el andén contrario al que les ha llevado hasta allí. En el que conduce a Moncloa. ¿Es que se le ha olvidado algo?

Apenas hay gente. Ellos dos y un par de parejas más, alejadas de donde están.

—Raúl, ¿vamos a coger otra vez el metro?

Él no dice nada. Sólo mira hacia el túnel por donde aparece el tren a toda velocidad. Agarra a Valeria de la mano, la mira a los ojos y, con todas sus fuerzas, bajo el sonido de la locomotora y los vagones que pasan fulgurantes por delante de ellos, grita tan alto como puede:

—¡Te quierooooooooooooooooooooooooooooooo!

CAPÍTULO 76

Ambos están frente a la puerta del pabellón. Ha sido Ester quien se ha detenido antes de entrar. Ni ayer por la noche ni durante todo el martes ha escrito a Rodrigo o ha recibido algo de él. Tampoco ha habido llamadas. Otra vez ese silencio tan desesperante. Pero quizá en esta ocasión sí que esté justificado por la parte que le corresponde a su entrenador. Ella fue la que salió corriendo, aunque tuviera motivos suficientes para hacerlo.

—¿Te encuentras bien? —le pregunta Bruno, que no ha dejado de animarla en todo el camino.

Han ido juntos en el metro hasta allí. Su compañía está siendo más importante de lo que hubiera imaginado. Se siente apoyada y querida por un gran amigo. Jamás olvidará todo lo que está haciendo por ella.

—Llevo tres días en los que hay pocos momentos en los que me encuentre bien. ¡Menuda racha!

—Es normal. Te han pasado muchas cosas.

—Demasiadas.

—Pero ¿te sientes capaz de enfrentarte a esto? —insiste el joven, nada convencido—. Si quieres nos volvemos.

—Tengo que hacerlo, Bruno. No me queda más remedio.

—Es porque lo quieres, ¿verdad?

La chica asiente. Y, o se da prisa y afronta la situación de manera decidida, o terminará echándose atrás, presa de las dudas que la embargan.

—Vamos, anda. Y no te enamores de ninguna de mis compañeras…

—Ya las he visto. Ninguna es mi tipo.

—¿Ah, no? ¡Pero si son muy guapas!

—Sí. Y también muy altas.

Ester suelta una carcajada. Ella también es más alta que él, aunque la diferencia no se nota mucho.

Los dos entran por fin en el pabellón. La mayoría de las jugadoras del equipo ya están estirando y haciendo ejercicios de calentamiento.

El silencio que reina en la instalación deportiva sólo se ve enturbiado por el ruido que hacen las zapatillas de las chicas cuando se deslizan por el parqué.

—Voy a cambiarme —comenta Ester mientras busca con la mirada a su entrenador. De momento, no hay señales de él.

Bruno se dirige hacia la grada y se sienta en la segunda fila. Ester lo saluda con la mano de camino al vestuario. Cuando entra, sólo encuentra a una de sus compañeras, que está vendándose los tobillos.

—El míster te está buscando —le dice después de saludarla con un gesto con la cabeza.

—¿A mí? ¿Dónde está?

—En la oficina del club.

—¿Te ha dicho qué quiere?

—No, sólo que te avisara cuando llegaras.

—Gracias.

Ester ni siquiera se cambia de ropa. Con la mochila colgada a la espalda, sale rápidamente del vestuario y se dirige al lugar al que Rodrigo le ha encargado a su compañera que la envíe. Vuelve a saludar a Bruno y se retira por un pasillo lateral hacia la oficina del club.

¿Querrá verla a solas para arreglar las cosas?

No lo sabe. Y tampoco está segura de si aquello es una buena o una mala señal. Sólo espera que no intente nada. Allí no se atreverá, con las jugadoras del equipo tan cerca.

Llama a la puerta. Rodrigo le pide que pase.

Nerviosa, gira el pomo y abre despacio. Primero asoma la cabeza y lo observa; está sentado en el sillón en el que se han besado tantas veces. El entrenador la saluda, muy serio, y la invita de nuevo a que entre y cierre la puerta. La joven obedece.

—Hola —dice con timidez.

—No estaba seguro de si vendrías hoy.

—Tenía que venir.

—¿Después de lo que pasó ayer? No las tenía todas conmigo. Pero me alegro de que te hayas atrevido.

A Ester no le gusta demasiado su tono de voz. Se le nota molesto. Como cuando entrena y algo no le sale bien.

—No me has llamado. Ni me has escrito.

—Tú a mí tampoco.

—No sabía cómo ibas a reaccionar.

El joven se levanta del sillón y la mira a la cara. Se sienta sobre la mesa y, estirándose, coge un folio que tenía apartado en un lateral, junto a un bote con lápices y bolígrafos.

—Toma —le dice a Ester al tiempo que le entrega el papel.

—¿Qué es esto?

—Tu baja. Ya no estás en el equipo.

Ester palidece. Le echa un vistazo por encima a la hoja, pero apenas distingue lo que se dice en ella. Está demasiado bloqueada como para poder leer.

—¿Me... has... echado?

—Sí. Ya he hablado con el club y te expulsamos por bajo rendimiento.

—Pero...

—Así que te pido que, por favor, no vuelvas a pisar estas instalaciones. Y, sobre todo, no montes ningún escándalo ni ningún numerito, que ya eres mayorcita para asumir este tipo de cosas.

De todo lo que está pasando en esos instantes, lo que más la afecta es la frialdad de Rodrigo cuando le habla. Es como si jamás hubiese pasado nada entre ellos. No puede creerse que ayer estuviera a punto de acostarse con él, de entregarle su primera vez a ese tipo.

Sin embargo, su corazón sigue latiendo por él.

—Estás haciéndome mucho daño. ¿Lo sabes?

—Que no hayas jugado lo suficientemente bien como para ganarte el puesto no es mi problema.

—Esto... no es por mi juego. Es por...

—¿Vas a decirme que tus últimas actuaciones han sido positivas?

—No... Pero...

—¿Entonces? ¿Qué quieres? —pregunta alzando la voz—. Yo me mato porque el equipo funcione lo mejor posible. Me entrego en cada entrenamiento y me exijo lo máximo en cada una de mis decisiones. ¿Qué has hecho tú? Fallar recepciones, no llegar a los bloqueos y ser un coladero en defensa. Por no hablar de tus salidas por la noche.

—Sólo fui a tomar una hamburguesa con mis amigos.

—El día anterior a un partido en el que nos jugábamos la temporada.

—No es jus...

—¡No me digas lo que es justo y lo que no! —exclama muy enfadado—. ¡No quiero a una jugadora como tú en mi equipo!

El último grito termina con la resistencia de Ester.

—Te amaba —suelta tan impactada que no le salen ni las lágrimas.

—Te pido que dejes el pabellón cuanto antes, por favor. Tengo que entrenar.

—Yo te quería, Rodrigo. ¿Por qué me haces esto?

—Es la ley del deporte: quien no rinde, no merece oportunidades. Otras sabrán sacarle partido a lo que tú no has aprovechado.

El comentario tiene un claro doble sentido. Y Ester se da cuenta. Por primera vez se da cuenta de todo. De lo que Rodrigo pretendía. Simplemente quería llevársela a la cama. Y ella, como una ingenua, casi acepta, impulsada por sus fuertes y obsesivos sentimientos.

La chica se levanta de la silla y, cabizbaja, se dirige hacia la puerta con el papel de su baja deportiva en la mano.

—Adiós. Y lo siento mucho si me equivoqué.

—El que se equivocó fui yo. Creía que eras algo más que una cría bonita. Adiós, Ester.

Destrozada por fuera y, especialmente, por dentro, la chica sale de la oficina del club. Camina por el pasillo como un fantasma y luego por las inmediaciones de la pista. Ni siquiera responde a los saludos de sus compañeras, que no comprenden qué le pasa. Bruno, alarmado al verla de esa manera, abandona la grada y corre hacia ella.

—¿Qué ha pasado? —pregunta fuera de sí—. ¿No te habrá tocado ese salido?

—No —responde mirándolo a los ojos—. Me ha echado.

—¿Cómo qué te ha echado?

—Eso. Que Rodrigo me ha echado del equipo y de su vida.

CAPÍTULO 77

Cafetería Constanza. Ocho en punto. Noche cerrada en Madrid.

Nadie aparece por allí. Sólo han llegado María y su padre, que la ha llevado en el coche de su ex. La chica se está tomando un refresco mientras el hombre charla animadamente con la madre de Valeria. Nadie diría que Mara y Ernesto se han visto sólo tres veces en su vida.

Qué poco puntuales. No es de recibo que la hayan dejado sola de esa manera. ¿Y si en lugar de una fiesta de despedida le han preparado una inocentada?

No, están en noviembre. No a 28 de diciembre. Ya llegarán.

Y así es, la primera en entrar en Constanza es Elísabet. La joven se dirige hacia la mesa en la que está la pelirroja y, después de abrazarla, se sienta con ella.

—¿Todavía no han venido los demás?

—No, tú eres la primera.

—Qué extraño. Me lo esperaría de Bruno, pero el resto del grupo suele ser más puntual.

Y sobre todo le sorprende por Valeria y por Raúl. ¿Estarán todavía juntos? Mientras le empastaban la muela, ha estado pensando en lo que Alicia le había comentado antes. Pero es imposible que eso sea así. Sus amigos no están liados. Sólo son imaginaciones suyas. Paranoias.

—¿Te encuentras bien? Te noto rara al hablar.

—¡Ah! ¡Sí! Es que tengo la boca medio dormida por la anestesia que me han puesto hoy en el dentista. Pero ya se me está pasando.

Las dos conversan durante un rato sobre dientes, agujas y tornos eléctricos. Hasta que aparece Valeria. Llega sola, cosa que alegra a Elísabet.

—Hola, chicas, ¿y el resto?

—Ni idea. Estarán al llegar.

—¿Ya has hecho las maletas?

—Sí. Está todo preparado para que me marche mañana —responde María con cierta tristeza.

—Bueno, ésta es tu noche, así que tienes que pasártelo bien —señala Valeria; a continuación, le da un beso en la mejilla—. Voy a hablar un momento con mi madre.

Mientras la chica negocia cuándo se va a cerrar la cafetería sólo para ellos, llega Raúl. Como siempre, va perfectamente vestido y perfectamente peinado. Saluda a Mara con la mano y le entrega una bolsa para que la guarde en alguna parte y que Meri no la vea. En ella va la camiseta dedicada.

Disimuladamente, le dedica una intensa mirada a Valeria, a la que sonríe con complicidad, y después camina hacia donde están sentadas María y Elísabet. Para esta última, no ha pasado desapercibido el gesto de cariño entre sus dos amigos. Eso la inquieta bastante. Pero de momento no va a darle más vueltas. Raúl le da dos besos a Eli y otros dos a la protagonista de la fiesta, y los tres comienzan a dialogar animadamente.

—Hoy bailarás algo conmigo, ¿no, pelirroja?

—Ya sabes que yo no bailo.

—¿Ni por ser el último día?

—Ya veremos.

—¡Hoy vas a bailar hasta conmigo! —exclama Eli, que todavía siente la boca adormilada cuando habla.

—Cuando la madre de Val nos deje esto para nosotros, pondremos música y empezaremos la fiesta de verdad.

En ese instante, los únicos clientes que quedan en Constanza pagan y se van. Coinciden en la puerta del establecimiento con Bruno y Ester, que llegan juntos.

—¡Ya estamos todos! —grita Eli, a quien no parece importarle que el padre de Meri y la madre de Valeria continúen todavía allí.

Nadie se da cuenta de lo mal que lo ha pasado la recién llegada durante la última hora y cuarto, desde que su entrenador la echara del equipo. Bruno se ha encargado de consolarla a lo largo de todo ese tiempo y de convencerla de que aquello era lo mejor que podía pasarle. Ese tipo no merece que derrame ni una sola lágrima más por él. En esa cafetería es donde está la gente que la quiere de verdad.

Meri se pone de pie y va al encuentro de su amiga. Las dos se funden en un abrazo más que sentido. Tan intenso como los que se han dado esta mañana.

—Bueno, chicos. Como esto se ha quedado vacío, Ernesto y yo nos vamos —anuncia Mara al tiempo que le deja las llaves a su hija—. Para no tener que estar abriendo y cerrando todo el tiempo la puerta de hierro, cerrad con llave la de cristal y echad las cortinas.

—Vale, mamá.

—Así nadie os molestará.

—Eso haremos.

Valeria acompaña a su madre y al padre de Meri hasta la puerta y, cuando éstos se despiden de todos y salen de la cafetería, hace lo que Mara le ha pedido.

Se guarda la llave en el bolsillo y sonríe.

—¡Bien! En honor a la pelirroja más guapa del mundo... se reúne ¡el Club de los Incomprendidos! ¡Que empiece la fiesta! —exclama Raúl, que se acerca al ordenador de Constanza y pone música.

Todos se sientan a la mesa en torno a Meri. La chica está emocionada y agradece infinitamente el cariño de sus amigos. Sin duda, son los mejores. Sólo espera disfrutar y pasarlo bien en la última sesión del Club. Aunque, como le gusta decir a Ester, prefiere creer que será la penúltima.

CAPÍTULO 78

La fiesta de despedida de Meri está teniendo de todo: risas, anécdotas del pasado, momentos emocionantes en los que las chicas no han podido evitar llorar... Y buen rollo. Como durante los primeros meses tras la creación del Club.

Uno de sus miembros ha tenido que anunciar que se marcha a vivir a otra ciudad para que se recupere el espíritu de los Incomprendidos.

Pero, sin duda, el instante más bonito de la noche se ha producido cuando Ester le ha entregado a María la camiseta dedicada. La pelirroja ha sido incapaz de contener las lágrimas. Y todos se han abrazado haciendo una piña. Luego, cada uno ha firmado debajo de su nombre con un rotulador permanente.

Sin embargo, y a pesar de lo bien que lo están pasando todos, cada uno tiene algo dentro que no lo deja disfrutar plenamente: Ester no se quita de la cabeza a Rodrigo, aunque está intentando pasar página lo antes posible; Valeria necesita besar a Raúl, o... algo más; Raúl necesita besar a Valeria, de la que se ha dado cuenta que está enamorado; Eli quiere una respuesta y la quiere ya, esa noche; Meri se siente dubitativa: se marcha mañana y no tiene nada que perder, pero el miedo puede con ella; y Bruno... Bruno no deja de pensar en que tal vez hoy sea un buen día para confesar de una vez por todas lo que siente: sin cartas, sin palabras escritas, sino mirándola a los ojos.

Hoy no tengo tiempo para escribir. Me esperan y luego no tendré fuerzas para sentarme delante de ti. Puede que sea mi última oportunidad. La última oportunidad de descubrir a qué sabes. De jugar con tu boca. De que me veas como algo más. Hoy es mi última oportunidad para decirte lo que siento.
Quizá después de esta noche, ya no tenga un secreto.
<http://tengo1secreto.blogspot.com.es/2012/04/no-tengo-tiempo.html>

Son las diez y media de la noche. A Meri empiezan a cerrársele los ojos. Demasiadas emociones en muy poco tiempo. Mañana partirá. Se marchará lejos. Lejos de todos ellos. ¿Qué hace? Nada, como siempre.

Está cansada. Le queda un largo camino por recorrer y se ha quedado sin tiempo. *¿Evasión o victoria?* Evasión y derrota.

Pero antes debe desplegar la última página. Firmar con su rúbrica.

—¡Chicos! —grita mientras se sube encima de una silla—. Como escribió uno de los ídolos de mi querido Raúl, «Oh, capitán, mi capitán». Ya va siendo hora de partir. Me voy. He pasado unos años increíbles a vuestro lado. No podría haber encontrado mejores amigos que vosotros. Y os doy las gracias a todos por ser como sois y por haberme dejado ser como soy yo. Vosotros me comprendisteis. Algo que nadie más consiguió.

Todos contemplan a la pequeña pelirroja con el corazón encogido. Hasta Raúl tiene que apretar las mandíbulas con fuerza para no llorar, algo que los demás ya están haciendo.

—Espero que, si venís a la bella Barcelona, me visitéis. Yo

volveré a nuestro querido Madrid dentro de unos meses. Os echaré de menos, y espero que la distancia no mate lo que el cariño y la amistad unieron. Os quiero mucho a todos.

Y, de un salto, se baja de la silla. Sus cinco amigos se acercan a ella uno a uno y le regalan besos, palabras amables, abrazos... Bruno y Ester se quedan para el final.

—Yo voy contigo. Te acompaño a casa. Quiero estar a tu lado hasta el último segundo —le dice Ester al tiempo que se seca las lágrimas.

María sonríe y le da las gracias con un beso en la mejilla.

Bruno suspira. Tal vez al final ese día no sea el mejor para confesar sus sentimientos. La protagonista es su pelirroja. Pero espera que pronto haya una revancha en la Play.

—Yo también voy con vosotras. No pienso dejaros ir solas de noche.

—Sabemos defendernos, pequeño.

—¿No quieres que te acompañe o qué?

—Claro que sí, tonto —dice Meri. Se abraza a él. Cierra los ojos y suspira.

Tres y tres. Tres que se quedan y tres que se van. Los que se quedan en Constanza repiten besos, halagos y piropos para María. Es el final de una etapa de seis. El último adiós. La despedida de uno de los personajes principales de la película.

Nunca la olvidarán.

—Qué pena me da todo esto —comenta Eli mientras se toca el pómulo. La anestesia ya ha desaparecido por completo.

—Y a mí. No puedo creerme que no vaya a verla hasta dentro de tantos meses.

—La vida es así —afirma Raúl apesadumbrado.

—Muy cruel.

Los tres se quedan en silencio, pensativos. Tristes. Hasta que Valeria se da cuenta que Meri no se ha llevado la camiseta que le han regalado. ¡Se la ha dejado encima de la barra!

—¡Mierda! ¡Se le ha olvidado! —exclama al cogerla.

—Dámela, voy a llevársela corriendo —le dice el joven.

Sin embargo, Eli reacciona con rapidez. Es el momento perfecto para que los dos se queden a solas y hablen. Le hace un gesto de negación con la cabeza a su amiga para que no se la dé. Valeria lo comprende en seguida. Quizá a ella también le vaya bien que por fin se aclaren las cosas y Raúl le diga de una vez por todas que no tiene nada que hacer con él.

Después de saber que la quiere, no le importa que se queden solos.

—No te preocupes. Se la llevo yo.

—Déjame a mí, que soy más rápido que tú.

—Que no, que yo también corro muy de prisa —asegura la joven, que se aproxima a la puerta y abre con las llaves—. ¡No cierro esto! ¡Estad atentos para que no entre nadie!

Y, sin dar más explicaciones, sale de Constanza y corre en busca de sus amigos.

—¡Qué cabezota es! —exclama él—. Como le pase algo...

—No te preocupes, sabe cuidarse bien. Y no creo que estén muy lejos. Los alcanzará pronto.

—Me preocupa que alguien pueda hacerle daño. Cuando se pone así, es como una niña pequeña.

Elísabet lo mira enarcando las cejas. ¿Por qué la critica ahora como si fuera una riña de enamorados?

—Oye, ¿qué pasa entre Valeria y tú?

—Nada. ¿Qué va a pasar?

—¿Te gusta?

—¿Cómo?

—¿Te gusta Valeria? Sé sincero conmigo. Porque estoy un poco harta de esperar respuestas y de que sólo me rechaces a mí.

—¡Qué dices! ¿De dónde has sacado eso?

—Es una pregunta muy simple. ¿Te gusta Valeria? ¿Tienes algo con ella? Tal vez no quieras nada conmigo porque ya hay otra.

Raúl no sabe qué contestarle. Lo tiene arrinconado.

—Eso es una tontería.

—Pues encajaría bien. Recuerdo que el domingo me dijiste algo que me tomé como un farol. Como si lo hubieras dicho para fastidiarme en medio de la pelea que tuvimos.

—¿Qué te dije?

—Algo así como que tal vez hubiera alguna chica por ahí que sintiera por ti aún más que yo, y hacia la que, al mismo tiempo, tú sintieras algo. Y yo, estúpida de mí, creí que lo habías dicho sólo para joderme.

Ahora sí. No tiene escapatoria. Se acabó.

—Espera a que llegue Valeria y hablamos de esto.

—¡Dios, entonces es verdad! ¡Pensaba que era cosa mía!

—Eli, tranquila.

—Es increíble. Esto es increíble.

—Deja que te explique...

La chica empieza a respirar por la nariz muy de prisa, como si fuera a embestirle. Sin embargo, coge un vaso de cristal y lo lanza con fuerza contra la pared. El vidrio se rompe en mil pedazos.

—No me puedo creer que me hayáis hecho algo así. ¡Mis dos mejores amigos! ¡Las dos personas a quienes más quería en el mundo! ¡Alicia tenía razón!

—¿Alicia? ¿Quién es Alicia?

—Miserables.

—Eli, de verdad, espera a que ella venga y...

—Qué hijos de puta. Jamás os lo perdonaré.

Y, tras lanzar otro vaso de cristal contra el suelo, se marcha de Constanza dando un portazo que hace temblar todo el establecimiento.

Raúl, consternado, resopla. Tarde o temprano, aquello tenía que suceder. Se pregunta cómo serán las cosas entre ellos a partir de ahora. De momento, sólo puede hacer una cosa: busca la escoba y el recogedor y se pone a limpiar los cristales que han quedado esparcidos por todo el suelo de la cafetería.

—He conseguido alcanzarlos... No habían ido muy...

Y se calla de repente. La alegría de Valeria por haberle entregado la camiseta a Meri se difumina en un segundo. Ve a su chico barriendo el suelo. Mira a su alrededor y no encuentra a Elísabet.

—Bueno, pues ya lo sabe. Al menos no me ha tirado los vasos a mí.

CAPÍTULO 79

Los tres llegan al portal de Meri.

No han hablado demasiado durante el camino. Ya está todo dicho. Todo contado. Todo visto para sentencia. ¿Todo?

Todo no.

Pero...

—Bueno, chicos, gracias por acompañarme hasta casa.

—¿A qué hora te vas?

—No lo sé. Creo que a las ocho de la mañana.

—Qué temprano. Vas a caer rendida en la cama cuando llegues a Barcelona —comenta Ester, que tiene los ojos hinchados de tanto llorar.

—No suelo dormir muy bien. Me desvelo con mucha facilidad.

—¿Y entonces qué haces por las noches?

—Escribo.

Un blog. Un blog que nadie lee y nadie comenta; nadie sabe de su existencia excepto ella. Es un blog secreto. Acerca del que ella guarda silencio desde hace tanto tiempo.

—Y escribe muy bien —apunta Bruno, al que Meri ha permitido alguna vez leer algo suyo.

—Vaya. Esa faceta tuya no la conocía. Tal vez alguna vez escribas una novela y consigas publicarla.

La noche se ha cerrado muchísimo. Ni siquiera lucen las estrellas, que deben de estar guardadas dentro de algún cajón mágico, reservadas para un momento menos doloroso.

—Quién sabe. Ahora me tocará aprender catalán.

—Seguro que dentro de dos meses ya lo hablas mejor que Piqué.

—Piqué... Ya estamos... Piqué, ese central que es mucho peor que Ramos.

—No te lo crees ni tú.

Y le saca la lengua. La chica pelirroja con gafas de pasta azul los observa con cariño y ya con un poco de melancolía. Los echará de menos. Ellos no saben cuánto.

—Bueno, chicos. Aunque no me veáis más... escribidme de vez en cuando.

—Cien o doscientos WhatsApp al día —le advierte Ester.

—Con saber de vosotros a menudo, me conformo.

Y se abraza a ella. Ester sonríe arrugando la nariz. Pero en seguida brotan las lágrimas. Meri le estampa los labios en la mejilla durante unos segundos y le susurra al oído que la echará muchísimo de menos. Se separan y las dos desvían la mirada hacia algún punto menos doloroso.

—Mi turno —señala el joven, algo más tranquilo que su amiga.

—Cuídamela, ¿eh, pequeño?

—Claro.

—Y cuídate tú también. Voy a echarte mucho de menos.

—Y yo a ti, pelirroja.

Los dos amigos se miran a los ojos. Las sensaciones son muy raras. Han pasado tantos momentos juntos... Meri recuerda, entonces, cuándo dejó de querer platónicamente a Raúl y empezó a gustarle de verdad ese pequeñajo simpático con el que todo el mundo se metía. Todo el mundo menos ella. Ella jamás le faltó al respeto, jamás se enfadó con él. Jamás. Incluso terminó por enamorarse de él. Nunca se lo dijo.

—Te quiero, Bruno Corradini —le dice desde lo más hondo de su alma.

—Y yo a ti, María.

Es la primera vez que la llama así. Apoyándose sobre los talones... María lo besa. Junto a los labios. Y se aleja rápidamente de los dos, conteniéndose una vez más. No quiere llorar. A pesar de todo, no va a llorar más.

—¡Te queremos, pelirroja! —grita su amiga exaltada, loca de tristeza.

Meri se vuelve y los ve. No puede irse así. No, no puede. Mañana no habrá un mañana, pero sí un ayer en el que se arrepentirá de no haberlo hecho. Se da la vuelta y corre hacia ellos. Liberando el único impulso que no ha dominado en su vida, le coloca las manos en los hombros y le da un beso como el que hace mucho tiempo que tenía ganas de darle.

Bruno se queda atónito. Pero más asombrada se queda Ester cuando los labios de su mejor amiga se unen a los suyos.

Su secreto ha quedado al descubierto.

—Lo siento —dice arrugando la nariz, imitándola como muchas veces lo ha hecho frente al espejo.

Y, volviéndose de nuevo, sin mirar atrás, corre hacia su piso, encantada de haber cumplido su sueño. Sin embargo, aquella noche de noviembre le tenía reservada una última sorpresa de despedida.

¿Habrá sido cosa del calor del verano?

No lo cree. Su confusión no tiene que ver ni con el calor ni con el verano. Tiene que ver con sus sensaciones. Sus sentimientos.

Ya no siente lo que sentía por Bruno. Esos tres meses la han alejado de él. Pero ¿por qué quiere ahora otra cosa?

El primer día de instituto siempre es duro. Y más viendo cómo han cambiado sus amigos. ¡Lo que dan de sí unos meses de gimnasio y desarrollo adolescente!

Sin embargo, ella sigue tan plana como siempre.

—Perdona, ¿sabes dónde está secretaría?

Delante de ella aparece la criatura más bonita que haya visto jamás. Tiene unos ojos deslumbrantes y una boca preciosa. Además, ese flequillo recto le sienta fenomenal.

—Sí, claro. ¿Quieres que te acompañe?

—Vale.

Ese ángel vestido de blanco no ha hecho otra cosa que confirmar sus sospechas. Y es que ese verano, en las revistas de su hermana, ha mirado más los biquinis que los bañadores *slip*. Y no precisamente porque tuviera intención de comprar alguno. Ella en la playa es sólo un molusquillo insignificante al que el sol abrasaría.

—¿Eres nueva?

—Sí. Acabo de llegar a Madrid. Espero no perderme. Esto es muy grande.

—Cuando te acostumbras, es la ciudad más maravillosa del mundo.

—Seguro que sí.

Es muy simpática, además de guapa. Y le hace gracia cómo habla: sin acento, pero dulcificando cada palabra.

—No me has dicho cómo te llamas.

—Soy Ester.

—Yo María. Bueno, puedes llamarme Meri. O pelirroja.

La joven sonríe de una forma muy agradable. Es una nube del cielo más limpio.

Y la última prueba. Porque, si esa chica le gusta, es que definitivamente ha cambiado de acera.

CAPÍTULO 80

Los dos llevan un rato mandándole mensajes a la Black-Berry, pero Eli no les ha respondido a ninguno. También han intentado llamarla. Nada.

Valeria y Raúl se sienten mal porque su amiga se haya enterado de esa manera de lo que ha surgido entre ellos, pero esperan que algún día pueda perdonarlos. Son responsables de haberle mentido, pero no de haberse enamorado.

Se han pasado un buen rato fregando el suelo de Constanza. Ahora está más limpio que antes de que su amiga rompiera los vasos.

—Menudo día —comenta la chica abrazada a Raúl.

La pareja está sentada encima de varias mesas que han puesto juntas para estar más cómodos. Con una toalla limpia que han encontrado en el almacén se resguardan del frío que empieza a castigar la noche.

—Agridulce, ¿no?

—Es una buena forma de definirlo. Pero me quedo con la parte dulce, que eres tú.

Y le da un cariñoso beso en los labios.

Lo bueno de todo esto es que no tendrán que volver a esconderse de nadie. Irán diciéndolo y su entorno irá enterándose poco a poco. A partir de esa noche, sus besos serán públicos y su relación tendrá luz.

—Si no fuera por lo de Eli y porque Meri se ha marchado, creo que éste sería el mejor día de mi vida.

—¿Sí? ¿Tanto te ha gustado el batido de chocolate?

—Casi tanto como tú.

—Sigo prefiriendo el de fresa.

—A mí, si me lo das de tu boca, me da igual el sabor.

Valeria sonríe. Sabía de ese lado romántico de Raúl. Un tío que el día de mañana quiere ser director de cine tiene que tener una vertiente así a la fuerza. Pero no sospechaba que lo empleara con tanto acierto. Con tanta dulzura.

Con esa frase se ha ganado un buen beso. Luego, vuelve a acomodarse sobre él, encajando perfectamente su cuerpo al suyo.

—Si yo me tuviera que ir a vivir a Barcelona o a otra ciudad, ¿vendrías conmigo?

—No lo sé.

—Veo que sigues siendo sincero.

—No quiero hacer suposiciones. Prefiero vivir lo que tengo ahora y ya veré lo que hago el día que deba tomar una decisión importante.

—Vivir el día a día, ¿no?

—Sí. Es que nunca se sabe lo que va a ocurrir mañana.

—No existe el mañana, sólo el ahora.

—Eso pienso yo.

—Yo también creo que hay que disfrutar del día a día.

—Mira a mi padre... Él se fue de buenas a primeras. Planeó muchas cosas, y no pudo hacer ninguna.

Los ojos de Raúl resisten la emoción de sus palabras.

—Él estaría muy orgulloso de ti —le asegura Valeria mientras le acaricia la nuca—. Eres un gran chico, Raúl.

—Eso mismo me ha dicho hoy mi madre.

—Opino como ella.

—¿Sabes? Hoy hace veintidós años que se conocieron.

—Qué casualidad. Y hoy es la primera vez que me has dicho «te quiero».

—¿Y te ha gustado que te lo haya dicho?

—Creo que ha sido el mejor momento de mi vida.

—¿Te lo digo otra vez?

—Estoy deseando escucharlo.

—Te quiero.

—Repítelo.

—Te quiero.

—Me gusta cómo suena de tu boca. —Sonríe—. Yo también te quiero.

El abrazo que se dan está lleno de sentimientos. A los dos les hacía falta experimentar algo así. Puede que él tuviera prisa por buscar a alguien con quien estar formalmente antes de los dieciocho. Y puede que ella esté ahora desahogándose de un año de silencio acumulado. Pero la verdad es que, cuando se abrazan, se miran o se besan, comprueban que están hechos el uno para el otro. Y que, tal vez, con otras personas no sería lo mismo.

—Espera —le pide el joven justo antes de bajar de un salto de las mesas y echar a caminar sobre el suelo todavía mojado.

—¿Adónde vas?

—A apagar la luz.

—¿Para qué?

—Para que no tengas miedo de que te vea ponerte colorada.

Valeria refunfuña. Ya está con la típica bromita sobre el color de su piel… Sin embargo, no le da tiempo a protestar. Oye música. Comienza una canción. Es *¡Buenos días, princesa!*, de Pol 3.14. A la joven de las mechitas rubias no le queda más remedio que sonreír. Las luces se apagan. Sólo los alumbra el brillo de la pantalla del ordenador de Constanza.

Raúl vuelve hasta ella.

—Eres especialista en crear ambientes.

—Voy a dirigir películas. Será una de mis misiones.

—Se te dará estupendamente, señor Benigni.

—Gracias. Es un piropo que me compares con él.

—Tú eres más guapo y más joven.

—Y tengo más pelo.

La chica suelta una carcajada y le pasa la mano por el cabello, de modo que lo despeina un poco. Raúl se rebela y la detiene sujetándola por los hombros. Intenta que se tumbe y se coloque en posición horizontal. Valeria se resiste, pero termina cediendo. Despacio, va cayendo sobre las mesas hasta quedar completamente tumbada. Su pecho sube y baja a causa de la excitación. Él se da cuenta y, tras besarla en los labios, la mira a los ojos mientras le pregunta si quiere que explore bajo su camiseta. La respuesta no llega. Ella misma se deshace de la prenda y se incorpora ligeramente sobre las caderas para quitarle la suya a Raúl.

Es lo que había deseado cada vez que habían vivido un momento como ése. Y ahora tiene la oportunidad de llegar más lejos.

De nuevo, esa sensación ya conocida. Ese calor capaz de arrastrarla hacia la locura más pasional. Ese deseo que la hace desprenderse del sujetador y rozar su cuerpo contra el de él.

—Nunca habría podido imaginarme que fuera a hacerlo por primera vez en tu cafetería —susurra Raúl.

—¿Por primera vez?

—Sí. ¿No te lo había dicho?

—Lo recordaría —responde sonriendo. Y, luego, besándolo cariñosamente—. Entonces estamos empatados en eso.

EPÍLOGO

Sube hasta su piso. El silencio sepulcral que reina en el edificio contrasta con el ruido que genera su corazón.

¡Le ha dado un beso a Ester!

Increíble. Ha sido lo más increíble que ha hecho en toda su vida. Por una vez, Meri se ha arriesgado.

De todas formas, el riesgo ha sido menor. Mañana se va y, aunque deberá dar explicaciones, no tendrá que hacerlo mirándola a los ojos. La BlackBerry le será muy útil en ese caso.

¿Qué habrá pensado Bruno?

Espera que nada malo. Que le gusten las chicas y no los chicos no quiere decir que sea ni mejor ni peor. A partir de ahora se harán la competencia. Aunque él, teniéndolo difícil con Ester, lo tiene mucho mejor que la propia Meri.

Qué avalancha de sensaciones. Si por ella fuera, cogía el AVE hasta Barcelona ahora mismo.

Abre la puerta de su casa con las llaves y se encuentra con que su padre está allí, sentado en el sofá del salón, al lado de su madre. Tienen las caras largas.

¿No la habrán visto darle el beso a su amiga?

Una cosa es que sus dos mejores amigos descubran su secreto, y otra que sus padres se enteren de esa forma de que es lesbiana.

Los dos la miran con expresiones realmente serias. ¿Y si han discutido de nuevo?

—Ve a ver a tu hermana. Quiere decirte algo —comenta Paz al tiempo que se frota la mejilla nerviosa.

—¿Ha pasado algo? ¿Qué le ocurre a Gadea?

—Es mejor que te lo cuente ella.

Rápidamente, María se dirige hacia el cuarto de su hermana mayor. El buen rollo que llevaba ha desaparecido por completo. Ese subidón que seguro que se desvanecería en cuanto fuera consciente de lo que había hecho.

Llama a la puerta de la habitación de la chica y ésta responde con un débil «pasa».

Cuando María se asoma y entra en el dormitorio de Gadea el panorama es desolador. Toda la ropa de su hermana está tirada por el suelo. Hay varios objetos rotos sobre su cama, sobre su escritorio. Le llama la atención la cantidad de CDs doblados que ve por todas partes. La foto de su cuarto podría aparecer como significado de caos en el diccionario.

—¿Qué ha pasado aquí? ¿Nos han robado?

—¿Robado? ¡Lo que ese cabrón ha hecho ha sido ponerme los cuernos!

—¿Álex te ha puesto los cuernos? ¿Qué dices?

El aspecto de Gadea es terrible. Tiene la cara totalmente desencajada y los ojos hinchadísimos, como si se acabara de dar un golpe con... ¡un tanque!

—El muy capullo se ha tirado a una compañera mía de clase.

—No me lo puedo creer.

—Créetelo. Y además es fea. Muy fea.

—Eso es lo de menos —señala María, que se siente un poco representada—. Pero ¿habéis roto?

—¡Pues claro que hemos roto! ¡Joder! ¡Se ha follado a una tía fea de mi clase!

Entonces aquello no tiene solución. Meri se sienta junto a su hermana y le acaricia el pelo.

—Si ese tío te ha hecho eso, es que no merecía la pena. Ya encontrarás a otro mejor.

—En Barcelona.

—¿Cómo?

—Me voy con papá a Barcelona. Necesito huir de aquí, alejarme de ese mierda que me ha fastidiado la vida.

—¿Qué? ¿Cómo vas a irte con papá a Barcelona? ¡No podemos dejar aquí a mamá sola!

—Claro que no. Tú te quedas en Madrid.

Nunca había estado desnuda al lado de un chico. Pero le encanta sentir el contacto de la piel de Raúl.

—La próxima vez me saldrá mejor. Te lo prometo.

—¡Pero si ha estado genial!

—Tengo que mejorar.

—Los dos tenemos que mejorar —asegura, melosa, mientras se abraza a él—. Por cierto, ¿de dónde has sacado el preservativo?

—Me lo dio un día el profesor de Matemáticas.

—¿En serio? —pregunta mirándolo asombrada.

—Bueno... Mejor te quedas con la duda.

—¡Venga ya! ¡Dímelo!

Pero el chico se niega a responderle. Se pone de pie y, desnudo, camina por Constanza. Valeria observa a la luz que desprende la pantalla del ordenador su perfecto trasero musculado.

—¿Quieres un zumo o algo de beber?

—No, pero tengo hambre.

—Dicen que el sexo da hambre. Por lo que estoy viendo, es verdad.

La chica, tapada con la toalla, se acerca a él. Una cosa es tener una relación sexual y otra estar allí como Dios la trajo al mundo. Ha superado su timidez casi por completo, pero le quedan unas cuantas prácticas y lecciones.

Valeria coge su BlackBerry rosa y mira si su amiga le ha escrito.

—Eli sigue sin responderme.

—No creo que ya se le haya pasado el enfado.

—¿Crees que nos hablará mañana?

—Tal vez el año que viene.

—Jo. Me siento mal por ella.

—Bueno, creo que de alguna manera ella ya sabía algo. O que por lo menos lo había comentado con alguien.

—¿Comentado con alguien? ¿Con quién?

—No la conozco, pero, cuando se enteró de lo nuestro, gritó que Alicia tenía razón.

A Valeria se le cae al suelo el pastel al que estaba a punto de hincarle el diente.

—Repite eso.

—Que cuando me sonsacó que estábamos juntos, dijo que Alicia tenía razón.

—¡Dios! ¿Seguro que dijo Alicia?

—Sí, ¿quién es?

—¡No me lo puedo creer! —exclama la joven muy nerviosa—. Tenemos que llamar rápidamente a su madre.

—¿Qué pasa? ¡Cuéntame! Me estás poniendo nervioso a mí.

—Ahora te lo explico.

La joven busca el número del teléfono fijo de la casa de Eli. Tras varios bips, responde la voz de una mujer.

—¿Sí?

—Hola. ¿Susana?

—Sí, soy yo.

—Hola, ¿qué tal?, soy Valeria. Perdone que la moleste, pero ¿está por ahí Elísabet?

—¿No está contigo?

—No. Conmigo no está.

—Qué extraño. Me ha llamado hace un rato y me ha dicho que iba a quedarse a dormir en tu casa.

Valeria se echa las manos a la cabeza y observa a Raúl con las lágrimas saltadas. Se siente débil y llena de rabia. Quizá ella sea la culpable de todo.

—Susana, no se ponga nerviosa por lo que voy a decirle... Pero Alicia ha vuelto.

—Pasa, Valeria.

La chica obedece. Se sienta donde suele hacerlo habitualmente y mira con detenimiento a Daniel, que toma asiento enfrente de ella. Se repite la rutina de cada miércoles.

—¿Cómo te encuentras?

—Bien.

—¿Seguro?

—Sí.

—¿Has hecho nuevos amigos en el instituto?

—No.

El hombre se queda en silencio. Espera a que ella diga algo, aunque en el fondo sabe que no lo hará. Tres minutos más tarde le hace una pregunta.

—¿Por qué crees que intentó pegarte Elísabet?

—Porque ella se lo dijo.

—¿Ella? ¿Quién es ella?

—Alicia.

Daniel mira hacia arriba y se mesa el cabello. Se levanta y se coloca junto a la pequeña.

—Tú sabes que tu amiga nunca te haría daño, ¿verdad?

—No lo sé.

—Lo que pasó fue un malentendido.

—Tal vez. Pero le hizo caso a Alicia. Ella quería que me pegara por haberle roto una muñeca de porcelana que le había regalado su madre.

—Eso es un accidente, Valeria.

—Ya.

El hombre regresa a su asiento. Revisa una vez más sus apuntes de la Facultad de Psicología. No recuerda ningún caso como ése. Deberá seguir investigando.

—Valeria, voy a contarte algo.

—¿Algo sobre qué?

—Sobre tu amiga. Pero no podrás decírselo a nadie, porque es un secreto profesional. Sólo lo sabemos los padres de Eli y yo. Y ahora, si te lo cuento a ti, también lo sabrás tú. Pero prométeme que nunca se lo dirás a nadie.

—Vale. Lo prometo.

Si ha iniciado la terapia con las dos a la vez, ya no le queda más remedio que hacerle saber lo que ocurre a esa pequeña de doce años. En su día cometió un error por innovar cuando no debía. Jamás volverá a mezclar dos casos. Por muy claro que lo vea. Pero ahora debe proteger a esa niña.

—Hay una enfermedad que se llama esquizofrenia —empieza a decir—. Pero no se da en los menores.

—¿Y en qué consiste esa enfermedad?

—En que ves cosas que no son. Que no existen en la realidad. Sólo están en la persona que padece la enfermedad. En su cerebro. Pero son tan reales que hasta puedes hablar con personas imaginarias.

—¿Y yo tengo esa enfermedad?

—No, tú no.

—¿La tiene Eli?

El hombre chasquea la lengua. Sólo es una niña, y no va a detallarle todo el expediente médico de su amiga. Además, es extrañísimo que una cría de doce años tenga esquizofrenia. Su teoría es que se trata simplemente de una amiga imaginaria que ha aparecido para luchar contra su soledad. Sin embargo, le preocupa lo que ha sucedido.

—No lo sabemos. Creemos que no.

—¿Entonces?

—Que, como no estamos seguros de lo que pasa, es mejor advertirte de que tengas cuidado y de que si ves algo raro se lo digas a sus padres o a mí.

—¿Y si Alicia vuelve a decirle que me pegue?

—Valeria, Alicia es producto de la imaginación de Eli. Alicia no existe.

AGRADECIMIENTOS

Una vez más, tengo la oportunidad de dedicar un libro. Son tantas las personas de las que me acuerdo en estos momentos que necesitaría decenas de páginas para nombrarlas a todas. Así que trataré de hacerlo lo mejor posible.

Antes de referirme a nadie en particular, me gustaría darles las GRACIAS, en mayúsculas y general, a todas las personas que confiaron y siguen confiando en mí, que me han apoyado antes y después de la publicación de los libros. A los que creísteis que yo valía para esto. Hoy, si soy y estoy, es por vosotros.

Es inevitable que mis padres aparezcan siempre en el inicio de los agradecimientos de mis novelas. Ellos han peleado tanto por mí y conmigo que, aunque escribiera cien historias, Mercedes y Paco encabezarían siempre la lista de mis recuerdos. Gracias a los dos. Os dije que pronto comenzaría lo bueno... Creo que ese período ya ha empezado. Disfrutad todo lo que podáis. Es lo único que os pido.

Y mil gracias a mi querida hermana María, una gran psicóloga dentro y fuera de su trabajo. Sabes que te quiero, ¿verdad? Aunque no te lo haya dicho nunca. Te mereces lo mejor y, cuanto más feliz seas tú, más feliz seré yo.

Ni una sola de las letras de mis libros tendría sentido sin ti. Aunque nos enfademos, aunque a veces me digas lo que tengo que hacer, aunque haya algún minuto del día en el que no nos entendamos. Te quiero. Y no sólo te debo a ti el título. Tú eres mi princesa. Si tú no hubieras aparecido aquel 3 de noviembre de 2008, mi vida sería distinta. Gracias por ser mi inspiración, mi ángel y mi demonio, mi consejera, mi *webmaster*, mi oído, mi amiga, mi locura, mi mano derecha y gran parte de la izquierda. Gracias por todo, Ester. Gracias por quererme y por permitir que mi amor sea correspondido.

Quiero darle las gracias y mucho ánimo a toda mi familia en estos instantes de confusión. Y esta vez me gustaría mencionar a mis primos, a los que veo muy poquito. Es porque nos hacemos mayores... Bueno, vosotros, yo sigo igual. Gracias Caro, Tony, Laura, Fran, Manu, Merchi, Alfonso, Vicky, Álex y Alberto. Me acuerdo mucho de vosotros, aunque a veces no se note mucho.

Cuando la Editorial Planeta me propuso este proyecto, no podía creérmelo. Era cumplir un nuevo sueño. He intentado darlo todo de mí, me he dejado la piel en este libro para tratar de responder a las expectativas creadas. Espero haberlo logrado. Gracias, Míriam. No puedes imaginarte los ánimos que me han dado cada uno de tus correos electrónicos. Es un placer compartir contigo esta nueva aventura. Millones de gracias a todo el Grupo Planeta por pensar y confiar en mí. Intentaré no defraudar a nadie con mi trabajo, esfuerzo y, sobre todo, ilusión.

A lo largo de estos años, mi vida ha cambiado. Completamente. Y, sin duda, gran parte de la culpa la tienen los seguidores de mis novelas. A los que me apoyáis desde el primer Fotolog, a los que me seguís en Twitter (@FranciscodPaula), a mis amigos de Facebook, a los que me agregáis en Tuenti, a los que no dejáis de enviarme correos, a los que abarrotáis las librerías en las firmas... Gracias a todos. Es muy bonito sentirse querido, admirado y respetado. Nunca tendré palabras suficientes para mostrar todo el cariño que os tengo. Seguimos en contacto en las redes sociales.

Y gracias a María Vega, Esther Carazo, Raquel Molina, Carmen Padilla, Alba Ros, Marta Lucas, Sandra Cebrián, Paloma Herrero, Araceli Botella, Andrea García, Victoria Combarros, Sara Roca, Vane García, Estefanía López, María Gallegos, Patricia Escudero, Jessica Aguiló, Inés Fuentes, Celeste Cored y Alicia Jiménez. ¡Os lo habéis ganado!

Gracias, Clásicas, por seguir ahí y continuar ligadas a la aventura de Blue Jeans. Y gracias a todos los que me mandáis vuestras historias, relatos, blogs, cuentos, etcétera por confiar en mí. Y os pido disculpas por no hacer más por falta de tiempo.

Gracias a mis amigos del Colegio Salesianos de Carmona: don Antonio, María, Ana, Mari Carmen, Moisés, Alberto, Jesús, Dani, Manuel Jesús, Castaño, Álvaro, José, Carmona, Ricardo, Emilio y todos los demás de aquel curso mágico. Me encantó volver a veros.

Y, por supuesto, a mis queridos mediohermanos de la Residencia Leonardo da Vinci. Es un lujo tener amigos como vosotros.

Hay dos personas a las que he tenido muy presentes durante estos meses. Nuria Mayoral, trabajar contigo no es que haya sido un placer, sino que ha supuesto un verdadero curso de cómo hacer bien las cosas. Sabes que me tienes para lo que necesites. Y, si volvemos a encontrarnos en el camino, y desde aquí ruego que eso sea posible alguna vez, me encantará seguir aprendiendo de ti. Gracias. Alicia Carbajo, tú eres la que en cierta manera ha marcado mi destino. Con todo mi corazón, te deseo que las cosas te vayan lo mejor posible. Si algún día volvemos a coincidir, sabré que todo lo que tenga que ver con la promoción de mis libros estará en las mejores manos.

Javier Manso, gracias por todo, de verdad. Te debía una y, aunque quizá ésta no sea la mejor página para decírtelo, eres uno de los mejores profesionales del sector que me he encontrado durante estos años.

En ocasiones la literatura juvenil española no está lo suficientemente valorada. Hay gente que todavía no se ha dado cuenta de la cantidad de lectores que arrastra. Y, sin embargo, se está haciendo un gran trabajo desde blogs, foros, revistas en línea... Gracias a todos los que colaboráis para que nuestros libros sean más conocidos. En especial a Elena y a Anika, de Tiramisú entre libros, y a Rocío y Eva, de Juvenil Romántica, por tratarme siempre de esa manera tan especial.

Formar parte de un mundo en el que existen Laura Gallego, Jordi Sierra i Fabra, Javier Ruescas, Sandra Andrés, Anabel Botella, Santiago García-Clairac, Antonio Martín Morales, Fer Alcalá, David Lozano Garbala, José Antonio Cotrina, Care Santos, Sonia Fernández-Vidal, Esther Sanz, Maite Carranza, Victoria Álvarez y muchos otros es un verdadero privilegio. Espero que entre todos sigamos abriendo camino para que la literatura juvenil continúe teniendo la fuerza que tiene hoy en día. Cumplimos sueños y hacemos soñar a otros con que algún día también ellos pueden cumplir los suyos.

Gracias a Lorenzo (un beso a Paloma) y a todo Palestra Atenea. ¡Otro año más que seguimos juntos! Gracias Miguel Fernández Trinidad, Javi Escarpa, Miguel, Hugo, Sami, Ana, Sergio... Y, por supuesto, gracias a mis chavales del Guindalera: Sofía, Felipe, Pablito, Nacho, Álvaro, Neyén, Jorge, Johan, Carlos, Miguel, Pablo F. y Pablo M. Sois unos *cracks*.

Gracias a Adán por su rima y genialidad; a Alba Rico por su voz, su talento y su amistad; a Paula Dalli por su sonrisa y su generosidad; a Chenoa por su amabilidad, a mi amigo Jaime Roldán por sus consejos y su apoyo incondicional; a La Ley de Darwin, por su música...

Gracias a las pequeñas librerías y a los libreros de toda la vida por intentar conservar uno de los bienes más preciados de la humanidad: el libro.

Y, por último, ánimo a todos los que tienen un sueño y creen que jamás se cumplirá. Yo también pensaba así. Pero con esfuerzo, humildad, dedicación y mucha paciencia, los sueños pueden cumplirse. Los pies siempre en el suelo, pero la moral siempre en el cielo. La vida es cuestión de rachas, así que hay que aprovechar las que vienen con viento a favor y no desesperarse cuando lleguen con viento en contra.

Gracias a todos por leer esta novela. Espero que os haya gustado.